EMILIA SCHILLING

LOVETT ISLAND
Sommernächte

GOLDMANN

Lesen erleben

Buch

Wer einen Job auf der paradiesischen Karibikinsel Lovett Island ergattert, den erwarten neben extravaganten Gästen weiße Sandstrände, so weit das Auge reicht, türkisblaues Meer und schillernde Partys mit den Reichen und Schönen. Maci Stiles will als Staffmitglied auf der luxuriösen Privatinsel neu anfangen, die Zwänge ihres alten Lebens endlich hinter sich lassen. Sie möchte Tennisunterricht geben und ansonsten nicht weiter auffallen. Doch bald wird ihr klar, dass hier jeder ein Geheimnis hat, eine Vergangenheit, von der niemand erfahren soll. Und als Maci ausgerechnet mit dem Sohn des Inselbesitzers im exklusiven High-Society-Turnier der Saison spielen soll, zerplatzt ihr Traum von einem unauffälligen Dasein. Trevor Parker ist nicht nur Erbe des größten Sportartikelherstellers der USA und märchenhaft reich, sondern auch ein gefährlich attraktiver Baseballstar, dem die Frauenherzen nur so zufliegen. Und Society-Girl Blair hat nicht vor, ihn kampflos einem Niemand zu überlassen …

Weitere Informationen zu Emilia Schilling
sowie zu lieferbaren Titeln der Autorin
finden Sie am Ende des Buches.

EMILIA SCHILLING

LOVETT ISLAND

Sommernächte

Roman

GOLDMANN

Penguin Random House Verlagsgruppe FSC® N001967

3. Auflage
Deutsche Erstveröffentlichung Mai 2021
Copyright © 2021 by Emilia Schilling
Copyright © 2021
by Wilhelm Goldmann Verlag, München,
in der Penguin Random House Verlagsgruppe GmbH,
Neumarkter Str. 28, 81673 München
Die Veröffentlichung dieses Werkes erfolgt auf Vermittlung
der literarischen Agentur Peter Molden, Köln.
Umschlaggestaltung: UNO Werbeagentur, München
Umschlagmotiv: FinePic®, München
Redaktion: Li-Sa Vo Dieu
MR · Herstellung: kw
Satz: Buch-Werkstatt GmbH, Bad Aibling
Druck und Bindung: CPI books GmbH, Leck
Printed in Germany
ISBN: 978-3-442-49030-1
www.goldmann-verlag.de

Besuchen Sie den Goldmann Verlag im Netz

*Für Nicole
und alle mutigen Frauen,
die ihren eigenen Weg gehen.*

1.

Maci

»Sorry, aber ich kann dich nicht brauchen.«

Ich blieb auf halbem Weg stehen. Mein Herz auch. Verunsichert sah ich die zierliche Frau vor mir an. Das musste Peyton Knox sein – meine neue Chefin. Zumindest hatte ich geglaubt, dass sie es ab heute sein würde.

Sie hingegen schüttelte vehement den Kopf. Ihr blonder Bob wippte hin und her, ihr Gesichtsausdruck verlieh ihrer Aussage Nachdruck. »Du passt nicht zu uns.« Sie wies mit dem Kinn auf die Tür des Flughafenterminals, durch die ich eben gekommen war.

»Aber … ich sollte heute auf Lovett Island anfangen.« Meine Hände krampften sich schweißnass um den Griff meines Trolleys. Ich war doch nicht dreitausend Meilen hergeflogen, um noch vor der Begrüßung eine Absage zu kassieren.

Hilfesuchend blickte ich zu dem Mann, der mit einem Helikopterhelm in der Hand breitbeinig hinter ihr stand und mich schweigend betrachtete. Er trug eine dunkelblaue Jeans und ein enges weißes Shirt, das über seine muskulöse Brust spannte und an dessen Ausschnitt eine Pilotenbrille hing. Als sich unsere Blicke trafen, blitzten seine meeresblauen Augen auf und nahmen mir für einen Moment die Luft.

»Daraus wird wohl nichts.« Peyton wandte sich ab und griff nach der Tür des Hubschraubers.

»Elliott sagte, ich hätte den Job.« Entsetzt packte ich meinen Trolley und zog ihn die letzten Schritte zu den beiden mit. Ich musste sie aufhalten. Als Elliott, den ich von den Trainingscamps in Florida kannte, mir von dem Job auf einer karibischen Privatinsel erzählt hatte, hatte ich, ohne zu zögern, meine Sachen gepackt. Ich wusste, dass ich so eine Gelegenheit nicht noch einmal bekommen würde.

»Da wusste ich nicht, dass du *so* aussiehst.« Peyton zuckte entschuldigend mit den Schultern, doch ihr harter Gesichtsausdruck verriet, dass es ihr überhaupt nicht leidtat und sie nicht vorhatte, weiter ihre Zeit mit mir zu vergeuden.

»Dass ich *wie* aussehe?«, rief ich. Neben der Panik überkam mich Wut. Sie konnte mich doch nicht einfach hier stehen lassen! Ich konnte jetzt nicht mehr zurück nach North Dakota. Ich war abrupt aufgebrochen, hatte nahezu mein ganzes Erspartes ausgegeben, auf das ich ohne das Wissen meiner Eltern hatte zugreifen können, und mir ein One-Way-Ticket gekauft. Ich wollte mir nicht mal vorstellen, was mich jetzt zu Hause erwarten würde. »Was ist mit meinem Aussehen?«, wiederholte ich verständnislos.

Peyton Knox machte eine ausholende Handbewegung in meine Richtung, als wäre mein Anblick Grund genug für ihre Aussage. Sie und der Hubschrauberpilot ließen ihre Blicke unverhohlen über mich gleiten. Über meine zusammengebundenen Haare, das Poloshirt, die langen Jeans und die weißen Sneakers. »Ich brauche Mädels, die Pfeffer im Arsch haben und den Gästen eine Freude bereiten können.«

Ich blinzelte ein paarmal. Und das nicht nur, weil ich bei meinem spärlichen Gepäck die Sonnenbrille vergessen hatte und die Sonne in meinen Augen blendete. Was meinte sie damit, den Gästen eine Freude zu bereiten?

Elliott hatte nur von der Bewirtung der Urlauber gesprochen. Getränke ausgeben, Animation, ein wenig Tennisunterricht. Peytons Worte klangen, als hätte sie ganz andere Erwartungen, und ich war nicht sicher, ob ich dafür geeignet war. Ich verdrängte schnell die Bilder, die in meinem Kopf auftauchten.

»Du passt nicht in das Beuteschema unserer männlichen Gäste«, fügte Peyton hinzu, als würde sie glauben, ich sei zu blöd, um ihre Worte zu verstehen.

Aber bot ich wirklich einen so schrecklichen Anblick? Es stimmte, ich legte nicht viel Wert auf Mode und Make-up, aber so klein und hässlich hatte ich mich noch nie zuvor gefühlt.

»Warum suchst du dir nicht eine Kneipe in Alaska, wo du in Flanellhemden Bier ausschenkst – im Partnerlook mit den Kerlen, die dort rumlaufen. Du bist weiß wie Schnee, und in deinen Klamotten sieht man nicht mal, ob du in einem Bikini heiß aussiehst.«

Peytons Worte waren wie ein Schlag ins Gesicht. Trotz ihrer zierlichen Figur und den durchaus hübschen Gesichtszügen wirkte sie auf mich wie ein Pitbull in der Gestalt einer Frau. Ein hungriger, viel zu lange weggesperrter Pitbull.

»Das ist ziemlich sexistisch«, brachte ich stammelnd hervor und bereute den Satz in derselben Sekunde. So würde ich den Pitbull nie überzeugen.

»Siehst du. Wenn du so denkst, passt du wirklich nicht zu uns.« Sie wandte sich dem Piloten zu und deutete mit einem Kopfnicken auf den Hubschrauber. Diesmal sollte es endgültig sein.

»Warten Sie!«, rief ich und wunderte mich selbst über die Kraft meiner Stimme. Gleichzeitig war ich mir ziemlich sicher, dass ich tiefrot angelaufen war. Ich bekam den Begriff Beuteschema und das Kopfkino, was er hervorrief, nicht mehr aus dem Kopf. Doch im Moment hatte ich keine Wahl, ich musste nehmen, was sich mir bot. Ich würde nicht noch einmal in den Terminal hinter mir zurückgehen. Das hier war meine einzige Chance auf ein neues Leben. Es durfte nicht vorbei sein, ehe es begonnen hatte. Ich musste sie überzeugen, mich mitzunehmen. Ich hatte nur keine Ahnung, wie.

»Geben Sie mir wenigstens eine Chance! Ich bin seit vierundzwanzig Stunden unterwegs, davon zwei Stunden in einem stinkenden Bus nach Bismarck, drei Flugstunden nach Dallas und vier weitere nach Miami. Ich musste einen halben Tag warten, um nach Saint Croix zu kommen. Und während ich meine ganze Kohle für diese Flugtickets rausgeworfen habe, feiern meine Schulkollegen heute Abend ihre Highschoolabschlussparty.« Ich holte tief Luft und wiederhole verzweifelt. »Bitte … geben Sie mir eine Chance.«

Ich starrte Peyton an und betete, dass dieser kleine Gefühlsausbruch sie nicht kaltließ.

Sie zögerte, sah dann zu dem Piloten. Ich spürte, wie sich in meine Verzweiflung Hoffnung mischte.

Dieser zuckte lässig mit den Schultern. »Ich kann mir vorstellen, dass sie in einem Bikini gut aussieht«, sagte er mit rauer Stimme. Mir lief ein Schauer über den Rücken. Ich war doch kein Objekt.

»Außerdem brauchen wir dringend Verstärkung beim Staff«, fügte er hinzu.

Mein Blick verfing sich zwei Sekunden mit seinem. Sogar aus der Distanz erkannte ich die intensive Farbe seiner Augen. Blau wie das Meer, über das ich eben noch geflogen war, ehe ich mit einer Boeing mitten in der Karibik gelandet war. Es war, als hätte ich diese türkisblauen Augen schon einmal gesehen.

»Bist du schon einundzwanzig?«, riss mich Peyton Knox aus meinen Überlegungen.

Ich sollte lügen, doch das kaufte mir sowieso niemand ab. Ich schüttelte den Kopf. Ich war erst letzten Monat achtzehn geworden. Einen Tag bevor sich mein Leben schlagartig geändert hatte.

»Großartig ... Sie darf noch nicht mal Alkohol trinken.«

Der Pilot lachte amüsiert. »Als ob das auf Lovett Island eine Rolle spielt.«

»Ich trinke ohnehin keinen Alkohol«, versicherte ich ihr.

»Doch, das wirst du«, sagte sie mit leicht frustriertem Unterton.

»Ich werde es versuchen!«, stieß ich hervor, ohne mir bewusst machen zu wollen, was meine Worte für Konsequenzen mit sich zogen.

Peyton lachte auf. »Versuchen also …« Sie holte tief Luft, tauschte noch einmal mit dem Mann einen Blick aus, bevor sie sagte: »Also gut. Eine Chance.«

Ich atmete erleichtert aus, während ich innerlich jubelte.

»Aber nur weil ich meine Abschlussparty auch sausen lassen habe.« Sie streckte mir die Hand entgegen. Ihr Händedruck war kräftig. »Peyton Knox.«

»Maci Stiles.« Ich bemühte mich um ein unbeschwertes Lächeln.

»Ich weiß, und jetzt steig endlich ein.« Peytons Freundlichkeit war mit einem Schlag wieder weg. Sie stieg mit einer Routine in den Helikopter, als würde sie das täglich machen.

»Ich bin Trevor.« Er kam näher, und mir stieg ein frischer Minzgeruch in die Nase. Ich sog ihn automatisch tief in mich hinein. »Bist du schon mal mit einem Hubschrauber geflogen?« Er reichte mir den Helikopterhelm, ließ ihn aber nicht los, als ich danach griff. Ich spürte elektrisierend seine Fingerspitzen, die meine berührten, und hielt kurz den Atem an.

»Nein«, antwortete ich schnell und räusperte mich. »Das ist mein erstes Mal.« Die Aufregung und Vorfreude nahmen mit einem Kribbeln in meinem Bauch zu und verdrängten die anfängliche Panik.

»Keine Sorge, es ist ein kurzer Flug, und wir haben bestes Wetter«, sagte Trevor mit einem Augenzwinkern und ließ den Helm los. »Genieß einfach die Aussicht. Und übrigens: Willkommen im Lovett-Team.«

Ich lächelte und stieg hinter Peyton ein, während Trevor meinen zur Hälfte gefüllten Koffer verstaute.

Das dröhnende Geräusch des abhebenden Hubschraubers ließ meinen Körper zusätzlich zu meiner Aufregung beben. Ich war froh, dass Peyton und Trevor das nicht mitbekamen.

Wir stiegen höher, und es war, als würde die Insel unter uns im Meer versinken. Der Anblick war atemberaubend. Trevor steuerte in Richtung Norden davon. Ich beobachtete ihn von meinem Sitz schräg hinter ihm. Routiniert drückte er Knöpfe, legte Schalter um und gab unsere Flugdaten über sein Headset dem Tower bekannt. Alles wirkte so komplex, doch gleichzeitig war jeder seiner Handgriffe gezielt und sicher.

Trevor lenkte den Hubschrauber in eine Kurve. Obwohl ich keine Flugangst hatte, klammerte ich mich dennoch mit beiden Händen am Sitz fest. Es war, als würde die Luft in meiner Lunge mich nach unten drücken. Für einen Moment war ich wie erstarrt, doch dann bemerkte ich Trevor, der einen kurzen Blick zu mir nach hinten warf. Ich glaubte, ein Lächeln auf seinen Lippen zu sehen, und alles in mir entspannte sich. Er wusste, was er tat.

Ich schluckte den Kloß in meinem Hals hinunter und sah durch das Fenster auf das Wasser unter uns. Es war so intensiv blau, dass ich nicht deuten konnte, wie hoch wir darüber waren. Plötzlich spürte ich die bleierne Müdigkeit in meinen Knochen. Ich hatte es geschafft. Ich war am anderen Ende Amerikas. Weit weg von meiner Heimat und allem, was ich dort zurückgelassen hatte. Auch einen Teil von mir selbst. Das war mein Neuanfang. Zum ersten Mal seit sehr langer Zeit fühlte ich mich frei und gelöst.

Es dauerte nicht lang, da entdeckte ich die nächsten Inseln, und ich kam mir vor wie in einem Traum. Konnte das wahr sein? Ich war wirklich mitten in der Karibik. Ein Paradies neben dem nächsten. Und Lovett Island war eines davon.

Hier würde ich nicht die Maci Stiles sein, zu der mich meine Eltern getrimmt hatten. Ich konnte endlich eigene Entscheidungen treffen. Niemand musste etwas von meiner Vergangenheit erfahren. Ich konnte alles hinter mir lassen. Hier konnte ich endlich ich sein. Auch wenn ich gar nicht wusste, was das überhaupt bedeutete. Doch ich wollte es unbedingt herausfinden.

Peyton war die Eile in Person. Noch bevor die Rotorblätter stillstanden, sprang sie aus dem Helikopter, pfefferte ihren Helm auf den Sitz und bedeutete mir mit einem Kopfnicken, ihr zu folgen.

Ich fummelte an meinem Helm herum, bekam den Verschluss aber nicht auf.

»Warte, ich helfe dir.« Trevor hatte sich zu mir umgedreht und bedeutete mir, mich vorzubeugen. »Der klemmt manchmal.«

Er fasste nach dem Verschluss, ich spürte seine warmen Finger an meinem Kinn und hielt kurz die Luft an. Meine Haut kribbelte bei dieser Berührung.

Aus der Nähe sahen seine Augen noch faszinierender

aus. Seine Iriden waren wie Gemälde aus verwaschenen Blautönen. In der Mitte etwas heller und nach außen immer dunkler werdend, wo sie zum Weiß seiner Augen durch einen dunkeln Ring abgegrenzt wurden. Ich hatte noch nie etwas so Schönes gesehen.

Das Klacken des Verschlusses riss mich aus meiner Schwärmerei.

»Alles klar?«, fragte Trevor und zog mir den Helm vom Kopf.

Ich nickte schnell und strich mir die Haare glatt. »Danke.«

Sein Lächeln war so anziehend, dass mein Blick zwei Sekunden darauf hängen blieb.

»Du solltest Peyton nachlaufen«, sagte Trevor, »die wartet auf niemanden.«

Erschrocken sah ich aus der offen stehenden Tür und erkannte, dass meine neue Chefin bereits ein gutes Stück entfernt war. Ich schnappte meinen Trolley und kletterte aus dem Helikopter. »Bis später«, rief ich Trevor zu, auch wenn ich keine Ahnung hatte, ob wir uns überhaupt wiedersehen würden. Insgeheim wollte ich es aber sehr.

Während ich meinen Koffer nachzog und versuchte, zu Peyton aufzuschließen, nahm ich die ersten Eindrücke der Insel wahr. Der Hubschrauberlandeplatz war auf einer Anhöhe in der Nähe der Klippen. Es sah aus, als würde dieser Bereich von hohen Pflanzen freigehalten werden. Vermutlich um dem Helikopter das Anfliegen zu erleichtern.

Nicht weit von hier entfernt gab es einen Strand, auf dem mehrere Bungalows standen. Es war wie ein Bild aus einem Reisekatalog. Die hübschen Holzhütten mit kleinen Terrassen davor, von denen man einen direkten Blick auf das weite Meer hatte.

Ich bemerkte, dass ich langsamer geworden war. Mittlerweile war Peyton fast außer Sichtweite. Es wirkte so, als wollte sie mich abhängen. Ich bezweifelte jedoch, dass ich mich auf dieser kleinen Insel verlaufen konnte. Dennoch wollte ich es nicht riskieren und legte einen Zahn zu.

Die schmale Straße tauchte in die Vegetation der Insel ein. Erst waren es nur kleine Sträucher links und rechts, doch schon bald standen überall hohe Bäume und Palmen. Fast wie im Dschungel.

»Hier lang!«, rief Peyton aus der Ferne. Sie befand sich vor einem großen Gebäude, das vom Grün der Insel umarmt wurde. Von beiden Seiten gingen Nebentrakte aus, die mit Glasstegen im oberen Stockwerk miteinander verbunden waren. Nachdem mir Peyton einen verärgerten Blick zugeworfen hatte, lief sie durch die Tür ins Innere des Nebentrakts.

Wie konnte sie durch diese wunderbare Umgebung so durchrasen? Da waren so viele beeindruckende Details, die ich alle wahrnehmen und auf mich wirken lassen wollte. Ich hoffte, später mehr Zeit dafür zu haben. Jetzt musste ich erst mal Peyton zeigen, dass sie nicht bereuen würde, mich mitgenommen zu haben.

Ich huschte durch die kleine Tür, durch die Peyton gelaufen war, blieb kurz mit dem Trolley daran hängen und riss ihn dann leise fluchend in einen langen Gang, der mit Pflanzen, Bildern und langen Teppichen stilvoll eingerichtet war.

»Letzte Tür rechts.«

Ich folgte Peytons Stimme, ging vorbei an zwei verschlossenen Türen und kam am Ende des Flurs zu einer offen stehenden. Ich betrat einen großen Raum mit Fenstern zu zwei Seiten, die es einladend hell machten und gleichzeitig einen Blick auf die umliegende Pflanzenwelt boten.

Erst beim genaueren Hinsehen erkannte ich, dass es ein Büro war. Peytons Büro, um genau zu sein, denn sie saß hinter einem breiten Schreibtisch, auf dem sich unzählige Unterlagen türmten. Sie durchwühlte gerade die Unordnung vor ihr, ohne zu mir aufzusehen.

Ich blickte mich unauffällig um. Es gab ein Sofa und eine Fernseherkommode auf der einen Seite und einen Punchingball auf der anderen. Dieser sah aus, als hätte er schon oft Schläge abbekommen.

»Hier.« Peyton schob einen Zettel über den Schreibtisch. »Füll das aus! In der Zwischenzeit rufe ich Karlee. Sie wird dir alles zeigen.«

Ich ließ den Trolley stehen, ging zu Peytons Schreibtisch und setzte mich auf einen der beiden Stühle gegenüber Peyton, die sich ihrem PC widmete, aber von einem klingelnden Telefon unterbrochen wurde.

Während sie telefonierte, sah ich mir den Zettel genauer an. Es war ein Formular, in dem ich einige persönliche Daten eintragen sollte. Name, letzte Adresse und meine Schulausbildung. Das Feld, in dem ich die Kontaktdaten von Nahestehenden eintragen sollte, ließ ich aus. Ich hätte nur meine Eltern angeben können, doch ich wollte nicht, dass sie wussten, wo ich war. Zumindest noch nicht.

Gerade als ich fertig wurde, hörte ich Schritte hinter

mir. Das musste diese Karlee sein, von der Peyton gesprochen hatte. Ein wenig hatte ich Angst, dass sie ebenfalls genervt davon sein würde, sich mir anzunehmen.

»Hier bin ich.« Eine fröhliche Stimme füllte von der Tür aus das Büro.

Ich drehte mich in meinem Stuhl um und sah in ein freundliches braunes Gesicht, in dessen Mitte ein silbernes Nasenpiercing funkelte. Ihre Afrolocken hatte sie zu zwei High Puffs gebunden, wobei ein paar Strähnen in ihr herzförmiges Gesicht hingen. Karlee trug weiße High-Waist-Shorts, die ihre trainierten Beine ebenso zur Geltung brachten wie ihre schmale Taille. Das schwarze lockere Shirt hatte sie in den Bund ihrer Hose gesteckt.

»Karlee, das ist Maci«, stellte mich Peyton missgestimmt vor. »Sie versucht sich mal als Staffmitglied.«

Ich zuckte bei der Wortwahl zusammen. Nicht nur dass es ungewiss war, ob ich bleiben durfte, ihre Ausdrucksweise machte es deutlich, dass sie nicht glaubte, ich könne es schaffen.

»Freut mich, Maci. Komm mit, ich zeige dir erst mal dein Zimmer.«

Die anfängliche Anspannung fiel ein Stück weit von mir ab. Karlee wirkte sehr freundlich und offen und kein bisschen genervt, so wie Peyton. Ich zögerte nicht lang und folgte ihr aus dem Büro.

»Hattest du eine gute Anreise?«, fragte Karlee, nachdem sie die Tür hinter uns zugezogen hatte.

»Etwas lang, aber zum Glück bin ich ja jetzt hier.« Ich lächelte, um mir nicht anmerken zu lassen, wie glücklich ich darüber wirklich war, diese lange Reise auf mich genommen zu haben. So ganz konnte ich es noch gar nicht glauben, dass ich es geschafft hatte.

»Wir freuen uns immer über nette Verstärkung.« Karlee zwinkerte mir zu, dann machte sie eine Geste auf die restlichen Türen dieser Etage. »Also, hier unten sind die Büros und ein paar Lagerräume. Über uns befinden sich die Zimmer des Staffs. Ich würde vorschlagen, wir bringen erst mal deine Sachen rauf.« Ihr Blick glitt über mein Outfit – etwas musternd, aber nicht abwertend. »Und vielleicht finden wir noch etwas Passenderes für dich zum Anziehen.«

Ich sah ebenfalls an mir herab. Meine Füße schwitzten bereits, und auch die Hose klebte mir an den Beinen. Es gab tatsächlich bessere Klamotten für die Karibik.

»Na komm!« Karlee steuerte die Treppe am Ende des Gangs an und lief voraus.

Oben angekommen gab es einen ähnlichen Flur, in dem jedoch mehr Türen untergebracht waren. Gleich die zweite rechts stieß Karlee auf, ließ aber mir den Vortritt. »Willkommen in deinem Reich.« Sie grinste mich an, als ich mich an ihr vorbeischob. Ihre Worte klangen, als würde sie mir zutrauen, länger als Staff hierzubleiben. Es bestärkte die Hoffnung, die ich hatte.

»Wow!« Staunend trat ich in das Zimmer, das fortan mir gehören sollte. Ich konnte es gar nicht glauben, so toll war es.

Es gab ein breites Fenster, von dem aus ich sowohl Palmen als auch das Meer dahinter sehen konnte. Neben drei weißen Wänden zierte die linke des Raums eine Tapete mit kleinen rosaroten Blüten. Ein Vorhang im gleichen Farbton strich in der sanften Meeresbrise über den dunklen Holzboden. Auf der rechten Seite des Zimmers stand ein breites Bett mit weißen Laken, die glatt ausgebreitet waren. Über dem Kopfteil hing ein Spiegel mit einem hellgrünen Rahmen, der den Raum noch breiter wirken ließ. Im gleichen Grünton gab es in der Ecke eine Kommode, auf der eine bauchige Lampe mit einem weißen Lampenschirm platziert war. Neben der Tür stand ein Schrank ohne Türen mit mehreren Fächern und einer Kleiderstange, die nur darauf warteten, benutzt zu werden.

Ich fühlte mich sofort wohl in diesem Raum. Er war freundlich und hell, der farbenfrohe Stil dezent und einladend. So auch der gepolsterte Ohrensessel vor dem Fenster, dessen weißer Überzug mit bunten Blumen bestickt war. Ich stellte mir vor, wie ich morgens darauf saß und den Sonnenaufgang beobachtete oder abends ein Buch dort las. Zwar hatte ich bei meinem übereilten Aufbruch nicht daran gedacht, Lesestoff mitzunehmen, doch ich las ohnehin nur selten ein Buch ein zweites Mal.

»Gefällt's dir?« Karlee stand nun neben mir und ließ ihren Blick ebenfalls zufrieden durch das Zimmer gleiten. Fast als wäre sie für die Einrichtung verantwortlich.

»Es ist großartig«, antwortete ich voller Begeisterung.

Karlee deutete auf den Trolley, der neben mir stand. »Magst du dich noch umziehen?«, schlug sie vor.

Ich seufzte. »Ich bin nicht sicher, ob ich etwas Passendes mithabe«, gestand ich und strich mir verlegen eine Haarsträhne hinters Ohr.

»Lass uns mal nachsehen!« Karlee schien optimistisch zu sein und forderte mich mit einer Geste dazu auf, den Koffer zu öffnen.

Früher oder später musste es sowieso sein. Ich kniete mich nieder und zog den Reißverschluss auf. Es war mir etwas unangenehm, dass Karlee hinter mir stand und einen direkten Blick auf die Kleidungsstücke hatte, die ich vor achtundvierzig Stunden für gut genug befunden hatte, nach Lovett Island mitzunehmen. Es war nicht viel: ein paar Jeans, Shirts und Sneakers. Alles, was ich in meinem Schrank in North Dakota zurückgelassen hatte, war entweder für Temperaturen unter zwanzig Grad geeignet, oder es handelte sich um Tennisklamotten. Ersteres war in der Karibik nicht zu gebrauchen, Letzteres wollte ich nicht mehr sehen.

»Das Auspacken kannst du dir sparen.« Karlee seufzte schwer.

Als ich von meinem Trolley zu ihr aufsah, erkannte ich, wie sie den Kopf schief gelegt und die Arme vor der Brust verschränkt hatte. Ihre Stirn lag in Falten, und sie wirkte fast schon, als hätte sie Mitleid mit mir, dass sich nichts Schöneres in meinem Koffer befand.

»Ich hab leider nichts anderes«, gestand ich und zuckte mit den Schultern. Bislang hatte meine Mutter meine Klamotten ausgesucht, und dabei hatte ich nie viel Mitspracherecht gehabt.

»Lass mal sehen.« Karlee ging neben mir auf die Knie und inspizierte meine Kleidungsstücke. Ich fühlte mich nicht ganz wohl dabei, doch früher oder später hätte sie mich in den Teilen rumlaufen gesehen. Das wäre vermutlich auch nicht besser gewesen.

»In dem Teil bekommst du einen Hitzekollaps«, sagte sie und zog eine Jeanshose hervor, ähnlich wie die, die ich gerade anhatte. »Wo bist du denn her?«

»North Dakota.«

Sie lachte auf. »Ein Wunder, dass du nicht in UGG-Boots auftauchst.«

Wem sagte sie das? Ich hatte mich gerade erst daran gewöhnt, dass in meiner Heimat der Winter vorbei war. Der Himmel war zwar die meiste Zeit bedeckt, und der Wind frischte stets auf, doch letzte Woche hatten wir sogar über zwanzig Grad gehabt. Ich fragte mich, wie die Winter hier in der Karibik aussahen.

Karlee stand auf, die Hose immer noch in der Hand. »Hängst du an der?«

»Nein.« Es war nur eine Jeans. Eine von dreien, die ich mithatte.

»Gut. Komm mit!«

Noch bevor ich aufstehen konnte, war Karlee schon in den Flur verschwunden. Ich folgte ihr und blieb eine Tür weiter stehen. Nicht weil sie verschlossen war, sondern weil darauf ein Fahndungsfoto von Karlee klebte. Dazu ein Zettel, auf dem »Karlees Zelle« stand.

Ich betrachtete das Bild, auf dem sie den Kopf leicht schief hielt und ziemlich angepisst aussah. Sie hatte damals noch nicht dieses Nasenpiercing gehabt, und auch ihre Haare waren kürzer gewesen.

»Keine Sorge, das ist bloß ein Scherz«, rief sie aus dem Inneren. »Auf Lovett Island ist nichts wie ein Gefängnis.«

Ich trat in ihr Zimmer, das aussah wie meines, nur bereits mit unzähligem Zeug vollgestopft war. Den Ohrensessel konnte man unter einem Kleiderberg nur erahnen.

»Und das Foto?«, fragte ich neugierig. »Ist es auch ein Scherz?«

»Der Mugshot ist echt. War mein erster«, antwortete Karlee, die mitten in ihrem Zimmer kniete und konzentriert meine Jeans zerschnitt. Vielleicht hätte ich mir die Antwort, ob ich an meiner Hose hing, genauer überlegen sollen.

Ich war von der zerstückelten Hose so abgelenkt, dass die Bedeutung ihrer Worte erst zu mir durchdringen musste. »Wie viele gibt es denn?«

»Bloß zwei«, sagte sie leichthin. »Bei diesem haben sie mich auf einer Black-Lives-Matter-Demonstration wegen ›Widerstand‹ gegen die Staatsgewalt festgenommen.« Ehe ich nachfragen konnte, pfefferte Karlee die abgeschnittenen Hosenbeine in einen Mülleimer und franste die Schnittkanten aus, bevor sie mir stolz ihre Eigenkreation präsentierte. Shorts. Wirklich kurze Shorts.

Die Tennisröcke, die ich zu Hause gelassen hatte, waren auch nicht länger. Abgesehen davon wollte ich aus meiner jetzigen Hose raus. Deshalb zögerte ich nicht lang, als sie mir die Shorts entgegenwarf, und schlüpfte hinein. Die Hose war noch kürzer als gedacht. Die Innentaschen hingen vorne unter den kurz geschnittenen Hosenbeinen heraus, und ich war mir sicher, man konnte auch meine Pobacken sehen.

»Na also!«, sagte Karlee zufrieden. »Wieso würdest du diese Beine jemals verstecken wollen? Und jetzt zu deinem Oberteil … Poloshirts sind nicht mehr in Mode seit …« Karlee hielt inne. »Keine Ahnung, warum die überhaupt je in Mode waren.« Sie wandte sich ihrem Schrank zu, der mit gefühlt eintausend Klamottenstücken vollgestopft war. Zielsicher holte sie ein grünes Shirt mit einem weißen Muster hervor.

»Das passt zu deinen blaugrünen Augen«, sagte sie und warf es mir zu.

Ich hatte mir noch nie Gedanken darüber gemacht, ob ein Shirt zu meinen Augen passte. Meine Mom hätte mich nicht ernst genommen, wenn ich sie gebeten hätte, mir Klamotten zu kaufen, die auf meine Augenfarbe abgestimmt waren. Für sie gab es wahrlich Wichtigeres, wenn sie mir neue Kleidung besorgte. Und da ich zu neunzig Prozent nur Sportklamotten besaß, musste diese in erster Linie funktional sein.

Karlee gab mir noch Flip-Flops, die sie in einer Schublade unter ihrem Bett verstaute. Etwa dreißig davon in allen Farben und Mustern, wild durcheinandergeworfen, sodass sie erst ein passendes Paar finden musste.

»Du hast echt tolle Haare«, sagte sie, als ich meinen Zopf höher band, weil ich im Nacken schon schwitzte. »Du solltest sie gut pflegen. Die Sonne und das Meer strapazieren die Haare sehr, glaub mir, ich weiß, wovon ich spreche.«

Ich ließ meine Finger durch meine langen gewellten Haare gleiten. Sie hatte recht. Die Spitzen fühlten sich jetzt schon trocken an. »Kannst du mir etwas empfehlen?«

»Ich schwöre auf Avocadoöl, aber für dich reicht vermutlich ein guter Conditioner«, antwortete Karlee und zupfte an einer langen Locke. »Komm, ich zeig dir das Bad.«

Trotz des luftigen Outfits fühlte ich mich wohl, als wir Karlees Zimmer verließen. Vor allem weil es hier wirklich drückend heiß war. Karlee führte mich zu dem Bad, das wir uns zu dritt teilen mussten, doch es war so großzügig und hell und sauber, dass das kein Problem sein sollte. Sie zeigte mir, welche Flaschen und Dosen ihre waren, und sagte ganz selbstverständlich, dass ich sie mitbenutzen durfte. Ich mochte Karlee schon jetzt, nicht nur, weil sie mir ihre Haarpflegeprodukte lieh. Sie hatte eine freundliche, offene Art, die mich trotz dieser fremden Umgebung sofort entspannen ließ.

Nachdem ich mich im Bad umgeguckt und die Dusche und das mir zugeteilte Schränkchen inspiziert hatte, bugsierte Karlee mich wieder hinaus. »Komm schon! Auf uns wartet noch so viel Spektakuläreres als ein Badezimmer.«

Wir liefen über den Steg mit verglasten Wänden, der den Mitarbeitertrakt und das Haupthaus verband, das mit seinem imposanten Dach mitten auf der Insel thronte. Mit den vielen Holzelementen und dem dunklen Strohdach über der Terrasse erinnerte es mich an balinesische Häuser. In der Ferne war wie aus meinem Zimmer über den Blättern der Palmen das Meer zu sehen. Nahe der Insel schimmerte es in sämtlichen Türkistönen, die in ein sattes Blau übergingen, und grenzte als dunkelblaues Band am Horizont den Himmel ab. Ein Segelboot ließ sich unweit der Küste vom Wind davontragen. Es war ein atemberaubender Anblick, der mich kurz innehalten und beglückt lächeln ließ.

Danach kamen wir in eine Lobby, und ich entdeckte dort auf der anderen Seite den zweiten gläsernen Steg.

»Noch ein Mitarbeitertrakt?«, fragte ich und deutete auf diesen Übergang.

»Nein, dort geht es zum Familienhaus«, antwortete Karlee. »Das ist der einzige Bereich auf Lovett Island, zu dem wir keinen Zutritt haben. Er gehört den Besitzern von *Parkins*. Kennst du die Marke?«

»Natürlich.« Parkins war der wohl größte Sportartikelhersteller der USA. Ein Großteil meiner Sportklamotten hatte das Logo des dynamischen Pfeils in Form eines P aufgenäht.

»Die Gründer, Hugh Parker und Baron Wilkins, haben Lovett Island vor etwa fünfundzwanzig Jahren gekauft und in ein Luxusresort verwandelt.«

Vor meiner Abreise hatte ich Lovett Island gegoogelt. Es gab mehrere kleine Inseln in den USA und Kanada, die so hießen. Nur eine davon gehörte zu den amerikanischen Jungferninseln und befand sich in Privatbesitz der beiden Unternehmer. Ich fand nur wenige Infos dazu. Wer Interesse an einem Luxusurlaub hier hatte, musste eine Anfrage schicken. Erst dann erfuhr man etwas zu den Preisen für den exklusiven Aufenthalt auf Lovett Island.

Die eine Frage war: Wie reich musste man sein, um hier Urlaub zu machen? Die andere war: Wie unfassbar reich musste man sein, um eine solche Insel zu besitzen?

»Sind die Besitzer oft da?«, fragte ich, um mir ein Bild von Hugh Parker und Baron Wilkins zu machen.

»Hugh nicht, aber Baron pendelt zwischen Florida und der Karibik hin und her«, antwortete Karlee und blieb vor einer geschlossenen Flügeltür stehen. »Aber ihre Kinder verbringen den Sommer meist hier.«

»Wie alt sind die Kinder denn?«, wollte ich neugierig wissen.

»Anfang zwanzig«, sagte Karlee. »Hughs Sohn spielt College-Baseball, und Barons Tochter studiert ebenfalls. Vielleicht hast du sie schon mal gesehen. Beide machen Werbung für Parkins.«

Ich überlegte, doch mir fiel gerade weder ein TV-Spot noch ein Werbeplakat ein, bei dem ich mich an das Gesicht des Models erinnern konnte. Wenn sie aber Werbung für Parkins machten, mussten sie beide ziemlich gut aussehend und athletisch sein.

Ob wir uns von den Kindern der Besitzer ebenso fernhalten sollten wie vom Familienhaus selbst? Die Insel war nicht sonderlich groß, weshalb es wohl schwer war, ihnen aus dem Weg zu gehen. Es würde das erste Mal in meinem Leben sein, dass ich auf die Reichen und Schönen traf. »Haben wir auch mit ihnen zu tun?«

»Klar.«

Aus Karlees Mund klang das so selbstverständlich, doch in mir breitete sich schlagartig eine Nervosität aus. Würde ich überhaupt zu diesen Menschen passen? Was, wenn sie mich hier nicht akzeptierten? Ehe ich in meinen Gedanken ausschweifen konnte, stieß Karlee die Tür vor uns auf, als würde sie mir etwas ganz Besonderes präsentieren wollen. Und das tat sie auch.

»Hier essen wir«, verkündete sie und führte mich in einen riesigen Raum mit einem hellen Steinboden und hohen Sprossenfenstern, die einen wunderbaren Blick ins Freie boten. Direkt davor standen Palmen, an denen grüne Kokosnüsse hingen. Die Tische und Stühle im Restaurant waren aus dem gleichen dunklen Holz wie die Decke. Mehrere Pendelleuchten mit großen, halbrunden Schirmen hingen über den Tischen. In den Ecken standen Töpfe mit rot und weiß blühenden Oleandersträuchern.

»Wow, das nenne ich mal einen Speisesaal.« Ich blickte mich staunend um.

»Nach dem Abendessen sind wir meist auf der Terrasse«, erklärte Karlee und ging quer durch das Restaurant. Dort gab es statt einer Wand faltbare Fenster, die sich wie eine Ziehharmonika aufschieben ließen. Karlee öffnete sie einen Spalt, damit wir hinaustreten konnten.

»Wir auch? Ich meine, der Staff?«, fragte ich verwundert, als wir hinausgingen.

»Klar, das ist unser Job.« Alles, was Karlee sagte, klang so selbstverständlich.

Überwältigt sah ich mich um. Die Terrasse war noch größer, als sie vom Steg aus gewirkt hatte. Sie zog sich über die gesamte Breite des Haupthauses und war mit einem dichten Strohdach bedeckt. Auf der linken Seite gab es eine Bar mit Regalen, gefüllt mit bunten Spirituosen. Vor der Bar hing ein rustikaler Holzbalken an der Decke, an dem mehrere Schaukeln aus dicken Tauen und gepolsterten Brettern angebracht waren. Es musste toll sein, abends auf einer solchen Schaukel zu sitzen, einen fruchtigen Cocktail vor sich und chillige Strandmusik in den Ohren.

Die andere Seite dieser Veranda war nicht weniger beeindruckend. In kleinen Gruppen standen niedrige Holztische, darum herum Sitzbänke aus rustikalem Holz mit gemütlichen weißen Sitzpolstern, die zum Entspannen einluden. Graublaue Dekokissen setzten elegante Akzente auf den Bänken. Vasen, gefüllt mit grünen Blättern, sowie Holzschalen mit Kokosnüssen dekorierten die Tische auf dezente Weise und erzeugten dabei ein karibisches Flair. Alles war so perfekt drapiert und in Szene gesetzt, dass ich glaubte, hier würde gleich ein Fotoshooting stattfinden.

Karlee stand am Geländer auf der anderen Seite der Terrasse und beugte sich darüber. »Da unten sind die Zimmer des Haupthauses und der Pool.«

Ich stellte mich neben sie und warf einen Blick auf den geschwungenen Pool mit hellblauen Fliesen. Rundherum deckten lange Holzplanken in einem warmen Braunton den Bereich ein. Dazwischen wurden Beete freigelassen, in denen üppige Sträucher mit breiten Blättern wuchsen. Auf beiden Seiten gab es offene Pavillons mit gepolsterten Liegen, die Platz für zwei Personen boten.

Im Pool unter uns kam eine pinke Luftmatratze zum Vorschein, auf der eine Frau in weißem Badeanzug und mit einem breiten Sonnenhut lag. In der Hand hielt sie einen Cocktail, dessen Rand mit bunten Früchten garniert war.

Ich musste blinzeln. Jetzt fehlte nur noch die Werbeeinblendung für eine Rummarke, ein Kokossüßgebäck oder eine teure italienische Bademodenkollektion. Es kam mir so unwirklich vor, hier zu stehen. Die Wärme der Sonne auf der Haut, das Rauschen des Meeres im Ohr, den Duft von Kokosnüssen, bunten Blütensträuchern und vom Salz des Meeres in der Nase. All diese Sinneseindrücke strömten auf mich ein und ließen mich für einen Augenblick vergessen, warum ich hierhergekommen war. Es fühlte sich an wie ein Traum, den ich nicht loslassen wollte, weil ich sonst in meinem Zuhause mit meiner Vergangenheit aufwachen würde.

»Dort drüben ist das Bootshaus«, sagte Karlee und riss mich aus meinen staunenden Gedanken. »Darin sind die Boote, Surfbretter und die Jetski untergebracht. Außerdem legen die Boote, die die Gäste mitbringen, dort am Steg an.«

Zwischen dem Blätterwerk vor uns erkannte ich die Spitze eines Hauses.

»Nicht alle Gäste kommen mit dem Hubschrauber?«, fragte ich überrascht.

»Mal so, mal so«, antwortete Karlee. »Nicht jeder fliegt gern mit dem Heli. Manchmal sind die Gruppen zu groß, oder der Hubschrauber ist nicht verfügbar. Aber die Überfahrt mit dem Boot dauert auch nur fünfzehn Minuten.« Karlee zeigte an die Küste zu unserer Linken. »Das lange Gebäude da drüben ist das Strandhaus. Dort ist auch der Hauptstrand, wo wir die meiste Zeit verbringen.«

Hinter den Palmen entdeckte ich ein längliches Gebäude, dahinter ein breiter Sandstrand, der hell zwischen den Palmen hindurchschimmerte.

Karlee stupste mich sanft an. »Komm, es gibt noch viel zu sehen.«

Eine Außentreppe neben der Bar führte uns direkt von der Terrasse hinunter, wo wir einem Weg durch die üppige Pflanzenwelt folgten. Immer wieder raschelte es neben uns. Meist waren es nur kleine Vögel, die vor uns flüchteten, als wir näher kamen. Manchmal zeigte sich aber nichts.

»Gibt es hier eigentlich Schlangen?«, fragte ich unsicher und hielt Abstand zu den Wegrändern.

Karlee lachte amüsiert. »Das fragt hier jeder. Aber nein, auf Lovett Island gibt es überhaupt keine giftigen Tiere.«

Ich atmete erleichtert auf. Seit ich einmal auf dem Tennisplatz eine Klapperschlange entdeckt hatte, die es sich neben meiner Trainingstasche gemütlich gemacht hatte, bekam ich schon Schweißausbrüche, wenn ich nur an diese Tiere dachte.

Wir kamen an eine Weggabelung. Obwohl Schilder die Richtungen wiesen, erklärte Karlee: »Da geht es zum Bootshaus hinüber, hier zu den Bungalows am Nordstrand, und dieser Weg führt zum Strandhaus. Und pass auf, wenn du hier unterwegs bist. Manche Gäste rasen die Strecke zum Strand mit dem Golfcart runter.« Sie verdrehte die Augen, während ich mich wunderte, warum man die paar Meter nicht zu Fuß gehen wollte.

Wir schlugen den Weg zum Hauptstrand ein.

»Kannst du eigentlich irgendwelche Wassersportarten?«, wollte Karlee interessiert wissen. Als ich sie irritiert ansah, fügte sie hinzu: »Windsurfen, Wellenreiten, Kitesurfen, Stand-up-Paddling, Wasserskifahren …«

»Ich komme aus North Dakota.« Das war bekannt für Bisons und Wildpferde, nicht für exotische Vögel und Meereskrebse. Dort ging man in erster Linie reiten, fischen oder spielte Softball. Stand-up-Paddling hatte ich nur einmal auf einem Trainingscamp probiert.

»Du siehst sportlich aus, du lernst das bestimmt schnell«, winkte Karlee ab.

»Ich?«, fragte ich überrascht. »Aber ich bin doch nicht hier, um Urlaub zu machen.«

Karlee schmunzelte. »Der Staff macht alles, was die Gäste wollen«, erklärte sie. »Wollen sie Beachvolleyball spielen, spielst du Beachvolleyball. Wollen sie mit dir tauchen gehen, gehst du tauchen. Und wenn du eine Sandburg bauen sollst, dann baust du eben eine verdammte Sandburg.«

Aus Karlees Mund klang das wie der normalste Job auf Erden. Ich verstand immer noch nicht, was ich hier tun sollte. Animation und Tennistraining schön und gut, doch ich dachte, in erster Linie würden wir die Urlauber bewirten und die Zimmer machen.

»Kommt das etwa öfter vor?«, tastete ich mich vor.

»Sandburgen bauen? Eher bei den Kindern.« Karlee blieb vor zwei kleinen Gebäuden stehen, die ebenso im balinesischen Stil erbaut wurden wie das Haupthaus. »Weißt du, was eine Geisha ist?«

»Ja«, sagte ich zögernd und erinnerte mich an einen Roman von Arthur Golden, den ich vor einem Jahr gelesen hatte. Ich verstand den Zusammenhang dennoch nicht.

»Geishas sind doch auch Unterhaltungskünstlerinnen. Sie unterhalten die Gäste. Beim Essen und auf Feiern. Sie animieren sie zu Trinkspielen und halten Teezeremonien.«

Ich hob eine Augenbraue. »Du meinst, wir sind so etwas wie Geishas?«

»Vielleicht nicht so stilvoll«, sagte sie grinsend. »In anderen Hotels und Resorts ist es dem Personal verboten, mit Gästen zu flirten oder sich mit ihnen einzulassen. Auf Lovett Island hingegen dürfen wir ruhig nahbar sein.« Ihr Blick wurde vielsagend.

Das Bild von diesem Job formte sich vor meinem inneren Auge. Ich sollte mit den Gästen flirten? Ich hatte in meinem Leben noch nie richtig geflirtet, geschweige denn, dass mit mir geflirtet worden war. Peytons Worte kamen mir wieder in den Sinn: Wir sollten den Gästen eine Freude bereiten. »Wir sollen mit den Urlaubern Affären haben?« Ich hörte selbst, wie fassungslos ich klang.

»Wir können«, korrigierte Karlee mich. »Es geht darum, den Gästen jeden Wunsch von den Lippen abzulesen. Sie legen einen Haufen Kohle für diesen Urlaub hin, da sollen sie alles bekommen, was sie wollen.«

Letzteres klang wie eine klare Anspielung auf Sex. Ich hatte allerdings nicht vor, mit einem Urlauber zu schlafen. Selbst wenn das hier eine Luxusinsel war und die Gäste für ihren Urlaub tausende von Dollar zahlten. In mir kam der Gedanke auf, dass Peyton recht hatte und ich nicht hierhergehörte.

»Ganz ruhig, Maci«, sagte Karlee besänftigend. Offenbar hatte sie meine aufkommende Panik bemerkt. »Niemand zwingt dich zu etwas. Du kannst tun und lassen, was du willst.« Sie machte eine kurze Pause, in der sie mich nachdenklich betrachtete. »Was hast du denn geglaubt, was dich hier erwartet?«

»Dass wir die Zimmer reinigen, beim Essen die Getränke servieren. So was halt.« Ich zuckte mit den Schultern. Elliott hatte nicht viel erzählt, was meine Aufgaben hier wären. Vielleicht wusste er es auch nicht genau.

»Dafür haben wir Zimmermädchen und Kellner«, entgegnete Karlee. »Du könntest fragen, ob da eine Stelle frei ist, aber ich rate dir, bei uns zu bleiben. Die Unterhaltung der Gäste macht richtig Spaß, glaub mir. Wir sind wie Geishas. Nur dass wir eben Surf- und Yogaunterricht geben oder mit den Gästen Wasserski fahren und tauchen.«

»Oder eine Affäre mit ihnen haben«, ergänzte ich, immer noch unsicher, ob ich jemals dazu bereit sein würde. Mal abgesehen davon, dass ich außer Tennis spielen nicht viel konnte. Ich hatte noch nie auf einem Surfbrett gestanden und konnte weder auf Wasser noch auf Schnee Ski fahren.

»Bei dir klingt das so furchtbar.« Karlee lachte amüsiert über meine Reaktion. »Eine Affäre geht immer von beiden Seiten aus. Wenn du keine Lust darauf hast, dann lass es. Und wenn doch, dann hab einfach richtig Spaß dabei.«

»Kommt das bei dir oft vor? Also … dass du mit einem Gast eine Affäre hast?«, fragte ich vorsichtig, weil ich nicht wusste, ob das zu persönlich war. Doch Karlee reagierte offen auf meine Neugierde.

»Ab und zu«, antwortete sie unverblümt. »Vor zwei Wochen hatte ich ein paar echt heiße Stunden mit einem internationalen Topmodel. Ich darf dir leider nicht ihren Namen verraten. Du weißt ja, Diskretion und so.«

»Ihren Namen?«, wiederholte ich überrascht.

»Ja«, antwortete Karlee leichthin. »Ich mag Mädchen und Jungs.«

Ihre lockere Art, das zu sagen, beeindruckte mich. Meine Eltern waren sehr konservativ, wie auch ein Großteil der Nordstaaten. Ich erinnerte mich, dass in der Highschool ein Junge geoutet und daraufhin übel gemobbt wurde. Sie hatten seinen Spind mit Beleidigungen beschmiert und die Reifen seines Fahrrads zerstochen.

»Also gut.« Karlee rieb die Handflächen aneinander, offenbar bereit, unsere kleine Führung fortzusetzen. Sie wandte sich den Bungalows zu, neben denen wir standen. »Hier sind das Spa und das Fitnesscenter. Das Fitnesscenter wird aber selten benutzt, weil die Gäste lieber Sport im Freien machen.«

Das konnte ich verstehen. Ich hatte genug Zeit meines Lebens in Kraftkammern und Fitnessräumen verbracht. Der Sport an der frischen Luft war auch mir immer lieber gewesen.

»Im Spa können sich die Gäste von oben bis unten verwöhnen lassen. Es gibt Algenbäder, Bambusmassagen, eine Ganzkörperbehandlung mit Vulkanasche, Kaviarmasken und Perlenstaubbehandlungen fürs Gesicht.«

»Wow, klingt ganz schön exquisit.«

»So wie unsere Gäste auch sind.« Karlee nickte zur Seite, und ich folgte ihr den Weg entlang weiter.

Das Meeresrauschen wurde immer lauter. In meinen Fingern kribbelte es. Ich konnte es nicht erwarten, an den Strand zu gelangen, das Meer zu sehen, den weichen Sand unter den Füßen zu spüren.

»Wie viele Menschen können auf der Insel übernachten?«, fragte ich, während wir zwischen meterhohen Palmen entlangliefen.

Karlee dachte kurz nach. »Etwa fünfzig bis sechzig«, antwortete sie. »Wir haben acht Doppel- und zwei Familienzimmer sowie fünf Bungalows am Nordstrand. Neben dem Staff übernachtet noch das Küchen- und Servicepersonal hier. Die Zimmermädchen, Masseure und der Inselwart kommen mit dem Boot von den Nachbarinseln.«

»Der Inselwart?«, wiederholte ich schmunzelnd. Diese Bezeichnung fand ich entzückend, auch wenn bestimmt viel Arbeit dahintersteckte, so eine Insel in Schuss zu halten.

»Ja, Pedro kümmert sich um die Technik und die Pflanzen auf der Insel.«

»Und im Familienhaus?«, hakte ich neugierig nach. »Wer wohnt darin?«

Vor uns lichtete sich das Grün an beiden Seiten, und wir erreichten zwei äußerst gepflegte Tennisplätze. Der Blick darauf versetzte mir einen wehmütigen Stich in der Brust. Es lag nicht daran, dass es nur drei Tage her war, seit ich das letzte Mal einen Tennisschläger in der Hand gehalten hatte, sondern dass mir bewusst wurde, dass ich meine Entscheidung, die Tennisschuhe an den Nagel zu hängen, nicht rückgängig machen konnte. Auch wenn ich hier gelegentlich Tennisunterricht geben würde, ich war keine professionelle Spielerin mehr.

»Es ist nicht immer jemand von den Familien da«, erklärte Karlee und erinnerte mich an meine Frage. »Es gibt sechs Suiten. Die obere Etage gehört den Parkers, die untere den Wilkins. Die Kinder haben jeweils ein Appartement, so wie ihre Eltern. Die zwei übrigen sind für Familienmitglieder und enge Freunde.«

Diese Suiten mussten groß sein. Das Familienhaus lag spiegelverkehrt zum Haupthaus wie der Mitarbeitertrakt und hatte von außen baulich identisch ausgesehen. Während im Mitarbeitertrakt sowohl der Staff und das Küchenpersonal als auch die Büros untergebracht waren, gab es im Familienhaus also sechs Appartements. Ich hätte zu gern gewusst, wie exklusiv die Wohnräume der Eigentümer eingerichtet waren.

»Hier sind also die Tennisplätze«, sagte Karlee und machte eine ausholende Handbewegung. »Ich hab gehört, du spielst auch.«

»Ein wenig«, log ich und versuchte mir nicht anmerken zu lassen, wie viele Erinnerungen und Gefühle in mir hochkamen, wenn ich diese Sandplätze vor mir sah. Tennis war mein Leben gewesen, doch ich hatte es mit all meinem Zeug in North Dakota zurückgelassen.

»Adam hat bislang mit unseren Gästen gespielt«, erklärte Karlee. »Er wird dir bestimmt alle Unterrichtsstunden aufhalsen wollen. Er spielt nicht schlecht, aber er hasst es, bei dieser Hitze auf dem Platz zu stehen. Da liegt er lieber auf dem Surfbrett oder geht tauchen.«

»Kann ich verstehen.« Es war fast schon zu heiß, um nur zum Strand zu laufen. Aber nur fast, denn ich konnte es nicht erwarten, an die Küste zu kommen und den Wellen beim Brechen zuzusehen. Zu beobachten, wie sie sich wie ein Schleier über den Sand legten und wieder zurück ins Meer krochen. Ich liebte das Meer, seit ich das erste Mal meine Füße in die Gischt gestellt hatte.

Wir liefen weiter und betraten kurz darauf den kleinen Vorbau, der uns in das breite Strandhaus führte. Es war wie ein gigantischer Pavillon, der mit Stroh bedeckt war.

»Willkommen im Strandhaus!«, rief Karlee und schob mich ins Innere.

Hier gab es mehrere bequeme Sitzmöglichkeiten, eine große, moderne Bar mit weißen Hockern, eine riesige Kühlvitrine mit Getränken und frischem Obst sowie einen großen Flachbildschirm an der Wand. Was jedoch meinen Blick auf sich zog, war die silberne Stange, die neben der Bar zwischen Decke und Boden gespannt war.

»Eine Poledance-Stange?«

»Die gehört Violet.« Karlee grinste breit. »Sie kann dir

bestimmt beibringen, wie man daran tanzt. Es ist aber megaanstrengend, und anfangs hatte ich lauter Blutergüsse an den Oberschenkeln.«

Meine Mutter würde mich die nächsten drei Jahre in den Keller sperren, schon allein für den Gedanken, dass ich an einer solchen Stange tanzen könnte.

»Ich glaube nicht, dass das etwas für mich ist«, sagte ich. Ich biss mir auf die Lippen, als mir bewusst wurde, was ich da gesagt hatte. Karlee hielt mich bestimmt für prüde und verklemmt. Ich konnte noch nicht einmal sagen, ob ich das war oder nicht. Bislang hatte ich einfach nicht die Möglichkeit gehabt herauszufinden, wer ich überhaupt war. Doch das wollte ich auf jeden Fall ändern.

»Werd locker, Maci!« Karlee nahm mich an den Schultern und schüttelte mich sanft durch. »Auf Lovett Island steht der Spaß an erster Stelle. Für die Gäste, wie auch für uns. Du siehst aber aus, als wüsstest du nicht mal, wie man Spaß schreibt.«

Ich bemühte mich um ein Lächeln, doch innerlich musste ich ihr zustimmen. Der bisherige Spaß meines Lebens waren erfolgreiche Turniere gewesen. Wenn ich meine Gegnerin in der Hand hatte. Das war Spaß gewesen. Wenn ich als Siegerin vom Platz gegangen war.

Für Karlee bedeutete Spaß wohl eher Partys, gute Musik und nette Leute. Für mich war das unbekanntes Terrain, das ich jedoch entdecken wollte.

»Das wird schon!« Karlee zwinkerte mir aufmunternd zu und brachte mich dann weiter auf die Terrasse.

Ich hatte nicht gedacht, dass irgendetwas unsere kleine Führung noch toppen könnte. Alles bisher Gesehene war schon wunderschön gewesen, doch diese Terrasse sah aus wie die atemberaubenden Kulissen, die ich auf Pinterest gesehen hatte. Seit ich von Elliotts Jobangebot erfahren hatte, hatte ich jeden Abend im Bett die Online-Pinnwand nach karibischen Orten abgesucht, um mir Mut zu machen, mein Vorhaben wirklich durchzuziehen. Die Bilder, die ich dort gesehen hatte, waren traumhaft gewesen, doch das hier war die Realität. Und sie war noch malerischer als jedes Foto, das mir untergekommen war.

Den Boden überzogen lange Holzdielen, darauf standen Stühle und Tische. In kleinen Vasen waren Frangipani, Hibiskusblüten und gefächerte Blätter drapiert. Die absolute Krönung war aber der Ausblick auf das Wasser. Der Holzboden ging fast nahtlos in den feinen weißen Sand über. Der Strand war riesig, und dahinter lag das rauschende, endlos blaue Meer.

Ich wollte nur noch die Flip-Flops von den Füßen kicken und meine Zehen in den warmen Sand graben.

2.

Violet

»Violet, Süße, da bist du ja!«

Der Gast, dessen Namen ich längst vergessen hatte, begrüßte mich mit seinem perfekten Zahnpastalächeln. Er war ein Agent aus L. A. und in Begleitung zweier Frauen. Ob sie seine Freundinnen, Bettgeschichten für den Urlaub oder tatsächlich Models waren, wusste niemand so genau. Es ging uns auch nichts an.

»Ich bringe eure Cocktails«, sagte ich mit meinem strahlendsten Lächeln, das ich als Siebzehnjährige geübt, erprobt und als wirkungsvoll eingestuft hatte. In den letzten drei Jahren war es mir in so mancher Situation eine große Hilfe gewesen.

»Ich steh auf Sex on the Beach«, grölte der Agent, dessen rundlicher Bauch von der Sonnencreme glänzte.

Ich lachte, auch wenn dieser Witz hier jede Woche bei einem anderen Gast fiel.

Seine Begleiterinnen, zwei Blondinen mit Size Zero, griffen ebenfalls nach ihren kühlen Drinks. Auf dem

Tablett hatte ich noch vier Flaschen Bier stehen, die ebenfalls bestellt wurden.

»Violet, Süße, wie alt bist du eigentlich?«

»Einundzwanzig«, log ich.

Ich glaubte, ein leises Schnauben zu hören, und schielte hinüber zu Jesse und Brent, die mit zwei Studentinnen vom Beachvolleyballplatz herübergekommen waren und sich nun ein paar Meter entfernt auf den Strandliegen ausruhten.

Brents und mein Blick trafen sich. Ich musste automatisch lächeln. Als er es erwiderte, machte mein Herz einen Hüpfer.

»Schön«, brummte der Agent und lenkte meine Aufmerksamkeit wieder auf sich. »Wie wäre es, wenn wir heute Abend zusammen eine Flasche Champagner köpfen? Zu viert oder lieber nur zu zweit?« Sein widerliches Lachen deutete seine Gedanken an, doch mich schreckte dieses Angebot nicht ab.

Nicht mehr.

»Klingt verlockend«, antwortete ich und wandte mich den Jungs sowie den beiden Studentinnen zu, die auf ihre Biere warteten. »Aber ich stehe eher auf die harten Sachen.«

Die Zweideutigkeit dieser Worte war mir bewusst, doch meiner Erfahrung nach war eine offensive Schlagfertigkeit die beste Art, um Männer mit einem zu großen Ego in die Schranken zu weisen.

Brent war von seiner Liege aufgestanden, um mir die Bierflaschen abzunehmen. »Danach wirst du bei dem vergeblich suchen«, flüsterte er.

Als sich unsere Finger berührten, hielt ich für einen Moment den Atem an. Mein Blick fiel auf den Löwen auf seiner Brust, eine der vielen Tätowierungen, die seinen Körper zierten. Ich mochte jede einzelne von ihnen. Es gefiel mir nicht, wenn Brent mit anderen Frauen flirtete, doch ich wusste, dass er mit keiner ins Bett gehen würde. Geschweige denn sich verlieben wollte. Auch in mich nicht.

»Danke, Vi, du bist ein Schatz«, sagte Jesse und hob seine Flasche, um den Studentinnen mit einem charmanten Lächeln zuzuprosten, ehe er sie an die Lippen setzte. Auch er flirtete gern mit den weiblichen Gästen und ging noch lieber einen Schritt weiter.

Ich machte mich mit dem leeren Tablett auf den Rückweg zum Strandhaus, als der Agent mir zurief: »Violet, nur ein Wort, und ich nehme dich sofort unter Vertrag.« Er ließ einfach nicht locker und zwinkerte mir zu – obwohl er doch schon zwei Begleiterinnen hatte.

»Als was denn?«, fragte ich lachend und überspielte damit meine Abneigung. »Topmodel oder Affäre?«

»Baby, was immer du willst.« Er grinste breit und stellte sich Letzteres offenbar gerade bildlich vor. »Den Körper hättest du jedenfalls für beides.«

Seine Freundinnen lächelten säuerlich. Ob sie sich mit denselben Worten hatten rumkriegen lassen? Zum Glück wirkten solche Sprüche nicht bei mir. Hätte mir ja noch gefehlt, dass ich so naiv war, wie die beiden Blondinen aussahen.

»Süße, ich könnte dir die ganze Welt zeigen.«

»Schätzchen, ich habe von dieser Welt schon genug gesehen«, antwortete ich unbeeindruckt. »Mein süßer Hintern bleibt erst mal hier.«

Charmanter konnte und wollte ich eine Abfuhr nicht verpacken. Dem Agenten schienen meine Worte nicht zu gefallen, doch er ließ es sich nicht anmerken und wandte sich wieder seinen Freundinnen zu. Eine an jeder Seite genügte wohl, um die kleinen Kratzer an seinem Ego sofort wieder wegzupolieren.

Wenn ich eines in meiner Zeit in Las Vegas und hier auf Lovett Island gelernt hatte, dann, wie ich Männer bei Laune und sie mir dennoch vom Hals hielt. Ein selbstbewusstes Auftreten und kesse Sprüche reichten dazu meistens aus. Meistens … eine Ausnahme gab es leider. Schon bei dem Gedanken an ihn kroch mir ein kalter Schauer über den Rücken. Solange ich jedoch auf Lovett Island lebte, würde ich ihm nicht aus dem Weg gehen können. Und solange wir beide das Gefühl hatten, dass ich in seiner Schuld stand, behielt er die Oberhand.

Ich bemerkte Karlee, die auf der Terrasse stand und mit einer athletischen Blondine mit blasser Haut sprach. Ob das die Neue war, von der Peyton gesprochen hatte? So wie sie sich umsah, zählte sie eindeutig nicht zu den reichen Töchterchen, die hier Urlaub machten. Neugierig lief ich zu den beiden rüber, um es herauszufinden.

»Violet, ab jetzt steht es wieder drei zu drei«, sagte Karlee fröhlich, als ich bei ihnen ankam. Ich wusste sofort, was sie meinte. Wir hatten weibliche Verstärkung bekommen. »Das hier ist Maci.«

»Hi, Maci! Freut mich, dich kennenzulernen. Wie gefällt dir unsere kleine Insel?«

»Es ist wunderschön hier«, antwortete Maci mit einem Hauch von Unsicherheit in der Stimme.

»Wie alt bist du?«

»Achtzehn.«

Obwohl Maci sich nichts anmerken lassen wollte, sah ich die Schüchternheit in ihren feinen Gesichtszügen. Aber das waren wir alle gewesen. Jeder war bei der Ankunft überwältigt. Das war normal.

»Unser neues Küken.« Karlee legte ihren Arm um Macis Schultern und grinste. »Aber wir passen auf dich auf. Und weil ich die Älteste bin, musst du tun, was ich sage.«

»Von wegen!« Ich wandte mich Maci zu. »Lass dir von ihr nichts einreden. Manchmal ist Karlee etwas größenwahnsinnig. Früher wollte sie die Welt retten, heute will sie nur Diktatorin auf Lovett Island werden.«

Karlee kickte etwas Sand zu mir herüber und lachte amüsiert über meine Aussage. »Stimmt. In Wahrheit müssen wir alle tun, was Peyton sagt.«

»Oder die Gäste«, fügte Maci hinzu.

»Genau.«

Ich betrachtete Maci etwas genauer. Sie war ein wirklich hübsches Mädchen, sehr trainiert. Ihr aschblondes Haar rahmte ihre feinen Gesichtszüge und die helle makellose Haut ein. Sie hatte ein freundliches, aber auch zurückhaltendes Lächeln. Im Gegensatz zu uns anderen sah man ihr das junge Alter an, und sie wirkte auch noch sehr unerfahren, fast unschuldig. Es war ihr Blick, der sie verriet. Forschend, aber auch zaghaft sah sie zwischen uns hin und her. Die geschwungenen Lippen waren leicht zusammenpresst, als wollte sie sich ihre Gedanken nicht anmerken lassen.

Ich hätte zu gern gewusst, warum sie ihre Heimat zurückgelassen hatte. Denn ich war mir sicher, dass auch sie, wie wir alle, ein Päckchen zu tragen hatte. Ansonsten wären wir nicht hierhergeflohen. Wir wollten alle ein neues Leben. Manche von uns schafften das, andere nicht.

Das grölende Lachen des Agenten holte mich aus meinen Gedanken. Besser so, denn sie zogen mich jedes Mal runter, wenn sie mich einholten.

Ich warf einen flüchtigen Blick zu dem Kerl, der nichts Attraktives an sich hatte, dessen Geld aber wohl ausreichte, um die Frauen zu ihm zu locken.

»Du musst nicht alles tun, was die Gäste wollen«, sagte ich an Maci gewandt. »Okay?«

Sie nickte, und ich glaubte, einen Hauch Erleichterung in ihren Augen zu erkennen.

»Wir sollten lieber in den Schatten gehen«, warf Karlee ein. »Maci ist ein Nordstaatenmädchen und so viel Sonne bestimmt nicht gewöhnt.«

Karlee hatte recht. Macis heller Typ würde sich erst an die viele Sonne gewöhnen müssen. Und da ein Sonnenbrand nicht gerade attraktiv war, bugsierte ich die beiden unter das Dach der Terrasse.

»Vi und ich können dir Klamotten und Schuhe borgen, aber keine Sonnencreme mit Lichtschutzfaktor 50«, sagte Karlee lachend.

Als Maci mich ansah, hob ich entschuldigend die Schultern. Karlee war schwarz, und auch ich hatte durch meine brasilianische Herkunft selbst im tiefsten Winter braune

Haut. »Ich hab gerade mal Faktor 15.« Ganz ohne Sonnen-schutz ging es auch für uns nicht.

»Meine ist nicht mal zweistellig«, entschuldigte sich Karlee mit einem schiefen Lächeln.

3.

Maci

Ich wurde den Gedanken nicht los, dass ich keinen BH trug. Vor dem Spiegel in Karlees Zimmer hatte ich mich damit noch wohlgefühlt. Elegant, natürlich, sogar ziemlich sexy. Ich hatte von Violet einen weiten, bodenlangen Rock aus einem leichten weißen Stoff bekommen, dazu trug ich ein blaues Häkeltop, das Violet mir geliehen hatte. Es war nicht nur ein bauchfreies Oberteil, die großen Maschen zeigten auch viel Haut. Sehr viel Haut. Nur über der Brust war ein hauchdünner Stoff eingenäht. Ich hatte protestiert, doch Violet und Karlee waren standhaft geblieben und hatten gemeint, meinen trainierten Bauch dürfte ich ruhig herzeigen. Auch wenn er weiß war.

Ich wurde schließlich von ihnen geschminkt und frisiert – dazu hatten sie einige Strähnen meiner Haare gezwirbelt und am Hinterkopf festgesteckt –, aber der Fakt, dass ich immer noch keinen BH trug und nur ein hauchdünner Streifen Stoff und ein bisschen gehäkelte Masche meine Nippel verdeckten, machte mich nervös.

Nun saß ich mit ihnen und den drei männlichen Staffmitgliedern an einem Tisch im Strandhaus, wo es inzwischen ruhig geworden war. Brent, Jesse und Adam waren ein paar Jahre älter als ich und konnten vom Aussehen kaum unterschiedlicher sein. Brent wirkte sehr gechillt, als würde ihn kaum etwas aus der Ruhe bringen. Er trug ein weites Shirt, eine Snapback verkehrt auf dem Kopf und hatte Tattoos auf den Unterarmen.

Jesse hatte dunkle Haut, einen athletischen Körper und trug sein kurzes Afrohaar mit einem Fade. Er schien das komplette Gegenteil zu sein. Während Brent lässig in der Ecke saß, war Jesse jemand, der die Aufmerksamkeit anderer durch Erzählungen auf sich lenkte. Den halben Abend hatte nur er gesprochen und meist von seinen Bettgeschichten erzählt. Offenbar fiel es ihm nicht schwer, für die Gäste nahbar zu sein, denn er hatte laut eigener Aussage jede Woche eine andere Flamme. Ich konnte mir vorstellen, dass sein Lächeln viele Frauenherzen höherschlagen ließ.

Adam wiederum war ganz offensichtlich der Spaßvogel in der Runde. Ständig warf er einen witzigen Kommentar ein, der die Stimmung hob und uns ausgelassen lachen ließ. Mit seinem engelsgleichen Gesicht, den schulterlangen weißblonden Haaren und der sonnenbraunen Haut sah er aus wie ein Model aus einer Surferzeitschrift.

Sowohl die Jungs als auch Violet und Karlee waren nicht nur attraktiv, sondern auch auf eine natürliche Art sehr selbstbewusst. Ich passte nicht in diese Runde. Ich – das Mädchen, das keine Freundschaften schließen konnte, weil es erst mit siebzehn aus dem Privatunterricht entlassen worden war und das erste Mal in eine öffentliche Schule gehen durfte.

Aber ich wollte nicht mehr so sein. Ich wusste, dass ich durchaus selbstbewusst sein konnte, auch wenn es sich nur auf mein Tennisspiel bezog. Und nun war es an der Zeit, mein Terrain zu erweitern und herauszufinden, ob in mir nicht auch eine selbstbewusste junge Frau steckte, die einfach nur Spaß haben konnte. Nicht nur um es Peyton zu beweisen, sondern auch mir selbst.

Während den Gästen der Insel im Haupthaus das Dinner serviert wurde, hatte uns Peyton ein Abendessen hierherbringen lassen. Es gab Chili-Calamari, würzige Chickenwings und mit Honig und Knoblauch marinierte Riesengarnelen. Dazu frittierte Kochbanane, knusprige Zuckermais-Bällchen und einen Avocado-Gemüsesalat. Ich wollte gar nicht mehr aufhören zu essen, nicht nur weil ich nach über einem Tag Anreise wirklich ausgehungert war. Es schmeckte einfach fantastisch. Fruchtig, würzig, nach Sommer und Karibik.

Während des Essens scherzten die Jungs miteinander, ärgerten uns Mädchen und schmiedeten Pläne für den nächsten Tag. Brent und Jesse wollte Wasserski fahren, Karlee plante eine Yogastunde am Vormittag, und Adam konnte sich nicht zwischen Kitesurfen und Wellenreiten entscheiden. Es war völlig surreal, zwischen ihnen zu sitzen – die Wärme der amerikanischen Jungferninseln auf der Haut, das Brechen der Wellen im Hintergrund und dann gefragt zu werden, wobei man mitmachen wollte.

Bei allem!, hätte ich am liebsten gesagt. In diesem tropisch eingerichteten Strandhaus, auf dem gemütlichen Loungesessel sitzend und umgeben von diesen offenen und lockeren Leuten, ließ all die Anspannung nach, die ich in Peytons Nähe hatte. Die Jungs gaben mir das Gefühl, willkommen zu sein, genauso wie Violet und Karlee. Meine Sorgen waren völlig unbegründet gewesen. Mit offenen Armen und neugierigen Blicken hatten sie mich empfangen. Noch nie hatte jemand abseits des Tennisplatzes solches Interesse an mir gezeigt.

»Heute erwartet uns oben noch ein besonderer Abend«, sagte Violet und schob ihren Teller von sich. Ich nahm an, mit *oben* meinte sie das Haupthaus. »Blair feiert ihren einundzwanzigsten Geburtstag.«

»Blair ist Baron Wilkins' Tochter«, klärte mich Karlee auf, die meinen fragenden Blick richtig gedeutet hatte.

Das hieß, ich würde gleich am ersten Abend jemanden von den Besitzerfamilien kennenlernen. Ob auch Hugh Parkers Sohn anwesend sein würde? Ich konnte mir vorstellen, dass die beiden miteinander befreundet waren, wenn ihre Väter zusammen ein riesiges Unternehmen aufgebaut hatten.

»Es ist jetzt an der Zeit, dass Maci uns besser kennenlernt«, sagte Jesse und schenkte mir sein breites, Frauenherzen verschlingendes Lächeln. Lässig lehnte er sich in seinem Sessel zurück und fuhr sich mit einer Hand durchs Haar. Nach all seinen Frauengeschichten, an denen er uns heute Abend hatte teilnehmen lassen, hatte ich das Gefühl, ihn schon ziemlich gut zu kennen.

»Und wir sie!«, fügte Violet hinzu und wackelte mit den Augenbrauen.

»Wahrheit oder Lüge?«, schlug Adam vor, und die anderen stimmten begeistert zu.

»Das spielen wir immer, wenn wir ein neues Staffmitglied bekommen«, erklärte Karlee und grinste. »Keine Sorge, ist halb so wild.«

»Und wie geht das?«, fragte ich.

Violet grinste. »Wir erzählen dir eine Story über eine Person am Tisch, und du musst raten, ob sie stimmt oder nicht.«

»Fangen wir mit Brent an!« Jesse rieb sich die Hände und warf seinem Kumpel ein Grinsen zu. »Brent ist gebürtiger Kalifornier und war in seiner Jugend professioneller Skateboardfahrer bei den X-Games.«

Ich wusste nicht viel über die X-Games, nur dass es eine Sportveranstaltung für Sportarten wie BMX, Motocross und eben Skateboard war.

»Wahrheit oder Lüge, Maci?«

Alle starrten mich an, während ich Brent musterte. Er könnte durchaus als Skateboarder durchgehen. Das weite Shirt, die Basecap, die er verkehrt herum trug, die lässige Art, wie er sein Bier in der Hand hielt. Das Aussehen ließ mich keine Sekunde an der Story zweifeln. Doch warum sollte Brent eine Karriere, um die ihn Millionen Teenager beneideten, aufgeben?

»Lüge.«

Ein Raunen ging durch die Runde.

»Warum?« Brent wirkte fast schon enttäuscht.

Ich lag offenbar falsch. Vielleicht hätte ich doch mehr auf sein Äußeres vertrauen sollen. »Warum solltest du eine Profi-Skateboarderkarriere aufgeben?«

Brents lässige Miene kühlte mit einem Schlag ab. Plötzlich war es ganz still im Strandhaus. Nur das Meer und die kühle Abendbrise, die durch die Palmen strich, waren im Hintergrund zu hören.

»Ich hatte meine Gründe«, antwortete er heiser.

Ich hielt die Luft an, als ich merkte, wie sich eine unangenehme Spannung im Raum ausbreitete. Fast hätte ich mich dafür entschuldigt, wäre Violet mir nicht zuvorgekommen.

»Okay, genug über Brent gequatscht«, warf sie schnell ein, als wollte sie ihn vor weiteren Fragen schützen. »Machen wir mit Jesse weiter.«

Ich atmete erleichtert aus. Für einen Moment hatte ich befürchtet, die Stimmung wäre gekippt, doch sie hatten offensichtlich nicht vor, das Spiel zu beenden.

»Jesse übernehme ich«, rief Karlee begeistert. Ihr Blick richtete sich auf mich. »Unser Frauenschwarm Jesse ist mit siebzehn von zu Hause abgehauen, um in Miamis angesagtesten Clubs als DJ aufzutreten. Eigentlich hätte er auf Lovett Island nur für eine Party auflegen sollen, aber er ist nie wieder abgereist.«

Wieder sahen mich alle erwartungsvoll an. Ich wand mich unruhig in meinem Stuhl. Erst ein Profi-Skateboarder, dann ein DJ? Da konnte ich mich schon auf eine lahme Vorstellung von mir selbst freuen. Hoffentlich würde das nichts an ihrer Art ändern, mich so offenherzig in ihrer Gruppe aufzunehmen.

Ich betrachtete Jesse noch einmal genauer. Mit seinem trainierten Körper, den feinen Gesichtszügen und diesem einvernehmenden Lächeln hätte er auch gut als Model arbeiten können. Sah so ein DJ aus? Ich hatte keine Ahnung, schließlich war ich in meinem ganzen Leben noch nie in einem Club gewesen.

Mir blieb nichts anderes übrig, als wahllos zu raten: »Lüge.«

»Sei froh, dass es keine Aufnahmeprüfung ist«, rief Jesse amüsiert in das Gelächter der anderen hinein. »Eigentlich sollte ich die Tauchschule meines Vaters übernehmen, aber ich wollte lieber Musik machen. Hier kann ich beides. Tauchen und DJ sein.«

Brent brummte. »In Wahrheit sollte er gar nicht mehr da sein. Sie erwischen ihn aber nicht, weil er jede Nacht einer anderen Frau die Nachtstunden versüßt.« Er stieß seinem Freund den Ellenbogen in die Seite, und beide lachten auf.

Obwohl ich angesichts des Geplänkels grinsen musste, füllte mich das Gehörte auch mit Scham. Hüpfte hier jeder durch die Betten? Obwohl Karlee mehrmals gesagt hatte, dass niemand zu etwas gezwungen wurde, konnte ich ihren Worten immer noch nicht hundertprozentig glauben. Sicherlich würde ich nicht gezwungen werden, mit einem Gast ins Bett zu steigen. Nur würde meine Chefin unzufrieden mit mir sein und meine neuen Freunde …

Nein, das stimmte nicht. Sie hatten mich so freundlich aufgenommen, ich konnte mir nicht vorstellen, dass sie mich wieder ausstoßen würden, wenn ich nicht genug flirtete. Mein Vorhaben, das Terrain auszuweiten, schwankte.

»Kommen wir zu unserem Surferboy Adam.« Violets fröhliche Stimme riss mich aus meinen Gedanken. »Kaum zu glauben, dass er eigentlich aus Nebraska stammt, wo er von der Uni geflogen ist, weil er mit der Frau seines Professors geschlafen hat.«

Ich musterte Adam, der sich verspielt verschämt auf die Lippe biss und mir zuzwinkerte. Offenbar wollte er mir seine Story noch glaubwürdiger machen. Mit seinen sonnengebleichten Haaren und der Halskette aus Holzperlen und Muscheln sah er aus, als wäre er am Strand geboren worden. In Miami, Malibu oder auf den Bahamas. Nicht aber in Nebraska, bekannt für seine Landwirtschaft, weshalb es auch Cornhusker State, der Maisschäler-Staat, genannt wurde.

Ob die Geschichte über ihn und die Frau seines Professors stimmte? Auf den ersten Eindruck wirkte alles so weit hergeholt, doch auch bei Brent und Jesse hatte ich schon gedacht, sie würden mit ihren Storys übertreiben. Warum sollte also auch Adams Beschreibung nicht stimmen?

»Wahrheit«, sagte ich und versuchte, entschlossen zu klingen.

Brent und Jesse stöhnten auf, als hätte ein Spieler ihres Lieblingsfootballteams den Ball in der Endzone nicht gefangen.

Adam nahm seinen Cocktail und biss lasziv in das Ende des Strohhalms. »In Wahrheit war es der Ehemann meiner Professorin.«

Überrascht sah ich auf. Damit hatte ich nicht gerechnet, doch es gefiel mir, dass hier alle so offen und tolerant waren.

»Der Typ hat mir echt das Herz gebrochen, als er mich für meine Professorin abserviert hat«, erklärte Adam. »Also habe ich meine Sachen gepackt und bin eine Woche später hier gelandet.« Er lehnte sich lässig in dem gepolsterten Loungesessel zurück und schlürfte seinen Cocktail.

»Ich bin wirklich schlecht«, sagte ich und ließ mir von Violet die pinke Limonade nachschenken, die sie zuvor an der Bar gemixt hatte. Sie schmeckte nach Erdbeeren, Wassermelone und Zitrone, wunderbar fruchtig und frisch.

»Du hast noch nicht viel von der Welt gesehen, oder?«, fragte Violet und reichte Karlee den Krug mit der Limo, damit sie sich ebenfalls einschenken konnte. »Aber hier auf Lovett Island werden wir deiner Menschenkenntnis schon auf die Sprünge helfen.« Sie lächelte mich zuversichtlich an.

»Kommen wir zu Vi«, schlug Brent vor. Er hielt einen Moment lang inne und sah die hübsche Schwarzhaarige an. Das Lächeln, das sie einander zuwarfen, wirkte so vertraut. Lief da etwas zwischen ihnen? Und wenn ja, ließen sie sich dennoch nebenbei auf die Gäste ein?

»Violet war Stripperin in Vegas, ehe sie Baron mit einem legendären Lapdance überzeugt hat, sie hierher mitzunehmen.«

»Du erzählst das immer so romantisch«, entgegnete Violet, schien es ihm aber nicht übel zu nehmen. Sie behielt Brent mit einem so warmen Blick im Auge, und ich war mir langsam sicher, dass die beiden weit mehr als nur Freunde waren. Das Knistern zwischen ihnen war nicht zu übersehen.

Ich ließ mir Brents Worte noch einmal durch den Kopf gehen. Violet hatte einen wunderschönen Körper, und Karlee hatte gesagt, dass ihr die Poledance-Stange gehörte, die nur wenige Meter von uns entfernt neben der Bar stand. Aber ob sie wirklich Stripperin gewesen war? Sie sah noch so jung aus, vielleicht zwei oder drei Jahre älter als ich. Ich wollte mir nicht vorstellen, dass diese Story stimmte.

»Lüge.«

Violet zwinkerte mir zu, und ich atmete erleichtert auf, nicht nur weil es das erste Mal war, dass ich richtiglag. »Ich war Barkeeperin und keine Stripperin«, erklärte sie gelassen. »Gelegentlich habe ich auch getanzt, aber nie nackt.«

Was war in Violets Leben passiert, dass sie in so jungen Jahren hinter einer Bar in Las Vegas gelandet war? Während ich der Kontrolle meiner Eltern ausgesetzt gewesen war, hatte es in ihrem Leben offenbar niemanden gegeben, der sie vor einer solchen Zukunft hatte bewahren können. Ich wollte gern mehr darüber wissen, auch ob das mit dem Lapdance für Baron Wilkins stimmte, doch Brent hatte auf meine Nachfrage so distanziert reagiert, dass ich bei Violet nicht das Gleiche riskieren wollte.

»Jetzt zu Karlee«, sagte Adam und stellte sein leeres Cocktailglas mit dem flach gekauten Strohhalm auf den Tisch. »Sie ist von Washington, D. C., hierhergeflüchtet, weil sie nach ihrer zweiten Verhaftung dem Knast entgehen wollte. Die Frage ist, warum man sie einbuchten wollte.«

Mist! Den Teil hatte Karlee ausgelassen, als wir vor ihrer Zimmertür mit dem Mugshot gestanden hatten.

»Ich gebe dir drei Auswahlmöglichkeiten.« Adam richtete sich auf und machte eine kurze Pause. Gemächlich strich er sich seine langen blonden Haare zurück. Dann fuhr er endlich fort: »A: Sie hatte zu laut Sex in einem Hotel. B: Sie ist nackt vor der Polizei davongelaufen. C: Sie hat in der Öffentlichkeit gepinkelt.« Er konnte sich selbst kaum beherrschen, während die anderen beiden Jungs bereits lauthals lachten.

Ich richtete mich ein Stück weit auf und versuchte erst bei Adam, dann bei Karlee eine Regung im Gesicht zu erkennen. Sie ließen sich aber nichts anmerken. Ich musste selbst auf die richtige Antwort kommen. Meine Neugierde war längst geweckt.

Noch einmal ging ich Adams Auswahlmöglichkeiten im Kopf durch. Die letzte schloss ich gleich mal aus. Pinkeln in der Öffentlichkeit hätte ich wohl jedem der Jungs zugetraut, aber nicht Karlee. Sie hatte vor dem Abendessen drei Outfits anprobiert, ehe sie sich für eines davon entschieden hatte, was zeigte, dass sie Wert auf ein hübsches Aussehen legte. Außerdem bewegte sie sich sehr grazil, weshalb ich mir nicht vorstellen konnte, wie sie sich auf offener Straße erleichterte.

War lauter Sex in einem Hotel ein Grund für eine Verhaftung? Für eine Schwarze, die zur falschen Zeit am falschen Ort den falschen Officer erwischte, bestimmt. Doch es konnte sich doch nicht alles immer nur um Sex drehen!

Jesse, der ständig bei Urlauberinnen übernachtete. Adam, der Sex mit dem Mann seiner Professorin hatte. Violet, die für Baron Wilkins einen Lapdance hinlegte. Blieb also nur noch, dass Karlee nackt vor der Polizei davongelaufen war. Die Frage war, warum sie das tun sollte. Vielleicht weil sie zu lauten Sex in einem Hotel gehabt hatte? O Mann, es lief also doch wieder auf Sex hinaus.

»Komm schon, Maci!«, drängte Violet und stupste mich ungeduldig an.

Ich seufzte. Wofür sollte ich mich entscheiden? Hotelsex oder nackt davonlaufen? Ich sah erneut Karlee an, doch ihr hübsches Gesicht gab mir keinen Hinweis. Sie wartete genauso gespannt auf meinen Tipp wie die anderen. Ich spürte die Blicke auf mir. Was hatte ich schon zu verlieren? Das hier war nur ein Spiel, und ich hatte schon so oft danebengelegen.

»B.«

»Nackt vor der Polizei davongelaufen?«, fragte Adam. Ich nickte zögernd. »Richtig!«

Karlee kicherte, schüttelte aber gleichzeitig den Kopf. »Ganz so ist es nicht gewesen«, verteidigte sie sich. »Ich habe bei einer Demonstration teilgenommen, die Polizei hat Wasserwerfer eingesetzt, und mein T-Shirt war weiß und dünn.«

»Und du hattest keinen BH an«, ergänzte Adam, als wäre er selbst dabei gewesen.

Das erinnerte mich daran, dass auch ich heute keinen BH trug. Immerhin war das Häkeltop ziemlich blickdicht.

»Sie haben mich tatsächlich wegen Erregung öffentlichen Ärgernisses verhaftet.« Karlee verdrehte die Augen. »Ein Glück, dass sich die Beamten nicht für drei Warnschüsse in den Rücken entschieden haben.« Sie ließ es wie Galgenhumor klingen, doch mir war bewusst, dass es tatsächlich anders hätte ausgehen können.

»Darauf trinken wir!«, sagte Violet trocken und hielt Karlee ihr Limoglas hin, damit sie anstoßen konnten.

Trotz des ernsten Themas hatte ich nicht das Gefühl,

als wäre die Stimmung im Strandhaus gekippt. Niemand wich unangenehm berührt Karlees Blicken aus oder schien sich um dieses gesellschaftliche Problem nicht zu kümmern.

Karlee trank ebenfalls von ihrer Limo, verzog aber das Gesicht. »Sorry, aber wenn ich darauf trinken soll, muss hier Alkohol rein. Anders verkrafte ich die fünftausend Dollar nicht, die für die Kaution draufgegangen sind.«

Die anderen lachten. Offenbar gehörte auch das zu Karlees Humor.

Mit Karlee, Vi, Jesse, Adam und Brent zusammenzusitzen war eine so ungewohnte schöne Abwechslung zu den vergangenen Wochen. Ich konnte mich gar nicht erinnern, wann ich mich zuletzt so unbeschwert gefühlt hatte.

»Jetzt bist du dran, Maci«, sagte Violet und zog ihre schlanken Beine an. Sie schlang ihre Arme darum und legte ihren Kopf auf den Knien ab, als würde ich gleich eine Gutenachtgeschichte erzählen.

»Wahrheit oder Lüge!«, forderte auch Brent. »Da mussten wir alle durch.«

Meine Unbeschwertheit war plötzlich verflogen. War ich wirklich bereit, diesen fast fremden Menschen einen Einblick in meine Vergangenheit zu geben? Ihnen zu zeigen, dass meine Geschichte nicht so spektakulär war wie ihre? Immerhin konnte ich selbst bestimmen, was sie erfahren sollten.

»Ich war nie auf einer Schule. Meine Eltern haben mich immer von zu Hause unterrichtet«, fing ich an und merkte, wie alle Blicke aufmerksam auf mich gerichtet waren. Dieses Mal war es ruhig, sehr ruhig.

Dann ging es los: »Wahrheit!« – »Wahrheit.« – »Lüge.«

Weil ich nicht vorhatte, ihnen zu gestehen, dass mein einziges Highschooljahr eine riesige Enttäuschung war, gestand ich mit einem verkrampften Lächeln schnell: »Es ist wahr.«

Ich wollte nicht, dass sie von dem täglichen stundenlangen Tennistraining wussten. Von den Turnieren und Trainingscamps. Sie sollten nicht erfahren, dass mein Leben aus nichts anderem bestanden hatte, was dazu geführt hatte, dass ich in so vielerlei Hinsicht noch unerfahren war. Sie mussten nicht wissen, dass ich für meine Mitschüler unsichtbar gewesen war. Nicht mal die Außenseiter hatten mich beachtet. Für sie war ich nur der Freak, der nie in die Schule gegangen war und täglich von seiner Mutter abgeholt wurde, um zum Tennisplatz gebracht zu werden.

Dennoch musste ich ihnen noch etwas mehr Details verraten, sonst würden sie vielleicht auf die Idee kommen, eigenmächtig in meiner Vergangenheit zu wühlen, und herausfinden, dass der wahre Grund für meinen Aufbruch ein anderer gewesen war.

»Sie haben mir nur erlaubt, das letzte Highschooljahr an eine Schule zu gehen. Als ich gesehen habe, was ich mein Leben lang durch die Kontrolle meiner Eltern verpasst habe, beschloss ich, mein Leben selbst in die Hand zu nehmen.«

»Armes kleines Küken!«, rief Violet und sah mich mitfühlend an. »Kein Wunder, dass du so unerfahren bist.«

»Aber keine Sorge«, warf Karlee ein, »wir zeigen dir, was das Leben alles zu bieten hat.«

»Jetzt bist du eine von uns.« Violet legte aufmunternd die Hand auf mein Knie.

Ich lächelte beide dankbar an – dafür, dass sie nicht weiter nachgebohrt hatten. Wie es aussah, war es eine der Regeln des Spiels, das nur erzählt wurde, wozu man bereit war. Wie bei Brent, der auf meine Nachfrage sehr verschlossen reagiert hatte. Mit Karlee und Violet an meiner Seite freute ich mich schon, Lovett Island besser kennenzulernen. Und irgendwie auch mich selbst.

Adam stand auf und streckte sich. »Meine Eltern hätten mich mal lieber mein ganzes Leben wegsperren sollen, dann wäre vielleicht etwas aus mir geworden.« Er lachte, doch Brent boxte ihm unsanft in die Seite und brachte ihn zum Schweigen.

»Adam, du Arsch, das ist unsensibel!«, zischte Violet.

»War nicht so gemeint, Maci. Ich rede oft schneller, als ich denke.« Adam zuckte verlegen mit den Schultern, und ich winkte ab.

»Schon gut«, beschwichtigte ich sie. »Erstens ist es ja nicht so, als wäre ich nie aus dem Haus gekommen, und zweitens hat es nicht viel gebracht. Offensichtlich ist aus mir ja auch nichts geworden.« Ich lächelte schief, um der Situation den Ernst zu nehmen.

Jesse stand auf und reichte mir die Hand. »Es ist Zeit, dass wir raufgehen und dem Abend noch etwas Schwung verleihen. Ladys, darf ich bitten?« Mit seiner zweiten Hand half er Karlee aus dem bequemen Sessel. Dann streckte er die Ellenbogen zur Seite und genoss es sichtlich, als wir uns einhakten.

Ich mochte ihn. Ich mochte sie alle. Sie hörten mir zu,

machten aber keine große Sache daraus. Vermutlich weil sie alle eine Vergangenheit hatten, die sie belastete.

Es war ein bunter Haufen, der hier in der Karibik zusammengekommen war. Ein Haufen, von dem ich nun ein Teil werden durfte und auch ein Teil sein wollte.

»Außerdem fängt Blairs Geburtstag gleich an«, erinnerte uns Violet und raffte sich ebenfalls auf. »Wenn ihr Champagnerbrunnen nicht rechtzeitig befüllt ist und ich nicht bereitstehe, um leckere Cocktails zu mixen, feuert sie mich bestimmt noch.«

Ich dachte erst, Violet scherzte, doch sie verdrehte die Augen, was mir versicherte, wie ernst sie es meinte.

»Dann mal los«, sagte ich, auch um mich selbst auf den weiteren Abend einzustimmen.

4.

Blair

Meine Freundinnen hatten mir eine rosafarbene Handtasche von Lana Marks geschenkt. Sie gefiel den dreien gut.
Mir nicht.

Rosa war nicht meine Farbe, doch bei solchen Freundschaften war es wohl normal, dass persönliche Belange irrelevant waren. Ob sie meine Lieblingsfarbe nicht kannten oder sie einfach nicht wissen wollten, spielte keine Rolle. Das Ergebnis blieb gleich: Die Handtasche war nur ein Schein. Genauso wie unsere »Freundschaft«.

Audrey, Chelsea und Summer gingen wie ich an die University of Miami. Sie sahen aus wie Schwestern, gleiche Frisur, gleicher Kleidungsstil, gleiche Interessen. Ich hatte mich mit ihnen angefreundet, weil sie aus ähnlichen Kreisen kamen wie ich.

Alle drei hatten ihre Freunde mitgebracht. Warum auch nicht, wenn ich schon anlässlich meines einundzwanzigsten Geburtstags nach Lovett Island einlud?

Sie waren alle nett, doch am meisten freute ich mich,

dass Trevor hier war. Er hätte meinen Geburtstag auch ignorieren können. So wie er mich in den vergangenen Monaten ignoriert hatte, nachdem wir uns getrennt hatten. Aber er war gekommen – zwar mit seinem besten Freund Ezra Sweeting im Gepäck, aber das war besser als gar nicht.

Vor einer halben Stunde hatte er ein neues Foto auf Instagram gepostet. Er stand auf dem verglasten Steg, der vom Familienhaus zum Haupthaus führte. Lässig an die Wand gelehnt, die Hände in den Hosentaschen seiner dunklen Jeans, die Ärmel seines weißen Hemds hochgekrempelt. Die Glaswände des Stegs schimmerten rotviolett von der Dämmerung, und der Blick, den er in die Kamera warf, war so intensiv, dass er noch jetzt mein Herz höherschlagen ließ. Dazu der Hashtag #partynightatlovettisland. Er hätte mich ruhig verlinken können, damit seine 2,4 Millionen Follower sahen, mit wem er feierte.

Dafür sah er in echt noch besser aus als in dem Post, bei dem er mal wieder für Parkins warb, mit seinem perfekten Baseballer-Körper. Ein Vorteil, den ich seinen Followern gegenüber hatte. Die mussten sich mit den Fotos begnügen, die er von Zeit zu Zeit veröffentlichte.

Heute Abend wollte ich mir keine Gedanken darüber machen, wer aus welchen Gründen wie viele Follower hatte. Für mich zählte nur, dass Trevor da war. Uns verband so viel mehr als eine einjährige Beziehung und eine ziemlich hässliche Trennung. Und das musste ich ihm wieder vor Augen führen.

Neben meinen drei Studienkolleginnen, Trevor und Ezra hatte ich noch einige alte Freunde eingeladen. Es durften natürlich nicht zu viele sein, damit es exklusiv blieb.

Wir hatten den hinteren Teil der Terrasse in Beschlag genommen. Die große Lounge, die über die gesamte Breite der Veranda ging, war mit pastellrosafarbenen und goldenen Ballons geschmückt. Am Tisch stand ein Champagnerbrunnen, in den diese Las-Vegas-Bitch zuvor die dritte Flasche Dom Pérignon gefüllt hatte. Der Nebentisch war mit einer stilvollen Lichterkette und zwei Rosenboxen in Form einer Zwei und einer Eins dekoriert. Die Zahlen hatten einen schwarzen Rahmen und waren mit echten Rosen in einem samtigen Dunkelrot gefüllt.

»Happy birthday to you!« Die tiefe Stimme meines Dads drang von der anderen Seite der Terrasse zu mir, als er ein Geburtstagslied anstimmte. Mit einer zweistöckigen Torte kam er auf mich zu, während meine Freunde und die Gäste mitsangen.

Die Torte sah wirklich hübsch aus. Die untere Etage war mit kleinen goldenen Zuckerperlen bedeckt. Ein silbernes Band zierte die glatte weiße Fondantschicht darüber, und drei echte weiße Rosen rundeten das Tortendesign ab. Leider sah die Sprühkerze darauf ziemlich trashig aus. Bestimmt eine Idee meines Vaters, denn so hatte ich die Torte nicht bestellt.

Dennoch lächelte ich zufrieden, stand auf und ließ mich von den Anwesenden besingen. Schon als kleines Mädchen hatte ich die ungeteilte Aufmerksamkeit anderer gemocht, und daran hatte sich nichts geändert. Ich sah zu Trevor, der ebenfalls mitsang und mir mit seinem Champagnerglas zuprostete, als sich unsere Blicke trafen.

Erleichtert atmete ich auf. Vielleicht gab es ja noch Hoffnung für uns.

Als das Ständchen vorbei war, stellte mein Dad die Torte neben den Champagnerbrunnen und gab mir einen flüchtigen Kuss auf die Wange. »Auf meine wunderbare Tochter Blair«, sagte er stolz und laut genug, dass ihn jeder hören konnte. »Auch wenn mir niemand glauben will, dass ich eine einundzwanzigjährige Tochter habe.«

Viele lachten, ich bemühte mich um ein höfliches Lächeln. Von wegen *wunderbare* Tochter. Es war ein Wunder, dass er überhaupt gekommen war. Meinen letzten Geburtstag hatte er vergessen. Wenn es nach mir ginge, hätte er auch in diesem Jahr nicht kommen müssen.

Wenigstens setzte er sich jetzt zwischen Trevor und Chelsea. Meine Freundin flirtete schon den ganzen Abend mit Trevor, obwohl ihr Freund nur ein paar Meter weiter weg stand. Als ob sie vergessen hätte, dass Trevor zu Weihnachten noch mein fester Freund gewesen war. Seit Trevor als Model für Parkins arbeitete und als Baseballhoffnung galt, interessierten sich nicht nur die Medien, sondern noch mehr Frauen für ihn. Zumindest war er kein Aufreißer, der das ausnutzte und ständig neue Tussen an seiner Seite hatte.

Im Gegensatz zu Collin, der nun viel zu nah an mich ranrückte und mir das Messer reichte, damit ich die Torte anschneiden konnte. Ich selbst nahm mir nur ein kleines Stück. Die Extrakalorien, die ich mir heute genehmigen würde, nutzte ich lieber für Champagner und Cocktails.

»Die Torte ist der Hammer«, sagte er begeistert und biss gleich ein zweites Mal von seinem Stück ab. Ich kannte

Collin noch aus der Highschool. Seinem Dad gehörte eine Reihe exklusiver Golfclubs entlang der Ostküste. In einem davon hatten Hugh und mein Dad regelmäßig gespielt. Trevor und ich hatten viele Nachmittage nach der Schule dort verbracht. Damals war Collin noch schüchtern und schmächtig gewesen, bis ihn mit achtzehn ein Wachstumsschub zwei Köpfe größer gemacht hatte. Seitdem trainierte er und war heute muskulös, am ganzen Körper tätowiert und kein bisschen schüchtern mehr. Er liebte es zu trinken, zu flirten und jeden Abend zu feiern.

Warum er sich wie Trevor entschieden hatte, auf die University of Florida zu gehen, verstand ich bis heute nicht. Die UF war zwar bekannt für seine Sportteams, die Florida Gators, aber es war immer noch eine staatliche Uni. Wir kamen aus Familien, in denen Studiengebühren keine Rolle spielten. Weshalb ich mich auch für die University of Miami entschieden hatte, die das Zehnfache kostete.

»Wann kommst du mal zu einem meiner Spiele?«, fragte Collin, als er sein Stück Torte mit wenigen Bissen verschlungen und mit Champagner hinuntergespült hatte.

Ich sah ihn an und legte den Kopf schief. Noch immer konnte ich nicht glauben, dass Collin es ausgerechnet ins Golfteam der Gators geschafft hatte. Nicht weil er nicht gut spielte. Er war schließlich auf dem Golfplatz aufgewachsen und konnte bereits mit einem Putter umgehen, bevor er gelernt hatte, Messer und Gabel zu benutzen. Doch Collins breiter, tätowierter Körper und das verruchte Lächeln ließen eher auf das Footballteam schließen. Er war der absolute Anti-Klischee-Golfer. Neben den schlaksigen Spielern, die bestimmt alle noch Jungfrauen waren und ihre Polohemden in die Hose steckten, sah Collin aus, als fotobombte er das Teamshooting.

Nachdem ich ihn mit hochgezogener Augenbraue gemustert hatte, antwortete ich schließlich: »Wenn du auf eine vernünftige Uni gehst.«

Collin stieß mich mit seiner Schulter an, was sanft sein sollte, mich aber bei unserem Gewichtsunterschied fast umwarf. »Ich bin Jahrgangsbester in meinem Studienfach«, beschwerte er sich über die geringe Anerkennung.

»Du studierst Sportmanagement. Das ist keine große Herausforderung.« Ich hätte Collin und Trevor gern an der gleichen Universität gehabt. In Miami wären wir bestimmt die beliebteste Clique am Campus gewesen.

Collin blieb von meinem kleinen Seitenhieb unbeeindruckt. »Ich werde eines Tages die Golfclubs meines Vaters übernehmen«, entgegnete er. »Da kann ich auch Balletttanz studieren.«

Ich grinste. »Da würde ich garantiert zusehen.«

Collin lachte amüsiert, dann fiel sein Blick zur Bar hinüber, die am anderen Ende der Terrasse war. »Habt ihr eine Neue im Staff?«

Ich folgte seinem Blick und entdeckte dort Violet, die Barkeeperin, die mein Vater letztes Jahr aus Las Vegas angeschleppt hatte. Ich wollte weder wissen, was die beiden damals in Vegas miteinander getrieben hatten, noch, was sie hier taten. Zwar hatte mein Vater ständig eine andere Frau an seiner Seite, doch Violet war jünger als ich, was wirklich geschmacklos wäre. Mal abgesehen davon, dass sie aus Vegas kam, der verruchtesten Stadt des Landes. Ich musste aber zugeben, dass sie die besten Cocktails

zauberte, die je ein Barkeeper auf Lovett Island zubereitet hatte. Zudem trank sie selbst nur selten Alkohol und
stand jeden Abend zuverlässig an der Bar.

Neben Violet stand ein blondes Mädchen, dessen
scheuer Blick über die Terrasse huschte. Sie sah wie höchstens fünfzehn aus – trotz des gewagten Outfits. Violet hätte
ihr, wenn sie sie schon in ihr freizügiges Häkeltop steckte,
wenigstens auch das Gesicht schminken können.

»Sieht so aus«, sagte ich und erinnerte mich, dass Peyton vor ein paar Wochen erwähnt hatte, auf der Suche
nach Verstärkung zu sein. Es hatte mich nicht weiter interessiert. In der Regel hatte ich mit dem Staff wenig zu
tun.

»Sieht süß aus, so unschuldig.« Collin grinste wölfisch.
Es überraschte mich, dass sie ihm gefiel. Normalerweise
mussten seine Frauen einen selbstsicheren und gewagten
Auftritt haben. Meistens reichte es, wenn sie einfach zu
haben waren. Dieses Mädchen erfüllte beide Kategorien
nicht. Man sah auf den ersten Blick, dass sie ihr Outfit
nicht selbst gewählt hatte.

Ich bemerkte erleichtert, wie mein Vater wieder ging.
Ich hatte keine Lust, ihn den ganzen Abend bei uns sitzen zu sehen. Es war mir unangenehm, wenn er sich unter meine Freunde mischte und so tat, als gehörte er zur
Runde, bloß weil er gern in unserem Alter wäre. Seit er
während der Highschool eine Affäre mit meiner Biolehre-
rin gehabt hatte, reagierte ich sehr sensibel auf seine Frauengeschichten.

»Zeit für Rum!«, sagte ich entschlossen und winkte Karlee heran, die gerade in unserer Nähe war. »Eine Runde

Appleton Estate für uns alle!«, orderte ich, ungeachtet, ob meine Gäste das Gleiche wollten wie ich.

»Kommt sofort.« Karlee wollte gerade zur Bar laufen, als ich aufstand und nach ihrem Arm griff.

»Und bring uns Spielkarten mit«, flüsterte ich ihr ins Ohr.

»Was wolltest du noch von ihr?«, fragte Collin neugierig, als ich mich wieder neben ihn setzte.

»Lass dich überraschen«, antwortete ich mit einem überlegenen Grinsen. »Ich verspreche dir, es wird dir gefallen.«

Es dauerte nicht lang, da kam Karlee mit dem Rum zurück. Und während sie eingoss und die Geburtstagsgäste damit beschäftigt waren, sich ein Glas zu nehmen, fragte ich Karlee beiläufig nach dem Namen der Neuen und woher diese kam. Nachdem alle bedient waren, hoben wir die Gläser und prosteten einander zu.

»Auf Blair!«, riefen meine Freunde, und ich genoss den Toast ebenso wie den teuren Rum. Ich mochte hochwertigen Rum aus Jamaika, der ohne alkoholische Schärfe auskam und durch seine abgerundete Note überzeugte. Ich schmeckte das rauchige Aroma der Eichenfässer, in denen er gelagert wurde, ebenso wie das nussige Bouquet. Im Abgang entwickelte sich ein liebliches Karamellaroma.

»Lasst uns etwas spielen!«, rief ich anschließend in die Runde. Die Stimmung war gut, und die meisten sahen mich sofort neugierig an. »Wir haben ein neues Staffmitglied. Maci.« Ich zeigte mit dem Rumglas in meiner Hand auf das schüchterne Mädchen in dem langen weißen Rock, und die Gäste folgten mit ihren Blicken. »Maci kommt aus North Dakota. Wollen wir dem Nordstaatenmädchen zeigen, wie wir hier im Süden Spaß haben?«

Ich hielt die Spielkarten demonstrativ in die Runde, die Karlee mir zuvor mitgebracht hatte. Manche schienen zu ahnen, was ich vorhatte. Trevors misstrauischer Blick fixierte mich.

»Strip-Poker?«, fragte Audrey mit ihrer glockenhellen Stimme.

Ich warf ihr einen genervten Blick zu. »Denkst du ernsthaft, ich würde Strip-Poker spielen?«

Audrey lehnte sich geknickt zurück. Sie war nicht die Cleverste, was schon abzusehen war, als sie am ersten Tag der Uni damit geprahlt hatte, dass ihr Vater der Universität eine großzügige Spende hatte zukommen lassen, damit sie überhaupt aufgenommen wurde.

»Wir wollen Maci mit einem Kartenkuss-Spiel testen«, sagte ich entschlossen.

»Blair, lass das.« Trevor wirkte genervt.

»Komm schon, es ist nur ein Spiel«, entgegnete ich schulterzuckend. »Und ein harmloser Kuss. Wenn ihr das zu viel ist, hat sie auf Lovett Island ohnehin nichts verloren.«

»Trevor hat recht«, mischte sich Ezra ein. »Solche Spielchen sind langweilig.«

Ich lächelte säuerlich. Dass Ezra nicht auf meiner Seite war, war klar. Das war er nie. Er war nicht nur eine Spaßbremse, sondern passte auch absolut nicht in unsere Runde. Das fing damit an, dass sein Vater ein texanischer Rancher war, und endete mit Ezras Hauptfach englischer Literatur. Welcher Mann studierte englische Literatur?

Was wollte er damit? Seinen Rindern Charles Dickens vorlesen?

»Wenn sich einer mit Langeweile auskennt, dann bist du das, stimmt's?« Es war nicht schwer, Ezra in die Schranken zu weisen. Man konnte ihn beleidigen, und er ließ es einfach auf sich sitzen. Englische-Literatur-Student eben.

»Es ist doch nur ein Spiel«, warf nun auch Collin ein. Dass er mitmachen wollte, war klar. Er war für jeden Spaß zu haben und hätte auch Strip-Poker mitgespielt. Vor allen anderen Gästen der Insel, und er hätte wahrscheinlich nur in Shorts bekleidet begonnen, um die Spannung zu erhöhen.

»Also gut, wir brauchen drei Leute. Zwei Jungs und ein Mädchen. Wer ist dabei? Du, Collin? Audrey? Peter?«

Collin grinste zufrieden. Audreys Freund schien nicht begeistert, also machte sie einen Rückzieher. Dafür meldete sich Summer, und auch Peter – ein weiterer Highschoolfreund – war dabei.

Ich packte die Karten aus und hatte mit nur wenigen Griffen das Herz Ass zwischen den Fingern. »Wir machen es so«, begann ich, die Spielkarte hochhaltend. »Ihr gebt die Karte durch, und in der zweiten Runde lässt Collin sie absichtlich fallen und küsst Maci. Ich werde das Ganze festhalten.« Ich zückte mein Handy und grinste.

»Geht klar!« Collin rieb sich die Hände.

»Das ist doch lächerlich«, warf Trevor erneut ein.

»Mach dich locker, Trevor«, entgegnete ich ihm. »Du bist in letzter Zeit immer so ernst.«

5.

Maci

»Jetzt zu dir«, sagte Violet, nachdem es an der Bar endlich ruhiger wurde. Seit wir vom Strandhaus hergekommen waren, wurde sie von den Gästen in Beschlag genommen und hatte einen bunten Cocktail nach dem anderen zubereitet. Grüne Melonen-Margaritas, fruchtig rote Strawberry Daiquiris, orange Maracuja-Martinis, gelbe Gin Tonics mit Passionsfrucht.

Ich hatte begeistert zugesehen, wie sie mit flinken Fingern die Säfte und Spirituosen in den Mixer gegeben und daraus in den Gläsern Kunstwerke erschaffen hatte. Violet wusste genau, wann sie welches Glas nehmen musste, welche Zutaten in den Mixer kamen und wie viel sie davon verwenden musste. Sie garnierte die Cocktails mit bunten Strohhalmen, verspielten Schirmchen und leckeren Obststücken.

Ich hätte ihr den ganzen Abend dabei zusehen können. Nicht nur weil es faszinierend war, sondern auch um mich davor zu drücken, mich unter die Leute zu mischen. Violet hatte gesagt, ich könne mir erst mal einen Überblick verschaffen, was mir sehr recht war. Diese reichen Menschen beim ausgelassenen Feiern zu beobachten schüchterte mich ein. Sie trugen schicke Designerklamotten, machten Selfies von ihren perfekt geschminkten Gesichtern und tranken teuren Alkohol. Erst vor fünf Minuten hatte Violet auf Wunsch eines Gastes einen zwanzig Jahre alten Champagner geöffnet. Die Flasche kostete tausendvierhundert Dollar, hatte sie mir flüsternd verraten.

Die Leute hier waren reicher als reich. Ich würde mich verloren fühlen, wenn ich nicht die Sicherheit hätte, die mir die anderen Staffmitglieder gaben. Denn auch sie kamen alle aus normalen Familien. Karlee, die nun Blair und ihren Geburtstagsfreunden Rum brachte. Jesse, der zuvor an der Musikanlage eine Playlist erstellt hatte und nun die Gesellschaft zweier junger Studentinnen genoss, deren Eltern hochrangige Politiker waren. Und Adam, dem die Hand der Modedesignerin auf seinem Knie nichts auszumachen schien, obwohl sie locker seine Mutter hätte sein können.

»Was möchtest du trinken?« Violet sah mich mit ihren großen dunkelbraunen Augen an, bereit, das nächste exotische Getränk zu zaubern.

»Keine Ahnung«, antwortete ich, weil ich noch nie Cocktails getrunken hatte. Nicht nur weil ich zu jung dafür war, sondern auch weil für mich als Tennisspielerin ein striktes Alkoholverbot gegolten hatte.

»Okay. Dann überrasche ich dich. Pass auf!«

»Maci! Maci, komm mal her!« Peytons kräftige Stimme ließ mich zusammenfahren. Ich fand die Leiterin des

Staffs mitten auf der Terrasse, umgeben von einer Gruppe älterer Herren. Auf dem Tisch vor ihnen standen unzählige hochprozentige Drinks.

Ich schlängelte mich zwischen den Tischen hindurch.

»Ich möchte dir Baron Wilkins vorstellen«, sagte sie und trat einen Schritt zur Seite, um den Blick auf den Inselbesitzer freizumachen, der am Tisch hinter ihr saß.

Mir blieb kurz das Herz stehen. Niemand hatte mir gesagt, dass er hier war. Ich hatte mir zwar gedacht, dass ich ihm oder Hugh Parker eines Tages begegnen würde, doch ich war nicht darauf vorbereitet, ihm gleich am ersten Abend vorgestellt zu werden.

Baron Wilkins war ungefähr Mitte fünfzig und hatte dunkles Haar, das an den Schläfen silbern schimmerte. Er hatte ein Bein über das Knie gelegt und musterte mich unverhohlen von oben bis unten. Ich kam mir vor wie bei einem Modelcasting, bei dem darüber geurteilt wurde, ob ich für den Job hübsch genug war. Als sein Blick auf meiner Brust hängen blieb, wurde mir schlagartig wieder bewusst, dass ich unter dem Häkeltop keinen BH trug. Es war mir furchtbar unangenehm, wie mich ein Mann, der mein Vater sein könnte, so offensichtlich begaffte. Am liebsten hätte ich mit dem Arm mein Dekolleté verdeckt, doch Peyton sollte sich nicht von der prüden Nordstaatlerin bestätigt fühlen.

»Baron, das ist Maci aus North Dakota, die das kalte Leben im Norden satthat und ab heute den Staff verstärkt«, stellte Peyton mich vor. Nichts deutete darauf hin, dass sie mich eigentlich in Saint Croix hatte zurücklassen wollen.

Baron stand auf und trat dicht vor mich. »Hallo, Maci«, sagte er mit rauchiger Stimme, legte seine Hand auf meinen Arm und fuhr mit dem Finger unmerklich darüber.

Ich wand mich instinktiv aus seinem Griff und schüttelte ihm stattdessen höflich die Hand. Etwas an seiner Art war mir unheimlich, auch wenn ich nicht genau sagen konnte, was es war. Vielleicht sein Blick oder die Art, wie er meine Hand hielt und nicht mehr losließ.

»Baron ist mit Hugh Parker der Besitzer von Lovett Island«, erklärte Peyton wichtig. »Ich bin sicher, ihr werdet euch noch öfter über den Weg laufen.«

»Danke, dass ich hier sein darf«, stammelte ich, nachdem Baron mich so erwartungsvoll ansah.

»Sehr gern, Maci«, hauchte er leise und beugte sich zu mir vor. Seine Wange streifte meine. »Und wenn es etwas gibt, was ich für dich tun kann, sag mir Bescheid.«

Mir stellten sich die Nackenhaare auf. Doch ich bedankte mich erneut und war froh, als Peyton sich zwischen uns schob und Barons Aufmerksamkeit wieder von mir weglenkte. Ein eindeutiges Zeichen, dass ich gehen durfte.

Zurück an der Bar, holte ich erst mal tief Luft. Etwas an der Begegnung mit Baron hinterließ ein eisiges Gefühl in meiner Brust. Fast als würde er von mir mehr erwarten, als nur meine Aufgaben als Staff zu erfüllen. Und auch Peyton konnte ich nicht einschätzen. Sie wirkte so distanziert und kühl, doch vielleicht war sie nur vor Baron so.

Links und rechts von mir saß je ein Pärchen auf den Schaukeln vor der Bar und genoss seine Drinks.

»Ein Virgin Long Island Iced Tea.« Violet schob mir

ein Getränk über die Theke zu. »Ich nehme an, dass du noch nicht so trinkfest bist. Und da niemand ein kotzendes Mädchen über dem Terrassengeländer hängen sehen will, habe ich ihn alkoholfrei gemixt«, sagte sie und nickte mir aufmunternd zu, als wüsste sie, welches eigenartige Gefühl mich bei Baron beschlichen hatte. Ob es ihr auch so ging? Vermutlich nicht, schließlich hatte ich bei unserem Wahrheit-oder-Lüge-Spiel erfahren, dass Baron Violet aus Las Vegas mitgenommen hatte.

Ich fragte nicht weiter nach. Es machte bestimmt keinen guten Eindruck, gleich am ersten Abend über den Boss zu lästern. Ich nahm einen großen Schluck, um meine erhitzten Wangen zu kühlen.

»Bist du Maci?«, fragte jemand an meiner Seite.

Ich sah überrascht auf. Vor mir stand eine junge Frau, kaum älter als ich. Sie trug ein eng anliegendes weinrotes Kleid, dazu einen farblich passenden Lippenstift. Ihre langen Haare fielen seidig glatt über ihre Schultern.

»Ja, hallo«, antwortete ich ein bisschen skeptisch.

»Ich bin Audrey«, stellte sie sich vor. »Wir wollen ein Spiel spielen und möchten, dass du mitmachst.« Sie wies mit dem Kinn zum anderen Ende der Terrasse. Offenbar gehörte sie zu Blairs Geburtstagsgesellschaft.

Karlee hatte auf dem Weg hierher gemeint, ich sollte mich einfach zwischen die Gäste mischen. Sie unterhalten, mit ihnen plaudern und trinken. Ganz locker und ungezwungen. Vielleicht half mir Audreys Einladung, über meinen eigenen Schatten zu springen und den ersten Schritt zu machen.

»Okay«, sagte ich daher und folgte ihr mit klopfendem

Herzen über die Terrasse zur hintersten Lounge, die mit Abstand die größte war.

Die Gäste hatten die Sessel verrückt. Vier davon waren kreisförmig zueinander aufgestellt. Auf einem saß ein Typ mit vielen Tattoos, der breit grinste, als hätte er bereits zu viel Alkohol intus. Auf dem danebeneine junge Frau.

»Setz dich neben Collin«, sagte Audrey und deutete auf einen Sessel.

Alle anderen Geburtstagsgäste hatten sich um uns herum versammelt. Mich beschlich ein komisches Gefühl, aber ich hielt mich an Karlees Worte: *Wollen sie mit dir tauchen gehen, gehst du tauchen. Und wenn du eine Sandburg bauen sollst, dann baust du eben eine verdammte Sandburg.*

Ich war ja nicht die einzige Kandidatin bei diesem Partyspiel, es würde bestimmt nicht so schlimm werden. Ich atmete tief durch und nahm Platz.

Mein Blick fiel auf Blair Wilkins, die abseitsstand und mich mit ihren Augen fixierte. Ihre langen Haare fielen in perfekten Wellen über ihre zierlichen Schultern und schimmerten rötlich im Licht der Terrassenbeleuchtung. Sie trug ein dunkelblaues Kleid, das sich so perfekt an ihren Körper schmiegte, dass ich davon ausging, es war maßgeschneidert. Eine goldene Schnalle an ihrer Schulter verlieh dem Outfit einen eleganten Touch. Ihre sinnlich rot geschminkten Lippen hatte sie zu einem spitzen Lächeln geformt.

»Wo ist Peter?«, fragte Audrey.

»Ich übernehme«, mischte sich eine dunkle Stimme ein, die mir sehr bekannt vorkam.

Ich löste meinen Blick von Blair und sah direkt in das

Gesicht des Hubschrauberpiloten. Trevor. Ich hatte mir insgeheim gewünscht, ihn wiederzusehen. Mein Herz klopfte schneller, als er sich neben mir niederließ und mir aufmunternd zulächelte. Doch seine türkisblauen Augen schienen gleichzeitig wütend zu funkeln. Sie wirkten dunkler, als ich sie in Erinnerung hatte, wie das Meer bei Nacht. Doch was mich mehr verwunderte, war seine Anwesenheit hier. Was machte der Hubschrauberpilot der Insel bei der Geburtstagsparty von Blair Wilkins?

Mich beschlich ein mulmiges Gefühl, das ich hinunterzuschlucken versuchte, als Audrey wieder die Spielführung übernahm.

»Die Regeln sind einfach.« Audrey hielt eine Spielkarte hoch. Das Herz Ass. Sie hob sie vor ihren Mund. »Der Erste saugt die Karte an und gibt sie an die Person neben sich weiter, alles klar?«

Ich kannte das Spiel. In einem Trainingscamp in Florida hatten wir es mal gespielt, nachdem wir am Lagerfeuer Marshmallows gegrillt hatten. Damals waren wir aber dreizehn oder vierzehn gewesen.

»Wenn die Karte hinunterfällt, muss derjenige einen Shot Rum trinken.«

Diesen Teil hatten wir damals ausgelassen.

Aus dem Augenwinkel bemerkte ich, wie eine Frau aus der Runde ein Tablett mit Shotgläsern hochhielt. Die dunkelbraune Flüssigkeit leuchtete im Licht der Terrasse golden. Offenbar der Einsatz für das Spiel.

Ich würde bestimmt nicht viele Shots überstehen, doch so schwer war das Spiel nicht. Mit etwas Glück kam ich durch, ohne trinken zu müssen.

»Wer will anfangen?«

»Ich.« Trevor sagte es, und seine Stimme duldete keinen Widerspruch. Er griff entschlossen nach der Spielkarte.

Audrey zögerte kurz und blickte zu Barons Tochter, dann setzte sie ein Lächeln auf und sagte: »Los geht's.«

Trevor nahm die Karte vor den Mund und saugte sie an, als hätte er das schon unzählige Male getan. Dann wandte er sich mir zu.

Ich blickte auf das rote Herz, dann in seine Augen und glaubte für einen Moment, ein Funkeln darin zu sehen.

»Wollten wir nicht in die andere Richtung spielen?«, fragte der Typ an meiner anderen Seite irritiert.

Ich beachtete ihn nicht, sondern beugte mich zu Trevor. Er erwiderte meinen Blick, als wir einander näher kamen. Ich drehte den Kopf leicht zur Seite, dennoch berührten sich unsere Nasen, dann fühlte ich die glatte Oberfläche der Karte auf den Lippen. Für einen kurzen Moment vergaß ich die Gäste um uns herum. Ich nahm Trevors Duft wahr. Er roch fruchtig nach Waldbeeren, aber auch sanft nach Gräsern mit einem Hauch von Süßholz. Es war, als würde die Zeit für einen Moment stillstehen.

Ich konnte mich nicht erinnern, wann ich einem Fremden je so nahe gekommen war. Sein Haar kitzelte meine Stirn, und ich bemerkte wieder die frische Minznote an ihm. Wie konnte ein Mann nur so berauschend riechen? Alles an Trevor war anziehend. Seine vollen Lippen, die kleine Falte über seinen Augenbrauen, wenn er den Kopf gesenkt hatte und nach oben blickte. Der trainierte Körper, der in diesem engen weißen Hemd so unwiderstehlich zur Geltung kam.

Ich stieß zitternd die Luft aus, und prompt fiel mir die Karte in den Schoß.

Die Menge um uns herum grölte und lachte.

Trevor wich nur ein winziges Stück von mir zurück, sodass ich seinen Atem an meinen Lippen spürte. »Du musst trinken«, sagte er.

Jemand hielt mir einen Shot unter die Nase. Ich blickte nicht auf, Trevors Augen hielten mich in ihrem Bann. Wie in Trance hob ich das kleine Glas an die Lippen und schluckte schnell. Es brannte in meiner Kehle und den ganzen Weg hinab in meinen Magen. Ich konnte nicht anders und presste die Augen zusammen. Zum Glück musste ich nicht husten, die Leute lachten auch so schon.

»Weiter geht's!«, rief Audrey mit fröhlicher Stimme.

Ich hatte gehofft, jemand würde seinen Platz mit mir tauschen wollen, doch offenbar war mein Einsatz noch nicht zu Ende. Alle Augen waren auf mich gerichtet, ein Gefühl, das mich nur auf dem Tennisplatz nie eingeschüchtert hatte. Hier wäre ich am liebsten gleich wieder verschwunden. Noch würde ich aber nicht aufgeben. Dafür war ich zu ehrgeizig, ebenfalls eine Eigenschaft, die mich das Tennis gelehrt hatte.

Ich konzentrierte mich auf die Spielkarte und saugte sie fest mit den Lippen an. Der Typ mit den Tattoos nahm sie gekonnt entgegen. Dann ging die Karte auf Wanderschaft. Typ mit Tattoo, Blondine auf der anderen Seite, Trevor, wieder ich.

Dieses Mal schloss ich die Augen, weil ich mich von den seinen nicht ablenken lassen wollte. Es funktionierte. Für zwei Sekunden berührten sich wieder unsere Nasen, ich ignorierte seinen reizvollen Duft, saugte die Karte an und löste sie vorsichtig von Trevors Lippen. Geschafft.

Der Typ mit Tattoo, Collin, nahm sie mir wieder ab. Ich sah zufrieden dem roten Herz hinterher. So konnte es weitergehen. Ein paar Runden noch, irgendjemandem würde sie schon hinunterfallen. Danach wollten bestimmt noch die anderen mitspielen, sodass ich wieder zu Violet an die Bar zurückkonnte.

Die Blondine gab die Spielkarte an Trevor weiter.

Runde zwei. Noch einmal konzentrieren, Maci.

Ich lehnte mich zu Trevor, schloss die Augen, spürte seine Nase und dann plötzlich seine warmen Lippen auf meinen. Sie waren weich, sanft und öffneten sich leicht. Und obwohl ich erschrak, statt der Karte Trevor zu spüren, erwiderten meine Lippen den Kuss, ohne dass ich mich dagegen wehren konnte. Um uns herum jubelten die Anwesenden, noch lauter als zuvor. Ich merkte, was ich tat und wich zurück.

Sie lachten. Alle bis auf Trevor.

Mein Blick fiel auf seine Hand, in der er die Karte hielt. Sie war nicht hinuntergefallen. Er hatte sie weggezogen, um mich vor der ganzen Runde zu küssen.

Das prickelnde Gefühl auf meinen Lippen war verschwunden. Stattdessen staute sich eine zitternde Wut in mir auf. Er hatte mich vor allen anderen bloßgestellt. Vor Menschen, die ich nicht einmal kannte. Die *mich* nicht kannten. Ich ärgerte mich für meine Naivität, mich auf dieses Spiel eingelassen zu haben. Wie konnte ich nur glauben, mit diesen Menschen Spaß zu haben?

»Parker, du lässt echt nichts anbrennen!«, rief jemand außerhalb des Spielkreises.

Ich blickte irritiert auf und hielt die Luft an. Wie hatte man Trevor gerade genannt?

»Ihr müsst beide trinken!«, bestimmte Audrey. »Du auch, Trevor.«

In mir machte es klick, und plötzlich fühlte es sich an, als hätte man mir einen Eimer mit eiskaltem Wasser über den Kopf gekippt. Trevor war Hugh Parkers Sohn! O Gott, ich war so dämlich. Hätte mir das nicht früher auffallen müssen? Und warum hatte Karlee bei unserem Rundgang nicht erwähnt, dass Hugh Parkers Sohn Trevor hieß?

Wieder reichte mir jemand einen Shot. Ich merkte, wie meine Finger zitterten, als ich danach griff. Vor Wut, weil ich ihnen auf den Leim gegangen war. Scham, weil ich nicht früher kapiert hatte, dass Trevor Parker vor mir saß. Und er hatte es ausgenutzt, mit mir gespielt und mich zu einer Lachnummer gemacht.

Trevor trank von dem Rum, den Blick weiterhin auf mich gerichtet. Wieder funkelten seine blauen Augen.

»Trink schon!«, rief jemand von der Seite.

Ich sah kurz auf, da erkannte ich, dass Blair Wilkins ihre Handykamera auf uns gerichtet hatte. Die Wut in mir brannte wie heiße Kohle, als ich verstand, was geschehen war. Trevor und Blair steckten unter einer Decke. Er hatte mich reingelegt, und sie hatte alles gefilmt. Blairs rote Lippen formten ein süffisantes Lächeln, als sie meinen Blick bemerkte. Schön, dass wenigstens eine hier Spaß am Spiel hatte.

Ich stand auf, und ehe ich wusste, was ich tat, hatte ich

Trevor den Rum über den Kopf gekippt. Die braune Flüssigkeit tropfte von seinen Haarspitzen und vom Kinn auf sein Hemd, das nun nicht mehr reinweiß war.

»Spielverderberin.«

Ich wusste nicht, wer das gerufen hatte, doch die empörten Reaktionen der anderen gaben mir den Rest. Mit glühenden Wangen lief ich über die Terrasse davon.

6.

Blair

Ich konnte immer noch nicht glauben, was vorhin passiert war. Wie konnte sie es wagen, Rum über Trevors Kopf zu schütten? Ich hätte sofort eine Szene gemacht und die Kleine hochkant rauswerfen lassen, doch Trevor hatte die Sache mit einem beherrschten Lächeln abgetan. Er hatte sich nur das Gesicht mit einer Serviette abgewischt, einen weiteren Rum in die Hand genommen und ihn in einem Zug hinuntergekippt.

Er durfte einem Staffmitglied eine solche Aktion nicht durchgehen lassen. Sie war eine Angestellte, und wir die Kinder von Baron Wilkins und Hugh Parker. Ich würde das wohl selbst in die Hand nehmen müssen.

Warum hatte er sich überhaupt in mein kleines Spiel mit der neuen Staff eingemischt und meinen Plan zunichtegemacht? Zumindest teilweise. Zwar war die kleine Blonde ziemlich rot angelaufen, als sie kapiert hatte, dass Trevor die Karte absichtlich weggezogen hatte, doch es hätte nicht er sein sollen, der dafür verantwortlich war.

Nicht er hätte sie küssen dürfen. Auch wenn ich Macis Aktion noch für mich nutzen wollte …

»Wetten, ich kann das!«, rief Collin plötzlich in die Stille – die meisten Urlauber hatten sich in ihre Bungalows zurückgezogen, aber meine Geburtstagsgäste waren noch da. Er stand mit Trevor am Geländer der Terrasse. Von unten schimmerte der beleuchtete Pool hellblau auf sie.

»Das ist trotzdem eine bescheuerte Idee«, hörte ich Trevor.

Ich setzte mich auf, um die beiden besser beobachten zu können. In diesem Moment stieg Collin auf das Geländer der Terrasse. Er wollte doch nicht etwa …

Doch, er tat es.

Mit einem Salto rückwärts sprang er ein Stockwerk tiefer. Nur zwei Sekunden später platschte es. Ich glaubte sogar, von hier aus sehen zu können, wie Wasser auf die Terrasse spritzte.

Einige Leute liefen an das Geländer und beugten sich darüber. Ich blieb sitzen. Wenn sich der Hornochse dabei den Hals brach, würde er mir noch den ganzen Geburtstag versauen.

»Wohoo!« Die Stimme kam von unten und klang unverkennbar nach Collin. Er hatte offenbar überlebt. Wie tief war der Pool? Das Wasser ging einem doch gerade mal bis zur Brust.

»Du bist verrückt!«, rief Trevor lachend und schüttelte den Kopf.

Das war meine Chance. Er war allein.

Schnell stand ich auf und schritt einmal quer über die

Terrasse. Chelsea sprach mich von der Seite an, doch ich ignorierte sie.

»Einen Kir royal«, sagte ich zu Karlee, als ich mich neben Trevor an das Geländer lehnte, von dem Collin gerade gesprungen war.

»Für mich das Übliche«, sagte er, ehe Karlee in Richtung Bar verschwand.

»Wir sollten sie feuern«, durchbrach ich die Stille, ohne Trevor dabei anzusehen.

»Wen?«

War das sein Ernst? Trevor klang so unbeteiligt, als wäre er vorhin nicht dabei gewesen. Als würden ihn die Flecken auf seinem Hemd nicht daran erinnern.

»Diese Maci«, zischte ich. »Sie kann doch nicht einfach einen Drink über dich kippen? Wir sind doch nicht in einer kitschigen Teeniekomödie.«

»Misch dich nicht ein, Blair!« Trevor warf mir von der Seite einen genervten Blick zu. »Das ist meine Sache.«

»Und das willst du so auf dir sitzen lassen?«, fragte ich entsetzt.

»Hier bitte.« Karlee brachte meinen Kir royal und Trevor ein Glas Whisky.

»Vielleicht, ja«, antwortete Trevor trocken und nippte an seinem Drink.

Ich spürte, wie die Wut in mir aufstieg. Oder vielmehr die Hilflosigkeit. Wir hatten Freunde bleiben wollen. So wie in den vielen Jahren davor. Stattdessen gingen wir uns nur noch aus dem Weg. Besser gesagt er mir. Doch ich war niemand, der einfach aufgab. »Was werden unsere Freunde denken, wenn du einer Mitarbeiterin das durchgehen lässt? Einer, die gerade mal ihren ersten Abend hier hat? Und was ist mit dem restlichen Staff? Die werden schon bald tun und lassen, was sie wollen.« Was sie meiner Meinung nach ohnehin taten. Als Arbeit konnte man deren Leben hier wirklich nicht bezeichnen.

»Was *deine* Freunde denken, ist mir ziemlich egal«, entgegnete er kühl. »Und was der Staff macht, liegt weder in deiner noch in meiner Verantwortung. Ich denke, Peyton hat die schon im Griff.«

Ich presste wütend die Lippen aufeinander. Es war sinnlos, weiter mit ihm zu diskutieren. Er würde sich nur noch mehr von mir distanzieren. Verärgert nahm ich einen Schluck von meinem Cocktail, um mich zu beruhigen. »Ich dachte, du wolltest gar nicht mitspielen«, sagte ich anschließend.

»Ich habe meine Meinung eben geändert.«

Schon wieder. Er ließ mich einfach nicht an sich ran!

»Eigentlich hätte Collin sie küssen sollen«, setzte ich fort und drehte mich nun zu ihm.

»Was ist dein Problem?«, fragte Trevor und sah mich herausfordernd an. »Du hast doch, was du wolltest.« So hätte er früher nie mit mir gesprochen. Damals hatte er *mich* beschützt, vor allem und jedem. Wie ein großer Bruder.

Ich wünschte, er würde mir ein Lächeln schenken. Nur damit ich wusste, dass nicht alles zwischen uns zerstört war. Stattdessen wandte er sich einfach ab.

Diese Zurückweisung versetzte mir einen Stich. Sie befeuerte meine verzweifelte Angst, dass ich Trevor verlieren könnte. Doch wie sollte ich ohne ihn klarkommen? Er war immer ein Teil meines Lebens gewesen. Vielleicht musste ich einen anderen Weg einschlagen, um wieder zu ihm durchzudringen. Ich legte meine Hand auf seine Schulter, zart und leicht. Unter meinen Fingern spürte ich seine harten Muskeln.

»Es gefällt mir nicht, wenn du andere Mädchen küsst«, flüsterte ich leise.

Trevor sah nur kurz zu mir herunter. »Wir sind nicht mehr zusammen, Blair«, erinnerte er mich, als hätte ich das vergessen.

»Ich weiß«, stimmte ich schnell zu und legte meine harte Miene ab. Auch wenn ich ihm meine Verletztheit offen zeigte, damit er mich nicht abwies, war dieses Gefühl echt. »Das macht es ja so schwer für mich. Ein Teil von mir hat dich nie gehen lassen.«

Trevor wand sich aus meiner Berührung. »Wir waren uns doch einig, dass das zwischen uns nicht funktioniert.«

»Weil es der falsche Zeitpunkt war«, sagte ich entschlossen. »Wir hätten uns nach der Sache mit Liza mehr Zeit lassen sollen.«

Ihren Namen auszusprechen war ein Wagnis, das ich eingehen musste. Sonst würde Trevor mir noch weiter entgleiten. Dennoch musste ich vorsichtig sein. Der Name war wie ein Trigger für ihn. Ich wusste nicht, wie er darauf reagieren würde. Schließlich war Liza der Grund, warum Trevor und ich uns verloren hatten. Bevor sie in sein Leben gekommen war, hatte uns so vieles verbunden. Nun nichts mehr außer Parkins.

»Vielleicht hätten wir das«, sagte nun auch Trevor verbissen.

Obwohl mir seine Reaktion einen Funken Hoffnung

für uns gab, wusste ich auch, dass jetzt nicht der richtige Moment dafür war. Er würde nicht zu mir zurückfinden. Nicht heute Abend. Doch ich konnte einen anderen Grundstein legen.

»Lass uns wieder Freunde sein«, sagte ich betont ruhig. »Du bist mir wichtig, Trevor, und ich will dich nicht verlieren. Uns verbindet so viel, vor allem unsere Zukunft.«

Trevor senkte den Kopf, als würde er mir wortlos zustimmen. Natürlich hatte ich recht. Eines Tages würden wir beide die Firma unserer Väter übernehmen. Es war eine große Aufgabe, doch zusammen konnten wir sie meistern.

»Ich will, dass es wieder wie früher ist. So wie vor unserer Beziehung. So wie vor Liza.«

Da Trevor nichts mehr sagte, ließ ich ihn in Ruhe.

»Hier. Trockne dich ab.«

Collin sah auf, und ich warf ihm ein dunkelblaues Handtuch mit den Initialen der Insel gegen die Brust.

»Danke.« Er rubbelte sich über sein Haar, während ich mich auf einen der Liegestühle setzte, die rund um den Pool aufgestellt waren.

Hinter ihm schwammen noch ein paar andere Geburtstagsgäste im Wasser. Audrey, Peter, Summer und ihr Freund, dessen Namen ich mir nicht gemerkt hatte. Sie waren allerdings den eleganten Weg über die Stufen hineingegangen und nicht wie Collin in einer halsbrecherischen Aktion aus vier Metern Höhe in den Pool gesprungen.

»Du hattest keine Lust auf Schwimmen?«, fragte er grinsend und legte sich das Handtuch über seine nackten

Schultern. Die Shorts klebten ihm auf den Oberschenkeln. Seine Schuhe hatte er offenbar irgendwo liegen gelassen, vielleicht trieben sie auch im Pool.

»Heute nicht«, antwortete ich und legte den Kopf schief. »Da würde ich den Whirlpool in meinem Zimmer bevorzugen.«

Collin zog eine Augenbraue hoch. »Ich bin flexibel, und das Handtuch ist groß genug für uns beide.« Er breitete es hinter seinem Rücken aus, als Einladung, mich in die Arme zu nehmen.

Ich lächelte kühl.

»Du musst mich nur nett darum bitten«, fügte Collin mit verführerischer Stimme hinzu.

Ob ihm in den vielen Jahren, die wir uns schon kannten, noch nie in den Sinn gekommen war, dass ich nichts von ihm wollte? Schließlich hatte er schon ein paarmal versucht, bei mir zu landen, und war jedes Mal abgeblitzt. Heute aber wollte ich ihm ein kleines Stück entgegenkommen – nicht ganz uneigennützig. Schließlich hoffte ich, Trevors Aufmerksamkeit damit wieder mehr auf mich zu lenken.

»Ich würde dich lieber um etwas anderes bitten«, sagte ich zuckersüß.

Collin spitzte die Ohren. Bestimmt hatte er andere Erwartungen an mein Angebot, doch ich bezweifelte, dass er es ausschlagen würde.

»Spiel meinen Freund.«

Er zögerte mit einer Antwort.

»Keine Sorge, ich will nichts Ernstes«, versicherte ich ihm gleich, auch wenn es mehr meinem eigenen Schutz dienen sollte. Collin war bestimmt ebenso wenig scharf auf eine Beziehung mit mir wie ich mit ihm. Er wollte etwas Einmaliges. Eine Kerbe in seinem Bettpfosten. Da konnte er bei mir aber lange darauf warten. Ich war kein Mädchen, das sich in eine Liste von Eroberungen einordnen ließ. Wenn ich mich auf einen Mann einließ, dann nur, wenn ich wusste, dass er es ernst meinte und mich mit Respekt behandelte.

»Ich will nur, dass du ab und zu hierherkommst und so tust, als wären wir ein Paar.«

»Mit Fummeln?«

»Nein.«

»Küssen?«

»Solange du es nicht übertreibst.«

Er dachte kurz nach, dann zuckte er mit den Schultern. »Alles klar, bin dabei.«

Es überraschte mich nicht, dass er so schnell einlenkte. Collin war für jeden Unsinn zu haben. Und bei meinem Angebot kam er wenigstens in den Genuss, öfter auf Lovett Island zu sein. Eine Win-win-Situation, wie ich fand.

»Eine Sache noch. Niemand darf erfahren, dass es nicht echt ist. Wirklich niemand, hast du verstanden?«

7.

Maci

Wie hatte ich ihn nur nicht erkennen können? Ich hätte wissen müssen, dass ich ihn schon einmal auf einem Werbeplakat gesehen hatte. Und zwar bevor mir sein Name genannt wurde. Verdammt, diese blauen Augen waren nicht sexy und intensiv, sondern eine glasklare Warnung.

Ich kauerte mich hinter der Bar zusammen und schlug die Hände vors Gesicht. Wieso hatte ich ihm nur meinen Drink über den Kopf geschüttet? Das war ein verdammtes Spiel gewesen. Ein Trinkspiel! Da gehörte es dazu, dass man einander reinlegte. Ich hätte einfach mitlachen, den zweiten Rum trinken und vor der nächsten Runde aufhören sollen. Dann hätte ich wenigstens meine Haltung bewahrt. Ich wollte gar nicht wissen, was sie jetzt über mich dachten. »Spielverderberin« war da wohl noch das Netteste. Am liebsten hätte ich gleich den nächsten Flug von hier weggenommen. Wobei Trevor dann der Pilot wäre … Warum verdammt noch mal war Trevor Parker der Hubschrauberpilot dieser Insel?

»Kopf hoch!« Violet hockte sich neben mich und legte mir die Hand auf die Schulter. »Trevor ist cool.«

»Ich hab ihm Rum über den Kopf gekippt«, nuschelte ich, meine Arme um die Knie geschlungen.

Violet schob mir einen weiteren Long Island Iced Tea zu. Ich trank, ohne zu zögern, einen großen Schluck und bemerkte, dass er nicht so jungfräulich war wie der davor.

»Du siehst doch, dass er trotzdem Spaß hat«, fuhr sie fort, aber ich vermied es, hinter der Bar hervorzusehen.

Am Ende trafen sich Trevors und mein Blick noch einmal. Auch wenn es mir nicht erspart blieb, mich für mein Verhalten zu entschuldigen, so war ich im Augenblick zu durcheinander, um irgendetwas in seiner Gegenwart zu sagen.

Ich nahm noch zwei große Schlucke von dem Long Island Iced Tea. Er schmeckte richtig gut, und ich glaubte, die Wirkung des Alkohols schon spüren zu können. Nur beruhigte er mich nicht, wie ich gehofft hatte, sondern ließ meine Schuldgefühle noch schwerer wiegen.

»Vielleicht gehöre ich wirklich nicht hierher …«

»Wer tut das schon?«, fragte Violet seufzend. »Glaub mir, auf Dauer niemand.«

Ich sah in Violets Gesicht und versuchte ihren Ausdruck zu lesen. Ob auch sie zu Beginn Schwierigkeiten mit dem reichen Gehabe der Menschen hier gehabt hatte? Die glaubten sicherlich, dass sie sich alles erlauben konnten, bloß weil sie Geld hatten und Hundert-Dollar-Zigarren pafften. Aber ich hatte Peyton angebettelt, mir eine Chance zu geben. Und ich wollte sie auf keinen Fall vertun.

Ich kippte den restlichen Long Island Iced Tea hinunter und kam aus meiner Deckung hervor. »Ich geh mal frische Luft schnappen«, sagte ich zu Violet.

»Gut. Länger kann ich auch nicht bei dir bleiben. Die Gäste warten.« Während sie sich ebenfalls erhob, schnappte sie sich ein paar Limetten für den nächsten Drink.

Natürlich war die Luft auf der Terrasse auch frisch, doch ich brauchte ein paar ruhige Minuten, um die Anspannung loszuwerden.

Auf den Stufen der Außentreppe stolperte ich beinahe über einen Körper, der fast den ganzen Treppenlauf ausfüllte.

»Sorry, ich wusste nicht ...«, setzte ich zu einer Entschuldigung an. Unschlüssig verharrte ich auf der Stelle und überlegte, ob ich einfach gehen sollte.

Freundlich sah der Fremde zu mir hoch. Er war kaum älter als ich, hatte kurzes blondes Haar und die Beine über den Stufen ausgestreckt. Was mich aber am meisten verwunderte: Er las ein Buch.

»Setz dich ruhig.« Er rutschte ein Stück zur Seite, sodass ich genug Platz neben ihm hatte.

Immer noch zögerte ich. Auch wenn er harmlos wirkte mit dem Buch in der Hand – in Wahrheit machte es mich ein wenig nervös, hier spät abends allein mit einem fremden Mann auf einer so engen Treppe zu sitzen. Was aber weniger an der Tageszeit oder an der Treppe lag, sondern daran, dass wir auf Lovett Island waren.

»Störe ich auch wirklich nicht?«, fragte ich und deutete auf sein Buch.

»Unsinn!« Er winkte gelassen ab. »Nicht mehr als diese Taylor-Swift-Lieder, die Jesse immer auflegt.«

Ich musste grinsen, denn tatsächlich hatte Jesse an dem Abend schon mindestens drei Swift-Songs gespielt. »Ich bleibe auch nicht lange«, versprach ich und ließ mich neben ihm nieder. Die zwei Schlitze meines langen Rockes rutschten weit auseinander. Verlegen schlug ich die Beine übereinander, doch das half nicht viel.

»Ezra«, stellte sich mein Treppennachbar vor und reichte mir seine große Hand, in der meine völlig unterging.

Sein Händedruck war überraschend sanft und passte zu seinem herzlichen Lächeln. Welches Misstrauen ich auch vor einigen Sekunden noch gehabt hatte, es war mit einem Mal verschwunden. Ezra machte nicht den Eindruck, als würde er einer Frau gegenüber aufdringlich werden. Für einen Moment vergaß ich die Leute auf der Terrasse und was dort geschehen war.

»Maci«, stellte ich mich vor und erwiderte das Lächeln. »Warum sitzt du hier draußen?«

Er wand sich leicht verlegen, ehe er antwortete: »Partys sind nicht so meins. Außerdem habe ich bald eine Prüfung, für die ich noch hundert Bücher lesen muss.« Er hielt sein Taschenbuch hoch.

»Jane Austen?«, fragte ich überrascht, als ich einen Blick auf das Cover warf. Ich hatte einige ihrer Bücher gelesen, und natürlich war *Stolz und Vorurteil* mein Lieblingsbuch. Dennoch passten diese feministischen Romane irgendwie nicht zu jemandem, der Gast auf Lovett Island war. »Und dann hast du mit Taylor Swift ein Problem?« Ich grinste amüsiert.

Ezra verzog gequält das Gesicht. »Ich studiere britische Literatur, und meine Professorin ist ein Austen-Fan. Kennst du ihre Bücher?«

»Ein paar«, antwortete ich. Nachdem ich abseits von Tennis keine Freunde hatte, mit denen ich etwas hätte unternehmen können, verbrachte ich viel Zeit mit Büchern. Ich liebte es, in deren Welten einzutauchen. Von Liebesromanen, Jugendbüchern, Fantasy und Klassikern stand alles in meinen Bücherregalen.

»Und warum bist du dann auf Lovett Island?«, wollte ich neugierig wissen. »Zum Lernen gibt es bestimmt bessere Plätze.«

»Aber auch schlechtere«, entgegnete Ezra und hatte damit völlig recht. »Mein bester Freund hat mich hierhergeschleppt.« Er seufzte leidgeplagt. Sein Versuch, damit mein Mitleid zu erlangen, misslang.

»Klingt ja furchtbar«, sagte ich sarkastisch.

»Ja, eigentlich wollte ich mich einige Tage einsam und allein zum Lernen in die staubige Bibliothek der Uni verkriechen und von Automatensandwichs leben, aber dann bringt er mich ausgerechnet hierher.«

Ich kicherte. Ezras Humor gefiel mir, und der Rum war mir zu Kopf gestiegen. »Und weshalb liest du nicht in deinem Zimmer? Dort ist es bestimmt ruhiger, und du musst keine Taylor-Swift-Songs ertragen.«

Wieder lächelte Ezra. Auf eine freundschaftliche, unbefangene Art. Er war mir wirklich sympathisch.

Was mir vor einer Stunde noch blöd vorkam, war es jetzt plötzlich gar nicht mehr. Ich unterhielt mich einfach mit jemandem, den ich noch nicht kannte. Es war auch nicht mehr eigenartig, mit einem Typen bei dämmrigem Licht – das zum Lesen eigentlich unbrauchbar war – allein zu sein.

»Weil ich befürchte, der Kumpel, mit dem ich ein Zimmer teile, könnte früher oder später ein Mädchen abschleppen«, erklärte er. »Davon will ich wirklich nichts mitbekommen. Für Collin nimmt der Abend erst ein Ende, wenn er eine Frau klargemacht hat.«

»Collin?«, wiederholte ich. »Gehörst du zu Blairs Geburtstagsgästen?«

Ezra wand seinen Kopf unschlüssig hin und her. »Wenn es nach ihr ginge, wäre ich bestimmt nicht hier«, antwortete er. »Wir beide sind nicht gerade so.« Er überkreuzte Zeige- und Mittelfinger.

Wenn er mir bis jetzt noch nicht sympathisch gewesen wäre, dann spätestens jetzt.

»Aber Trevor bestand darauf, dass ich mitkomme.«

Sein Nachsatz ließ mich die Luft anhalten.

»Du gehörst zu Trevor?«, fragte ich atemlos.

»Yep! Mit ihm bin ich so!« Grinsend machte Ezra das gleiche Zeichen noch mal mit den Fingern. »Er ist mein bester Freund. Für ihn lasse ich sogar die staubige Bibliothek sausen und komme nach Lovett Island.«

Wie er das aussprach. Lovett Island. Nicht ehrfürchtig und fasziniert, wie es alle anderen taten. Mehr, als wäre ihm die Dekadenz der Gäste ebenso fremd wie mir. Vielleicht gehörte er nicht zu den Reichsten der Reichen? Zumindest war er nicht so protzig gekleidet und wirkte viel bodenständiger.

»Übrigens war es echt mutig von dir, Trevor den Rum

ins Gesicht zu schütten«, sagte er dann lachend. »Ein bisschen Kontra tut ihm auch mal ganz gut.«

Ich biss die Zähne zusammen. Für einen Moment hatte ich es erfolgreich verdrängt, auch weil meine Anspannung in Ezras Gegenwart nachgelassen hatte. Nun waren das Kartenspiel und meine Reaktion darauf wieder so präsent wie zuvor. »Ein Wunder, dass ich noch nicht gehen musste«, entgegnete ich.

»Trevor nimmt's bestimmt mit Humor.« Für Ezra klang die Sache halb so wild.

Mich plagten immer noch Schuldgefühle. Und die Erinnerung an Trevors Lippen auf meinen. Sein Duft stieg mir erneut in die Nase. Die Haarspitzen, die mich kitzelten. Die warme Nase, die meine berührte. Alles in mir kribbelte, und mein Herz schlug automatisch ein paar Takte schneller.

»Ich muss mich bei ihm entschuldigen«, sagte ich mehr zu mir selbst als zu Ezra.

»Wofür? Er hätte bei diesem bescheuerten Spiel nicht mitmachen sollen.« Ezras Worte ließen mich überrascht aufsehen. »Das war Blairs unnötige Idee.«

»Zumindest für das ruinierte Hemd«, erklärte ich. Trevor Parker trug bestimmt keine Walmart-Hemden, und ich war mir nicht sicher, ob sich die Flecken aus dem reinweißen Stoff herauswaschen ließen.

»Er wird's verkraften.« Ezra lachte amüsiert über meine Sorge. Dann klopfte er sich mit dem Buch aufs Knie und stand auf. »Also gut. Was hältst du davon, wenn wir etwas trinken gehen? Aber etwas Richtiges, keinen Möchtegern-Long-Island-Iced-Tea, der noch nie einen Tropfen Alkohol gesehen hat.« Er streckte sich und schob das Buch auf einen Balken über der Tür, als wäre es sein Geheimversteck.

»Hast du mich beobachtet?«, fragte ich verblüfft.

»Den selbstverliebten Menschen da drüben kannst du etwas vormachen, mir aber nicht. Ich habe eine gute Beobachtungsgabe.« Er hielt mir seine Hand entgegen und half mir auf die Beine. Ihm gegenüberzustehen zeigte mir erst, wie groß er wirklich war.

»Ich glaube, ich habe für heute genug getrunken«, sagte ich entschuldigend. Der Shot bei Blairs Spielchen und der eine Cocktail vorhin waren mir zu Kopf gestiegen.

»Unerfahren oder die falschen Erfahrungen gemacht?«, fragte Ezra neugierig.

Definitiv unerfahren, aber das wollte ich nicht an die große Glocke hängen. Ich fühlte mich schon so angreifbar, wenn ich an Blairs Blick nach dem Spiel dachte.

Ezra stellte sich mir in den Weg, damit ich ihm erst eine Antwort gab.

»Was sagt denn deine gute Beobachtungsgabe?«, entgegnete ich grinsend.

»Meine Beobachtungsgabe verrät mir, dass du keinen BH trägst«, sagte er trocken.

Ich spürte, wie mir die Röte in die Wangen schoss, und wollte instinktiv den Unterarm über meine Brust legen. Da ich aber schon den ganzen Abend mit diesem Oberteil herumgelaufen war und es Ezra bestimmt nicht als Einziger bemerkt hatte, entschied ich mich dagegen, die eingeschüchterte graue Maus zu sein. Außerdem hatten mir Karlee und Violet versichert, dass ich in dem Top sexy aussah. Und ein Teil in mir hatte sich ganz selbstbewusst auch so gefühlt: richtig gut.

»Meine Augen sind hier oben«, sagte ich cooler, als ich mich fühlte, und boxte ihm gegen die Schulter, ehe ich auf die Terrasse vorausging.

Ezra schrie gespielt schmerzerfüllt auf, wodurch sich einige Gäste auf der Terrasse zu uns umdrehten. Trevor, der am Terrassengeländer neben Blair stand, zog die Augenbrauen zusammen und wandte dann den Blick ab.

Mit Ezra Zeit zu verbringen machte echt Spaß. Selbst als er nach einer Stunde ziemlich angeheitert war und sich mit meiner Hilfe auf die bevorstehende Literaturprüfung vorbereiten wollte. Dabei versuchte er, sich den erreichten Alkoholspiegel bloß nicht anmerken zu lassen, was das Lernen umso amüsanter gestaltete. Seine bodenständige und sympathische Art ließ mich fast vergessen, dass Lovett Island eine private Luxusinsel war. Und dass Trevor am anderen Ende der Terrasse mit Freunden saß und bestimmt jahrhundertealten Whisky trank. Ich konnte immer noch nicht glauben, dass er Trevors bester Freund war.

Ich spürte Trevors Blicke auf mir, zwang mich aber, ihn nicht anzusehen. Das gelang mir mehr oder weniger gut. Einmal ertappte ich mich dabei, wie ich nachsah, ob er noch das gleiche Hemd trug. Er hätte sich auch umziehen können. Das Familienhaus lag nur wenige Meter entfernt. Dort gab es bestimmt noch ein Dutzend weiterer glatt gebügelter Hemden, die an seinem Körper aussahen, als wären sie nur für ihn designt worden.

»Sie ist 1770 geboren«, sagte Ezra mit schwerer Zunge.

»Vielleicht auch 1776, aber nicht später als 1779.« Er sah mich an, als wüsste ich die Antwort.

Ich zuckte entschuldigend mit den Schultern. Das konnte ich beim besten Willen auch nicht mehr sagen.

»1772? Also, in den 70er Jahren bestimmt.«

Er tat mir richtig leid. Ezra sah aus, als würde er gleich frustriert losheulen, wenn ich ihm nicht die richtige Jahreszahl verriet.

»Ich werde die Prüfung verhauen.« Dann stürzte er den restlichen Drink hinunter. Einen Old Fashioned, wie er mir zuvor erklärt hatte. Denn richtige Texaner tranken nur Drinks mit wenig Zutaten. Zwei bis drei maximal.

»Du machst das schon«, sagte ich zuversichtlich und klopfte ihm auf die Schulter.

Langsam machte sich meine Müdigkeit wieder bemerkbar. Schließlich hatte ich kein Auge mehr zugetan, seit ich meine Heimatstadt verlassen hatte. Das war eineinhalb Tage her. Ich brauchte dringend ein paar Stunden Schlaf, aber all das Neue und die Aufregung hielten mich wach. Noch.

»Maci? Maci, komm mal her!« Die Stimme kam von Peyton, die unter dem Eingang zum Restaurant stand. Ihr Blick verriet mir schon von Weitem, dass es Ärger gab.

Als Blair neben ihr auftauchte, wusste ich, was los war. Sie hatte Peyton erzählt, was ich getan hatte. Mein Herz hämmerte gegen meine Brust, als ich mich vom Barhocker schob.

»Das sieht nach Ärger aus«, kommentierte Ezra, was nicht sehr hilfreich war. Meine Knie waren weich, und das lag definitiv nicht am Alkohol.

Ehe ich zu Peyton ging, fiel mein Blick noch einmal über die Terrasse zu Trevor. Er hatte sich aus seiner bequemen Position aufgerichtet, die Augen fixierten mich über die Distanz hinweg. Sein Kiefer schien angespannt.

Steckte er dahinter? Nahm er es doch nicht so locker, wie Violet und Ezra es mir versichert hatten? Was auch immer mich jetzt erwartete, ich war nicht bereit dafür. Dennoch blieb mir nichts übrig, als zu Peyton zu gehen.

»Soll ich mitkommen?«, hörte ich Ezra hinter mir, doch ich winkte ab.

Stattdessen ging ich allein auf Peyton und Blair zu. Im Restaurant war bereits alles für das Frühstück vorbereitet. Die Tische waren mit edlem Porzellan gedeckt, und kleine Vasen standen bereit, um mit frischen Blumen befüllt zu werden.

»Ja?«, fragte ich zittrig, als ich bei ihnen war. Ich krallte vor Nervosität die Hände in den dünnen Stoff meines Rocks. Mein Blick huschte zwischen Peyton und Blair hin und her. Wer von den beiden würde mir die Nachricht überbringen? Ich rechnete damit, dass Blair sich diesen Spaß nicht nehmen ließ, doch es war Peyton, die erst etwas sagte.

»Ich dachte, du würdest deine *Chance* besser nutzen«, sagte sie in Anspielung an unser Gespräch am Flughafen. Wenn es nach ihr gegangen wäre, hätte sie mich dort stehen lassen. Stattdessen verdankte ich es ausgerechnet Trevor, dass ich überhaupt auf Lovett Island war. »Wie kommst du dazu, dem Sohn von Hugh Parker einen Drink über den Kopf zu kippen? Was hast du dir dabei gedacht?«

Ich behielt das Trinkspiel lieber für mich. Peyton war

bestimmt die Letzte, die Verständnis für meine Reaktion aufbringen würde.

»Ich wusste nicht, wer er war«, gestand ich, auch wenn das meine Verteidigung nicht besser machte.

Blair lachte spöttisch auf.

»Es ist egal, wer er war«, entgegnete Peyton streng. »Du solltest keinen unserer Gäste so behandeln.«

»Es tut mir leid«, stammelte ich. Sie hatte natürlich recht. Und ich sollte mich nicht nur bei ihr, sondern bei Trevor entschuldigen.

»Mir tut es leid, Maci«, sagte Peyton und schüttelte bedauernd den Kopf. »Elliott meinte, du wärst eine gute Tennisspielerin, und wir hätten echt jemanden auf diesem Gebiet gebraucht. Aber nach der Aktion kann ich dich nicht behalten. Ich werde für morgen früh acht Uhr ein Boot bestellen, das dich zurück nach Saint Croix bringt.«

Ich bekam kaum noch Luft. In Saint Croix wäre ich wieder auf mich alleine gestellt. Würde vor dem Nichts stehen.

»Gute Reise«, fügte Blair mit scheinheilig freundlicher Stimme hinzu. Sie lächelte mich überheblich an. Ich hätte *ihr* den Rum über den Kopf schütten sollen.

»Was ist hier los?«

Ich zuckte bei der tiefen Stimme zusammen. Als ich mich umdrehte, stand Trevor direkt hinter mir.

»Trevor, es tut mir wirklich leid. Das hätte nicht passieren dürfen«, sagte Peyton schnell und trat einen Schritt vor. Als Leiterin des Staffs musste sie nun den Kopf hinhalten. Ich wollte gerade etwas sagen, als sie auch schon weitersprach: »Keine Sorge, es wird nicht wieder vorkommen.«

»Was denn?« Trevor zog fragend die Augenbrauen hoch.

Dann blickte er auf sein Hemd und zupfte am Stoff. »Etwa das hier? Ich habe Maci versehentlich geschubst. Es war nicht ihre Schuld.«

Peyton runzelte die Stirn. Dann sah sie mich erwartungsvoll an. »Stimmt das?«

»Eigentlich …«

»Komm schon, Peyton«, fuhr mir Trevor ins Wort. »Mach keine große Sache daraus. Als ob uns beiden noch nie ein Glas umgekippt wäre.«

Die beiden sahen sich zwei Sekunden schweigend an, dann nickte meine Chefin und wandte sich wieder mir zu. »Warum hast du das nicht gleich gesagt? Pass ab jetzt besser auf!«

Ich nickte schnell und konnte immer noch kaum glauben, dass Trevor gelogen hatte, um meinen Job zu retten. Jetzt musste ich mich nicht nur bei ihm entschuldigen, sondern auch noch bedanken.

»Aber …«, rief Blair irritiert auf.

»Es reicht jetzt!«, unterbrach Trevor sie. Der Blick, den er ihr zuwarf, sprach eine deutliche Warnung aus. Dann wandte er sich mir zu. Seine Miene war unbewegt und … undurchschaubar. »Ich bin Maci noch einen Drink schuldig. Schließlich hat sie meinetwegen einen verschüttet.« Er nickte kurz in die Runde, dann legte er mir die Hand auf den unteren Rücken und führte mich einfach in Richtung Bar davon.

Ich war wie erstarrt, nur meine Beine bewegten sich automatisch unter mir. Violets Häkeltop war so kurz, dass Trevors Hand direkt auf meiner Haut lag. Sie war so warm. Es kam mir vor, als würde meine Haut darunter glühen.

»Hey, Leute, alles klar?«, fragte Ezra, als wir zurückkamen.

»Wenn du ins Bett gehst, verrate ich dir, wann Jane Austen geboren wurde«, sagte Trevor und stellte sich neben ihn. Seine Hand lag immer noch nur wenige Zentimeter über meinem Po.

Ezras bislang müde wirkenden Augen wurden groß.

»1775«, sagte Trevor und klopfte seinem Freund auf die Schulter.

»Du bist der Beste.« Ezra atmete erleichtert auf. Dann sah er lächelnd zu mir. »Gute Nacht, Maci.«

»Schlaf gut.« Ich erwiderte sein Lächeln. Man konnte bei Ezra gar nicht anders.

»Hey, Vi!«, rief Trevor, nachdem sein Freund im Inneren des Haupthauses verschwunden war. Er zog die Hand von mir weg und legte sie auf den Tresen. Die Stelle an meinem Rücken fühlte sich plötzlich kühl und leer an. »Gibst du mir ein Bier und Maci ...« Er ließ den Satz unbeendet stehen und sah mich fragend an.

»Eine Cola, bitte«, brachte ich nur halblaut hervor.

Violet brauchte nicht lang, da standen die Getränke auch schon vor uns.

»Danke dir«, sagte Trevor, dann wandte er sich mir zu und hielt seine Bierflasche hoch. »Auf deinen ersten Abend.«

Meine Finger zitterten, als ich sie um das eisgekühlte Glas legte und mit ihm anstieß. Der süße Geschmack der Coke prickelte auf meiner Zunge. Ich nahm mehrere große Schlucke. Irgendwie musste ich ja die angestaute Hitze in mir abkühlen.

Als ich das Glas wieder abstellte und meinen Blick davon löste, fiel er direkt auf die Flecken auf Trevors Hemd. Ich räusperte mich.

»Es tut mir wirklich leid«, sagte ich und deutete auf seine Brust. Unter dem weißen Stoff zeichneten sich seine breiten Schultern und die muskulöse Brust ab. Mein Mund war mit einem Schlag wieder staubtrocken. Ich hatte noch nie einen so gut aussehenden Typen im wahren Leben gesehen.

»Schon gut«, winkte Trevor gelassen ab. »Ich hätte Blair davon abhalten sollen, dich in dieses Spiel hineinzuziehen.«

»Warum ... hast du mitgespielt?« Ich bekam die Worte kaum heraus. Trotz seiner lockeren Art flößte er mir Respekt ein. Als Sohn von Hugh Parker und Testimonial für den größten Sportartikelhersteller in den USA war er eine Berühmtheit. Vor allem bekam ich aber weiche Knie, weil er so nahe bei mir stand. Es fiel mir schwer, den Blick aus seinen intensiven blauen Augen direkt zu erwidern.

»Weil Collin dich sonst geküsst hätte«, erklärte er, als wäre das naheliegend.

Bei der Erinnerung an Trevors Lippen auf meinen fingen diese zu prickeln an. Ich musste mich beherrschen, nicht die Fingerspitzen darauf zu legen. Mir wurde ganz warm in der Brust, und ich nahm noch einen Schluck von meiner Cola, um mir die Aufregung nicht anmerken zu lassen. Wieso wollte er nicht, dass Collin mich küsste?

»Damit wärst du die eintausendste Frau, der diese Ehre zuteilgeworden wäre«, fügte Trevor lässig hinzu, als hätte er meine Gedanken erraten. »Und mach dir keine Sorgen wegen des Videos.« Trevor fuhr sich durch sein dunkles Haar. Selbst im schwachen Licht der Terrassenbeleuchtung war der Kontrast zwischen seinem beinahe schwarzen Haar und den blauen Augen überwältigend. »Blair macht kein Video öffentlich, auf dem ich eine andere küsse.«

Ich sah erschrocken auf. Das konnte nur eines bedeuten. »Blair ist deine …«

»… Ex«, beendete er meinen Satz. »Es ist kompliziert.«

Es überraschte mich nicht, dass Trevor und Blair ein Paar gewesen waren. Sie waren beide unwirklich schöne Menschen aus reichen Familien und würden gemeinsam ein Sportartikelimperium erben. Für die Medien wäre es bestimmt die perfekte Story, wenn die beiden Unternehmerkinder zusammen wären.

Mein Blick fiel noch einmal zurück zum Restaurant, wo wir zuvor noch mit Peyton und Blair gestanden hatten. Nun war der Raum wieder leer. Und obwohl Blair nirgends mehr zu sehen war, lief mir ein eiskalter Schauer über den Rücken. Kein Wunder, dass sie mich aus dem Weg räumen wollte. Ihr Ex hatte mich geküsst – ich sollte mich vor ihr in Acht nehmen. Und besser auch vor Trevor.

Ich wandte mich wieder Trevor zu und setzte mich aufrechter hin. »Danke noch mal für vorhin«, sagte ich höflich und hoffte, ihn damit nicht zu nah an mich ranzulassen. »Peyton hatte mich bereits gefeuert.«

Nun lächelte Trevor. Es sah beinahe gefährlich aus. »Du könntest es wiedergutmachen, Maci.«

Ich kniff die Augen leicht zusammen. Das war mir zu suspekt.

»Peyton sagte, du wärst eine gute Tennisspielerin. Stimmt das?« Trevor lehnte sich ein wenig zu mir vor, sodass sein Gesicht meinem verdammt nahe war. Ich konnte jede einzelne seiner schwarzen dichten Wimpern erkennen.

»Es geht.« Schnell wich ich seinem Blick aus, der mir zu intensiv geworden war, doch ich spürte weiterhin, wie er mich prüfend musterte.

»Das klang bei Peyton aber anders.«

»Ich weiß, wie man einen Schläger hält.« Ich war so eine schlechte Lügnerin. Meine Wangen brannten vor Hitze, und ich war mir sicher, dass er mich durchschaute. Ich wollte das Thema wechseln, bevor er herausfand, wer die Maci Stiles war, von der man im Internet lesen konnte. Ich wollte nicht mehr diese Maci sein.

»Wusstest du, dass hier in drei Wochen das jährliche Tennisturnier stattfindet?«

O nein! Langsam schüttelte ich den Kopf. Weder Elliott noch Peyton oder Karlee hatten das erwähnt.

»Dieses Jahr wird es ein richtig großes Event«, erklärte Trevor, »mit Promis, ehemaligen Profispielern und Leuten von der Presse. Uns stehen drei Tage voller Tennisspiele und Partys bevor.«

Ich schluckte, als ich das hörte. Offenbar war es mehr als nur ein kleines Hobbyturnier.

»Und du wirst meine Doppelpartnerin sein.«

8.

Violet

Der Laptop auf meinem Bett stand schief. Die Decke darunter war zerknüllt, doch ich machte mir keine Mühe, sie wegzuschieben.

Meine Finger flogen über die Tastatur, als ich die Zugangsdaten für das Online-Programm eintippte, das Peyton mir vor einigen Monaten empfohlen hatte. Ich musste mich beeilen, schließlich konnte ich nicht den ganzen Nachmittag in meinem Zimmer verbringen. Es war so schon nicht einfach, meinen Freunden meine gelegentliche Abwesenheit zu erklären. Ich wollte aber nicht, dass sie von meinen Plänen erfuhren. Nicht solange die Möglichkeit bestand, dass ich scheiterte.

Anfangs war es mir schwergefallen, in einen Lernrhythmus zu kommen. Schon zu Schulzeiten hatte ich Probleme gehabt, mich zu konzentrieren, doch ich hätte den Highschoolabschluss bestimmt gemacht, wäre mein Vater nicht ein halbes Jahr davor an Krebs gestorben. Ich blieb allein zurück, mit Schulden von den vielen Arztrechnungen und ohne zu wissen, wie es weitergehen sollte. Mein damaliger Freund Wyatt hatte mir schließlich den Job in einem Stripclub nahe des Las Vegas Strip besorgt. Zum Glück musste ich nur Drinks ausgeben, auch wenn ich gelegentlich gern als Backgroundtänzerin mitgemacht hatte – denn nackt musste echt nicht sein. Ich hätte es mit siebzehn Jahren ohne Schulabschluss und finanziellen Problemen wahrlich schlechter treffen können.

Vor einem Jahr hatte Baron Wilkins mich aus Vegas herausgeholt und mir damit eine Chance gegeben, mein Leben noch einmal neu zu gestalten. Obwohl das bestimmt nicht seine wahren Absichten gewesen waren. Denn auch wenn ich auf Lovett Island verdrängen konnte, woher ich eigentlich kam, war Baron stets darauf bedacht, mich nicht vergessen zu lassen, wo ich ohne ihn heute wäre. In seinen Augen war ich eine Stripperin, billig und minderwertig. Dabei war Tanzen und Poledance das Höchstmaß an Sport und Ästhetik.

Meinen Highschoolabschluss nachzuholen war nur ein Schritt, um mich endgültig von ihm und meiner Vergangenheit zu lösen. Seit Monaten bereitete ich mich nicht nur auf den GED-Test vor, sondern auch auf den SAT, die wichtigste Hürde, um meinen Traum von einem Studium zu verwirklichen. Die ersten zwanzig Jahre meines Lebens hatte ich nicht einmal daran gedacht, jemals an eine Universität zu gehen. Nur ein Schritt auf Lovett Island hatte genügt, um diesen Wunsch in mir aufkeimen zu lassen.

Nach einer Stunde, in der ich die Inhalte des Algebrakurses wiederholt hatte, packte ich meine Notizen und Lehrbücher wieder weg. Ich versteckte sie im Inneren meiner grünen Kommode unter ein paar Handtüchern, auch wenn ich bezweifelte, dass jemand hineinschauen würde. Gerade als ich das Handtuch glatt gestrichen hatte, klopfte es an der Tür.

»Ja?«, rief ich und schob ein Buch, das ich übersehen hatte, unter mein Kopfkissen. Der Laptop stand noch daneben.

Karlee steckte den Kopf zur Tür rein. »Da bist du ja«, sagte sie. »Ich war gerade bei Peyton und soll dir sagen, dass ein Brief für dich gekommen ist.« Neugierig warf sie einen Blick auf das Notebook neben mir. »Bestellst du Klamotten?« Sie wollte gerade näher kommen, als ich den Laptop schnell zuklappte.

»Ich hab leider nichts gefunden«, antwortete ich – erleichtert, dass Karlee mir eine gute Ausrede geboten hatte.

»Ich brauch auch mal wieder was Neues«, sagte Karlee und zupfte am Saum ihres Shirts. »Ich geh zum Pool, kommst du mit?«

»Ich schau noch schnell bei Peyton vorbei und komme dann nach.« Ich sprang vom Bett auf und folgte Karlee aus meinem Zimmer. Wenige Meter später trennten sich unsere Wege. Sie lief den gläsernen Steg zum Haupthaus hinüber, ich nahm die Treppe nach unten.

Peytons Büro lag am Ende des Flurs. Ich hatte immer ein mulmiges Gefühl, wenn ich hier entlanglief, schließlich lag auch Barons Arbeitszimmer in dem Bereich. Dieses Mal war es berechtigt. Ich hörte sein zufriedenes Brummen und schloss die Augen. Er hatte mich an seinem Büro vorbeilaufen sehen.

»Violet!«

Beim Klang seiner Stimme zuckte ich unwillkürlich zusammen. Ich war sicher, er ließ die Tür absichtlich offen, um mich abzufangen.

»Hi, Baron. Viel zu tun?« Ich bemühte mich um ein unbeschwertes Lächeln, um mir mein Unbehagen nicht anmerken zu lassen. Es war eine Schwäche, die er auszunutzen wusste.

»Geht so«, antwortete Baron und stand vom Schreibtisch auf.

Jede Faser meines Körpers spannte sich an, als er auf mich zukam. Ich blieb in der Tür stehen und zwang mich zu einem gelassenen Gesichtsausdruck.

»Für dich nehme ich mir gern Zeit.« Er legte seinen Arm um meine Taille und gab mir zur Begrüßung einen Kuss auf die Wange, wobei seine Lippen über meinen Kiefer und linken Mundwinkel streiften. Es schien eine zufällige Geste zu sein, doch ich wusste, dass er es ganz bewusst tat. Der Duft seines teuren Parfums stieg mir in die Nase.

»Hübscher Rock«, raunte er und trat einen Schritt zurück, um seinen anrüchigen Blick über meinen Körper gleiten zu lassen. »Was trägst du denn darunter?« Er lachte und ließ seine Frage wie einen Scherz klingen.

Es fiel mir schwer, sein Lachen zu erwidern. Es war ein Spiel, das Baron mit mir trieb. Sollte er es wagen, mich anzufassen, würde ich mich wehren. Aber all seine Kommentare waren als Scherz getarnt, all seine Berührungen scheinbar zufällig. Ich hatte deshalb nicht weniger Angst vor ihm, aber ich hatte auch nichts gegen ihn in der Hand.

Und was ich mir auf keinen Fall leisten konnte, war, das Risiko einzugehen, wieder nach Vegas zurückgeschickt zu werden. Das war das Letzte, was ich wollte. Ich musste stark bleiben und seine Psychospielchen ertragen.

»Du solltest mich öfter besuchen kommen«, sagte er und blieb viel zu dicht vor mir stehen. Ich konnte seinen warmen Atem im Gesicht spüren. »Die Arbeit ist immer so langweilig, da könnte ich etwas Abwechslung gebrauchen.«

Ich würde den Teufel tun und ihn freiwillig besuchen kommen. Es genügte, wenn wir uns gelegentlich auf abendlichen Veranstaltungen auf der Terrasse oder tagsüber im Strandhaus trafen. Sobald wir allein waren, legte sich bei ihm ein Schalter um, der mir das Gefühl gab, in seiner Schuld zu stehen. Schließlich war er der Grund, warum ich auf Lovett Island war.

»Ich muss leider schon los«, antwortete ich angespannt, »Peyton wartet auf mich.«

»Peyton ist gerade in der Küche«, entgegnete Baron seelenruhig. Er schien es zu genießen, dass ich ihm nicht so leicht entkommen konnte. »Willst du etwas trinken?«

Zaghaft trat ich zwei Schritte in sein Büro, das mehr wie ein großes Wohnzimmer aussah. Zwar gab es einen breiten Schreibtisch, auf dem sich allerlei Papierkram stapelte, doch den Großteil des Raums nahm eine Sitzlandschaft ein. Ausgerichtet auf einen Flachbildfernseher an der Wand. Gleich daneben gab es eine kleine Bar mit Kristallflaschen, die mit weißen und bernsteinfarbenen Flüssigkeiten gefüllt waren.

»Hm?« Baron hob die Flasche Scotch, mit der er sich gerade großzügig eingeschenkt hatte.

Ich hatte ganz vergessen, auf seine Frage zu antworten.

»Nein danke.« In seiner Gegenwart behielt ich lieber einen klaren Kopf.

»Ich habe das Gefühl, dass du mir aus dem Weg gehst«, sagte Baron, nachdem er seinen Scotch getrunken und das leere Glas zurück auf die Bar gestellt hatte. »Das tust du doch nicht, oder?«

»Wie kommst du darauf?«, fragte ich mit einem Lachen, das über meine Verunsicherung hinwegtäuschen sollte. Ich hörte selbst, wie nervös es klang.

Baron wandte sich mir wieder zu. Etwas in seinen grau-blauen Augen blitzte auf, eine Warnung. »Was läuft eigentlich zwischen dir und Brent?«

Seine Frage kam so unerwartet, dass ich kurz die Luft anhielt. Dann bemühte ich mich, einen entspannten Gesichtsausdruck zu wahren. »Gar nichts«, antwortete ich. Es war noch nicht mal gelogen. »Wir sind nur Freunde.«

Er betrachtete mich argwöhnisch. »Ihr verbringt sehr viel Zeit miteinander.«

»Beobachtest du mich?«, fragte ich gespielt amüsiert, um Baron den Wind aus den Segeln zu nehmen. Schon die Vorstellung, dass er mir nachspionierte, jagte mir einen kalten Schauer über den Rücken. »Wie ich schon sagte, wir sind nur Freunde.« Auch wenn ich mir oft genug gewünscht hatte, es wäre mehr zwischen Brent und mir.

Baron musterte mich kurz, dann nickte er einmal. »Warum schenkst du mir nicht noch etwas ein?« Es war weder eine Frage noch eine Bitte.

Ich zögerte nur eine Sekunde, dann kam ich zu ihm an die Bar. Baron trat keinen Schritt zur Seite, sodass sich unsere Oberarme berührten. Ein kleines Zucken ging durch meinen Körper, und ich hoffte, er würde es nicht bemerken. Solche Unsicherheiten waren genau das, was Baron suchte. Das Machtgefühl, diesen Einfluss auf mich zu haben.

Ich legte meine Finger so fest um die Kristallflasche, dass mein Zittern keine Chance hatte.

»Etwas mehr«, sagte Baron mit einem Blick auf das Glas, das ich mit Scotch füllte.

Als ich es ihm reichte, berührten sich unsere Hände. Fast wäre mir das Glas aus den Fingern gerutscht, doch zum Glück hielt Baron es bereits fest.

Er nippte an dem Getränk, den Blick die ganze Zeit auf mich gerichtet. »Du weißt, dass ich dich jederzeit nach Vegas zurückbringen kann.«

»Dafür gibt es keinen Grund«, sagte ich. Meine Stimme war sicherer, als ich mich fühlte.

»Gut. Es gäbe bestimmt einige Menschen dort, die zu gern wüssten, wo du bist.« Überlegen lächelnd hob Baron das Scotchglas wieder an die Lippen. Dann trank er alles in einem Zug aus. »Ich werde ab jetzt ein Auge auf deinen *Freund* Brent haben«, fügte er anschließend hinzu und stellte das leere Glas etwas zu fest auf die Bar zurück.

Ich wusste nicht, was Baron damit andeuten wollte, doch ich wagte auch nicht nachzufragen. Brent war mir wichtig, und ich wollte nicht, dass er wegen mir Probleme bekam. Sobald ich meinen Highschoolabschluss in der Tasche und meine Zukunftspläne in die Tat umsetzen konnte, hielt mich nichts mehr auf Lovett Island. Die Insel war mein Sprungbrett. Nur die anderen würde ich vermissen. Vor allem Brent.

Schritte im Flur ließen mich zusammenzucken. Dann

wurde mir bewusst, dass sie nur eines bedeuten konnten, und ich entspannte mich wieder.

»Violet, da bist du ja. Ich habe dich schon gesucht.« Peyton steckte den Kopf zur Tür rein.

»Ich komme«, sagte ich schnell.

»Hey, Baron. Hast du dann Zeit, um die Planung für das Tennisturnier durchzugehen? Ich bräuchte dein Okay bei ein paar Entscheidungen.« Peyton hatte nicht mitbekommen, welche Stimmung gerade noch hier geherrscht hatte. Niemand bekam es je mit, wenn Baron mir gegenüber aufdringlich wurde. Er schien immer zu wissen, wann er mir ungestört auflauern konnte.

»Dann komm mal mit.« Peyton wies mit dem Kinn in die Richtung ihres Büros.

Ich zögerte nicht lang und folgte ihr.

»Mach die Tür hinter dir zu«, sagte Peyton, als sie bereits ihren Schreibtisch ansteuerte.

Ich folgte der Anweisung, ohne zu zögern, und fühlte mich schlagartig sicherer. Die Insel war zu klein, um Baron aus dem Weg zu gehen, doch in der Nähe von anderen konnte mir nichts passieren. Vor allem bei Peyton fühlte ich mich behütet. Sie war zwar meine Chefin und wirklich streng, doch sie war auch meine Vertraute. Fast schon eine Freundin.

Ich ging zu dem Punchingball, den sie im Büro stehen hatte, und boxte ein paarmal dagegen, als wäre mir nur langweilig. In Wahrheit wollte ich meine Wut rauslassen. Die Wut über meine Abhängigkeit von Baron. Er hatte mich in der Hand. Es gab Menschen in Las Vegas, die nicht erfahren durften, wo ich war. Und Baron wusste das zu nutzen.

»Wie läuft's beim Lernen?«, fragte Peyton und blätterte ihre Unterlagen durch, als würde sie sich eigentlich mit einem ganz anderen Thema beschäftigen.

»Gut«, antwortete ich knapp.

»Bist du bereit, dich für die Prüfung anzumelden?« Sie sah von ihrem Arbeitsplatz auf. »Es gibt bald einen freien Termin in Florida.«

Ich zögerte. War ich schon so weit? Zwar fand diese Prüfung in regelmäßigen Abständen statt, und man konnte auch mehrmals antreten, doch ich wusste nicht, ob ich es ein zweites Mal schaffte, wenn ich es beim ersten Mal verhaute. Meine Nerven lagen schon jetzt blank. Mit dieser Prüfung, die mir den Highschoolabschluss verschaffte, machte ich den ersten Schritt, um mein Leben in eine neue Richtung zu lenken. Eine, die mich früher oder später von Lovett Island wegführte. Weg von Baron.

»Melde mich an.« Meine Stimme klang entschlossener, als ich mich fühlte.

Peyton lächelte kurz und nickte. »Du machst das schon«, sagte sie zuversichtlich. Sie hatte von Anfang an hinter mir gestanden. Vielleicht war sie genau das, was ich brauchte und was mir mein ganzes Leben lang gefehlt hatte. Ein Mensch, der an mich glaubte. Der mich bestärkte und mir Ziele gab.

»Karlee meinte, ich hätte einen Brief bekommen?«

»Stimmt!« Peyton wühlte kurz durch das Chaos vor ihr, dann hielt sie zwischen zwei Finger geklemmt ein Kuvert hoch. »Ein gewisser Dr. Roger Bench aus Las Vegas für eine Violet Fox.«

Ich hielt die Luft an.

Es gab nicht viele, die mich als Violet *Fox* kannten. Auf Lovett Island nur Peyton. Dem Rest war ich unter Braga, dem Geburtsnamen meiner Mutter, bekannt. Was mich aber irritierte, war dieser Roger Bench. Der Name war mir völlig unbekannt. Dass er aber aus Vegas kam, konnte nichts Gutes bedeuten.

Meine Hände wurden feucht, und ich krallte sie in den Stoff meines Rocks. Es war nur eine Frage der Zeit gewesen, bis die Vergangenheit aus Vegas mich hier einholte. Mal abgesehen von Baron, der es mich bei jedem unserer Treffen wissen ließ.

»Ich habe seinen Namen gegoogelt«, setzte Peyton fort. »Er ist Anwalt.« Sie zog erwartungsvoll eine Augenbraue hoch, als könnte ich ihr mehr dazu sagen.

Ich hob ratlos die Schultern.

»Du machst uns doch keine Probleme, oder?«

»Bestimmt nicht«, versicherte ich ihr.

»Gut.« Peyton reichte mir den Brief und widmete sich wieder ihrer Arbeit. Sie vertraute mir, wie ich ihr vertraute. Ich war sicher, sie würde mir keine weiteren Fragen dazu stellen.

Ich verließ ihr Büro und lief direkt hinauf in mein Zimmer. Dort angekommen blickte ich auf das Kuvert. Eine Nachricht von einem Anwalt aus Las Vegas konnte nur einen Grund haben: Wyatt.

Bestimmt steckte er in Schwierigkeiten und wollte, dass ich ihm Geld schickte. Aber darauf konnte er lang warten. Von mir sah er keinen Penny mehr.

9.

Maci

»Brent, haben wir auch eine kleinere Schwimmweste?«
Jesse ruckelte an dem gelben steifen Ding an mir herum,
in dem ich mich wie ein Michelin-Männchen fühlte.
»Nicht dass unsere zarte Maci noch untergeht.«

Er zerrte an den Riemen und zog mich damit fast von
der Bank des Motorboots. Mir war immer noch übel von
der Fahrt hier raus aufs Meer. Das Rumgezerre an der
Schwimmweste machte es auch nicht besser.

Die zwei Gäste, die mit uns an Bord waren, warteten ungeduldig. Es waren Geschäftsmänner, die mit uns
Wasserski fahren wollten, während sich ihre Frauen im
Spa verwöhnen ließen. Beide schätzte ich auf Mitte vierzig. Mr Lincoln war ein hohes Tier in der Luftfahrttech-
nik und mit Hugh Parkers Ehefrau Laureen befreundet.
Er schien sportlicher zu sein als sein Freund, Mr Armstrong, um dessen massigen Körper sich die Schwimmweste spannte.

»Probier mal die.« Brent hatte aus der Kabine unter

dem Deck eine dunkelblaue Schwimmweste mit gelben Streifen hervorgeholt, die er Jesse vom Cockpit aus zuwarf.

Dieser fing sie gekonnt und reichte sie mir weiter. »Die gebe ich sonst den Kindern.«

»Sehr witzig«, entgegnete ich. Nachdem ich mich dieses gelben Klotzes entledigt hatte, schlüpfte ich in die kleinere Schwimmweste hinein. Sie passte besser. Damit würde ich mich zumindest bewegen können.

»Wer traut sich als Erster?«, fragte Jesse, als ich bereit war, und öffnete die kleine Tür zum Heck des Motorboots. Die kleine Badeplattform, von der aus man ins Wasser springen konnte, war wie der Rest des Boots mit Teakholz verkleidet.

»Ladies first«, riefen die Männer synchron, ehe sie laut lachten.

Ich bemühte mich, nicht die Augen zu verdrehen. Vor unserer Abfahrt hatten die beiden noch damit geprahlt, wie gut sie doch bereits Wasserski fahren konnten. Jetzt aber machte keiner von ihnen Anstalten, sich die Skier anzuschnallen. Mich störte es nicht, ich wollte es sowieso probieren. Seit Jesse mir angeboten hatte mitzukommen, konnte ich meinen Körper kaum ruhig halten. Was neue Sportarten betraf, war ich total aufgeregt, mich auszuprobieren.

Jesse sah mich mit hochgezogenen Augenbrauen an. »Bist du bereit?«

»Klar.« Die freudige Erwartung dominierte zum Glück meine Befürchtung, dass es wehtun könnte, wenn ich ins Wasser fiel.

»Eigentlich ist es ganz einfach«, erklärte er und reichte

mir die Hand, damit ich zu ihm aufs Heck steigen konnte. Dort lagen bereits die Skier sowie der Haltegriff mit Leine, die am Boot befestigt war. »Wir machen einen Tiefwasserstart. Das heißt, du hockst im Wasser, die Skispitzen schauen heraus, und du lässt die Arme gestreckt. Du musst nicht mehr machen, als dich festzuhalten und mit den Beinen gegen das Wasser zu stemmen. Das Boot zieht dich heraus und in eine aufrechte Position. Alles klar?« Er zeigte die Bewegung neben mir vor.

»Sicher doch«, entgegnete ich sarkastisch, weil Jesse es so kinderleicht darstellte. »Ganz easy.«

»Dann rein mit dir.«

»Viel Glück!«, wünschte mir Mr Lincoln.

Ich schob meine Füße in die Gummimanschetten der Skier und ließ mir von Jesse ins Wasser helfen. Dann reichte er mir den Haltegriff, und Brent lenkte das Boot langsam von mir weg. Das Seil, das uns noch verband, verschwand im Wasser.

»Bereit?«, rief Jesse und ging zurück hinter die Absperrung.

Ich hob die Hand, um ihm mein Zeichen zu geben.

»Hände ans Seil!«

Schnell griff ich wieder danach. Dann startete Brent das Boot.

Ich stemmte mich gegen das Wasser, wie Jesse es mir erklärt hatte. Der Druck war stärker als gedacht, doch zum Glück hatte die Reha gut geholfen, und meine Beine waren wieder toptrainiert. Meine Finger krallten sich um den Haltegriff des Zugseils. Es war nicht einfach dagegenzuhalten, doch tatsächlich war ich binnen weniger Sekunden aus dem Wasser herausgezogen und glitt über dessen Oberfläche.

»Sehr gut!«, rief Jesse begeistert. Der Start hatte geklappt. Er jubelte, als ich kurz darauf immer noch auf beiden Beinen stand.

Ich war selbst überrascht. Dass ich keine elegante Figur machte, sondern ziemlich verkrampft auf den Brettern stand, merkte ich selbst. Doch es machte Spaß. Richtig viel Spaß sogar. Der Fahrtwind, das Wasser unter meinen Füßen. Ich lehnte mich vorsichtig auf die Seite und merkte, wie ich eine Kurve lenkte. Es klappte.

Dann riss es mir plötzlich das Bein weg, und ich prallte auf die Wasseroberfläche. Das Meer verschluckte mich, wirbelte mich herum und spuckte mich dank Schwimmweste gleich wieder aus. Ich rang nach Luft.

Als ich mich umsah, erkannte ich die Skier nicht weit von mir entfernt im Wasser treiben.

»Das war spitze.« Brent hatte das Boot zu mir zurück gesteuert. »Willst du noch mal?«

»Unbedingt!« Ich grinste.

Eine halbe Stunde später saß ich mit einem Handtuch um die Schultern im Cockpit neben Brent. Die Schwimmweste hatte ich abgelegt und den Zopf meiner Haare gelöst, um sie in der Sonne trocknen zu lassen. Brent hatte das Sonnensegel über dem Cockpit aufgespannt, um uns etwas Schatten zu spenden. Denn am Himmel war keine einzige Wolke zu sehen, und die Sonne brannte unnachgiebig auf uns herunter. Der Gedanke, dass ich später noch Tennisunterricht geben sollte, brachte mich schon jetzt zum Schwitzen.

Mit einer Hand am Lenkrad und einem Arm auf der Rücklehne des Ledersitzes beobachtete Brent die beiden Urlauber beim Stürzen. Wie er so verdreht dasaß, konnte ich seine Tattoos in aller Ruhe bewundern. Von Brents Brust starrte mich ein Löwenkopf bedrohlich an, und über seinen Rücken erstreckte sich ein Phönix, der aus Flammen emporstieg. Unzählige Zeichnungen zierten seine Arme. Brent war gerade mal dreiundzwanzig. Ich fragte mich, wie alt er wohl bei seinem ersten Tattoo gewesen war.

»Bei dir sah das besser aus«, sagte Brent leise, als wir wieder einmal warteten, damit sich einer der Männer im Wasser für den Start in Position bringen konnte.

Ich blickte ebenfalls zurück. Mr Armstrong bereitete sich gerade auf einen weiteren Tiefwasserstart vor. Der gefühlt fünfzigste in der letzten halben Stunde. Er wirkte nicht nur vom Körperbau her unsportlicher als sein Freund, er stellte sich auch nicht sonderlich geschickt an. Ständig ließ er zu früh los, stürzte vornüber oder verlor sogleich die Kontrolle über die Skier. Er schien trotzdem Spaß zu haben.

»Die Wellen sind hier viel größer«, rief er in Richtung Motorboot. Er rechtfertigte sich wahrscheinlich, weil er vorher so getönt hatte, wie gut er bereits Wasserski fuhr.

»Ich hätte nicht gedacht, dass es so schwer ist«, gestand ich leise. Nach ein paar Versuchen hatte ich den Dreh raus, musste aber zugeben, dass ich es mir einfacher vorgestellt hatte. Mein Vorteil war bestimmt, dass mein Körper trainiert war.

»Du wirst sehen, beim nächsten Mal klappt es noch besser«, versicherte mir Brent.

»Wie oft macht ihr das denn?«, wollte ich neugierig wissen.

»Geht los!«, rief Jesse vom hinteren Teil des Motorboots zu uns herüber.

Ich hielt mich wieder fest, während Brent das Boot in Bewegung setzte. Erst langsam, dann immer schneller. Mr Armstrong kam aus dem Meer heraus, hielt sich ein paar Sekunden auf den Skiern und stürzte dann unelegant aufs Wasser.

Brent steuerte das Boot zu ihm zurück. »Wir fahren, wann immer die Gäste das wollen«, antwortete er auf meine vorige Frage. »Manchmal jeden Tag.«

Ich lachte leise auf. Die Vorstellung, dass das unser Job war, wollte mir noch immer nicht in den Kopf gehen. Es fühlte sich mehr an, als hätte ich einen Traumurlaub gewonnen, der in wenigen Tagen sein Ende nehmen würde.

»Irgendwann wird es zur Normalität«, sagte Brent grinsend, als hätte er meine Gedanken gehört.

Das bezweifelte ich. Für mich war das hier kein Job, sondern vielmehr ein Doppeljackpot. Ich konnte immer noch nicht glauben, dass ich Geld dafür bekam, auf einer Karibikinsel zu leben und mit reichen Urlaubern Wasserski zu fahren oder Tennis zu spielen.

»Wie ist das eigentlich?«, fragte ich neugierig. »Muss hier jeder alles können, oder habt ihr euch die Sportarten untereinander aufgeteilt?«

Brent überlegte kurz. »Es gibt keine klare Zuteilung«, erklärte er dann. »Wir spielen zum Beispiel alle Beachvolleyball, und wir Jungs sind bei den Wassersportarten immer mit dabei. Wobei Tauchen eher Jesses Terrain ist. Karlee macht noch Yoga, Fitness und Stand-up-Paddling und Vi die Drinks, und manchmal bietet sie Poledance-Stunden an.«

Ich glaubte, in seinen Augen etwas Warmes funkeln zu sehen, als er über Violet sprach. Was auch immer zwischen ihnen lief, es knisterte gewaltig.

»Und du übernimmst Tennis, wie ich hörte«, fuhr Brent fort. »Du kannst dir gar nicht vorstellen, wie erleichtert Adam war, als er das erfahren hat.«

»Das kann ich mir bei der Hitze gut vorstellen«, sagte ich. In der Karibik zu leben hatte so verlockend geklungen, dass ich nicht bedacht hatte, wie drückend heiß es hier werden konnte. Bei diesem Klima mehrere Stunden am Tag Tennisunterricht zu geben würde mich vor neue Herausforderungen stellen.

»Und noch einmal!«, rief Jesse.

Offenbar war Mr Armstrong wieder in Position. Er sah etwas verkrampft aus, als Brent startete und ihn aus dem Wasser zog. Dieses Mal hielt er sich aber länger auf den Skiern. Er grölte, als ihm das selbst auffiel, dann streckte er jubelnd eine Hand in die Luft. Zwei Sekunden später schäumte das Wasser um ihn herum, und er trieb mit seiner Schwimmweste an der Meeresoberfläche.

»Wohoo!«

Ich grinste. Auch wenn es anstrengend war und die Stürze manchmal wehtaten, konnte ich seinen Enthusiasmus verstehen. Man wollte immer ein bisschen mehr. Sich ein paar Sekunden länger auf den Beinen halten. Kurven fahren oder eben eine Hand loslassen.

»Wollen Sie noch mal?«, fragte Jesse und warf Mr Armstrong das Halteseil zu.

»Ich könnte das den ganzen Tag machen«, antwortete dieser unbeeindruckt von seinen Stürzen.

»Wir auch!«, rief Jesse grinsend.

»Dann müsst ihr mich aber zwischendurch absetzen«, sagte ich zu Brent. »Ich muss in einer halben Stunde auf dem Tennisplatz stehen.«

Brent grinste mich schief an. »Wenn du jetzt losschwimmst, kommst du rechtzeitig an.«

Ich hatte dieselben Tennisschuhe an wie in North Dakota; der Sand unter meinen Füßen fühlte sich genauso an wie auf jedem anderen Tennisplatz, auf dem ich bislang gespielt hatte; und trotzdem war es ein anderes Gefühl, hier zu stehen und die Bälle von Mr Ripley zu retournieren.

Mr Ripley war ein Investor aus New York, der jedes Jahr zum Hochzeitstag mit seiner Frau nach Lovett Island kam, um einige Tage abseits des Großstadttrubels zu verbringen. Er hatte mir vor unserer Unterrichtsstunde auch erzählt, dass ihn das Spiel seiner Ehefrau frustrierte. Die beiden waren leidenschaftliche Tennisspieler und trafen sich jede Woche mit Freunden für ein Doppel in einem exklusiven Club im Big Apple. Doch offenbar war Ms Ripleys Technik verbesserungsfähig.

Ich nahm den nächsten Aufschlag an und platzierte ihn sicher auf Mr Ripleys Seite. Er streckte sich, stand aber zu weit entfernt, um den Ball zu erreichen, und ließ erschöpft die Hand mit dem Schläger sinken.

»Ich gebe auf!«, sagte er außer Atem und kam auf das

Netz zu. Er wischte sich mit dem Ärmel seines Trainings-shirts über die verschwitzte Stirn. Das Lächeln auf seinen Lippen zeigte mir, dass er trotz seiner klaren Niederlage Spaß an unserer Partie gehabt hatte.

»Sie sind wirklich gut«, sagte ich anerkennend. Auch ich musste lächeln. Es tat gut, ohne Druck zu spielen. »Man merkt, dass Sie viel spielen.«

Mr Ripley schüttelte mir über das Netz hinweg die Hand. Dann gingen wir zur Bank, wo wir unsere Sachen abgelegt hatten.

»Wärst du schon vor ein paar Jahren hier gewesen, hätten wir mehr Spiele gegen unsere Freunde gewinnen kön-nen«, sagte er.

»Wenn Ihnen die Hitze nichts ausmacht, können wir diese Woche gerne noch mal trainieren«, schlug ich vor. Zwar brachte auch mich die feuchte Luft noch schneller zum Schwitzen, als der Sport es ohnehin schon tat, doch für ein lockeres Trainingsspiel und ein paar Ballübungen reichte meine Fitness aus.

»Abgemacht. Und morgen schicke ich meine Frau vor-bei. Mal sehen, ob du auch ihr Spiel verbessern kannst.« Zufrieden nickte Mr Ripley mir zu. Dann schulterte er seine Sporttasche und verabschiedete sich.

Ich blieb zurück, um die Tennisbälle einzusammeln, die über den Platz verteilt waren. Diese Aufgabe blieb fortan an mir hängen. Wer auf Lovett Island Urlaub machte, hatte natürlich keine Lust, seine Zeit damit zu vergeuden.

Ich genoss diesen Moment der Ruhe und ließ das ent-spannte Spiel auf mich wirken. Es tat gut, mal keine Punkte zählen und im Anschluss nicht meine Schwächen analysieren zu müssen. Am Rand stand kein Trainer, der mir Anweisungen gab, und auch mein Vater beobachtete mich nicht mit seinem kritischen Blick. Es war ein befreiendes Gefühl und machte einfach Spaß.

Als die Bälle im Gitterkorb waren und ich die Abziehmatte holen wollte, um den Sand zu glätten, hörte ich eine vertraute tiefe Stimme hinter mir: »Warte.«

Mit klopfendem Herzen drehte ich mich um. Trevor kam in Trainingsklamotten und mit einem Schläger auf mich zugelaufen.

»Kommt noch jemand, mit dem du spielst?«, fragte ich beiläufig und hoffte, dass er mir meine Nervosität nicht ansah.

»Eine Partie mit einem eingerosteten Baseballspieler schaffst du bestimmt noch.« Seine türkisblauen Augen funkelten unwirklich in der Sonne, aber der Ton in seiner Stimme verriet mir, dass er ein Nein nicht akzeptieren würde.

»Ich hoffe, mein Kreislauf macht bei dieser Hitze nicht schlapp.«

Meine Worte schienen Trevor nicht zu beeindrucken. Er nahm zwei Bälle aus dem Korb und ging auf die andere Seite des Platzes.

»Ich habe dich beobachtet«, sagte er, ohne mich anzusehen. Stattdessen warf er den Tennisball mehrmals auf den Boden und fing ihn wieder auf. »Du hast nicht einmal geschwitzt, als Mr Ripley längst außer Atem war …«

Mir war nicht aufgefallen, dass Trevor mir zugesehen hatte, so vertieft war ich im Spiel gewesen. Bei dem Gedanken, dass er mich mit seinen tiefgründigen blauen Augen beobachtet hatte, wurde mir heiß. Auf eine andere Weise als bei sportlicher Betätigung. Ich schloss kurz die Augen und verdrängte das Gefühl, das sich in meinem Bauch breitmachte. Verdrängte die Erinnerung an seine Lippen auf meinen. Es war nur ein Trinkspiel gewesen.

Nun fing Trevor den Ball auf und sah mit einem schiefen Grinsen über das Netz zu mir herüber. »Wenigstens habe ich mich nicht getäuscht«, sagte er und wies mit dem Kinn zur Grundlinie auf meiner Seite, damit ich mich bereit machte. »Du kannst wirklich gut Tennis spielen.«

Ich kniff die Lippen zusammen und musterte Trevor wortlos, während er den Ball auf seinem Schläger auf und ab springen ließ. Einerseits wollte ich nicht, dass er herausfand, dass ich seit meinem siebten Lebensjahr an den renommiertesten Turnieren des Landes teilgenommen hatte – denn meine Vergangenheit sollte bleiben, wo sie war. Andererseits ahnte Trevor bestimmt schon, dass ich mehr konnte, als ich zeigte. Und irgendwie wollte ich, dass er wusste, dass dieses kleine Spiel mit Mr Ripley nicht alles war, was ich draufhatte.

»Bist du bereit?«, fragte Trevor, als ich in Position stand.

Stolz und Ehrgeiz breiteten sich in mir aus. Jetzt musste auch ich grinsen. Das, was er gesehen hatte, zeigte noch lange nicht, was ich wirklich konnte. Über zehn Jahre hartes Training hatten mehr hinterlassen, als ein paar langweilige Ballwechsel mit einem Amateurspieler zeigen konnten.

»Bist du denn bereit?«

Schon nach den ersten Ballwechseln verlor ich jedes Zeitgefühl. Trevor spielte gut, richtig gut. Wir zählten keine Punkte, dennoch spürte ich den Ehrgeiz, der in uns beiden steckte. Der Drang, besser sein zu wollen als der andere.

Mein Vater hatte mir bereits als kleines Mädchen eingebläut, dass ich immer gewinnen musste. Da war dieser Schalter in mir, der sich automatisch umlegte, wenn ich an einem Wettbewerb teilnahm. Der Gegner konnte noch so überlegen sein, ich gab nie auf. Ich kämpfte bis zum Schluss und akzeptierte keine Niederlage, solange sie nicht besiegelt war.

Ich hatte das alles hinter mir lassen wollen, doch beim Spiel mit Trevor und bei dem Gedanken an das bevorstehende Tennisturnier kam dieser Ehrgeiz zurück. Und es fühlte sich fantastisch an. Es kribbelte in meinen Fingern, und ich wollte noch besser sein. Ich wollte Trevor beeindrucken. Und das war gar nicht so leicht wie gedacht.

Trevor gelang es meistens, meine gekonnt gespielten Bälle anzunehmen. Ich merkte ihm an, dass er kein professioneller Tennisspieler war, doch er hatte Talent. Darüber hinaus lenkte es mich ab, dass sein feuchtes weißes Shirt immer wieder hochrutschte und sich seine Bauchmuskeln deutlich zeigten.

Als er schließlich den Schläger sinken ließ und mir bedeutete, das Spiel zu beenden, hatte ich keine Ahnung, wie lang wir schon auf dem Platz standen. Eine halbe Stunde? Eine ganze?

Ich verharrte auf der Linie meiner Seite. »Du gibst schon auf?«

Trevor lachte. Mir schoss das Blut in die Wangen. Seine tiefe Sprechstimme sorgte bereits für Gänsehaut, aber sein befreites Lachen berührte mich tief im Inneren. »Fürs Erste bin ich zufrieden«, antwortete er. »Du wirst eine passable Doppelpartnerin.«

Jetzt musste ich lachen, und es fühlte sich genauso gut an, wenn er dieses ungezwungene Gefühl in mir auslöste. Ich hoffte, es war nicht das letzte Mal, dass ich mit ihm gemeinsam lachte. Als ich bemerkte, was ich mir wünschte, verdrängte ich den Gedanken schnell, schließlich drehten sie sich nicht um irgendjemanden, sondern um Trevor Parker! Und der spielte eindeutig in einer anderen Liga.

»Du bist gut«, sagte ich nur und ging auf ihn zu, »für einen Baseballspieler.«

Trevor zog amüsiert die Augenbrauen hoch. »Du hast dich über mich informiert?«

»Man hört so manches über dich«, antwortete ich schulterzuckend.

»Ich hoffe, nur Gutes.«

Wir gingen zur Seite und nahmen uns etwas zu trinken. Ich leerte meine Wasserflasche und wischte mir dann mit dem Handrücken über den Mund.

»Was hast du denn noch gehört, abgesehen davon, dass ich Baseball spiele?«, fragte Trevor beiläufig und rubbelte sich mit einem Handtuch über den Kopf. Seine dunklen Haare standen ihm nun noch wilder um den Kopf und gaben ihm etwas Verspieltes.

Ich musste mich zwingen, meinen Blick davon zu lösen. »Nichts Besonderes«, antwortete ich ausweichend und packte meine Sachen in die Tasche, die Peyton mir gegeben hatte.

»Hey, Trevor!«, rief plötzlich jemand von der Seite.

Erleichtert sah ich auf und erkannte den Kerl, der gestern Abend mit uns Karten gespielt hatte. Er trug ein Tanktop und eine Baseballcap. Collin!

»Wir wollen am Strand Beachvolleyball spielen«, sagte er und stemmte seine trainierten Arme auf der Lehne der Bank ab. »Spielst du mit?«

»Ich komme gleich«, antwortete Trevor ruhig, sein Blick streifte mich. Er war nach unserem Spiel zwar verschwitzt, aber offenbar noch fit.

»Hast du auch Lust?« Collins Frage traf mich unerwartet, genauso wie sein Zwinkern.

Die Bilder von gestern Abend blitzten in meinen Gedanken auf. Blairs Geburtstagsfeier. Ihre schicken Freunde, die sich einen Spaß mit mir gemacht hatten. Obwohl ich insgeheim zugeben musste, dass ich mich zu Trevor hingezogen fühlte, ich am liebsten noch Stunden weiter mit ihm gespielt hätte, galt das nicht für Blair und ihre Clique. Ich hielt mich lieber von ihnen fern. Und auch zwischen Trevor und mich sollte ich schleunigst Abstand bringen. Ich gehörte zum Staff und wusste selbst, wie unprofessionell und albern meine Gedanken waren.

»Ich hab noch zu tun«, antwortete ich mit einem bedauernden Lächeln. Ich sollte mir außerdem etwas Ruhe gönnen. Wasserski ging verdammt auf die Knie, und die Spiele mit Mr Ripley und dann Trevor machten es nicht besser. Ich erlaubte mir noch einen schnellen Blick zu Trevor hinüber, konnte aus seiner Mimik aber nicht ablesen, ob er darüber erleichtert war oder nicht.

»Halt mir noch ein paar Trainingsstunden frei«, sagte er

nur, ehe er seine Sporttasche packte und mit seinem Collin in Richtung Strandhaus davonging.

Trevors plötzliche Distanziertheit traf mich direkt in die Magengrube. Er bestätigte, was ich befürchtete: Ich war bloß seine Tennispartnerin für ein Turnier. Und sobald das vorbei war, nur noch eine Staff.

10.

Violet

Ich betrachtete die Mikrofotografien unterschiedlicher Planktonarten, deren verschiedenfarbige, seltsam geformte Strukturen mich faszinierten. Vor einem Jahr hätte ich mir nicht vorstellen können, dass mich das jemals interessieren würde. Damals, frisch auf Lovett Island gelandet, gab es für mich Wichtigeres als Überlegungen, ob ein Studium für mich überhaupt in Frage kam. Partys, Flirten und Cocktailabende am Strand waren eine willkommene Abwechslung zu meinem Leben in Vegas gewesen. Ich hatte zuvor noch nie das Meer gesehen, doch meine Faszination dafür entwickelte sich immer stärker. Heute machte es mir Spaß, mehr über Meeresbiologie zu erfahren. Den Lebensraum zu erkunden, die Tiere und Pflanzen.

Ich vergaß die Zeit, wenn ich mich in den Büchern verlor, die in einem Forum als vorbereitende Fachliteratur für das Studium der Meeresbiologie empfohlen wurden. Die Liste war endlos lang, und da die Bücher meist über fünfzig Dollar kosteten und ich keine Bibliothek in der Nähe hatte, musste ich meine Wahl kritisch treffen. Dennoch wollte ich so gut wie möglich vorbereitet sein, wenn ich eine Zusage für einen Studienplatz bekam. Wäre da nur nicht ...

»Hey, Vi.« Brent kam ins Strandhaus herein, in dem es heute Vormittag ausgesprochen ruhig war. Jesse tauchte mit einigen Gästen unweit der Küste, Karlee und eine Handvoll Frauen machten am Strand Pilates, und Adam zeigte Maci und drei Gästen, wie man surfte.

Ich klappte das Fachbuch über Plankton zu und legte unauffällig ein Geschirrtuch darüber, das ich zum Polieren der Gläser verwendete. »Hey, Brent. Wolltest du nicht mit diesen zwei Möchtegern-Kardashians Jetski fahren?«

»Die müssen ohne mich auskommen«, antwortete Brent, ließ sich aber nicht in die Karten blicken, ob er das bedauerte. Es gab nur zwei Jetski, das hieß, er hätte sich ein Wasserfahrzeug mit einer von ihnen teilen müssen. Enger Körperkontakt inklusive. »Hast du Zeit? Ich will dir etwas zeigen.«

»Was denn?« Ich versuchte, das Buch unauffällig in einer Schublade unter der Theke verschwinden zu lassen. Leider war die schon ziemlich voll und ließ sich jetzt nicht mehr verschließen.

»Was versteckst du da?« Brent beugte sich über die Bar.

»Nichts.« Ich schob den Inhalt der Schublade zur Seite, damit das Buch daneben Platz hatte. Rums, mit Schwung beförderte ich alles unter die Arbeitsfläche.

»Sag bloß, das ist ein Buch.« Brents Stimme klang belustigt.

Am liebsten hätte ich ihm das Hardcover auf den Kopf geknallt.

»Bloß ein Bilderbuch.«

»Bilder wovon?«

»Brent!«, stöhnte ich genervt, weil er doch merken musste, dass ich nicht darüber reden wollte.

»Etwa von mir?« Mit einem listigen Grinsen kam er hinter die Bar. Er täuschte einen Schritt nach rechts an, nur um mich gleich darauf auf der anderen Seite zu überraschen. Seine Hand lag schon am Schubladengriff. »Kann ich mal sehen?«

Ich lehnte mich entschlossen gegen die Schublade. »Poledance-Fitness. Damit meine Kursteilnehmerinnen ein bisschen mehr Workout kriegen«, log ich, in der Hoffnung, es klang langweilig genug, sodass er nicht nachhakte.

Brent hielt inne, dann nickte er und zog seine Hand zurück. »Okay. Ist bestimmt gut.«

»Also, was wolltest du von mir?«, versuchte ich, das Thema zu wechseln.

»Ich habe vorhin etwas Tolles entdeckt«, sagte er und bedeutete mir mit einer Kopfbewegung, ihm zu folgen.

Kaum machte ich einen Schritt weg von der Bar, schob Brent sich dazwischen und riss die Schublade auf. »Hey!«, rief ich, doch Brent hielt mich mit dem Arm auf Distanz.

Er betrachtete stirnrunzelnd das Cover. »Plankton?« Sich an einer Poledance-Stange rekelnde Damen hätten ihm wohl besser gefallen.

»Mach das zu!«

»Klaust du den Gästen die Bücher?«

Ich boxte ihm in die Seite, so fest, dass er zusammenzuckte. »Das hat jemand hier vergessen«, erklärte ich. »Ich hab nur einen Blick hineingeworfen.«

Brents Reaktion bestätigte mich darin, meine Träume

für mich zu behalten. Niemand würde meine Zukunftspläne und meine Ziele ernst nehmen. Keiner traute es einer Schulabbrecherin aus Vegas zu, sich für ein Meeresbiologiestudium einzuschreiben. Geschweige denn, den Highschoolabschluss nachzuholen.

»Dann mach doch nicht so ein Drama draus«, sagte Brent kopfschüttelnd und schob die Schublade zu. »Gehen wir jetzt?«

»Wohin denn?« Mein Ton war bissig. Ich war wütend, auch wenn Brent meine Lüge geschluckt hatte. Er war mein bester Freund, doch wenn sogar er sich über mich lustig machte, wie sollte ich dann je den anderen erzählen, was ich vorhatte? Am besten nie! Einfach von hier verschwinden und ein neues Leben beginnen. Ein Collegeleben!

»Ich zeige es dir«, antwortete Brent und nahm meine Hand. »Es wird dir gefallen, versprochen!«

Kurze Zeit später erreichten wir das Bootshaus. Brent betrat es als Erster.

»Ich warne dich, falls du mir eine Spinne zeigen willst, vergifte ich dich mit dem nächsten Cocktail«, sagte ich und blieb vor der Tür stehen.

Er ignorierte meinen Kommentar. »Komm einfach mit!«

Ich seufzte und folgte ihm. Im Inneren war es dunkel. Die dunklen Holzlatten schluckten beinahe gänzlich das Licht, obwohl das Tor zum Meer hinaus geöffnet war. Ein Fenster hätte das Bootshaus durchaus einladender gemacht.

Es war das älteste Gebäude auf Lovett Island. Es hieß, dass es schon hier war, als Hugh Parker und Baron Wilkins die Insel gekauft und zu einem Urlauberparadies umgestaltet hatten. Die Hütte war so massiv gebaut, dass sie nicht nur die Jahre, sondern bestimmt auch einige Stürme überstanden hatte.

»Hier rauf!« Brent zeigte auf eine Leiter, die zum Dachboden hochführte, bevor er sie hinaufstieg.

»Da gehe ich bestimmt nicht hoch«, entgegnete ich. Wenn es Spinnen gab, dann bestimmt da oben.

»Komm schon! Das musst du dir ansehen.« Brent war inzwischen durch die Luke geschlüpft. Seine Stimme drang nur gedämpft zu mir herunter.

Widerwillig griff ich nach der Holzleiter und warf einen Blick hoch. »Ist das auch wirklich stabil genug?«

»Die Leiter oder der Dachboden?« Brents Gesicht tauchte in der Öffnung auf. Er lächelte mich an, was meine Bedenken fortblies. »Keine Sorge, das hält uns schon aus.«

»Und was erwartet mich da oben?«

»Vi! Das musst du selbst sehen!«

Wenn er mich verarschte, würde ich ihn anschließend durch diese Luke hinuntertreten.

Ich ließ meine Flip-Flops stehen, weil es mir sicherer erschien, barfuß die Streben hochzusteigen. Oben angekommen sah ich mich vorsichtig um. Staub tänzelte in dem Lichtkegel, der durch ein schmutziges Dachfenster hereinfiel. Überall lagen alte Sachen herum: ein Surfbrett, ein ganzes und ein gebrochenes Paddel, ein Schiffsrad. Ich war sicher, dass auch dieses Zeug schon mit der Insel mitgekauft worden war. Offenbar hatte es nie jemanden interessiert, das Bootshaus zu renovieren oder zumindest aufzuräumen. Es erfüllte seinen Zweck, und die Gäste kamen bestenfalls zum Steg, betraten aber nicht das Haus.

»Wenn du jemanden zum Entrümpeln brauchst, frag Adam«, sagte ich, um das gleich klarzustellen, und wischte mir die staubigen Finger an meiner Hose ab.

»Ich will nicht entrümpeln«, entgegnete Brent. Er winkte mich zu sich ans Fenster, das er gerade hochschob. »Du hast doch keine Höhenangst, oder?«

»Warum?« Wollte er etwa da hinausklettern?

Brent stieg auf eine Holzkiste, deren Bretter unter seinem Gewicht knackten, und verschwand ins Freie. Er winkte und forderte mich wortlos auf, ihm zu folgen. Wenn er so ein Geheimnis daraus machte, würde es vielleicht doch interessant sein.

Ich trat auf die Kiste und zog mich hinauf. Das Dach war flach genug, um sich darauf bewegen zu können, auch wenn es nicht den sichersten Eindruck machte. Als ich durch das Fenster kletterte und den ersten Schritt nach draußen wagte, knarzten die Bretter unter meinem Gewicht, schienen jedoch stabil genug zu sein, um die Last zu tragen. Ich griff nach Brents Arm und suchte Halt. Gemeinsam setzten wir uns neben das Fenster. Und erst jetzt nahm ich den Ausblick wahr.

Wir waren mitten in der Natur. Es fühlte sich an, als säßen wir selbst auf einer Palme, die Kokosnüsse zum Greifen nah. Zwischen den Palmwedeln sah ich das Meer, rau und unendlich weit. Am Horizont zog im Dunst des Ozeans ein Kreuzfahrtschiff vorbei. Ein gelber Vogel flatterte aus dem Blätterwerk vor uns hoch, wollte in Richtung Bootshaus fliegen und änderte den Kurs, als er Brent und mich hier auf dem Dach sitzen sah.

Mein Blick fiel zur Seite. Auf diesem stark zugewucherten Teil der Insel gab es eine Bucht, die abgelegen und geschützt vom Rest Lovett Islands dalag.

»Die Flamingobucht!« Ich richtete mich ein Stück weit auf, um besser sehen zu können. Der Wind blies mir ins Gesicht und wirbelte meine Haare auf.

»Ich hab dir doch gesagt, es wird dir gefallen.«

Als ich zu Brent sah, grinste er zufrieden.

Er hatte mich einmal mit dem Motorboot vor die Flamingobucht gebracht. Anders war sie kaum zu erreichen. Die Pflanzen, die sie einsäumten, waren zu dicht gewachsen. Sowohl die Tiere als auch die Natur sollten dort einen geschützten Platz haben. Dieser Teil der Insel blieb von den Menschen unberührt, weshalb wir auch nur aus der Ferne in die Bucht hatten blicken dürfen.

Gelegentlich ließen sich einzelne Flamingos auf anderen Strandabschnitten blicken, doch meist zogen sie sich in diese Bucht zurück, wo sie ungestört waren. Zu schade, denn ich liebte diese rosaroten grazilen Vögel.

»Wie hast du diesen Platz gefunden?«, fragte ich neugierig. Vom Boden aus war mir dieses Dachfenster noch nie aufgefallen.

»Die Drohne von einem Gast ist auf dem Dach abgestürzt.«

»Drohnen sind doch verboten.«

»Sind sie«, bestätigte Brent.

»Unfassbar! Da gibt es auf Lovett Island nur eine Handvoll Regeln, und dann halten sich die Gäste nicht mal daran.«

Brent seufzte. »Und jetzt stell dir vor, wie diese Urlauber reagieren würden, wenn sie von der Flamingobucht wüssten. Sie würden die Natur bestimmt einfach niedertrampeln und keine Rücksicht auf die Tiere nehmen.«

»Hast du noch jemandem von dieser Aussicht erzählt?«

»Nur dir.« Seine Stimme war rau.

Ich drehte mich zu ihm und betrachtete sein wehmütiges Profil. Es gefiel mir, dass es unser kleines Geheimnis war. Unser Ort, an dem wir alleine sein konnten. Ich stellte mir vor, wie wir öfter hierherkommen würden. Gleichzeitig verwirrten mich seine Worte und Gesten. Wann immer ich mit ihm flirtete, reagierte er nur freundschaftlich darauf. Und kaum dass sich mein naives Herz damit abfinden wollte, dass er nur mein bester Freund war, machte er so etwas.

Eine Weile herrschte Stille zwischen uns, während wir die pinkfarbenen Vögel dabei beobachteten, wie sie im knietiefen Wasser nach Futter suchten.

»Was war das für ein Buch?«, fragte Brent unvermittelt. Sein Gesichtsausdruck zeigte mir, dass er mich durchschaut hatte. Ich brauchte gar nicht zu versuchen, darauf zu beharren, dass es einem Gast gehörte.

Wenn ich ihn darum bat, würde er es auch nicht weitererzählen, dennoch war da ein kleiner Teil in mir, der Angst hatte, er könnte sich über mich lustig machen. Dass ich vor seinen Augen versagen könnte.

»Du brauchst nichts zu erklären«, meinte er, aber als er es aussprach, bemerkte ich, wie sehr ich mein Geheimnis mit jemandem teilen wollte. Mit *ihm* teilen wollte. Wenn er an mich glaubte, würde es auch mir leichter fallen.

»Ich lerne«, sagte ich und fühlte mich dabei nackt. Da er nicht reagierte, sprach ich weiter: »Für meinen Highschoolabschluss.«

142

Er wich ein kleines Stück zurück, nur um sich im gleichen Augenblick unserer hohen Lage bewusst zu werden und an den Dachschindeln festzuhalten. »Du holst deinen Abschluss nach?«

Ich nickte und rechnete damit, dass er gleich einen Witz darüber machen würde.

»Cool« war jedoch das Einzige, was er sagte. In seinem Blick lag Wärme und Anerkennung, was meine Befürchtungen einfach fortblies. »Meine Schulzeit liegt zwar schon etwas zurück, aber wenn ich dir beim Lernen helfen kann, sag mir Bescheid.«

Ein Lächeln huschte automatisch über meine Lippen. »Du könntest meinen sexy Lehrer spielen«, schlug ich vor und hatte sofort ein Bild von Brent im Kopf, wie er an einer Tafel stand, etwas erklärte und ich ihn einfach nur verliebt anschmachtete, ohne eines seiner Worte zu hören.

»Ich kann dein Kopfkino sehen«, sagte Brent gespielt ernst. »Hör auf, schmutzige Gedanken mit mir zu haben.«

»Sorry.« Ich bemühte mich um einen schuldbewussten Gesichtsausdruck, was natürlich in einem Lachanfall endete, in den Brent mit einstimmte. Als ich mich wieder beruhigt hatte, legte ich meine Hand auf sein Knie. »Aber im Ernst: Danke! Das Angebot bedeutet mir viel.«

»Und was hast du damit vor?«

Auch wenn es sich gut anfühlte, mich ihm anvertraut zu haben, entschied ich mich dennoch für eine ausweichende Antwort: »Sollte nicht jeder die Highschool abschließen?«

»Um auf Lovett Island zu arbeiten?« Brent lachte leise.

»Ich kann ja nicht ewig hierbleiben.« Das konnten wir

alle nicht, auch wenn es manche von uns nicht wahrhaben wollten.

Brent ließ meine Worte kurz sacken, dann sah er wieder in die Ferne. Über die Flamingobucht hinaus, weiter auf das offene Meer. »Planst du wegzugehen?« Diese Frage kam unerwartet.

Ich stutzte erst mal, während ich überlegte, was für eine Antwort ich geben sollte. Ich wollte ihn nicht anlügen. So kompliziert es auch manchmal zwischen uns war, blieb Brent immer noch mein bester Freund. »Ich will nicht planlos sein, wenn meine Zeit hier vorbei ist«, antwortete ich schließlich.

»Warum sollte deine Zeit hier vorbeigehen?« Irritiert starrte er mich von der Seite an.

»Weil sie irgendwann vorbei sein muss«, antwortete ich, und Barons Gesicht blitzte kurz vor meinem inneren Auge auf. Er war der Grund, warum ich auf Lovett Island lebte. Er war aber auch der Grund, warum ich von hier wegwollte. »Wir können doch nicht ewig bleiben und als Staff arbeiten.«

Brent reagierte nicht darauf. Hatte er nie darüber nachgedacht? Hatte er sich mit vierzig noch hier gesehen? Als Animateur für reiche Gäste? Ich fragte mich, welche Pläne er für die Zukunft hatte.

»Und wenn wir zusammen gehen?«, fragte er plötzlich und ließ damit mein Herz stolpern. Warum sprach er von einer gemeinsamen Zukunft? Ich empfand so viel für ihn, mehr als Freundschaft, doch er war nicht bereit, diese Gefühle zu erwidern. Im Gegenteil, er hatte sich immer dagegen gewehrt.

In seinen Augen entdeckte ich eine Entschlossenheit, die mir trotzdem mal wieder Hoffnung gab. »Und wohin?«, fragte ich mit dünner Stimme.

Brent zuckte ratlos mit den Schultern, und die Hoffnung verschwand so schnell, wie sie gekommen war. Ich senkte meinen Blick und starrte in das Blätterwerk vor uns. Brent wollte sich mir nicht öffnen. So verlockend die Vorstellung war, eines Tages mit ihm wegzugehen, es war ein Märchen und würde ein Märchen bleiben.

Doch welchen Vorwurf konnte ich ihm machen? Ich konnte nicht verlangen, dass er sich mir öffnete. Ich behielt meine Vergangenheit genauso für mich wie er seine. Ständig in der Angst, sie könnte mich einholen. Der Brief von dem Anwalt aus Vegas lag immer noch ungeöffnet zwischen meinen Lernunterlagen.

Brent legte seine Hand auf meine. »Bei dir habe ich immer das Gefühl, dass du der einzige Mensch bist, der mich wirklich kennt.«

Ich kannte dieses Gefühl nur zu gut. Dieses Vertrauen, diese Wärme, wenn ich mit Brent zusammen war. Seine Worte fühlten sich so richtig und falsch zugleich an. »Und dennoch habe ich das Gefühl, dass ich dich gar nicht kenne.«

Brents Hand zuckte kurz, doch er ließ sie dennoch auf meiner ruhen. Er sagte nichts dazu, und ich wusste, das würde sich nicht ändern. Nicht heute, nicht morgen. Vielleicht niemals.

»Ich will mich an einem College bewerben.« Die Worte kamen ganz unvermittelt aus mir heraus. Kurz bereute ich, sie ausgesprochen zu haben, doch dann sah Brent mich so ernst an, dass ich die Unsicherheit über Bord warf.

Er nickte sanft. »Eine gute Entscheidung.«

Mir fiel ein Stein vom Herzen. Auch wenn mich seine Meinung nicht beeinflussen würde, bedeutete sie mir viel.

»Und was willst du studieren?«, fragte er.

»Meeresbiologie.«

»Meeresbiologie?« Nun war Brents Ruhe dahin. Er riss sich die Snapback vom Kopf, fuhr sich durch die Haare und setzte sie sich wieder verkehrt rum auf. Als hätte ich ihm erklärt, dass ich Quantenphysikerin werden wollte. Vermutlich hätte ihn das weniger entsetzt.

»Das ist ein interessantes Fachgebiet.«

»Das bezweifle ich nicht«, erwiderte Brent schnell. »Aber wie kannst du dich für Meeresbiologie interessieren und gleichzeitig Angst vor dem Meer haben?«

Ich öffnete den Mund, eine Ausrede auf den Lippen, aber ich sprach sie nicht aus.

»Denkst du, mir ist das nicht aufgefallen?« Er lachte leise. »Mir kannst du nichts vormachen. Ich weiß, dass du schwimmen kannst. Ich habe dich im Pool gesehen. Also wovor hast du Angst?«

»Ich habe keine Angst«, entgegnete ich. Es fühlte sich selbst für mich nicht glaubhaft an.

Brent legte den Kopf schief.

»Wirklich nicht«, beteuerte ich.

»Dann beweise es mir.«

11.

Maci

»Kennst du alle Rezepte auswendig?«, fragte ich, während ich Violet dabei zusah, wie sie Rum, Limettensaft und Rohrzuckersirup in einen Shaker goss und Eiswürfel hinzufügte. Sie zeigte mir die Zubereitung der gängigsten Cocktails, damit ich ihr abends aushelfen konnte, wenn auf der Terrasse wieder mal viel los war.

Meine erste Woche war fast vorbei, und ich hatte jeden Abend mit dem Staff und den Gästen verbracht – meist auf der Terrasse vor dem Restaurant im Haupthaus, doch auch beim Strandhaus. Dort war die Atmosphäre immer atemberaubend. Wenn wir direkt am Strand waren, machte Brent ein Lagerfeuer, Violet brachte die tropischen Cocktails, und wir tanzten barfuß über den Sand zu den Sommerhits, die Jesse auflegte.

»Wenn man ein Jahr lang jeden Abend nichts anderes macht, hat man die Rezepte schnell intus.« Violet setzte den Deckel auf den Shaker und schüttelte alles kräftig durch. »Außerdem kann ich ja immer nachgucken. Unten an der Spüle habe ich einen Schummelzettel für die Drinks, die ich nicht so häufig mixe.«

Sie seihte die Flüssigkeit in die vorgekühlten Cocktailschalen und stellte sie auf ein Tablett zu einem Cosmopolitan und einem jamaikanischen Lagerbier und brachte sie an einen Tisch auf der Terrasse, wo die erfrischenden Getränke bereits erwartet wurden. Es war später Nachmittag, und einige Gäste suchten im Schatten des Strandhauses mit frischen Getränken etwas Abkühlung.

Violet kam mit der nächsten Bestellung zurück hinter die Bar und wühlte in den Getränkeschubladen, sodass die Flaschen darin klimperten. »O verdammt, der Triple Sec ist leer.«

»Kannst du es durch etwas anderes ersetzen?«, fragte ich, doch Violet verzog das Gesicht.

»Nicht wirklich. Könntest du mir von der Bar im Haupthaus eine Flasche holen?« Sie stellte die leere gelbe Flasche auf die Anrichte, damit ich einen Blick auf das Etikett mit den Orangen werfen konnte. »Sie müsste in einem der unteren Schränke stehen.«

»Kommt sofort.« Ich lief los in Richtung Haupthaus. Es war so heiß, dass ich bereits durchgeschwitzt war, als ich den Pool erreichte. Dieser war heute unbenutzt, die Gäste blieben lieber am Strand.

Ich stieg die Außentreppe zur Terrasse hoch und musste kurz an Ezra denken, mit dem ich hier an meinem ersten Abend zusammengesessen hatte. Er war noch auf Lovett Island, wie auch Collin, mit dem Blair offenbar zusammen war.

Auf der Terrasse angekommen, begann ich die Bar nach

dem Triple Sec abzusuchen. Nichts deutete darauf hin, dass hier gestern Abend Cocktails über die Theke gereicht worden waren. Die Anrichte war blitzeblank, die Gläser sauber poliert und auf den Gläserschienen über dem Tresen aufgehängt oder dahinter ins Regal geräumt.

Wie Violet es mir gesagt hatte, durchsuchte ich die unteren Schränke. Gleich im ersten fand ich allerlei Flaschen, zum Teil bereits geöffnet. Ich warf einen Blick auf die Etiketten. Weißer Rum, brauner Rum, Jamaika Rum, Blended Rum, Original Rum. Im nächsten Schrank begrüßte mich eine Armee aus Wodka und Tequila. Auch hier erinnerte kein Aufkleber an den, den Violet mir gezeigt hatte.

»Hast du das Geld?«, fragte eine Frau ganz in der Nähe. Ihre Stimme war gedämpft, weshalb ich nicht nur wusste, dass die Frage nicht mir galt, sondern dass ich sie auch nicht hätte hören sollen. Die Schritte auf dem Holzboden gehörten definitiv mehr als einer Person. Mir schlug der Puls bis zum Hals, als ich kapierte, dass ich hier in ein fremdes Gespräch geraten war. Unruhig verharrte ich hinter der Anrichte in der Hocke.

»Alles, was ich aufbringen konnte«, antwortete eine männliche Stimme.

Ich hielt die Luft an. Trevor.

»Ist es genug?«

»Das muss ihr fürs Erste reichen«, antwortete Trevor. Seine Stimme wirkte angespannt. »Es ist eine halbe Million Dollar.«

Mein Mund blieb offen stehen.

Ich hätte zu gern einen Blick über die Kante der Anrichte geworfen, um herauszufinden, wer die Frau war. Doch mein

Herz schlug mir bis zum Hals. Es war besser, mich hier nicht sehen zu lassen. Dies wirkte nicht wie ein Gespräch, das für fremde Ohren bestimmt war. Erst recht nicht für die einer Staff und schon gar nicht, wenn dabei fünfhunderttausend Dollar von einer Hand in die andere wanderten.

»Ich werde mich darum kümmern.« Die Frau klang gefasst, als wäre das für sie kein ungewöhnlicher Deal. Vielleicht war die Übergabe von einer halben Million Dollar auch nichts Unübliches für jemand aus Trevors Kreisen. Peanuts für den Erben eines Sportartikelimperiums.

»Die Bedingungen sind klar, oder?«, fragte Trevor, als müsste er sich noch einmal vergewissern.

»Er wird nichts davon erfahren«, versicherte ihm die Frau mit einem Hauch Erheiterung. »Und auch sonst niemand. Für uns steht Diskretion an oberster Stelle.«

»Gut.«

Dann hörte ich, wie Absatzschuhe über die Holzdielen klackerten. Und kurz darauf schwere Schritte, die in meine Richtung kamen. Verdammt! Ich blieb hinter der Bar hocken und zog die Schulter hoch. Ein Schatten legte sich über mich.

»Was machst du da?«

Ich hob den hochroten Kopf und blickte in Trevors Gesicht. Seine Augen waren groß, und ihm war anzusehen, wie sich die Gedanken in seinem Kopf überschlugen. Ein Moment, den ich ausnutzen musste.

»Den Triple Sec holen«, antwortete ich, als wäre das selbstverständlich, und riss das dritte Schränkchen auf. Wie durch ein Wunder fand ich die gesuchte Flasche gleich in der vordersten Reihe. Das Etikett sprang mir förmlich ins Auge. Ich griff danach und stand auf. »Violet braucht ihn dringend.« Dann quetschte ich mich an Trevor vorbei.

Zur Außentreppe, die nach unten führte, waren es nur wenige Schritte.

»Maci!«, rief Trevor aufgebracht.

Mist. Er wusste, dass ich das Gespräch mit angehört hatte. Mit rasendem Puls und ohne mich umzudrehen, sprintete ich die kurze Strecke zur Außentreppe und die Stufen hinunter.

Ich rechnete jede Sekunde damit, dass Trevor mir folgte, um mich zur Rede zu stellen. Dass ich weggerannt war, machte mich wohl noch verdächtiger. Ich sah mich nervös um, während ich den Triple Sec bei Violet ablieferte, und nahm sogleich Karlees Einladung an, mich ihr und einigen Gästen beim Yoga anzuschließen. Hier war ich bestimmt erst einmal vor Trevor sicher.

Karlee hatte die weißen Yogamatten in den Schatten der Palmen am Rand des Strandes gelegt. Mit mir nahmen noch drei weitere Frauen an der Yogastunde teil. Karlees sanfte, leicht raue Stimme erklärte jede Bewegung ausführlich. Fast hätte ich es sogar geschafft, dabei meinen Kopf freizubekommen.

Aber nur fast.

Denn bei jeder Person, die durch die offen stehende Tür des Strandhauses ein oder aus ging, ruckte mein Kopf hoch. Es waren meist Gäste, einmal Blair und Collin, später Adam und zwei junge Urlauberinnen. Kein Trevor.

Während der Abschlussentspannung – Karlee nannte sie

Shavasana – lösten sich meine Gedanken gänzlich von jeglicher Entspannung und wanderten wieder mal zu Trevor.

Wäre ich auch so nervös, wenn er dieser Frau eintausend Dollar gegeben hätte? Vermutlich nicht, auch wenn es für mich immer noch viel Geld war. Doch Trevor kam aus anderen Verhältnissen. Was war schon eine halbe Million Dollar für ihn? Vielleicht keine große Sache?

Nein, unmöglich. Fünfhunderttausend Dollar mussten selbst für einen Trevor Parker eine ordentliche Stange Geld sein. Ich fragte mich auch, wer das Geld bekommen sollte und wer der Mann war, der nichts davon erfahren durfte.

Ich durfte mir nicht länger darüber den Kopf zerbrechen und meine Neugierde überhandnehmen lassen. Das würde mich nur von meiner Arbeit als Staff ablenken. Außerdem gingen mich Trevor Parkers Angelegenheiten definitiv nichts an.

»Sehr schön«, sagte Karlee mit ihrer wohlig warmen Stimme. »Dann öffnet wieder eure Augen und setzt euch langsam auf.«

Ich hatte die Augen gar nicht geschlossen gehabt, sondern meinen Blick in den Palmwedeln über mir verschwimmen lassen. Mein Körper war vielleicht entspannt, mein Kopf jedoch nicht. Ich rechnete jeden Augenblick damit, dass Trevor mich zur Rede stellen würde.

»Schön, dass ihr mitgemacht habt.« Karlee schenkte uns allen ein dankbares Lächeln.

Die Urlauberinnen dankten auf die gleiche überschwängliche Weise, bevor sie sich ihre Mikrofaserhandtücher schnappten und zu ihren Hütten zurückgingen, um sich zu duschen. Als die drei weg waren, wandte sich Karlee mir zu.

»Wie war die erste Yogastunde für dich?« Sie hob eine Yogamatte auf, schüttelte sie einmal, bevor sie sie einrollte.

Ich tat es ihr mit meiner eigenen Matte gleich. »Sehr entspannend«, flunkerte ich und warf einen flüchtigen Blick auf die Terrasse vor dem Strandhaus, um mich zu vergewissern, dass Trevor nicht dort war. Karlee grinste zufrieden, anscheinend nahm sie es mir wirklich ab.

Danach trugen wir die Matten zurück ins Strandhaus und verstauten sie in einem seitlichen Anbau. Auf der Terrasse lag Ezra mit einem Glas Cola in einer Hand, einem Buch in der anderen. Offenbar mochte seine Professorin nicht nur Jane Austen, denn heute las er Charlotte Brontës *Jane Eyre*.

Ich grüßte nur aus der Ferne. Obwohl ich gern mit ihm geplaudert hätte, befürchtete ich, Trevor könnte auch hier aufkreuzen. Denn wenn er schon nicht mich suchte, dann vielleicht seinen besten Freund.

»Hey, Maci«, rief Adam vom Strand und riss mich aus meinen Gedanken. Er stand mit den drei Gästen beisammen, mit denen wir schon gestern surfen gewesen waren. Neben ihnen lagen mehrere Bretter im Sand. »Steh nicht so faul rum und schwing deinen Knackarsch hier rüber.«

»Bin schon unterwegs.« Grinsend lief ich zu ihm. Schon die gestrige Übungsstunde hatte so viel Spaß gemacht, dass ich es nicht erwarten konnte, es wieder zu probieren. Zwar hatten wir uns anfänglich Trockenübungen im Sand gewidmet, weil Adam Wert darauf legte, dass wir erst mal ein Gefühl für das Brett bekamen und den Take-off außerhalb des Wassers trainierten, doch später hatten wir uns auch ins Wasser gewagt. Es war zwar anstrengend, ständig vom Surfbrett zu fallen und wieder hinauszuwaten, doch es war auch richtig cool gewesen, sich mal länger als zwei Sekunden auf dem Brett zu halten.

Alles hier war cool. Das Wasserskifahren, mit Violet Cocktails mixen, das – dank meiner Gedanken an Trevor – unentspannte Yoga und das Beisammensein mit dem Staff und den Gästen. Ich konnte noch immer nicht glauben, dass ich hier in der Karibik war und einen solchen Job ergattert hatte. Es fühlte sich wie ein Traum an, und ich wartete auf den Moment, in dem ich wieder in North Dakota aufwachte. Ich traute meinem Glück nicht. Daher wollte ich die Zeit hier so lange genießen, wie ich nur konnte. Auch deshalb schob ich jeden Gedanken an Trevor und das Gespräch entschlossen beiseite.

»Gehen wir dieses Mal gleich ins Wasser?«, fragte der Teenager, dessen Vater eine Reihe Fast-Food-Lokale im Osten der USA besaß. Neben ihm stand das junge Pärchen aus Kolumbien, dessen Familien in der Tourismusbranche tätig waren.

»Es ist zu heiß für Trockenübungen«, sagte Mariana, die zweite Frau in der Runde, und schob ihren bis zur Hüfte reichenden Zopf über die Schulter.

Ich stimmte ihr nickend zu. Gegen ein wenig Abkühlung im Wasser hätte ich im Moment nichts einzuwenden. Abgesehen davon fühlte ich mich dort vor Trevor sicherer. Ich wusste nicht, wie er auf die vorige Situation reagieren würde, was mir etwas Angst machte. Er hatte mir zweimal den Job gerettet, doch er hatte es genauso in der Hand, das zu ändern.

»Dann wagen wir uns erst mal ins Weißwasser, aber glaubt bloß nicht, dass ich euch rausziehe, wenn ihr absauft. Aber keine Sorge, Jungs, Mund-zu-Mund-Beatmung mache ich nicht nur bei Frauen.« Adam zwinkerte Marianas Freund zu, dann schnappte er sich ein Surfbrett und forderte uns auf, es ihm gleichzutun.

Ich schlüpfte aus den luftigen Klamotten – ich hatte mir schnell angewöhnt, immer einen Bikini darunter zu tragen – und folgte ihm in den hüfttiefen Bereich, in dem die Wellen bereits weiße Schaumkronen bildeten.

»Seht dem Meister zu.« Adam setzte sich gelassen auf sein Brett und fuhr sich demonstrativ cool durch sein langes blondes Haar.

Schon gestern hatten wir diese Übung im Wasser gemacht und schnell festgestellt, dass es schwerer war, als es aussah. Obwohl auch heute die Wellen ruhig waren, dauerte es, bis ich das Gleichgewicht halten konnte. Ich hatte mich mit dem Bauch nach unten auf das Brett gelegt und klammerte meine Hände um die Seiten des Boards.

»Sieht gemütlich aus, Maci«, sagte Adam, der locker auf seinem Surfbrett sitzend an mir vorbeitrieb und amüsiert grinste.

»Sehr witzig«, entgegnete ich ihm und hob den Kopf leicht an, was bereits ein Balanceakt war.

»Wer sich traut, kann mit seinem Brett weiter hinausgehen. Wenn eine Welle kommt, legt ihr euch aufs Brett und lasst euch von ihr bis ans Ufer tragen.«

»Mit Take-off?«, fragte Marianas Freund.

Adam lächelte schief. »Ihr könnt es ja versuchen.«

Als Adam und ich die Surfbretter zurück zum Strandhaus brachten, war ich erschöpft und durstig. Meine Unterarme waren leicht rot von der Sonne, die im Meer noch intensiver war. Ich musste mich noch mal mit Sonnenschutz eincremen. Aber da ich mir erst einmal das Salzwasser aus den Haaren und von der Haut waschen wollte, stellte ich mich unter eine der Duschen neben dem Strandhaus.

»Du warst richtig gut«, lobte Adam mich und stellte sich ebenfalls unter eine der Duschen. Diese bestanden aus aufgestellten Surfbrettern, an deren oberen Ende ein Brausekopf montiert war.

»Es hat Spaß gemacht«, sagte ich, nachdem ich das Wasser wieder abgedreht hatte.

»Du wirst sehen, wenn du jeden Tag übst, wirst du schon bald auf dem Brett stehen können.« Adam reichte mir eines der Handtücher, die in einem Regal neben der Dusche lagen.

»Ich werd's versuchen!«

Mit den Handtüchern um die Schultern gelegt schlenderten wir zu Violet ins Innere des Strandhauses.

»Na, wie war's?«, fragte Violet fröhlich. »Von hier aus hat es richtig gut ausgesehen.«

»Das bezweifle ich«, entgegnete ich lachend. »So oft, wie ich hinuntergefallen bin. Aber es war richtig cool.« Dankend nahm ich die Cola entgegen, die mir Adam aus der Kühlvitrine reichte. Wir prosteten einander zu und tranken in großen Schlucken.

»Surfst du auch?«, wollte ich von Violet wissen.

Sie rümpfte die Nase. »Surfen ist nicht so meins.«

Ich ließ mich gerade auf einem der Hocker nieder, die

an der Bar standen, als Adam in Richtung Terrasse deutete.

»Die Arbeit ruft«, sagte er grinsend und ging zurück ins Freie. Wir waren kaum eine Sekunde allein, da steckte ein Gast seinen Kopf zur Tür rein.

»Hey, Vi! Machst du uns zwei von deinen Caribbean Coffees?«

»Kommt sofort!« Violet schnappte sich zwei Gläser mit Henkel. Routiniert brühte sie zwei Espresso an der Kaffeemaschine auf und gab nebenbei Zucker und braunen Rum in die Gläser. Dazu kam ein Schuss Orangenlikör, ehe sie den Kaffee auf die Zutaten goss und mit einem Löffel verquirlte.

»Deine eigene Kreation?«, fragte ich neugierig, und sie lachte amüsiert.

»Nein, die Idee kam von Peyton«, antwortete sie und sprühte etwas Sahne auf ihre Kaffeevariation, »sie ist süchtig danach und will manchmal schon am Vormittag einen trinken.« Dann brachte sie die Caribbean Coffees zu den Gästen nach draußen.

Ich sah ihr kurz nach und trank meine Cola, ehe sie warm wurde und nach zu süßem Sirup schmeckte.

»Wir müssen reden.«

Ich verschluckte mich am letzten Rest der Cola und unterdrückte ein Husten. Als ich Trevors finsterem Blick begegnete, packte mich meine innere Unruhe von neuem. Verlegen rückte ich das Handtuch auf meinen Schultern zurecht und wünschte mir, ich würde statt eines nassen Bikinis Shorts und ein Shirt tragen.

Er sah mich auffordernd an, und als ich nicht aufstand,

sagte er mit eindringlicher Stimme: »Nicht hier. Sonst hätte ich das Geld gleich beim Abendessen offen auf den Tisch legen können.«

Ich rutschte vom Hocker und folgte ihm zur hinteren Tür des Strandhauses hinaus. Trevor hielt auf einen großen Busch mit hübschen tropischen Blüten an dessen Rückseite zu.

»Es gibt keinen Grund, sich Sorgen zu machen«, sagte ich, um Trevor den Wind aus den Segeln zu nehmen. »Ich habe nichts gehört.«

Trevor musterte mich abschätzig. »Wenn du es so sagst, bin ja beruhigt. In Zukunft führe ich all meine Geschäfte vor Staffmitgliedern, wo sie anscheinend taub sind.«

Ich schnappte nach Luft. »Du tust ja so, als hätte ich mich mit Absicht angeschlichen, um dich zu belauschen!«

»Scheint mir so. Weshalb bist du denn sonst weggerannt?«

»Ja, okay, ich habe ein paar Wortfetzen aufgeschnappt, aber ich habe keine Ahnung, worum es geht, und es ist mir auch egal. Aber vielleicht solltest du deine Geschäfte in Zukunft lieber in Büros führen und nicht zwischen Pool und Bar?«

Trevor trat einen Schritt auf mich zu und baute sich gefährlich vor mir auf. Unsere Gesichter waren ganz nah beieinander. Ich konnte seinen warmen Atem auf meinem Gesicht spüren. »Erst behauptest du, dass du nichts gehört hast. Und dann, dass du nur Wortfetzen aufgeschnappt hast. Was kommt als Nächstes?«

»Ich wollte doch nur …« Mir fiel keine gute Entschuldigung ein. Es war einfach so über meine Lippen gekommen, weil ich Angst vor seiner Reaktion gehabt hatte.

»Ich sollte dich wohl daran erinnern, dass du es mir zu verdanken hast, noch auf Lovett Island zu sein«, fuhr er fort. Seine Stimme war eiskalt. Aber statt Angst um meinen Job zu bekommen, breitete sich Wut in mir aus.

»Drohst du mir etwa?«, stieß ich entsetzt aus.

Seine Augen weiteten sich, als er bemerkte, was er gerade gesagt hatte.

»Es tut mir leid«, sagte er stockend und wich von mir zurück. Aber ich nahm ihm seine fadenscheinige Entschuldigung nicht ab und machte den Abstand wieder ungeschehen.

»Dass du mir nicht glaubst oder mir drohst?«, fragte ich und sah mit funkelnden Augen zu ihm hoch. »Aber keine Sorge, Trevor. Wenn ich sage, dass ich nichts verrate, dann halte ich mein Wort.«

Ich schob ihn beiseite und wandte mich zum Gehen. Wenn er glaubte, dass er mich mit seinem Namen und seiner Position einschüchtern konnte, hatte er sich geschnitten.

»Maci ...« Seine tiefe Stimme war rau und bescherte mir eine Gänsehaut, aber ich würde mich davon nicht aufhalten lassen.

»Ich meine es ernst.« Er packte mein Handgelenk.

Ich drehte mich zu ihm zurück, wollte mich aus seinem Griff winden, als sein Blick den meinen traf. Seine blauen Augen waren dunkel, es lag ein undeutbarer Schleier über ihnen. Mein Herz schlug fest gegen meine Brust.

»Was meinst du ernst?«, wisperte ich und ließ meinen

Blick von Trevors Augen auf seine leicht geöffneten Lippen sinken.

Die wütenden Worte, die wir uns eben noch einander an den Kopf geworfen hatten, kamen mir plötzlich so nichtig vor. Als würde es gar nicht darum gehen, sondern um etwas Tieferes, Dunkleres. Um ihn und mich – und was nicht sein durfte.

Ich zitterte, als er sich zu mir herabbeugte und meine Lippen mit seinen verschloss. Ich stöhne leise auf, und Trevor zog mich in seine starken Arme. Mein nasser Bikini drückte gegen sein Shirt, doch es schien ihm egal zu sein. Auf einmal waren all meine Gedanken verschwunden, meine Wut auf Trevor, und es gab nur noch uns. Ich legte meine Fingerspitzen an seine harte Brust und spürte, wie der Muskel darunter zusammenzuckte. Gerade als ich meine Hand langsam zu seinem Hals hochschob, wich Trevor zurück.

Irritiert löste ich mich von ihm. »Was ist los?«

Trevor wischte sich mit der flachen Hand über das Gesicht und fluchte leise. »Das … das wird nicht wieder vorkommen!« Mit diesen Worten ließ er mich hier einfach stehen und stapfte zum Eingang ins Strandhaus zurück.

Ich starrte ihm nach, selbst als er längst weg war. Meine Lippen pulsierten, und ich konnte nicht anders, als sie zu berühren.

Das wird nicht wieder vorkommen!, hallte seine Stimme in meinem Kopf nach.

Und was, wenn ich das aber wollte?

12.

Blair

Ich stand oberhalb der Tennisplätze und beobachtete Trevor, der aus dem Gebüsch neben dem Strandhaus kam und in diesem verschwand.

Mit zusammengekniffenen Augen musterte ich den dunkelblauen Schatten, der nun hinter dem Strauch auftauchte. Den blonden Schopf erkannte ich sofort. Maci.

Sie blickte kurz gedankenverloren auf die Tennisplätze, bevor sie Trevor ins Strandhaus folgte. Was verdammt lief zwischen Trevor und ihr?

Ich war weit genug weg, um unbemerkt zu bleiben, aber zu weit, um etwas von ihrem Gespräch aufzuschnappen.

Seit dem Abend, als er sie geküsst und anschließend vor Peyton in Schutz genommen hatte, ließ ich sie kaum aus den Augen. Sie wirkte unschuldig und jung, und offenbar war das genau Trevors Geschmack. Collin hatte mir erzählt, dass sie zusammen Tennis spielten. Ich wurde das Gefühl nicht los, dass noch mehr zwischen ihnen war. Dass Trevor sogar mit ihr flirtete.

Ich mochte Maci nicht. Ich mochte nicht, wie sie Trevor mit ihren scheuen grünen Augen ansah. Und noch weniger mochte ich, wie er sie ansah.

Es erinnerte mich an zu viel.

Es war wie ein Déjà-vu.

Liza war schuld, dass ich Trevor vor vier Jahren verloren hatte. Nach unserem kläglichen Versuch, eine Beziehung zu führen, waren wir uns nie wieder richtig nah gewesen.

Trevor war mein Anker und Lovett Island mein Zuhause. Früher waren wir hier immer glücklich gewesen. Die einzigen Momente in meinem Leben, in denen ich frei von Sorgen gewesen war. Liza hatte mir alles genommen. Meinen Anker und mein Zuhause. All meine Träume hatten sich unaufhaltsam aufgelöst.

Maci war ihr so ähnlich. Die langen blonden Haare. Die sportliche und dennoch zierliche Figur. Das herausfordernde Lächeln. Ich wollte meine Vergangenheit nicht noch einmal aufleben lassen. Nicht wegen einer Staff.

Ich schluckte die Enttäuschungen hinunter und lief den Weg zum Strandhaus weiter.

Ich würde es dieser blöden Maci zeigen. Und ich würde Trevor zeigen, was er an mir verloren hatte. Ihn eifersüchtig zu machen war an sich keine schlechte Idee, doch vermutlich war Collin nicht die beste Wahl dafür. Sein Ruf als Womanizer eilte ihm voraus, und bestimmt glaubten die wenigsten, dass etwas Ernsteres zwischen uns sein könnte. Ich brauchte also einen anderen Kerl, doch neben Collin gab es nur einen einzigen weiteren männlichen Single in unserer Clique. Auch wenn ich mich wehrte, ihn zu meiner Clique zu zählen.

Ich blickte mich um, sah Trevor weiter unten am Strand bei Collin, Audrey und deren Freund sitzen und bemerkte Ezra, der im hintersten Eck der Terrasse ein Buch las. Was für ein Streber!

Aufgebracht steuerte ich auf ihn zu.

»Genug gelesen, Sweeting!« Ich riss ihm das Buch aus der Hand, klappte es zu und knallte es auf den Tisch.

Jeder andere hätte wohl protestiert oder gefragt, ob ich einen Knall hätte. Nicht Ezra. Der blieb unbeeindruckt sitzen und zog nur die Augenbrauen hoch, als erwartete er nichts anderes von mir.

»Was wird das?«, fragte ich ungeduldig. »Das mit Trevor und dieser Staff?«

»Spannendes Thema, jetzt, da du es sagst«, antwortete Ezra und beugte sich über den Tisch, auf dem er eine Cola stehen hatte. »Leider habe ich mich noch nicht näher damit beschäftigt.« Er setzte einen bedauernden Gesichtsausdruck auf, der vor Ironie triefte.

»Sag bloß, es interessiert dich überhaupt nicht! Und das als sein bester Freund.« Die letzten Worte spuckte ich mit einer solchen Verachtung aus, dass Ezras Kiefermuskel zuckte. Dennoch ließ er sich nicht aus der Ruhe bringen. Stattdessen lehnte er sich demonstrativ gelangweilt zurück, als existierte meine Provokation gar nicht, und seufzte. »Von wem reden wir überhaupt?«

»Bist du blind?« Ich setzte mich an seine Seite und kehrte dabei den Gästen auf der Terrasse meinen Rücken zu. Zwar bezweifelte ich, dass sie sich für unser Gespräch interessierten, aber ich wollte keine unerwünschten Zuhörer. »Was ist das zwischen Maci und ihm?«

Er reagierte nicht auf meine Frage. Ich war kurz davor, ihm *Jane Eyre* auf den Kopf zu schlagen, damit er in die Gänge kam. Wenn jemand etwas wusste, dann Trevors bester Freund.

»Soweit ich weiß, hast *du* sie zu deinem Kartenspiel aufgefordert.« Mir entging der unterschwellige Vorwurf in seiner Stimme nicht. Dass Ezra für so einen Spaß nicht zu haben war, wunderte mich nicht.

»Das war bloß ein Scherz«, entgegnete ich, auch wenn es nicht wie eine Entschuldigung und schon gar nicht wie ein Eingeständnis klingen sollte. Nicht vor Ezra. Mehr als über ihn ärgerte ich mich immer noch über den Verlauf des Spiels. »Trevor war doch dagegen. Und dann küsst er sie einfach? Du weißt, wo das letztes Mal hingeführt hat!«

Offenbar fragte ich den Falschen, denn Ezra pflichtete mir nicht bei. Er reagierte nicht mal darauf. Dabei kannte er Trevors Erfahrungen mit Staffs. Er sollte genauso besorgt sein wie ich!

Es war Zeit für Plan B. Schließlich hatte ich immer einen zweiten oder sogar dritten Plan in der Hinterhand. Ich musste Ezra auf meine Seite ziehen, selbst wenn er ein harter Brocken war.

»Wir müssen Trevor schützen.« Meine Worte waren mit Bedacht gewählt. Eine solche Aufforderung konnte er schließlich nicht ignorieren.

»Meinst du Sonnencreme oder Kondome?«, entgegnete er kühl.

Manchmal hasste ich Ezra. Aus tiefstem Herzen. Er war absolut loyal gegenüber Trevor, wie ein treudoofer Hund.

Ich ging nicht auf seinen überflüssigen Kommentar ein, sondern führte mein Vorhaben weiter aus. »Soll er noch einmal auf die Spielchen einer Staff reinfallen? Du weißt, was mit Liza passiert ist.«

»Was meinst du eigentlich mit reinfallen?« Ezra kniff die Augen leicht zusammen, als versuchte er zu verstehen, was ich meinte.

»Ach, komm schon!«, platzte es ungeduldig aus mir heraus. »Liza war berechenbar.«

Ezra schien nicht meiner Meinung zu sein, wusste aber offenbar auch nicht, wie er das ausdrücken sollte. Er wand sich um eine Antwort.

»Willst du mir sagen, wer so viel Geld annimmt und plötzlich verschwindet, ist nicht berechenbar?«

»Diese Sache war komplizierter, als du denkst«, entgegnete Ezra verhalten.

Ich lachte auf. Daran war gar nichts kompliziert. »Sie hat ihn ausgenutzt. Es wäre nicht das erste Mal, dass es jemand bei Trevor oder mir versucht. Aber davon hast du keine Ahnung, Cowboy.«

»Blair!«, zischte er nun sichtlich unentspannt. »Ich werde mich nicht in die Sache zwischen Trevor und Maci einmischen. Er ist alt und erfahren genug, um auf sich selbst aufzupassen.« Er nahm sein Buch zur Hand, ein Zeichen, dass das Thema für ihn erledigt war.

Für mich aber nicht. Ich lehnte mich in das Kissen zurück. »Ein toller bester Freund bist du«, blaffte ich ihn an und verschränkte die Arme vor der Brust. »Da muss man sich echt die Frage stellen, ob du ihn nicht genauso ausnutzt.«

»Pass auf, was du sagst!« Ezra knallte sein Buch auf den Tisch zurück. Die Eiswürfel in seinem Colaglas klirrten.

So verärgert kannte ich ihn gar nicht. Für einen kurzen Moment war ich sogar erleichtert, dass auch er zu einer solchen Reaktion fähig war. Aber nur kurz, danach war er mir schon wieder egal.

»Schon gut.« Ich hob entwaffnend die Hände und stand auf. »Bleib du nur sitzen und lies deine Frauenromane. Dann kümmere eben ich mich darum.«

Ezra ließ mit einem Atemzug seine angestaute Wut entweichen. »Vorsicht, Blair«, warnte er mich mit ruhiger Stimme und nahm sein Buch wieder zur Hand. »Sonst verbrennst du dir bei deinem Spielchen die Finger.«

»Da mach dir mal keine Sorgen.«

13.

Maci

»Ich will nicht lange um den heißen Brei reden.« Peyton hob ihren Blick von den Unterlagen auf ihrem Schreibtisch und sah mich an. Dann lehnte sie sich in ihrem Bürostuhl zurück und musterte mich über die Unordnung zwischen uns, in der sie sich offenbar gut zurechtfand. Hier lag alles kreuz und quer. Formulare, Ausdrucke, handgeschriebene Notizen. »Ich habe mich umgehört, wollte wissen, was man über dich sagt.«

Die kleine Pause, die sie machte, brachte mich sofort ins Schwitzen. Es war das erste Evaluierungsgespräch in meinem ganzen Leben. Klar, schließlich war es auch mein allererster Job. Und den wollte ich so gut wie möglich machen.

Peytons Miene verriet keinen ihrer Gedankengänge. »Du bist anders als die anderen Staffmitglieder.«

Ich schluckte. Es war bestimmt kein gutes »anders«, was Peyton meinte. Dabei hatte ich mein Bestes getan, um mich anzupassen. Ich riss mich zusammen und bereitete mich vor, Peytons Kritik anzuhören. »Hat sich jemand über mich beschwert? Ich werde mich bessern! Ich tu alles …«

Peyton hob die Hand. Ihr Blick tat den Rest. Ich sparte mir weitere Worte. »Kommen wir zum Punkt.«

Ich krallte die Hände um die Sitzfläche des Stuhls, während Peyton das Formular zur Hand nahm, das ich am Tag meiner Ankunft ausgefüllt hatte.

»Was mir zu denken gibt, ist dein Lebenslauf. Du hast gerade erst die Highschool beendet. Mit guten Noten. Sehr guten Noten.« Sie sah auf, offenbar auf eine Reaktion meinerseits wartend. Aber ich wusste nicht, was sie dazu hören wollte.

»Du hast kein Vorstrafenregister, kommst aus geregelten Verhältnissen, und mit dem Schulabschluss könntest du dich auch an einem College bewerben.«

»Stimmt«, sagte ich nur.

»Hast du mal darüber nachgedacht zu studieren?«

»Mehr oder weniger.«

»Aber?«

Ich zuckte mit den Schultern. Kein Aber. »Ich habe ein Stipendium.«

Peyton schob die Augenbrauen höher. »Wo?«

»University of Florida.«

Sie pfiff anerkennend durch die Zähne. »Eine hervorragende Uni.«

»Ich weiß.« An der University of Florida zu studieren würde mir nicht nur die Möglichkeit einer ausgezeichneten Ausbildung bieten, sondern meiner Karriere als Tennisspielerin noch einmal Aufschwung geben. Aber Tennis war das Leben, das meine Eltern für mich gewählt hatten. Sie hatten mich nie gefragt, ob ich es wollte, sondern einfach entschieden, so wie sie jeden Schritt in meinem Leben bestimmt hatten. Das Stipendium anzunehmen bedeutete für mich, meinen Eltern einzugestehen, dass sie recht hatten, dass sie besser als ich wussten, was gut für mich war. Und ich war nicht bereit für dieses Eingeständnis.

»Das heißt, ich muss mich bis zum Ende des Sommers nach einem neuen Staffmitglied umsehen.« Peyton machte sich ein paar Notizen auf meinem Lebenslauf.

»Und wenn ich nicht studieren will?«, platzte ich in ihre Überlegung.

Mit einer hochgezogenen Augenbraue musterte Peyton mich. »Das kann nicht dein Ernst sein, Maci«, sagte sie ruhig. »Das Leben auf Lovett Island ist schön, aber je länger du hier bist, desto schwerer wird es, in dein altes Leben zurückzukehren. Glaub mir, ich weiß, wovon ich spreche.« Peyton lehnte sich in ihrem Bürostuhl zurück. »Lass mich raten … du hast ein Sportstipendium.«

Ich starrte sie wortlos an.

»Mir ist zu Ohren gekommen, dass du auf einem ganz anderen Niveau Tennis spielst als jeder Trainer, den wir hier je hatten.«

Ich fragte mich, von wem sie das gehört hatte. Einem der Gäste? Vielleicht den Ripleys? Oder von Trevor selbst?

Peyton seufzte und beugte sich wieder nach vorn. Sie legte ihre Hände auf den Tisch. Ihr Blick sprach Bände. »Ich will nicht zusehen, wie du hier deine Zeit verplemperst. Lieber schaue ich in zwei, drei Jahren die US Open und kann behaupten, dass ich die Siegerin kenne und ihr einen Tritt in den Arsch gegeben habe, um dorthin zu kommen.«

Ihre Worte ließen mich schmunzeln. Sie sprach einen Kindheitstraum an, von dem ich nicht wusste, ob er es auch heute noch war. Ich war mittendrin herauszufinden, was ich wollte, und ich würde mich nicht unter Druck setzen lassen. Ich durfte Peyton nicht erlauben, die Position meiner Eltern einzunehmen.

»Ich denke darüber nach«, sagte ich, um das Thema damit zu beenden.

Peyton zögerte mit einer Reaktion, schien meine Meinung aber zu akzeptieren. »Es ist deine Entscheidung«, sagte sie ruhig. »Mich würde nur noch eine Sache interessieren. Wissen deine Eltern, wo du bist?«

Ein schmerzhafter Stich traf mich in der Brust. Ich hatte mich bislang nicht getraut, mir vorzustellen, wie es ihnen ging. Was sie über mein plötzliches Verschwinden dachten. Ob sie mich suchten. Zögernd schüttelte ich den Kopf.

Als hätte sie bereits damit gerechnet, schob Peyton mir ihr Telefon über den Tisch zu. »Ruf sie an und klär das.« Ihre Stimme war ruhig, aber unnachgiebig. Was dieses Thema betraf, würde sie mir keine andere Wahl lassen. »Ich will nicht, dass die Polizei hier auftaucht, weil eine Vermisstenanzeige für dich aufgegeben wurde.«

Alles in mir sträubte sich bei dem Gedanken. »Ich bin alt genug ...«

»Das interessiert mich nicht«, schnitt mir Peyton das Wort ab. »Wenn es Probleme gibt, fliegst du. Hast du das verstanden?« Sie tippte auf das Telefon, das vor mir lag. »Klär das!«, bellte sie und zeigte ihre Pitbull-Miene. Dann stand sie auf, ging um ihren Schreibtisch herum und verließ das Büro.

Meine Finger zitterten, als ich nach dem Hörer griff. Schweiß drang mir aus den Poren, und plötzlich fühlte ich mich nicht mehr wie dreitausend Meilen von meiner Heimat entfernt, sondern als wäre ich zurück in meinem Kinderzimmer. Ich wusste noch nicht mal, was ich ihnen sagen sollte, ich wusste nur, dass ich dieses Telefonat nicht weiter hinauszögern konnte. In ein paar Minuten würde Peyton zurück sein.

Ich musste die Telefonnummer zweimal neu eintippen, weil meine Hände so unruhig waren. Bei dem Freizeichen, das anschließend ertönte, drehte sich mir fast der Magen um.

»Stiles?«

Es war zum Glück meine Mutter. Ich schnappte erleichtert nach Luft.

»Hallo?«, fragte sie, da ich immer noch nicht geantwortet hatte.

»Hi, Mom«, sagte ich mit dünner Stimme.

»Maci, du bist ... wir dachten schon ...« Sie sprach ihre Gedanken nicht aus, klang aber erleichtert, wenn auch angespannt.

»Mir geht's gut, Mom.«

»Wo bist du?«

»In der Karibik«, antwortete ich.

»In der Karibik? Was zum Teufel machst du dort?«

Ich hörte im Hintergrund meinen Vater, konnte aber nicht verstehen, was er sagte. Jede Faser meines Körpers zog sich beim Klang seiner Stimme zusammen.

»Nein, lass mich erst mit ihr sprechen«, sagte meine Mutter ungeduldig. Es raschelte ein paarmal in der Leitung. Vermutlich versuchte Dad, ihr den Hörer wegzunehmen.

»Du kommst sofort zurück«, hörte ich meinen Vater im Hintergrund brüllen.

»Das geht nicht. Ich habe hier einen Job«, erklärte ich.

»Job? Was für einen Job?« Sie klang nicht, als würde diese Erkenntnis etwas an ihrer Gemütslage ändern. Auch mein Vater wütete im Hintergrund.

»Im Servicebereich eines Resorts«, antwortete ich ausweichend. »Außerdem gebe ich Tennisunterricht.«

»Du gibst Tennisunterricht?«, rief meine Mutter entsetzt. Die Hoffnung, zumindest sie zu besänftigen, war damit dahin.

Wieder raschelte es, und dieses Mal setzte sich mein Vater durch. Er war niemand, der sich von anderen etwas sagen ließ. Auch nicht von meiner Mutter.

»Weißt du eigentlich, was wir deinetwegen in den letzten Wochen durchgemacht haben?«, donnerte er ins Telefon.

Sein Gebrüll schoss mir durch Mark und Bein. Es fühlte sich noch schlimmer an, als ich befürchtet hatte.

»Ich habe auch viel durchgemacht.« Eine Träne löste sich aus meinem Augenwinkel. Ich würde wohl nie in der Lage sein, ein normales Gespräch mit ihm zu führen. Egal wie gut ich mir zuredete, er schüchterte mich ein, verwandelte mich in ein Häufchen Elend.

»Du?« Er lachte missbilligend. »Wenn ich mich richtig daran erinnere, sind wir es gewesen, die dich nach deiner

Dummheit mit Chad wieder auf den richtigen Weg gebracht haben.«

Richtiger Weg? Von wegen. Sie hatten nur ihre Kontrolle über mich wiedererlangen wollen. Sie hatten mir nichts mehr erlaubt, ihre Erwartungen noch höher gesteckt. Ich durfte niemanden mehr sehen – sogar das Handy hatten sie mir weggenommen.

Meine Hand verkrampfte sich um den Telefonhörer. Ich wollte ihm am liebsten ins Gesicht schreien. Was für sie der richtige Weg war, war für mich ein Gefängnis. Ich öffnete meinen Mund, doch mein Vater fiel mir ins Wort.

»Und jetzt lässt du es dir in der Karibik gut gehen, während deine Mutter am Verzweifeln ist und sich fragt, was sie falsch gemacht hat?«, brüllte er. »Ich versichere dir, wenn mir eine Rechnung von deinem Karibikurlaub ins Haus flattert, sehen wir uns vor Gericht wieder.« Er war in Rage, doch das hier war keine leere Drohung. So gut kannte ich ihn.

»Das wird es nicht«, versicherte ich mit aller Kraft, die ich aufbrachte. Ich näherte mich dem Punkt. Dem Punkt, an dem ich aufgab. An dem ich einknicken und tun würde, was er von mir verlangte. Doch er hörte mir gar nicht zu.

»Ist das dein Dank dafür, dass wir dir unser ganzes Leben geopfert haben?« Sein gnadenloser Tonfall verriet, dass er mich direkt hier am Telefon vernichten wollte. Die dreitausend Meilen zwischen uns würden ihn nicht aufhalten. »Jeden Penny haben wir in deine Ausbildung und dein Training gesteckt. Jede freie Minute haben wir in dich investiert.«

Die Antwort lag mir auf der Zunge, aber ich traute meiner Stimme nicht. Es war ihre Entscheidung, dass sie jede Minute ihrer Freizeit in mich investiert hatten. Damit hatten sie mir meine Freizeit genommen, meine ganze *Freiheit* genommen. Meine Kindheit.

»Einfach deine Sachen zu packen und zu verschwinden war das Feigste, was du tun konntest!« Er ließ mich ohnehin nicht zu Wort kommen. »Ich hatte mir von dir mehr erwartet, Maci.«

Vielleicht war es wirklich feige gewesen, mich davonzuschleichen und mit dem Bus zum Flughafen zu fahren. Doch was für Möglichkeiten hätte ich gehabt? Mein Vater hatte mir den letzten Funken Selbstständigkeit wegnehmen wollen. Er hatte mir mein Leben genommen.

»Noch ist nicht alles verloren. Ich rate dir, an der University of Florida zu studieren und bei den Gators deine Karriere fortzusetzen. Das ist das Mindeste, was du tun kannst.«

Ich hatte immer alles getan, was sie wollten. Hatte kein Training ausgelassen, nicht gejammert, als mein Körper eigentlich zu müde war, nicht widersprochen, als sie ihre Pläne schmiedeten, ohne mich ein einziges Mal nach meinen Wünschen zu fragen.

Ich warf einen Blick durch das Fenster in den strahlend blauen Sommerhimmel. Ich hatte die richtige Entscheidung getroffen. Ich hatte mich gegen ihn gestellt. Gegen meine Vergangenheit und gegen meine Zukunft. Gegen *ihre* Zukunft. Nichts in mir bereute diesen Schritt, obwohl er so viele neue Fragen, Ängste und Sorgen mit sich brachte.

Und doch trafen mich seine Worte wie ein Schlag ins Gesicht: »Du wolltest auf eigenen Beinen stehen, also sieh zu, wie du klarkommst.« Ich hörte Mom etwas sagen, doch mein Vater erlaubte ihr nicht, mit mir zu sprechen. »Es ist besser, wenn du nicht zurückkommst«, sagte er zu mir. »Deine Mutter will dich nicht sehen. Und ich dich auch nicht.«

Ich hatte nie vorgehabt, nach North Dakota zurückzukehren, doch dass die Wurzeln zu meiner Heimat einfach so gekappt wurden, riss mir den Boden unter den Füßen weg.

Mein Vater legte auf.

Ohne sich zu verabschieden.

Ich starrte auf meine Hand, die zu meiner eigenen Verwunderung vollkommen ruhig war, als ich das Telefon zurück auf Peytons Schreibtisch legte. Ich schloss die Augen und holte tief Luft. Allmählich legte sich dieses zermürbende Gefühl in meiner Brust, das mich zuvor zu erdrücken drohte. Ich merkte, wie sich mein Körper wieder mit Energie füllte.

Hinter mir klopfte jemand an die Tür.

»Ich bin schon fertig«, rief ich und stand auf. Als ich zur Tür blickte, war es nicht Peyton, die vor mir stand. »Baron.«

»Ist Peyton da?« Er sah sich im Büro um, dann traf sein Blick wieder mich. Ich konnte nicht beschreiben, was es war, doch etwas in seinen Augen jagte mir einen kalten Schauer über den Rücken.

Ich schüttelte den Kopf. »Sie sollte gleich kommen«, antwortete ich, auch weil ich es mir selbst wünschte. Seit unserer ersten Begegnung bekam ich ein ungutes Gefühl, wenn ich in seiner Nähe war. Erstmals war es aber so, dass wir völlig allein waren.

Baron trat näher, in langsamen Schritten, als wäre er ein Raubtier, das sich an seine Beute heranschlich. »Wir hatten noch gar keine Zeit, uns besser kennenzulernen«, sagte er und blieb knapp vor mir stehen. »Nimmst du an dem Turnier teil?«

Ich musste den Kopf leicht in den Nacken legen, um zu ihm aufzusehen. »Ich spiele mit Trevor«, antwortete ich mit belegter Stimme.

»Mit Trevor?« Interessiert betrachtete mich Baron. »Oder spielt er eher mit dir?«, hauchte er und verringerte die Distanz zwischen uns noch mehr.

Ich wich automatisch zurück, stieß aber mit dem Fuß gegen den Stuhl, auf dem ich zuvor gesessen hatte. Was auch immer Barons Anspielung zu bedeuten hatte, ich würde nicht darauf eingehen.

»Dann werde ich dich also schon bald in einem Tennisröckchen sehen?« Er beugte sich zur Seite, um einen Blick auf meine Beine zu werfen. Zum Glück trug ich über meinem Bikini ein Shirt und die Jeansshorts, die Karlee mir nach meiner Ankunft kreiert hatte. Ohne diese schützende Stoffschicht würde ich mich vor ihm wie ein Stück Fleisch fühlen. Und Baron machte keinen Hehl daraus, mich als solches zu betrachten.

»Ich bin sicher, du siehst darin heiß aus.« Sein Blick wanderte langsam über meinen Körper hinauf, bis er kurz an meinem Mund verharrte und schließlich an meinen Augen haltmachte.

Sein Tonfall gefiel mir nicht, und was er sagte, noch weniger. Dennoch ließ ich mir die Anspannung nicht anmerken. Schon viele Männer hatten mich in einem kurzen Tennisrock gesehen, einige hatten sicherlich Fantasien, worüber ich einfach nicht nachdachte, aber es ins Gesicht gesagt zu bekommen war widerlich. Mein ungutes Gefühl, das ich bei Baron hatte, wurde zu Verachtung.

Er wollte gerade etwas sagen, als das Klingeln seines Telefons ihm zuvorkam. Erleichtert über die Störung atmete ich auf.

Baron holte sein Handy aus der Hosentasche und warf einen Blick auf das Display. Ich konnte nicht sehen, wer der Anrufer war, doch seine Miene verfinsterte sich schlagartig. »Das ist wichtig«, murmelte er und ließ mich einfach stehen. Noch im Flur nahm er den Anruf entgegen.

Ich zögerte keine Sekunde und stürmte aus Peytons Büro. Ich schlug die Tür ins Freie auf, lief einmal um die Ecke des Gebäudes und lehnte mich dort gegen die Wand. Meine Hände zitterten, und ich merkte erst jetzt, wie sehr mich die Situation mit Baron mitgenommen hatte.

Er hatte mich überrumpelt. Nach dem Telefonat mit meinen Eltern war ich so in Gedanken gewesen, dass er mich auf dem falschen Fuß erwischt hatte. Vielleicht wäre ich in einer anderen Situation schlagfertiger damit umgegangen. Ich hätte ihn zurückweisen müssen.

Meine Knie waren so weich, dass ich mit dem Rücken an der Wand zu Boden rutschte und dort sitzen blieb. Ich schlang die Arme um meine Beine und schloss die Augen. Mit langen Atemzügen versuchte ich, mich wieder zu beruhigen. Ich konzentrierte mich auf das Zwitschern der Vögel in den Sträuchern, auf die Sonnenstrahlen, die mein Gesicht wärmten, und auf das Meeresrauschen, das bis hierher drang. Es klappte nicht. Die schrecklichen Gedanken an Baron klebten an mir.

Als ich die Augen öffnete, stand Trevor nur wenige

Meter von mir entfernt und beobachtete mich. Sofort löste ich die Umarmung meiner Beine und richtete mich auf. Ich wollte etwas sagen, doch da drehte er sich einfach weg. Ich spürte einen Stich in der Brust, zwang mich aber sogleich, die Enttäuschung hinunterzuschlucken. Seine Worte nach dem Kuss hinter dem Strandhaus hallten noch in mir nach: *Das wird nicht wieder vorkommen!*

Plötzlich drehte sich Trevor zu mir zurück. Für einen Moment herrschte eine Stille, als wäre kein einziger Vogel mehr auf der Insel und der Ozean meilenweit entfernt. Ich hörte nur meinen Herzschlag.

Dann kam er auf mich zu und blieb dicht vor mir stehen. Er streckte mir beide Hände entgegen, den Ansatz eines aufmunternden Lächelns auf den Lippen. Ich ergriff seine Hände und ließ mich von ihm hochziehen.

»Ist alles okay?«, fragte er vorsichtig, trat aber keinen Schritt zurück, auch nicht, als unsere Hände auseinanderglitten.

Ich nickte kurz und strich mir fahrig die Haare hinters Ohr. »Denke schon.« Mein Blick fiel auf seine Brust, über der sein Shirt spannte und die so nahe war. Ich räusperte mich. »Du hast doch gesagt ...«

Trevor fuhr sich durch sein dunkelbraunes Haar und atmete durch. »Ja, und das meinte ich so. Aber für den Fall, dass etwas ist, ich bin da. Falls du mal Hilfe brauchst«, fügte er hinzu.

Ich nickte und lächelte verhalten. Auch wenn Trevor deutlich seine Grenzen abgesteckt hatte, war ich erleichtert, dass er sich nicht komplett von mir abwandte.

»Willst du reden?«, bot er mir an.

»Reden? Bitte nicht!« Es platzte so entsetzt aus mir heraus, dass wir beide lachen mussten.

»Kein Reden, hab verstanden«, antwortete Trevor grinsend. »Wie wär's mit Jetski fahren? Ein bisschen Speed lenkt ab.«

»Gerne.« Diesmal lächelte ich offen heraus. »Ist das schwierig?«

»So wie ich dich kenne, lernst du es in null Komma nichts.«

Wir erreichten das Bootshaus, und Trevor ging voran in das Innere der Holzhütte. Ich folgte ihm und brauchte ein paar Sekunden, bis ich mich an die Düsterheit gewöhnte. Es gab hier keine Fenster, und durch die dunklen Holzlatten drang ebenfalls kaum ein Lichtstrahl. Nichtsdestotrotz ging Trevor zielstrebig auf einen Schrank zu und holte zwei Schwimmwesten heraus.

»Die hier müsste dir passen«, sagte er und reichte mir die blaue Weste mit gelben Streifen, die auch Brent damals aus der Kabine des Boots geholt hatte, weil mir die anderen zu groß waren.

Dann zog er sein Shirt über den Kopf und legte es auf den Schrank. Ich drehte mich um, damit ich ihn nicht anstarrte, doch das Bild hatte sich bereits in mein Gehirn eingebrannt. Seine sonnengebräunte, glatte Haut. Seine Bauchmuskeln, die bei jeder Bewegung hervortraten. Das machte er doch extra, um mich zu testen!

Es wird nicht wieder vorkommen, wiederholte ich in meinem Kopf, als wäre es ein Mantra, um nicht von Trevor angezogen zu werden.

Ich spürte die Hitze in meinen Wangen und räusperte mich, ehe ich sagte: »Wir müssen das nicht tun ...«

»Zieh die Schwimmweste an, Maci.« Er selbst schlüpfte bereits in eine gelbe Weste und zurrte sie enger.

Ich ergab mich meinem Schicksal, knöpfte die Jeansshorts auf und streifte sie mir von den Beinen. Anschließend entledigte ich mich meines T-Shirts und legte beides zu Trevors Kleidung. Als ich die Schwimmweste anhatte, trat Trevor näher und griff nach der Schnalle an meinem Bauch. Vorsichtig zog er den Riemen enger. Er stand nur eine Handbreit vor mir, sodass ich glaubte, seine Wärme spüren zu können. Er roch nach Sonnencreme, Meer und Minze. Seine Finger verweilten noch auf der Schnalle.

Ich starrte auf den kleinen Bogen auf seiner Oberlippe und merkte erst, dass ich die Luft angehalten hatte, als Trevor die Hände zurückzog.

»Bereit?«

Bereit für Jetski, aber nicht für *deine Nähe.*

Als ich nickte, ging er ein paar Schritte weiter und blieb vor einem weißen Jetski mit blauen Schriftzügen stehen.

»Es ist nicht so schwer.« Trevor löste das Seil, mit dem das Wasserfahrzeug befestigt war. Die Wellen, die hereinkamen, ließen es sanft im Wasser schaukeln. »Du befestigst den Quickstop an deiner Weste, damit der Motor ausgeht, wenn du hinunterfällst. Links hast du die Knöpfe zum Ein- und Ausschalten, und rechts gibst du Gas. Alles klar?«

Ich wandte mich dem zweiten Jetski zu, der dahinter im Wasser trieb. »Brauche ich einen Schlüssel?«

»Du fährst nicht alleine.«

Irritiert sah ich auf.

Trevor saß bereits auf dem Jetski und klopfte auf den Sitz hinter ihm.

»Ich darf keine eigene Maschine haben?«, wollte ich wissen.

»Haben dich deine Eltern bei deiner ersten Fahrt alleine ins Auto gesetzt? Ich will dir bloß zeigen, wie's geht, und dich nicht anmachen«, zog er mich grinsend auf.

Seine Reaktion trieb mir die Röte in die Wangen. Musste er mir ernsthaft ein zweites Mal sagen, dass er nichts von mir wollte? *Komm schon, Maci, reiß dich zusammen!*

Ich stieg hinter ihm auf den Jetski und brachte ihn damit stark zum Schwanken. Trevor griff nach hinten und fasste nach meinem Bein, um mich davor zu bewahren, ins Wasser zu fallen. Als hätte er erst jetzt die Berührung bemerkt, zog er die Hand schnell wieder weg.

Ich ließ mich langsam auf den Sitz sinken. Meine Schenkel berührten seine äußeren Oberschenkel – eine Nähe, die sich nicht vermeiden ließ. Trevor drehte sich um, seine Haarspitzen fuhren sanft über meine Nasenspitze. Er sah mir einen Moment lang in die Augen, und trotz der Düsternis im Bootshaus erkannte ich das intensive Blau darin.

»Kann's losgehen?«

Ich schaffte es nur, schwach zu nicken.

Trevor startete den Motor, der im Bootshaus dröhnend laut war. »Halt dich fest!«

Verunsichert überlegte ich, woran ich mich festhalten konnte. Schließlich schob ich meine Arme vorsichtig unter Trevors durch und schlang sie um seinen Oberkörper.

Er fuhr uns langsam vom Steg weg und weiter ins Freie hinaus. Es wackelte sehr, weshalb ich meine Arme fester um seine Taille schlang. Trotz der Schwimmwesten hatte ich das Gefühl, die Wärme seiner Haut unter meinen Fingerspitzen zu spüren.

Ich schnappte nach Luft, als Trevor Gas gab und uns trotz der entgegenkommenden Wellen von der Küste wegführte. Weiter draußen im Meer lenkte er zur Seite, und wir fuhren parallel zur Küste entlang. Nun gab er noch mehr Gas. Der Jetski beschleunigte so schnell, dass es mich nach hinten zog.

»Nicht loslassen, Maci«, rief Trevor über den Fahrtwind hinweg und legte seinen linken Arm auf meinen, der immer noch um seinen Körper geschlungen war.

Ich lächelte über die fast zärtliche Berührung. Es war so ein befreiendes Gefühl, hier über das Meer zu jagen. Meine Haare peitschten im Wind, und das Salzwasser spritzte mir ins Gesicht. Ich nahm kaum noch etwas anderes wahr als die Geschwindigkeit und Trevors berauschende Nähe, die zusammen einen nicht unangenehmen Druck in meiner Brust auslösten.

Nach einer Weile ließ Trevor den Jetski ausgleiten. »Jetzt bist du dran.« Er sah über seine Schulter zu mir zurück.

Ich nickte lächelnd, konnte es nicht erwarten, endlich selbst ans Steuer zu kommen. »Und wie wechseln wir die Plätze?« Auf dem offenen Meer und diesem wackeligen Gefährt stellte ich mir das nicht so einfach vor.

»Kein Problem. Dafür gibt es einen Trick.«

Trevor gab kurz Gas und lenkte gleichzeitig in eine Kurve. Ich hatte keine Zeit zu reagieren und fiel mit einem Schrei ins Wasser. So richtig wurde mir das erst bewusst, als ich das salzige Wasser schmeckte und keine Luft mehr bekam. Ich tauchte dank Schwimmweste schnell wieder auf und sah mich von den Wellen gewogen nach ihm um.

»Sorry, aber das klappt immer nur beim ersten Mal.« Er grinste zu mir herunter, rutschte auf den hinteren Sitz und machte eine einladende Geste.

Ich funkelte ihn an und spritzte ihm einen Schwall Wasser ins Gesicht. Lachend reichte er mir die Hand, um mir wieder nach oben zu helfen.

Ich wischte mir das Salzwasser aus den Augen und ließ mich hochziehen. Als ich mein Bein auf die andere Seite schob, geriet ich ins Schwanken. Schnell hielt Trevor mich unterhalb der Schwimmweste an der Hüfte fest, seine Finger berührten den Bund meiner Bikinihose. Ich sog zitternd die Luft ein und hielt mir vor Augen, dass er mich bloß stabilisierte.

Doch auch nachdem ich sicher vor ihm saß, zog er die Hände nicht zurück. Er beugte sich noch weiter vor. Ich spürte seinen Körper an meinem Rücken und nahm wieder den minzigen Duft seiner Haare wahr. Ich spürte seinen Atem an meiner Wange. Ein elektrisierendes Gefühl, das mein Herz schneller schlagen und mich völlig vergessen ließ, dass wir Distanz wahren wollten.

Ein Ruckeln an meiner Schwimmweste holte mich in das Hier und Jetzt zurück. Trevor steckte den Quickstop an meiner Weste fest. Dann zog er seine Arme unter meinen hervor und legte sie gleich darauf von außen auf meine. Zusammen griffen wir nach dem Lenkrad. Kurz schloss ich die Augen und atmete tief ein.

»Achtung.« Dann bewegte er mit seiner rechten Hand

meine, und der Jetski setzte sich langsam in Bewegung. Dabei schaukelte er so stark, dass ich meine Finger noch fester um die Griffe schloss. »Pass auf, dass du nicht zu viel Gas gibst. Du musst dich langsam herantasten.«

Ich konnte mich kaum auf seine Worte konzentrieren. Alles an ihm zog mich in seinen Bann. Seine Haut auf meiner. Die Wärme, die er ausstrahlte. Sein Atem, sein Duft, seine Stimme. Es fühlte sich an, als würden wir gleichzeitig ein- und ausatmen.

»Bist du bereit?« Trevors Stimme durchbrach die Stille, und ich fuhr leicht zusammen. Dann ließ er meine Hände los. Statt sich aber an mir festzuhalten, merkte ich, wie er seine Arme zurückzog.

Enttäuscht blickte ich über die Schulter und sah, dass Trevor sich an den Griffen am hinteren Sitz festhielt, lässig zurückgelehnt.

Verdammt! *Er* wusste, wie man Abstand hielt.

Entschlossen drehte ich mich um, blickte auf das offene Meer und gab Gas.

14.

Violet

»Bist du bereit?«

»Nein«, antwortete ich und lächelte nervös.

Unsere Blicke trafen sich. Brent stand bereits einen Schritt vor mir, dort, wo die Wellen über den Sand glitten, ehe sie ins Meer zurückkrochen. In seiner Hand baumelten zwei Schnorchelmasken. Brent hatte mich an den Nordstrand gebracht, dort, wo die Bungalows standen. Hier war nicht nur das Meer ruhiger, sondern wir konnten nahezu unbeobachtet unser Vorhaben durchziehen. Am Hauptstrand, wo sich sowohl der Staff als auch die meisten Gäste tummelten, hätte ich wohl einen Rückzieher gemacht. In der Ferne sah ich Maci und Trevor mit dem Jetski vorbeirasen. Wenn sie sich das traute, konnte ich es auch ... dachte ich.

Ich verharrte im Trockenen. Als würde mein Schritt ins Wasser diesem Vorhaben endgültig zustimmen. Nicht dass ich noch nie geschwommen wäre. Doch heute war es etwas anderes. Ich sollte noch viel weitergehen.

Brent konnte das nicht verstehen. Er war in Kalifornien aufgewachsen, den Ozean vor seiner Haustür. Für ihn gehörte es zum Leben, zum Spaß, zur Freiheit. Ich hatte mich selbst nach einem Jahr auf Lovett Island noch nicht damit angefreundet. In der Theorie ja, aber in der Praxis hielt ich mich davon fern.

»Wir müssen es nicht tun«, sagte Brent und ließ in der Stimme mitschwingen, dass ein Aber folgen würde. Er sah mich herausfordernd an, dann kam es: »Aber wenn du Meeresbiologie studieren willst, solltest du die Unterwasserwelt mit deinen eigenen Augen sehen.«

»Ich weiß«, betonte ich scharf.

Bislang hatte ich mich mit Bildern begnügt. Bilder aus Büchern, Bilder von Unterwasserkameras der Gäste, die mir stolz zeigten, was sie bei ihren Tauchgängen zu Gesicht bekommen hatten. Die Faszination dafür war schnell geweckt gewesen, aber dennoch nie stark genug, um mich über meinen Schatten springen zu lassen.

»Ich weiß, dass du es kannst.«

Aufmunternd winkte er mich zu sich, und ich nickte, auch wenn es mehr ein verzweifelter Versuch war, mich selbst davon zu überzeugen. Ich sah jeden Tag die Menschen ins Meer gehen und wieder herauskommen. Es gab keinen Grund, es zu fürchten.

»Lass uns nur ein paar Schritte hineingehen«, schlug Brent ruhig vor.

Ich bewunderte ihn für die Geduld und Einfühlsamkeit, die er heute für mich aufbrachte. Es war kein Wunder, dass ich so starke Gefühle für ihn hatte. Er machte sich nicht über mich lustig, er nahm mich auch nicht einfach hoch und lief mit mir ins Wasser, wie es so manch ein anderer tun würde.

»Wir schnorcheln im seichten Bereich, und du kannst jederzeit aufstehen, wenn du dich unwohl fühlst.« Er wartete auf meine Zustimmung. Eine Reaktion, wie dass ich das Wasser betrat oder nach der Taucherbrille griff. Doch in meinem Körper rührte sich nichts. Als hätte ich die Kontrolle darüber verloren.

Brent schien meine innere Unruhe zu spüren. »Es wird dir nichts passieren«, versicherte er mir und streckte mir den Arm entgegen. »Ich bin immer an deiner Seite.«

Mein Blick fiel auf seine Hand. Die Hand, die ich schon oft in meiner hatte halten dürfen. Immer ohne größere Bedeutung. Zumindest für ihn.

Ich trat einen Schritt vor. Die nächste Welle umspülte meine Füße, und ich schreckte leicht auf. Der Sand, der anschließend unter meinen Sohlen zurück ins Meer glitt, kitzelte mich. Es war kein unbekanntes Gefühl und auch nichts, was mir Angst machte.

Doch was war es dann? Was löste diese Beklemmung in mir aus? Die Tiere, von denen ich wusste, dass sie weitaus weniger gefährlich waren, als viele glaubten? Natürlich gab es Geschichten von Haiangriffen, wenn auch nicht in Lovett Island selbst. Doch jedes Mal wenn ich in den Hubschrauber stieg, ging ich ein viel größeres Risiko ein.

Vielleicht war es dieses Grenzenlose. Diese gewaltige Wassermasse, die so mächtig war. Viel mächtiger als wir Menschen. Ich hatte gesehen, was das Meer anrichten konnte. Riesige Wellen, die große Schiffe sinken ließen. Tsunamis, die so viel Schaden verursacht hatten.

Als ich bemerkte, wie diese irrationalen Überlegungen meine klaren Gedanken verdrängten, hielt ich inne und atmete tief durch. Entschlossen schluckte ich das Unbehagen hinunter und griff nach Brents Hand. Er gab mir Halt.

»Also gut.« Schritt für Schritt wagte ich mich vor, bis uns das Wasser zu den Knien stand.

»Gar nicht so schlimm, oder?« Brent lächelte mich ermutigend von der Seite an. Er kniff die Augen leicht zusammen, weil die Sonne ihn blendete. Dieser Anblick ließ mein Herz höherschlagen. Wenn er wüsste, was er durch so kleine Gesten und Worte in mir auslöste.

»Solange du mich nicht loslässt.« Ich hörte selbst den flehenden Tonfall in meiner Stimme und schloss meine Hand noch fester um seine.

»Versprochen!«

Ein warmes Gefühl breitete sich in mir aus, als ich in seine graublauen Augen sah. Kaum merkbar nickte ich, und nach wenigen Metern berührten die Wellen unsere Hüften. Das Wasser war angenehm kühl, trotzdem schrak ich jedes Mal hoch, wenn eine Welle bis auf meinen Bauch spritzte.

»Bist du bereit?«

»Ich denke schon«, sagte ich, auch wenn es sich nicht ganz so überzeugt anfühlte. Ich griff nach der Schnorchelmaske. »Mal sehen, ob die wirklich so toll sind, wie alle behaupteten.«

»Lass mich sehen, ob sie richtig sitzt.« Brent trat näher und prüfte den Rand, der mein Gesicht umschloss. »Alles klar. Ach, noch etwas. Wenn ich so mache ...« Er hielt sich die flache Hand senkrecht vor die Stirn. »Bedeutet das: *Hai!*«

Ich boxte ihm gegen die Brust, rutschte jedoch ab, als er lachend auswich.

Brent setzte die Maske auf. Mit einem Handzeichen bedeutete er mir ein »Okay?«, und ich tat es ihm gleich.

Statt auf ein Mundstück eines Schnorchels beißen zu müssen, konnte ich ganz normal atmen. Durch das breite Visier hatte ich einen uneingeschränkten Rundumblick.

Brent ließ mich zuerst untertauchen. Automatisch hielt ich die Luft an, doch als ich realisierte, dass es nicht nötig war, atmete ich normal weiter.

Als wir an der Oberfläche trieben, senkte sich der aufgewirbelte Sand unter uns ab und klärte die Sicht. Das Meer zeigte sich in seinen wunderbar türkisblauen Schattierungen. Brent bedeutete mir, weiter hinauszuschwimmen.

Die Wellen hatten am Boden kleine Sanddünen gebildet, an welchen die Sonne kurvige Schatten warf. Fische zischten wie silbern schimmernde Blitze unter uns durch. Ein Stück weiter entdeckte ich einen orangeroten Seestern.

Brent tippte mich an, und ich rechnete damit, dass er zum Spaß seine Hand an die Stirn halten würde. Stattdessen deutete er zur Seite. Ich folgte seinem Blick und sah einen Rochen, der unweit von uns flach über den Meeresboden glitt. Die wellenförmigen Bewegungen seiner Muskeln sahen faszinierend und beruhigend aus.

In diesem Moment vergaß ich alles.

Alles, was an Land auf mich wartete. All die Bedenken, die ich gehabt hatte.

Es war, als wäre ich hier eine andere Violet. Eine, deren Vergangenheit sie nicht belastete. Deren ungewisse Zukunft sie nachts nicht wach hielt. Eine Violet, der weder Baron noch ein Brief aus Las Vegas etwas anhaben konnten. All das bedeutete in diesem Augenblick nichts.

Obwohl ich hier nicht mehr stehen konnte, fühlte ich mich dennoch wohl. Vor allem weil Brent immer an meiner Seite schwamm.

Der Boden unter uns wurde felsiger. Seegras tanzte in den Bewegungen des Meeres. Dazwischen streckten grüne und orange Korallen ihre unzählig verzweigten Finger in die Höhe. Leuchtend gelbe Fische flitzten an uns vorbei und versteckten sich in einem Korallenriff, das unweit von uns immer klarere Formen annahm. Je näher wir kamen, desto genauer konnte ich das Farbenspiel der Meeresbewohner betrachten. Fasziniert trieb ich über weinrote Tiefseegorgonien, sandfarbene Steinkorallen, Meerfedern, weiße und rote Fächerkorallen und Seeanemonen. Ich kannte sie alle aus meinen Büchern, doch sie nun mit eigenen Augen zu sehen war überwältigend. Fische schwammen zwischen ihnen hindurch. Manche träge und von unserer Nähe unbeeindruckt, andere quirlig und mit ständigen Richtungsänderungen. Ich entdeckte einen gestreiften Sergeant, ein flacher Riffbarsch mit schwarzen Streifen und einer gelb leuchtenden Markierung am Rücken. Hinter einer Anemone lugte ein karibischer Korallenwächter hervor, ein Fisch mit auffällig weiß-braunen Streifen am Rumpf und roten Punkten am Kopf. Wie aus dem Nichts tauchte ein Schwarm von Schwalbenschwänzen auf. Ihre violetten Bäuche und die sonnengelbe Rückenflosse gaben ihnen auch den Namen Sunshinefish.

Und plötzlich war es, als wollten sie sich alle zeigen. Feenbarsche, Zweistreifen-Lippfische, schwarz-gelbe Felsenschönheiten, Juwelenbarsche, Langnasen-Falterfische und sogar ein blauer Papageifisch. Eine Karibikkrabbe tänzelte von einem Versteck zum nächsten, eine Fadenschnecke kroch langsam unter einer Anemone hervor, und ein gelber Dornenseestern hob einen Arm, als wollte er uns grüßen. Ich wagte nicht zu blinzeln, aus Angst, irgendein atemberaubendes Detail zu verpassen. Das hier war das Paradies.

Ich hatte nicht verstanden, was es bedeutete, die Tier- und Korallenwelt mit eigenen Augen zu betrachten und nicht bloß auf den Bildern von Urlaubern und in Büchern. Farbenprächtiger, imposanter, vielfältiger. Kein Foto konnte das so widerspiegeln, was ich hier gesehen hatte.

Brent lenkte meine Aufmerksamkeit auf sich und bedeutete mir aufzutauchen. Als ich den Kopf aus dem Wasser hob, hatte er seine Maske bereits abgenommen. Ich tat es ihm gleich.

»Das ist fantastisch!«, rief ich und strich mir die Haare aus dem Gesicht. »Danke, dass du mich überredet hast.«

Er grinste und schwamm zu mir. »Ich bin stolz auf dich.« Brent war nun ganz nahe vor mir. Die Sonne glitzerte auf den Wassertropfen in seinem Gesicht. Sein Lächeln ließ mein Herz noch schneller schlagen. »Ich wusste, dass du das schaffst.«

»Danke, dass du immer Vertrauen in mich hast. Und danke, dass du mir geholfen hast, mein eigenes Vertrauen wiederzufinden.«

Unsere Beine berührten sich, als wir uns mit Strampelbewegungen über Wasser hielten. Es war elektrisierend.

Die Schnorchelmaske glitt aus meinen Fingern und trieb irgendwo an der Wasseroberfläche neben mir. Ich griff nach Brents Schultern, hielt mich daran fest.

Es war, als würden wir tausende Wörter sagen, und dennoch bedurfte es keines einzigen. Unser Atem ging plötzlich schwer, auch weil es langsam mühsam wurde, hier zu schwimmen.

»Ach, scheiß drauf!« Brent packte mich an der Taille und zog mich an sich. Er küsste mich so, als hätte es ihn seit Monaten Qualen gekostet, es nicht zu tun.

Ich schnappte nach Luft, schmeckte seine salzigen Lippen und klammerte mich an seinen Hals. Unsere Beine verhakten sich, und wir sanken langsam ab. Wasser schwappte über unsere Gesichter, während wir uns küssten. Ich konnte nicht mehr atmen und wollte mich dennoch nicht von Brent lösen.

Irgendwann mussten wir aber Luft holen und tauchten wieder auf. Keuchend hielten wir uns aneinander fest.

»Wir sollten zurückschwimmen«, sagte Brent.

Ich nickte. Doch statt zurückzuschwimmen, sahen wir uns immer noch in die Augen. Ich grinste, einfach weil es sich so verdammt gut anfühlte, mit ihm hier zu sein. Ihn geküsst zu haben. Ich wollte gar nichts anderes mehr tun.

»Verdammt!«, flüsterte Brent und zog mich noch einmal in seine Arme, um mich zu küssen.

Mein Herz flatterte wild.

Ich wollte alles an ihm, immer und überall. Seine warmen Lippen auf meinen, seine Hände auf meinem Körper. Meine auf seinem.

Es versetzte mir einen bitteren Stich, als er sich wieder von mir löste.

»Los jetzt, bevor wir hier ertrinken.«

Er hatte recht. Mir schwand mehr und mehr die Kraft. Lange würde ich mich hier nicht mehr über Wasser halten können. Und doch wünschte ich mir, der Moment würde nie enden.

15.

Blair

»Wo ist denn dein neuer Freund?«

»Musst du nicht mal wieder zurück an die Uni?«, fragte ich. Ich hatte keine Lust über Collin zu sprechen – schon gar nicht mit Ezra.

Dieser stand neben mir auf der Terrasse, hatte die Hände in die Hosentaschen geschoben und ließ seinen Blick, wie auch ich, über den Strand gleiten. »Keine Sorge, ich reise morgen ab.«

»Wie schade«, entgegnete ich nüchtern. Ezra störte gerade mehr als sonst, schließlich beobachtete ich seit einer halben Stunde Trevor und Maci, die mit einem Jetski über das Meer flitzten.

Mit *einem* Jetski!

Warum konnte Maci nicht wenigstens mit einem eigenen unterwegs sein, wenn sie schon Trevor dazu nötigte, ihr das Fahren beizubringen? So schwer war es schließlich auch wieder nicht. Mal abgesehen davon, dass sie ein anderes Staffmitglied hätte fragen können.

»Da ist Trevor ja«, sagte Ezra leichthin. »Ist das Maci bei ihm?«

»Ist sie«, knurrte ich.

Ich merkte, wie mich Ezra von der Seite ansah. Es fiel mir schwer, ihm keinen vernichtenden Blick zuzuwerfen, doch im Moment war es besser, ihm nicht in die Augen zu sehen. Er hatte schon mitbekommen, dass Maci in mir die Alarmglocken schrillen ließ.

»Hast du wirklich so ein Problem mit ihr?«, fragte er, als hätte er meine Gedanken gelesen.

»Keines, das dich etwas anginge«, zischte ich und wandte mich ab. Ich setzte mich auf einen Loungesessel und legte die Beine hoch. Ich kam nicht umhin, die beiden weiterhin zu beobachten. Zum Glück konnte das durch meine Sonnenbrille niemand sehen.

Plötzlich setzte Ezra sich mit einem Bier an meine Seite. Genüsslich trank er daraus und stellte es dann auf den Tisch vor uns. Als wären wir Freunde, die hier zusammen abhängen wollten.

»Also, wo ist Collin?«, wiederholte er seine erste Frage.

»In Florida.«

»Ihr seid doch erst kurz zusammen«, fuhr Ezra fort, »will man da nicht jede Minute miteinander verbringen?«

Was war das? Ein Test?

»Vielleicht macht ihr Cowboys das so, Sweeting«, sagte ich kühl.

Weder die Anspielung auf die Rinderfarm seines Vaters noch die Art, abfällig seinen Nachnamen auszusprechen, schienen ihn zu stören. Wie immer ignorierte Ezra meinen Kommentar.

»Wenn du die zwei noch länger so despektierlich anstierst, könnte dir dieser charmante Gesichtsausdruck erhalten bleiben«, sagte er stattdessen.

»Despektierlich?«, wiederholte ich abschätzig.

»Das heißt …«

»Ich weiß, was das heißt!«, schnitt ich ihm das Wort ab. »Wenn du wie ein Einundzwanzigjähriger reden würdest, hättest du vielleicht mehr Freunde.«

»Du kennst meine Freunde doch gar nicht.«

»Und ich hab auch kein Interesse daran, sie kennenzulernen«, beendete ich dieses Gespräch.

Konnte er nicht einfach sein Bier nehmen und verschwinden? Oder zumindest eines seiner Bücher lesen und die Klappe halten?

Offenbar nicht, denn er trank erneut von seiner Flasche und lehnte sich entspannt zurück. Er wusste genau, dass er mich damit provozierte. Wäre ich nicht so darauf aus, Trevor und Maci weiter *despektierlich anzustieren*, wäre ich wohl selbst gegangen.

»Sie erinnert mich so an Liza«, sprach ich nach einer Weile meine Gedanken laut aus, bereute es aber im gleichen Moment auch wieder. »Also rein optisch«, fügte ich hinzu, als er mich mit hochgezogenen Augenbrauen ansah.

»Mal abgesehen davon, dass sie auch Staff ist.«

»Das auch«, murmelte ich.

Ezra richtete seinen Blick wieder auf die beiden. »Das mit Liza ist ein eigenes Kapitel und hat nichts mit Maci oder einem anderen Mädchen zu tun.«

»Ach, nicht?« Ich sah ihn herausfordernd an. »Du hättest Trevor sehen sollen, als sie weg war. Er war ein Häufchen Elend.«

»Es hat ihn hart getroffen.«

»Sie hat ihn nur ausgenutzt«, zischte ich. »Er war blind vor Liebe und hat nicht gesehen, dass sie nur ihre eigenen Interessen verfolgt hat.«

Ezra presste die Lippen zusammen, als müsste er sich hüten, seine Gedanken auszusprechen.

»Was?«, blaffte ich ihn an. »War es etwa nicht so?«

»Lass uns dieses Thema einfach vergessen«, sagte er nur.

»Das kann ich nicht.« Ich kniff die Augen zusammen. Maci war vom Jetski gefallen, und Trevor half ihr wieder rauf. Jede Berührung bohrte sich schmerzhaft in meine Brust. Wie er seine Arme um sie schlang, ihr die Haare zur Seite strich. Selbst aus der Ferne glaubte ich, Trevor und Maci lachen zu hören. Dabei war das fast unmöglich. Es lagen mindestens hundert Meter und die brandenden Wellen zwischen uns.

»Du hast doch jetzt Collin«, sagte Ezra, »warum konzentrierst du dich nicht auf euch?« Etwas in seiner Stimme klang eigenartig. Nicht, als ob er unsere Beziehung anzweifeln würde. Mehr, als würde er sie bedauern.

Nicht wissend, wie ich darauf reagieren sollte, lehnte ich mich zurück und schwieg.

Als Maci eine Weile später am Strand auftauchte, hielt ich erst noch nach Trevor Ausschau. Wo auch immer er war, sie war eindeutig allein zurückgekommen. Maci wechselte ein paar Worte mit Violet, dann lief sie zu den Duschen an der Seite des Strandes, um sich das Meerwasser vom Körper zu waschen. Ich entschied, dass es der ideale Moment war, um mit ihr zu reden. Oder besser gesagt, ihr meine Meinung zu sagen.

Sie reckte gerade ihr Gesicht in den Wasserstrahl der Dusche und strich sich mit beiden Händen über ihre langen blonden Haare. Für einen kurzen Augenblick sah ich Liza vor mir aufblitzen. Die Ähnlichkeit war verblüffend.

Ich langte zur Duscharmatur und schaltete das Wasser ab.

Verwundert sah Maci auf und wischte sich das Nass aus dem Gesicht. »Blair«, sagte sie erschrocken, als sie mich erkannte.

Ich lächelte, als wäre ich mit guten Absichten gekommen. »Immerhin weißt du, wer ich bin.«

Maci sah sich etwas unsicher um, doch in unserer Nähe war niemand. Darauf hatte ich geachtet. »Kann ich was für dich tun?«

»Wie wäre es damit, die Finger von Trevor zu lassen?« Ich hatte beschlossen, in die Offensive zu gehen. Maci sollte wissen, dass mit mir nicht zu spaßen war. Eigentlich hätte sie das schon an ihrem ersten Abend erkennen sollen.

»Zwischen mir und Trevor ist nichts«, beteuerte sie etwas zu schnell.

Der Schreck in ihren grünen Augen gefiel mir. Es war die Reaktion, die ich hervorrufen wollte.

»So sollte es auch bleiben«, riet ich ihr. »Trevor erlaubt sich gern seinen Spaß mit dem Personal.« Erneut lächelte ich, dieses Mal kein bisschen freundlich.

»Wir waren nur Jetski fahren.« Ihre Wangen färbten sich tiefrot.

»Auch wenn Trevor nichts Ernstes sucht, es wäre nicht das erste Mal, dass ihn eine Staff ausnutzt«, fuhr ich ungeachtet ihrer Worte fort, »wenn ich sehe, dass du ihm noch mal zu nahe kommst, werde ich höchstpersönlich dafür sorgen, dass du dieses Mal von der Insel fliegst.«

Ich merkte, wie es in Maci arbeitete. Sie öffnete kurz ihren Mund, presste dann aber die Lippen aufeinander. Es war besser, sie sagte nichts dazu. Ich würde ihr ohnehin kein Wort glauben. Stattdessen nickte sie leicht.

»Gut«, sagte ich. »Scheint, als hätten wir uns verstanden.«

16.

Maci

»Das wird genial«, hörte ich Karlees Stimme, als ich den Steg vom Haupthaus zum Mitarbeitertrakt hinüberlief. »Das habe ich nicht mehr gemacht, seit ich fünfzehn war.«

Neugierig, was sie damit meinte und mit wem sie redete, beschleunigte ich meinen Schritt. Da rief auch schon Violet aufgeregt: »Wem sagst du das?«

Sah so aus, als hätten die beiden etwas ausgeheckt. Und da sie mich hierherzitiert hatten, nahm ich an, dass ich Teil des Plans war.

Sie standen vor meiner Zimmertür und empfingen mich mit breitem Grinsen. »Überraschung«, riefen sie synchron.

»Was habt ihr denn vor?«, wollte ich wissen, hatte aber beim Anblick der Utensilien, die sie mitgebracht hatten, eine leise Vorahnung.

Violet hielt ein Schminktäschchen in der Hand, das verräterisch klimperte. Unter dem anderen Arm hatte sie eine Packung Erdnussflips und eine große Flasche Limo geklemmt. In Karlees Hand entdeckte ich ein Haarfärbe-mittel, das sie mir freudig präsentierte.

»Hattest du schon mal ein Umstyling?«, fragte Violet und wackelte mit ihren Augenbrauen.

Kurz verrutschte mir mein Lächeln. Für so etwas hatten mir in meinem bisherigen Leben nicht nur die Zeit, sondern auch die Freundinnen gefehlt. Ich schüttelte den Kopf, bemühte mich aber wieder um etwas Fröhlichkeit. Schließlich freute ich mich auf Karlees und Violets Vorhaben. Ich würde sie wohl alles machen lassen, selbst wenn sie mir die Haare grün färben wollten.

Auch ohne Violets Frage zu beantworten, sagte Karlee: »Es ist nie zu spät für ein erstes Mal.«

Eine Stunde später saß ich am Boden meines Zimmers, den Rücken an mein Bett gelehnt. Um meine Schultern lag ein Handtuch, und um meine Haare, auf die Karlee Farbe aufgetragen hatte, war Alufolie gewickelt. Es war mein erster Kontakt mit Bleichmittel – meine Mutter hatte mir noch nicht mal eine getönte Strähne erlaubt –, und ich hatte zuvor nicht gewusst, wie sehr es stank.

»Noch zehn Minuten«, sagte Karlee mit einem Blick auf die Uhr. Dann konnte ich endlich diese beißend riechende Mischung aus meinen Haaren waschen.

»Erst müssen die trocknen.« Violet fächerte mit den Händen auf meine Zehennägel. Sie waren frisch lackiert, und meine Fingernägel erstrahlten in dem gleichen Farbton. Königsblau – das hatte mir Vi ausgesucht.

»Dann widmen wir uns davor deinen Klamotten«, sagte Karlee und schob sich die letzten Erdnussflips in den Mund.

»Ich dachte, die wären alle unbrauchbar.«

»Sind sie auch«, bestätigten Karlee und Violet synchron.

Ich musste grinsen. Ich hatte die beiden in der kurzen Zeit, die ich hier war, fest ins Herz geschlossen.

»Vi und ich wollen dir ein paar von unseren Teilen geben, damit man sieht, dass du ein Lovett-Girl bist und nicht eine Nordstaatlerin, die sich verirrt hat.« Karlee sagte das so liebevoll, dass ich ihr die Worte nicht übel nehmen konnte. Sie griff nach dem ersten Teil: ein mintgrünes Kleid mit weißen Blümchen. »Darin siehst du bestimmt supersüß aus.«

Ich starrte es an, ohne mir irgendeine Regung anmerken zu lassen. Machte ich wirklich einen so langweiligen Eindruck?

»Es gefällt ihr nicht«, stellte Violet fest, »hab ich dir doch gesagt.«

»Warum?« Karlee hielt es sich vor den Körper. Auch wenn die Farbe im Kontrast zu ihrer braunen Haut fantastisch leuchtete, die Blümchen würden an mir schrecklich bieder wirken.

»Es erinnert mich an die Gardinen meiner Großmutter«, sprach ich meinen Gedanken aus, was mir sofort leidtat. Die beiden hatten sich so viel Mühe gegeben, diesen Nachmittag zu organisieren. Auch wenn ich den Gedanken nicht loswurde, dass ihnen das Umstyling noch mehr Spaß machte als mir, wollte ich nicht undankbar sein. »Ich glaube, supersüß passt nicht zu mir.«

Karlee und Violet wechselten einen kurzen Blick.

»Was wärst du denn lieber?«, fragte Violet neugierig. »Sexy und verrucht?«

Meine Wangen wurden rot. Das passte wohl noch weniger zu mir.

»Kann es sein, dass du gar nicht so richtig weißt, was du sein willst?«

Mein Blick war wohl Antwort genug.

»Hast du noch nie verschiedene Styles durchprobiert?« Violet klang, als könnte sie das nicht glauben.

Ich schüttelte den Kopf.

Mir entging nicht, wie Karlee und Violet einen Blick tauschten.

»Du weißt, was das heißt«, sagte Vi zu ihr.

»Jep, aber erst muss sie unter die Dusche, ehe die Blondierung zu lang drin ist.«

»Warte!« Violet hielt mein Bein fest, damit ich nicht aufstehen konnte, und warf einen prüfenden Blick auf meine blauen Zehennägel. »Alles klar, du darfst gehen.«

Meine Haare waren noch feucht, als ich vor dem Spiegel stand und mich von allen Seiten betrachtete. Ich hatte mich für einen schwarzen Jumpsuit von Violet entschieden, nachdem mir Rüschenblusen oder mikrokurze Röcke angeboten worden waren. Der Jumpsuit war das erste Teil, in dem ich mich sofort wohlfühlte. Durch seinen knappen Schnitt zeigte er zwar gewagt viel Bein, doch der seidig glänzende Stoff verlieh mir ein elegantes Erscheinungsbild. Dass ich bei diesem Rückenausschnitt keinen BH tragen konnte, war klar, aber er war so tief, dass mir Violet dazu riet, auch den Slip wegzulassen. Das konnte sie aber vergessen!

»Wenn dich heute Abend kein anderer abschleppt, tu ich

es!« Karlees Augen leuchteten begeistert, und ich musste über dieses Kompliment lachen.

»Hör auf zu sabbern und sieh zu, dass du rechtzeitig fertig wirst«, mahnte Violet, bevor sie sich wieder an mich wandte. »Weißt du, was dazu passt? Eine Rückenkette. Ich habe eine, die ich dir borgen könnte. Hättest du Lust?«

»Klar!«

Ungeduldig hielt Karlee uns die Tür auf. »Kommt schon, Mädels! Wenn wir nicht gleich da sind, reißt uns Peyton den Kopf ab!«

Wir verließen das Zimmer und den Mitarbeitertrakt und eilten über den verglasten Steg zum Haupthaus hinüber. Die dünne goldene Kette mit dem dezenten tropfenförmigen Anhänger baumelte an meinem Rücken und betonte den Ausschnitt umso mehr. Passend dazu hatte Violet mir das Haar hochgesteckt, um meinen Nacken perfekt zur Geltung zu bringen, wie sie es formuliert hatte. Zudem trug ich goldene High Heels, die so hoch waren, dass ich gerade noch damit laufen konnte. Karlee hatte mir Smokey Eyes geschminkt. Ich war im ersten Moment erschrocken über so viel Make-up, doch je länger ich mich im Spiegel betrachtet hatte, desto mehr gefiel ich mir, obwohl oder vielleicht gerade weil ich so anders aussah. Selbstbewusst und irgendwie sexy. Ich hatte mich noch nie wirklich sexy gefühlt.

»Wie oft finden solche Veranstaltungen statt?«, fragte ich, neugierig, was mich heute Abend erwarten würde.

Laut Karlee war es eine elegante Abendveranstaltung, zu der Baron mehrere Geschäftspartner samt Familien eingeladen hatte. Und weil eine normale Party mit Meeresfrüchten und karibischer Musik offenbar zu gewöhnlich war, sollte es heute etwas Besonderes sein.

»Du meinst eine Soiree? Nicht so häufig. Das kommt immer auf die Gäste und den Anlass ihres Aufenthalts an«, erklärte Karlee, die sich für ein enges, golden schimmerndes Kleid entschieden hatte. Große Kreolen baumelten an ihren Ohren und berührten fast ihre nackten Schultern. Als perfekte Ergänzung zu ihrem Outfit trug sie goldglänzende Chucks.

»Du wirst sehen, solche Abende sind eine willkommene Abwechslung zu den Partys, die wir sonst feiern«, versprach Violet mit einem Augenzwinkern.

»Pünktlich auf die Minute«, sagte Jesse, der bereits mit Brent und Adam in der Lobby auf uns wartete. Er trug ein weißes Hemd mit Fliege, die er demonstrativ zurechtrückte, als wollte er sie uns präsentieren. Er wirkte, als wäre er dafür geboren, Anzüge zu tragen. Brents Hemd war dunkelblau kariert und für seine Verhältnisse fast elegant. Immerhin hatte er seine Snapback im Zimmer gelassen und sein blondes Haar zur Seite gekämmt.

Auch Adam hatte sich für ein weißes Hemd entschieden, wenn auch etwas legerer geknöpft. Er pfiff durch die Zähne, als er uns sah. »Ladys, heiß wie immer! Karlee, Vi – wer ist dieses hinreißende Geschöpf in eurer Mitte? Das kann doch nicht unsere kleine Maci sein!«

»Zeig ihm doch erst mal das Highlight deines Outfits«, forderte mich Karlee selbstzufrieden auf.

Ich grinste nervös und drehte ihm dann langsam den Rücken zu. Die ganze Gruppe grölte und applaudierte.

Nur Brent fuhr sich mit dem Finger am Kragen entlang und murmelte: »Ich hasse solche Events.«

Peyton kam aus dem Restaurant geeilt. »Kein Weiß?«, fragte sie mit ihrem Pitbull-Blick an Brent gerichtet.

»Da komme ich mir vor wie ein Pinguin.«

Peyton nahm das leise murrend zur Kenntnis, dann betrachtete sie mit einem Stirnrunzeln Karlees Chucks. »Ist das dein Ernst?«

»Maci hat meine High Heels geklaut«, verteidigte sich Karlee grinsend.

Peyton seufzte und stockte abrupt, als ihr Blick auf mich fiel. Dann breitete sich ein fröhliches Lächeln auf ihrem Gesicht aus. »Maci, Maci ... es geschehen noch Zeichen und Wunder. Ich wusste doch, dass mehr in dir steckt.«

Ich musste an unsere erste Begegnung am Flughafen denken, beschloss aber zu schweigen und zu nicken. »Wir können gerne tauschen! Die Dinger sind Folterinstrumente«, zischte ich Karlee leise zu, doch deren Grinsen wurde nur noch breiter.

»Ihr wisst alle, was zu tun ist. Die Gesellschaft ist bereits auf der Terrasse. Vi und Maci, ihr kümmert euch um die Bar. Der Rest widmet sich den Gästen. Und, Leute, tanzt! Aber stilvoll.« Dann bedeutete sie mit einer rotierenden Handbewegung, dass wir uns auf den Weg machen sollten. Als Jesse an ihr vorbeiging, pfiff sie anerkennend durch die Zähne. »So lobe ich mir das.«

Im Restaurant servierte das Küchenteam gerade die Tische ab. Karlee schob sich an mir vorbei und rempelte Jesse mit der Schulter an. »So lobe ich mir das«, äffte sie

Peyton nach. »Und jetzt los und vögle alles, was bei drei nicht auf dem Baum ist.«

»Eifersüchtig?«, fragte Jesse schmunzelnd.

Karlee drehte sich zu ihm um und verzog das Gesicht. »Worauf denn?«, fragte sie rückwärtslaufend, was ihr in High Heels bestimmt nicht so leicht gefallen wäre.

»Meine Erfolgsquote, aber ich fordere dich gerne zu einer Wette raus.«

»Kein Interesse.« Mit diesen Worten drehte Karlee sich in einer eleganten Bewegung auf die Terrasse hinaus und war schlagartig ein Teil der Soiree.

Ich wünschte mehreren Gästen einen schönen Abend, die mir zwischen Restaurant und Bar über den Weg liefen. Sie alle waren festlich gekleidet und unterhielten sich gut gelaunt. Im Hintergrund spielte sanfte Jazzmusik. Die Sitzgarnituren waren mit weinroten Kissen dekoriert und so positioniert, dass sich dazwischen eine größere Fläche für Tänze anbot. Große Kerzenleuchter standen auf den Tischen, daneben Vasen mit roten Rosen.

Violet drückte mir Weingläser in die Hand, und in den nächsten eineinhalb Stunden versuchte ich, sie so gut wie möglich zu unterstützen. Ich kümmerte mich zumeist um Wein, Bier und Softdrinks, während sie die Cocktails zubereitete. Mal kam Karlee vorbei und nahm sich ein paar Whiskys mit, mal tauchte Jesse auf – immer mit einer anderen Begleitung. Auch Brent suchte uns öfter auf, wobei es nicht so schien, als hätte er viel Durst. Eher so, als verstecke er sich vor den glamourösen Menschen. Nur von Trevor war keine Spur zu sehen.

»Hast du Lust zu tanzen, Maci?«, fragte Ezra, als ich ihm

eine Cola hinstellte. »Oder weshalb guckst du so sehnsüchtig auf die Tanzfläche?«

Ich fühlte mich ertappt. Hoffentlich hatte er nicht bemerkt, dass ich eigentlich nach Trevor Ausschau gehalten hatte.

»Nee, ich kann nicht tanzen.«

»Trifft sich gut, ich auch nicht.« Ezra grinste mich an. »Also wie wäre es mit uns beiden Hübschen? Vier linke Füße sind besser als keine.«

»Ich habe hier eigentlich zu tun«, antwortete ich ausweichend und blickte auf die volle Spülmaschine.

»Bitte! Es ist mein letzter Abend, bevor ich zurück nach Florida muss.« Ezra setzte einen gekonnten Hundeblick auf, dem ich kaum standhalten konnte.

»Geh nur«, mischte Violet sich ein. »Hier ist ohnehin gerade nicht viel los.«

»Darf ich bitten?«, fragte er ganz gentlemanlike und bot mir seinen Arm an.

»Na gut!« Ich legte das Geschirrtuch auf die Bar, ging um die Anrichte herum und legte meine Hand auf seinen Unterarm.

Ezra grinste und führte mich auf die Tanzfläche, die mittlerweile von einigen Paaren in Beschlag genommen war. Es wurden Jazzlieder abwechselnd mit langsamen Popsongs gespielt. Ezra nahm meine Hand in seine, die andere legte er mir auf den Rücken.

»Das ist also dein letzter Abend?«, fragte ich, auch um davon abzulenken, wie sehr ich mich bemühte, nicht auf seine Füße zu treten. »Weißt du schon, wann du wiederkommst?«

»Zum Tenniscup«, antwortete Ezra. »Irgendjemand muss ja Trevor anfeuern.«

Und mich, dachte ich. Denn Trevor und ich würden zusammen auf einer Seite des Spielfeldes stehen. Wenn ich doch nur schlau aus diesem Typen würde …

Ich versuchte, Trevor aus meinen Gedanken zu streichen und mich auf den Tanz zu konzentrieren, vollführte eine Drehung – und trat Ezra dabei voll auf den Fuß. »Sorry!«

Er kniff die Augen zusammen, setzte dazu aber ein verkrampftes Lächeln auf, als wollte er den Schmerz überspielen. »Jetzt hab ich einen tauben Fuß bei dir gut«, presste er unter zusammengebissenen Zähnen hervor.

Ich grinste und bemühte mich, seine Füße zu verschonen, als ich wieder gegen Ezra knallte.

»Mein Gott, Maci, du bist ja untalentierter …« Ezra verstummte, als er meinen versteinerten Gesichtsausdruck bemerkte. Er folgte meinem Blick.

Ich vergaß alles um mich herum. Ezra und seine malträtierten Füße. Die anderen Tanzpaare. Ich hörte auch nicht das Stimmengewirr auf der Terrasse, die ruhige Musik oder das Rauschen des Meeres aus der Ferne. Ich sah einfach nur ihn.

Trevor stand auf der anderen Seite der Tanzfläche und unterhielt sich mit einem Pärchen mittleren Alters, das erst vor zwei Tagen angereist war. Er trug ein eng anliegendes schwarzes Hemd, dessen Ärmel er bis zu den Ellenbogen aufgekrempelt hatte. Die Hände hatte er elegant, aber lässig in die Hosentaschen geschoben. Plötzlich traf mich sein Blick, als hätte er meine Augen auf sich gespürt.

Trevor stellte das Glas auf einem Stehtisch ab, entschuldigte sich bei dem Paar und schlenderte auf mich zu – die Hände wieder in den Hosentaschen, die blauen Augen direkt auf mich gerichtet.

Das Atmen fiel mir plötzlich schwer, und ich wischte unauffällig meine Hände am Stoff meines Anzugs ab, weil sie vor Nervosität schlagartig feucht geworden waren. Ezra sagte etwas, was ich nur gedämpft wahrnahm.

»Darf ich um den nächsten Tanz bitten?« Trevors Stimme löste ein Kribbeln auf meinem Rücken aus.

Ich nickte, als eine Ballade zu spielen begann und rund um uns mehr Pärchen auf die Tanzfläche kamen. Trevor trat näher, bis er ganz dicht vor mir stand. Dann überwand er die letzte Distanz zwischen uns und schob seine Hand auf meinen Rücken.

Ich hielt den Atem an. Wir hatten uns darauf geeinigt, dass *es* nicht noch einmal passieren würde. Aber wenn er mir so nah war, konnte ich nicht umhin, mich von ihm angezogen zu fühlen. Ich roch seinen männlichen Duft, der sich mit der Minznote vermischte, ich spürte seine Fingerspitzen über meine Haut streichen. Seine harte Brust an meiner. Seine Wange strich über meine Schläfe, glatt und warm.

Er griff mit der freien Hand nach meiner und umschloss sie sanft. Vorsichtig legte ich meine zweite Hand auf seine Schulter, und Trevor führte mich langsam über die Tanzfläche.

Mit ihm fühlte sich das Tanzen ganz natürlich an. Meine Beine wussten, was sie taten, denn mein Kopf war nur bei Trevor und seiner Nähe zu mir. Seine Lippen öffneten sich langsam, und ich merkte, wie es meine auch taten. Ich sah zu ihm auf und fand die gleiche Sehnsucht in seinen Augen. Sein Blick glitt zu meinem Mund hinab, er drehte sein Gesicht noch ein Stück mehr zu meinem. Mein Herz raste, und ich spürte mein Verlangen nach Trevor bis tief in den Unterleib.

Dann schloss er den Mund wieder, dieses Mal etwas zu angespannt.

Ich stieß vorsichtig die Luft aus und spürte den bitter-süßen Schmerz der Enttäuschung in mir. »Was willst du wirklich, Trevor?«, fragte ich.

»Dass alle wegsehen«, murmelte er an mein Ohr. »Und ich dich wieder küssen kann.«

Mein Herz raste. Ich konnte ihm doch nicht sagen, dass ich das Gleiche wollte. Dass ich meine Arme um ihn schlingen und ihn so sehr küssen wollte, dass die Zeit einfach stehen blieb. Ich schloss die Augen und senkte den Kopf. Meine Stirn berührte seine Schulter, und ich achtete nicht einmal darauf, ob mein Make-up auf dem schwarzen Stoff Spuren hinterließ.

»Du verwirrst mich«, gestand ich flüsternd.

Trevor lachte leise. Es vibrierte an seinem Brustkorb. »Ich mich auch.«

Ich spürte seine Fingerspitzen, die nun etwas fester auf meinem Rücken lagen. Fast als wollte er mich auch nach dem Ende dieses Songs nicht mehr loslassen. Doch dieses rückte näher und näher, und plötzlich endeten die Töne. Sichtlich enttäuscht traten wir beide einen Schritt auseinander.

»Einen schönen Abend dir, Maci«, sagte Trevor etwas

lauter und lächelte mich mit einem Ausdruck an, der nicht darauf schließen ließ, welches Prickeln gerade noch zwischen uns gewesen war.

»Dir auch«, antwortete ich nicht ganz so souverän meine Gefühle versteckend.

17.

Maci

Ich schwitzte. Ich schwitzte sogar richtig.

War es wirklich aufgrund der karibischen Temperaturen oder weil ich das Training nicht mehr gewohnt war? Mein letztes richtiges Workout war über zwei Wochen her gewesen – in North Dakota. So lange hatte ich noch nie eine Trainingspause eingelegt. Mein Körper war sportliche Betätigung gewohnt. Trotz des Tennisunterrichts und der Surfstunden bei Adam hatte ich die Unruhe förmlich gespürt, die Tag für Tag stärker wurde und mich anspornen sollte, mich wieder mehr zu verausgaben. Deshalb konnte ich nicht Nein sagen, als mich Karlee gefragt hatte, ob ich nicht bei ihrem Training mitmachen wollte. Und so hatte ich mich mit einer Handvoll Gäste und Jesse, dessen stählerner Körper zeigte, dass er öfter hierherkam, im Fitnessraum eingefunden.

»Ihr habt gut trainiert«, sagte Karlee und reichte allen kleine Wasserflaschen, die in einer Kühlvitrine neben einem Regal mit Handtüchern gelagert waren.

Sie war ausgebildete Personal Trainerin und hatte nicht nur darauf geachtet, dass wir die Übungen richtig ausführten, sondern uns auch motiviert und angespornt, über unsere Grenzen hinauszugehen. Außerdem hatte sie mir Übungen gezeigt, mit denen die Muskeln um mein Knie aufgebaut werden konnten.

Ich hatte ihr jedoch nicht erzählt, woher die Schmerzen kamen.

Während Jesse und die Urlauber das Gym in Richtung Strandhaus verließen, half ich Karlee dabei, die Geräte zu reinigen.

»Du bist wirklich fit«, ließ Karlee nebenbei fallen. Sie warf gerade die benutzten Handtücher in einen Korb in der Ecke. »Aber um dich an die Hitze beim Turnier zu gewöhnen, könntest du noch die ein oder andere Stunde bei mir besuchen.«

»Eine gute Idee«, antwortete ich, weil mich die karibischen Temperaturen am Tennisplatz schon nach einem Spiel ziemlich belasteten.

Karlee ließ noch einen prüfenden Blick durch den Raum gleiten. Alles war wieder tipptopp für die nächste Trainingsstunde vorbereitet. »Alles klar, dann lass uns zurückgehen.«

»Ich springe kurz ins Wasser«, sagte ich, als wir den Weg zum Strandhaus hinunterliefen. Die Trainingsklamotten klebten mir auf der Haut, und meine Haare waren feucht. Ich brauchte dringend eine Abkühlung.

»Vorsicht!«

Ein Gast, der uns mit einem Golfcart entgegenkam, bretterte ungebremst an uns vorbei. Karlees Warnung hatte mich noch rechtzeitig zur Seite springen lassen.

»Manche glauben echt, sie wären die Einzigen hier«, murmelte sie, als er weit genug weg war.

Wir kamen zum Strandhaus und den davor liegenden Tennisplätzen. Heute Morgen hatte ich schon zwei Trainingsstunden mit Gästen gehabt, die aber bei Weitem nicht so anstrengend gewesen waren wie Karlees Fitnessstunde.

Ich bemerkte erst, dass Trevor auf dem Platz stand, als er von einer Bank aufstand und seinen Schläger schwang. »Endlich kommt meine Trainingspartnerin.«

Karlees Augenbrauen wanderten ein Stück nach oben, dann wischte sie sich demonstrativ den Schweiß von der Stirn. »Also auf mich wartet das Meer«, sagte sie und ließ mich stehen.

»Hey …« Ich wandte mich Trevor zu, und das bisschen Haltung, das ich besaß, löste sich auf, als ich sein verschmitztes Grinsen sah.

»Ich hab dir einen Schläger mitgebracht«, sagte er und hielt plötzlich zwei davon in den Händen.

»Ich komme gerade vom Gym«, lehnte ich ab. Ich hatte nicht die ganze Nacht damit verbracht, um das Kribbeln zu verdrängen und mir Distanz in den Kopf zu rufen, nur damit er lässig den einen Schläger drehend in die Luft warf und wieder auffing, während er mich mit seinen wunderschönen meeresblauen Augen ansah. Ich musste hier weg!

Trevor sah es anscheinend nicht so. Er drückte mir den Schläger in die Hand. »Gut so, dann habe ich wenigstens eine Chance, wenn du schon ein bisschen müde bist.«

»Ich soll mich freiwillig von dir fertigmachen lassen?«, fragte ich und bezog mich dabei *nicht* aufs Tennisspiel.

»Siehe es als Zeit mit mir«, antwortete Trevor gelassen

und nahm sich Tennisbälle aus dem Korb, der neben der Bank stand. »Dieses Mal ohne Zuschauer.«

Die Anspielung auf gestern Abend ließ mein Herz höherschlagen. »Gut, dann lass uns spielen«, sagte ich mit belegter Stimme und wies mit dem Kinn zum Netz. Ich hoffte, damit ausreichend Abstand zwischen uns zu bringen. Wenn mich die Sache mit Chad etwas gelehrt hatte, dann, dass es manchmal besser war, auf den Verstand zu hören als auf das Herz.

Aber als ich Trevor auf dem Platz gegenüberstand und sein konzentriertes Gesicht sah, das Muskelspiel seines athletischen Körpers, seine wunderbaren Bewegungen, wollte ich ihm wieder nah sein. Ich brachte kaum die Konzentration auf, um Trevors Bälle vernünftig zurückzuspielen. Doch auch er schien nicht seinen besten Tag zu haben. Wenn wir beim Tenniscup so auftraten, würden wir nicht weit kommen. Dabei lag in uns beiden der Ehrgeiz, immer das Beste aus uns herauszuholen.

»Lassen wir es«, sagte Trevor nach einer Weile unzufrieden. Er ließ den Arm mit dem Schläger sinken. Es klang wie ein Vorwurf.

»Tut mir leid«, sagte ich leise. »Vielleicht hat mich Karlees Training zu sehr ausgelaugt.«

Trevor schüttelte den Kopf und fuhr sich durch sein verschwitztes Haar. »Schon gut.« Er lächelte mir über den Platz zu, doch selbst von hier sah ich, dass es seine Augen nicht erreichte.

Wir trafen uns bei der Bank, wo ich ihm den Schläger zurückgab und dankend die Wasserflasche entgegennahm, die er mir reichte.

»Wir können es morgen noch mal versuchen«, schlug ich vor.

»O verdammt!«

Das war nicht die Antwort, die ich erwartet hatte. Trevors Blick war jedoch nicht auf mich gerichtet, sondern den Weg zum Haupthaus hinauf.

»Was ist?«

»Mein Vater.«

Ich sah den Weg hinauf und erkannte dort Peyton und einen Mann auf uns zukommen. Sie unterhielten sich und es machte den Anschein, als hätten sie uns noch nicht gesehen.

»Sollte ich besser gehen?« Kam es mir nur so vor, oder war Trevor merklich blasser im Gesicht?

Er räusperte sich, als sein Vater die Hand hob. »Zu spät.«

»Hallo, Trevor.« Die Stimme von Hugh Parker war kräftig und ebenso tief wie die seines Sohnes.

»Hi, Dad.«

Ich nickte grüßend und machte mich daran, die Bälle einzusammeln. Das konnte ich schließlich nicht Trevor überlassen. Erst recht nicht, wenn sein Vater danebenstand.

Im Augenwinkel nahm ich wahr, wie Hugh Parker sich Peyton zuwandte. »Geh schon mal vor. Ich komme gleich nach.«

Ich hatte die eine Hälfte des Platzes erledigt und stellte den Ballkorb auf die andere Seite, um auch dort aufzuräumen. Trevors angespannte Art bestätigte mich in dem Vorhaben, schleunigst von hier zu verschwinden. Den Platz konnte ich auch noch später abziehen.

»Wie läuft das Training?«, fragte Hugh Parker, der trotz der Temperaturen eine lange Stoffhose und ein Hemd trug, dessen Ärmel er aufgekrempelt hatte. Er war groß und hatte kantigere Gesichtszüge als Trevor. Ich sah nicht viel Ähnlichkeiten, weshalb ich vermutete, dass Trevor nach seiner Mutter kam.

»Meinst du für das Tennisturnier oder beim Baseball?«, fragte Trevor knapp. Seine Stimme war so abgekühlt und hart, dass ich zusammenzuckte. Ich erkannte ihn nicht wieder.

Ich erkannte *mich* wieder.

»Beides«, antwortete Hugh Parker unberührt von der abweisenden Art seines Sohns. »Es werden beim Tenniscup zahlreiche Medienvertreter anwesend sein, und wenn du gewinnst, können wir das für Parkins perfekt in Szene setzen. Das ist die ideale Werbung. Du bekommst davor noch eine Ausstattung aus der neuen Kollektion. Sie erscheint erst in einem Monat.«

Vorsichtig schielte ich zu Trevor hinüber, der sich von dieser Ankündigung nicht beeindrucken ließ.

»Wenn das Turnier vorbei ist, will ich dich wieder mehr in Florida sehen. Dort hast du bessere Möglichkeiten, um in Form zu bleiben.«

»Ich kann auch hier trainieren«, entgegnete ihm Trevor prompt. »Mein Trainingsplan ist mit dem Coach abgestimmt.«

Hugh Parker brummte, als wäre er davon nicht überzeugt. Wie es aussah, mischte auch er sich in das Training ein, ganz wie mein Vater. Dabei gehörte Trevor zu einem der erfolgreichsten Collegeteams.

»Wie sehr du dem nachkommst, werden wir spätestens im Herbst sehen.«

»Das werden wir«, knurrte Trevor. Mit einem lauten Ratsch zog er den Reißverschluss seiner Sporttasche zu.

Ich kannte diese Wut im Bauch. Der einzige Weg, sie wieder loszuwerden, war, sie mit Sport zu betäuben. Training bis weit über die eigenen Grenzen hinaus. Wenn die Kraft schwand und die Erschöpfung nahe war, vergaß man langsam den Zorn. Doch ganz verschwand er nie. Noch heute keimte er bei der Erinnerung daran in mir auf.

»Du weißt, was wir vereinbart haben. Ich will Ergebnisse sehen.«

»Die ersten wirst du in einer Woche beim Turnier sehen«, schnitt ihm Trevor das Wort ab.

In meinen Ohren entstand ein Druck, der es vor meinen Augen kurz schwarz aufblitzen ließ. In meiner Schläfe pochte es. Es war, als stünde ich in North Dakota. Vor meinem Vater, der wissen wollte, warum ich im heutigen Training so schlecht gewesen war. Die Wut kroch meine Kehle hoch und schnürte mir fast die Luft ab.

Ich kannte diese Momente so gut. Den Wunsch, alles hinzuschmeißen und die Emotionen rauszuschreien. Ich hatte es nie getan, weil ich wusste, es würde nichts besser machen. Wenn ich stattdessen den Ärger hinunterschluckte und mich auf die nächsten Wettbewerbe konzentrierte, würde ein gutes Ergebnis mit etwas Glück ein Lob einbringen. Vielleicht sogar zwei trainingsfreie Tage. Es war eine kranke Sucht, der ich nachgejagt war. Wie oft hatte ich mir gewünscht, diesem Rad zu entkommen? Und als ich es versucht hatte, hatte ich um ein Haar fast alles riskiert, nur um dann den einfachsten Weg zu gehen und ohne ein Wort abzuhauen.

Mein Vater hatte recht. Ich war feige.

Meine Finger pressten sich in die letzten zwei Bälle, die ich aus der hinteren Ecke des Platzes geholt hatte. Zum Glück war ich fertig. Ich brauchte eine Pause, abseits von Hugh Parker und dessen Tonfall.

»Ich werde dieses Jahr im Einzel und im Doppel antreten«, sagte Trevor plötzlich.

Ich stockte. Tat er das denn sonst nicht?

»Wozu im Doppel?«, fragte Hugh Parker irritiert. »Das ist für die ehemaligen Profis gedacht und hat bloß einen Unterhaltungsfaktor, um Spendengelder einzubringen. Für mich zählt nur das Einzel.«

»Ich will es trotzdem versuchen.«

»Das lenkt dich nur vom Einzel ab. Abgesehen davon hast du gegen Ex-Profis keine Chance.« Sein Vater wurde lauter, offenbar verärgert darüber, dass Trevor eigene Pläne geschmiedet hatte. »Wenn du dort Letzter wirst, bedeuten deine Ergebnisse im Einzel nichts mehr.«

»So schlecht stehen meine Chancen nicht.«

Ich nahm den Korb mit den Bällen, um ihn zurück in den Lagerraum des Strandhauses zu bringen.

»Mit wem willst du überhaupt antreten?«

Plötzlich war es ruhig. Ich sah auf und merkte, wie mich beide anstarrten. Ich überlegte kurz, ob ich Hugh Parker versichern sollte, dass ich Tennis spielen konnte und mein Bestes geben würde, doch er schien kein Mann zu sein, der auf meine Meinung Wert legen würde. Also packte ich den Ballkorb nur noch fester und ging weiter.

Erst als ich im Lagerraum des Strandhauses war, hörte ich seine Stimme wieder.

»Wenn du auf Lovett Island bist, habe ich immer die Befürchtung, dass du dich ablenken lässt«, brachte Trevors Vater gepresst hervor. Er versuchte, seine Lautstärke offenbar zu mäßigen, doch das wollte ihm nicht so ganz gelingen. »Du verlierst hier den Fokus.«

»Ich bin fokussiert«, erwiderte Trevor scharf, aber sein Vater ging nicht darauf ein.

»Das Surfen, die Partys, der Alkohol, Blair …« Er machte eine kurze Pause, bevor er fortfuhr: »… und andere Frauen.«

Ob das eine Anspielung auf mich sein sollte? Das fehlte mir noch, dass auch Hugh Parker mich ins Visier nahm. Ich ließ mir Zeit, den Ballkorb an die richtige Stelle zu rücken. Dann schob ich noch wahllos ein paar Gegenstände herum, die sich hier fanden, einfach um etwas Zeit zu gewinnen.

»Es ist, als würde Lovett Island nur Probleme für dich bringen.«

»Das ist doch Unsinn!«, rief Trevor, dessen Geduld offenbar am Ende war.

»Unsinn? Muss ich dich wirklich an Liza erinnern? Hast du das etwa schon vergessen?«

Ich hielt regungslos inne. Wer war Liza? Etwa die Staff, von der Blair gesprochen hatte?

»Was mich dieser Ärger an Nerven und Geld gekostet hat, willst du gar nicht wissen!«, knurrte Trevors Vater, sodass sich mir selbst hier im Lagerraum die Nackenhaare aufstellten.

»Glaub mir, das kann ich mir sehr gut vorstellen.«

In mir rotierten die Gedanken. Liza, Nerven, Geld. War Liza nicht nur die Staff, die Trevor ausgenutzt hatte, sondern auch Grund für diese Geldübergabe gewesen?

»Lass mich eine letzte Warnung aussprechen. Wenn es noch einmal Probleme gibt, sei es beim Sport oder bei deinen anderen Aktivitäten auf Lovett Island, wirst du keinen freien Tag abseits der Uni mehr woanders verbringen als in der Zentrale von Parkins.«

Ich merkte, wie sich mein eigener Pulsschlag erhöhte. Es war, als steckte ich in Trevors Körper und bekam all die Wut und Kontrollsucht ins Gesicht geschleudert. Zu meiner Verwunderung erwiderte Trevor nichts auf diese Drohung. Offenbar hatte sie ihr Ziel erreicht.

Es folgten feste Schritte, die mich den Atem anhalten ließen, kurz darauf aber verschwanden.

Ich stand immer noch im Lagerraum an der Seite und rührte mich nicht. Mein Herz raste, und es dauerte mehrere Atemzüge, bis ich mich aus meiner Starre lösen konnte. Vorsichtig setzte ich einen Fuß ins Freie.

Trevor stand noch auf dem Trainingsplatz. Die Sporttasche hielt er im Arm, als wäre er bereit zu gehen, doch er rührte sich nicht. Weder um auf mich zuzukommen noch um sich abzuwenden.

Ich trat nur wenige Schritte näher, falls sein Vater gleich wieder zurückkommen sollte.

Trevors Blick war starr.

»Trevor … es tut mir leid, dass ich das mit angehört habe«, sagte ich leise.

»Schon gut«, antwortete Trevor und sah nun zu mir herüber. »Du bist nicht die Erste, die so etwas mitkriegt«, sagte er. »Mein Vater macht kein großes Geheimnis daraus, was er von meiner Einstellung hält.«

Alles in mir wollte ihm sagen, dass ich wusste, wie er sich fühlte. Dass ich den Schmerz kannte, den solche Worte auslösten. Stattdessen biss ich mir auf die Zunge. Ich wollte es nicht zugeben.

Er sah mich nachdenklich an. Dann warf er die Sporttasche auf die Bank, griff nach meiner Hand und sagte: »Komm mit, ich muss dir etwas zeigen.«

Gemeinsam gingen wir in Richtung Nordstrand. Der Weg war erst dicht eingesäumt von Sträuchern und Bäumen, die sich schon bald lichteten und den Strand durchblicken ließen. Wir erreichten die Küste und damit den ersten Bungalow, liefen jedoch daran vorbei. Ebenso am zweiten, dritten, vierten und fünften.

»Wohin gehen wir?«, fragte ich, als der Weg vor uns zu Ende war und Trevor einfach weiterging.

»Lass dich überraschen.«

Das Gelände stieg an, und der karge Boden bestand größtenteils aus unbefestigten Steinen, die unter unseren Füßen wegrutschten. Zum Glück hatten wir noch die Tennisschuhe an, sonst wäre es unmöglich gewesen, da heil raufzukommen.

»Keine Sorge, wir haben es gleich geschafft«, sagte er und lächelte mir zu.

Wenige Schritte später erreichten wir den höchsten Punkt der Insel. Links von uns lag die Landeplattform des Hubschraubers. Hierher hätte es definitiv einen befestigten Weg gegeben. Doch Trevor beachtete den Landeplatz gar nicht und wandte sich der rechten Seite zu. Wir gingen noch ein Stück, bis es plötzlich nicht mehr weiterging.

Wir standen direkt an den Klippen einer Bucht, deren felsige Wand vor uns senkrecht ins Meer fiel. Es ging bestimmt zwei oder drei Stockwerke hinunter. Mir wurde bei dem Blick in die Tiefe mulmig, obwohl ich eigentlich keine Höhenangst hatte. Als der warme Meereswind über die Kuppe strich und mir die Haare aus dem Gesicht blies, hielt ich die Luft an.

Trotz der Höhe setzte sich Trevor an die Kante und ließ die Füße über dem Abgrund baumeln. Er stützte sich auf seinen Armen ab und reckte das Gesicht in die Sonne.

Ich stand unentschlossen ein paar Schritte von ihm entfernt.

»Willst du dich nicht zu mir setzen?«, fragte Trevor, ohne die Augen zu öffnen.

Zum Glück konnte er nicht sehen, wie weich meine Knie waren, als ich mir die Turnschuhe von den Füßen streifte. Vorsichtig spähte ich über die Kante. Mein Magen zog sich zusammen, und mein Pulsschlag schoss in die Höhe. Durch die Form der Bucht wurde das offene Meer etwas abgeschirmt, weshalb das Wasser viel ruhiger war. Und so klar, dass ich den Meeresgrund erkennen konnte.

»Ich hoffe, du hast nicht vor, mich so loszuwerden«, murmelte ich und setzte mich an Trevors Seite.

»Wie kommst du denn darauf?«, fragte Trevor, und ich konnte die Andeutung eines Lächelns in seinen Augen sehen.

Als er sein Gesicht wieder in den warmen Wind streckte,

betrachtete ich ihn unauffällig. Er war frisch rasiert, die Haut sonnenbraun und glatt, was seinen Mund noch weicher aussehen ließ. Ich ertappte mich dabei, wie mein Blick auf seinen Lippen hängen blieb. Die Erinnerung, wie sie auf meinen gelegen hatten, flackerte in mir auf. Mein Herz schlug fest, doch nun lag es nicht am steilen Abgrund.

»Ich liebe diesen Ort«, sagte Trevor plötzlich mit ruhiger Stimme. »Hierher verirrt sich nie jemand. Es ist der steinigste Teil der Insel, naturbelassen. Die Gäste bevorzugen den aufgeschütteten Sandstrand.«

Es überraschte mich nicht zu hören, dass die Strände künstlich geschaffen wurden. Um ein solch luxuriöses Resort zu bauen, musste in die Natur eingegriffen werden. Dennoch zeigten die vielen Bäume, Sträucher und anderen Pflanzen, dass auf sie Rücksicht genommen wurde. Die vielen bunten Vögel fühlten sich von den Gebäuden und Menschen hier nicht gestört. Es gab genügend unberührte Rückzugsorte, die Lovett Island so wunderbar paradiesisch machten.

»Bist du oft hier?«

»Gelegentlich«, antwortete er vage. »Hier kann ich meine Gedanken frei schweifen lassen.«

Immer noch betrachtete ich ihn genau. Jede kleine Regung seines Körpers, den Ton seiner Stimme, seinen Brustkorb, der sich bei jedem Atemzug hob und senkte. Da war so viel hinter dieser wunderschönen Fassade, was ich noch nicht kannte.

»Es ist traumhaft hier.« Ich ließ meinen Blick über das endlose Meer gleiten. Er war ebenso faszinierend wie jeder andere Teil dieser Insel. Lovett Island war so facettenreich, dass ich jeden Tag aufs Neue beeindruckt war.

Trevor zog plötzlich sein Handy aus der Hosentasche. »Bleib so sitzen.«

»Was machst du?«, fragte ich besorgt, als er die Handy-kamera aktivierte.

»Bleib einfach sitzen.« Dann hob er das Telefon hoch über uns und positionierte es so, dass man nur unsere Beine sehen konnte, die über dem Abgrund baumelten. Er drückte ein paarmal ab.

»Sag bloß, du hast mich nur dafür hierhergebracht«, sagte ich, als er das Handy wieder einsteckte.

»Unsinn.« Er lachte. »Das war bloß eine spontane Idee. Eine kleine Erinnerung für mich.« Er zwinkerte mir zu, danach blieb sein Blick auf mir hängen. Schweigend starrten wir uns an. Trevors Mundwinkel waren nur ein klitze-kleines bisschen nach oben gezogen. Kein Lächeln, doch ein Zeichen, dass er in diesem Moment den Streit mit seinem Vater vergessen hatte.

»Und falls du auch mal einen ruhigen Ort brauchst, jetzt weißt du, wo du ihn findest.«

»Danke«, sagte ich nur.

Schweigend sahen wir in die Ferne, auf das endlos weit-reichende Meer. Die Sonne glitzerte auf den sanften Wellen. Es fühlte sich an, als würde die Zeit stillstehen.

»Worüber denkst du nach, wenn du hier bist?«, fragte ich nach einer Weile.

Es dauerte, bis Trevor auf mich reagierte. Kurz dachte ich schon, er würde es nicht mehr tun, doch dann antwortete er: »Über meine Zukunft.«

Ich spürte, dass es ein Thema war, das schwer auf ihm lastete. »Deine Zukunft bei Parkins?«

Er blickte kurz auf, dann nickte er. Ein dunkler Schatten lag über seinen blauen Augen.

»Und du willst das alles gar nicht?«, fragte ich leise, als stünde es mir nicht zu, diese Worte auszusprechen.

»Es geht nicht nur darum, was ich will«, sagte er nachdenklich. »Mein Vater hat dieses Unternehmen aufgebaut. Für ihn arbeiten hunderte Mitarbeiter, für die ich eines Tages die Verantwortung übernehmen muss.«

Ich presste die Lippen aufeinander. Waren das seine Worte oder die seines Vaters?

»Es ist ja auch nicht die schlechteste Zukunft«, fügte er eilig hinzu, als müsste er sich für seine Gedanken entschuldigen. »Sie öffnet mir auch Türen, die den meisten Menschen verschlossen bleiben.«

Ich wusste nicht genau, was er damit meinte. Sprach er von Geld? Oder Kontakte zu interessanten Persönlichkeiten? Zugang zu Sportevents, die er als Sponsor besuchen konnte? Bislang hatte ich nie den Eindruck gehabt, Trevor würde auf solche Dinge Wert legen.

»Der Gewinn von Parkins steigt von Jahr zu Jahr«, setzte er auch ohne meine Nachfrage fort. »Mein Vater mag ein arroganter Mistkerl sein, aber weißt du, was er mit diesem Gewinn macht?«

»Karibische Inseln kaufen?«, fragte ich, um die Stimmung zu lockern.

Trevor ignorierte meinen Kommentar. »Er engagiert sich für soziale Projekte.«

Ich stutzte. Das hatte ich von Hugh Parker nicht erwartet.

»Natürlich tut er es in erster Linie zur Steuerminimierung und um Parkins in der Öffentlichkeit gut aussehen zu lassen«, fuhr Trevor fort und zuckte hilflos mit den Schultern. »Gleichzeitig tut er aber etwas wirklich Sinnvolles. Er leitet ein Projekt, das den Sport an Schulen fördert. Zudem setzt er sich für Straßenkinder in Südamerika ein und hat ein Krankenhaus auf Haiti bauen lassen.«

Etwas in mir zog sich zusammen, als er davon erzählte. Selbst wenn er nicht nur soziale Gründe dafür hatte, fand ich diese Projekte von Hugh Parker toll. Und dem Klang in Trevors Stimme nach tat er das auch. Vielleicht war sein Vater doch nicht so gefühlskalt, wie ich gedacht hatte.

»Und du willst diese Projekte weiterführen«, stellte ich fest und merkte, wie sich bei dieser Vorstellung ein warmes Gefühl in meiner Brust ausbreitete.

Er nickte leicht. »Es gibt so viel Gutes, was man mit diesem Geld machen kann.«

»Ich bin mir sicher, du tust das Richtige.«

Ein Lächeln stahl sich auf Trevors Lippen, und seine Augen waren wieder so türkisblau, wie ich sie kannte. Es freute mich, ihm etwas Unbeschwertheit zurückgegeben zu haben. Und es freute mich, dass er mich ein Stück weit in sein Leben gelassen hatte.

»Lass uns runterspringen.« Sein Blick ruhte immer noch auf mir, jetzt noch intensiver.

»Was?«, rief ich entsetzt. Ich hatte ihn sicherlich nicht richtig verstanden.

»Lass uns runterspringen«, wiederholte er.

»Das ist nicht dein Ernst!« Nie im Leben würde ich freiwillig in die Tiefe springen.

»Du hast doch auch Angst vor der Zukunft, oder?« Trevor sah mich wissend an. »Dass du es da draußen nicht schaffst. Und ehrlich, die gleiche Angst habe ich auch … Ob ich ein würdiger Nachfolger für meinen Vater sein kann. Ob ich wirklich das Zeug zum Profibaseballspieler habe.«

»Worauf willst du hinaus?«, fragte ich unsicher.

»Wenn wir es schaffen, über diese Klippe zu springen, ist unsere Zukunft ein Klacks. Dann können wir alles bewältigen.«

»Weil man irgendwann einfach aus zwanzig Metern ins kalte Wasser springen muss?« Ich konnte nicht glauben, dass ich das eben gesagt hatte. Das klang ja fast wie eine Zustimmung.

»Genau!« Trevor stand auf und bot mir seinen ausgestreckten Arm an. Ich zog mich daran hoch, nicht sicher, ob ich nicht längst den Verstand verloren hatte.

Trevor machte einen Schritt zur Seite und beugte sich über den Abhang, als müsste er sich selbst vergewissern, dass es keine völlig todesmutige Aktion war.

Nicht sehr vertrauenerweckend.

»Hast du das schon mal gemacht?«

»Nein«, antwortete er ehrlich und etwas zu unbekümmert, »aber ich habe schon oft darüber nachgedacht.«

»Du bist doch …« Ich wollte meine Hand wegziehen, doch Trevor umschloss sie fester. Es war ein so gutes Gefühl, dass ich kurz den Atem anhielt.

»Es ist tief genug, das weiß ich.«

»Und die Felsen sind hart genug.«

»Wir brauchen nur etwas Anlauf.«

»Hörst du dir eigentlich zu? Weißt du, wie waghalsig das ist?« Ich war selbst schockiert, wie leicht meine Stimme dabei klang. Nicht panisch, nicht ängstlich. Vielmehr war da ein Hauch von Vorfreude.

»Ja, weiß ich. Ich möchte trotzdem springen«, gestand Trevor, dessen Blau in seinen Augen regelrecht leuchtete. »Ich möchte mit *dir* springen.« Dieser Satz ging mir bis unter die Haut.

Ich verstärkte den Griff um seine Hand. »Okay.«

»Okay?« Er strahlte mich an.

Ich machte einen Schritt auf den Abgrund zu und sah in die Tiefe. Keine aus dem Wasser ragenden Felsen. Nur klares, ruhiges Wasser, das tatsächlich tief genug zu sein schien, um einen Sprung aus dieser Höhe zu wagen. Noch einmal holte ich tief Luft und wandte mich Trevor zu. »Lass uns springen, bevor ich meine Meinung ändere.«

»Also gut.« Er ließ meine Hand los und streifte seine Schuhe von den Füßen. Dann steckte er sein Handy in einen Schuh, zog sein Shirt aus und warf es darauf.

Mein Blick fiel auf seinen trainierten Oberkörper, die weiche braune Haut und die definierten Muskeln.

Als Trevor das bemerkte, grinste er schief. »Willst du vielleicht auch etwas ausziehen?«

Ich warf meine Shorts und das Shirt auf meine Schuhe und stand im Sport-BH und Slip vor ihm. Mein Herz raste, als mir Trevor seine Hand entgegenstreckte.

»Gleichzeitig?«, fragte ich und legte meine Hand in seine.

»Gemeinsam«, antwortete Trevor und lächelte zuversichtlich. Seine Hand schloss sich fest um meine.

Wir sahen beide zur Klippe und dann über die Bucht hinaus auf das weite Meer.

»Wir gehen dabei drauf, oder?« Meine Stimme zitterte. Ich wünschte, ich hätte die Kraft, einen Rückzieher zu machen. Aber ich war zu einem eisernen Willen erzogen worden. Die Zähne zusammenzubeißen und meine Grenzen neu auszuloten. Das war es, was mein Vater mir eingeprägt hatte. Sich nach einer Verletzung oder einer erfolglosen Phase zur alten Form zurückzukämpfen. Und darüber hinaus. Das war die Maci, zu der mich meine Eltern gemacht hatten. Ich war kein Feigling, und ich würde auch heute keiner werden. Vielleicht hatten mich meine Eltern ja auch im positiven Sinne geprägt.

»Werden wir nicht.« Der Kloß in seiner Stimme verriet auch Trevors Aufregung.

Noch einmal sahen wir uns an. Ein Blick in seine meeresblauen Augen löste die Anspannung in mir ein winziges Stück.

»Bei drei?«

Ich nickte.

»Eins.«

Er zählte wirklich!

»Zwei.«

Das war total krass!

»Drei.«

Wie von alleine setzten sich meine Beine in Bewegung. Schritt für Schritt liefen wir los. Direkt auf die Kante zu. Der Boden unter meinen Füßen endete, und plötzlich war da nichts mehr außer Luft.

Immer noch hielten wir uns an den Händen.

Ein Schrei entwich meiner Kehle.

Der Wind hüllte mich ein und war dabei befreiend und beängstigend zugleich. Trevor stieß einen Jubelschrei aus.

Noch bevor ich diesen Moment einfangen konnte, tauchten wir in das kühle Wasser ein.

Es war wie ein kurzer Filmriss, und auf einmal war alles anders.

Meine Hände waren frei.

Das Wasser schloss mich ein. Es war erfrischend, furchterregend und ein Befreiungsschlag zugleich. Prickelnd und beruhigend.

Ich hatte es geschafft. Wir hatten es geschafft!

Kein Fels, auf dem wir zerschellt waren. Keine Wellen, die uns fortrissen. An Haie dachte ich lieber gar nicht.

Ich fühlte mich frei.

Ein Grinsen breitete sich auf meinem Mund aus, und ich schmeckte das salzige Wasser auf meiner Zunge. Als ich wieder auftauchte, nach Luft schnappte und mir das Wasser aus den Augen wischte, war Trevor bereits an meiner Seite.

Er lachte so ausgelassen, dass ich sein Glück geradezu in meiner Brust spürte. Plötzlich schlang er seine Arme um mich und drückte mich fest an seine Brust. Wir strampelten beide mit den Beinen, um uns über Wasser zu halten.

Aus der überschwänglichen, fast schon freundschaftlichen Umarmung wurde plötzlich etwas Ruhigeres. Sein Atem streifte mein Ohr und hinterließ ein elektrisierendes Prickeln. Als Trevor mich wieder losließ, strich seine Nasenspitze über meine Wange. Seine Lippen fuhren über meine, zärtlich und leicht, fast als würden sie sich gar nicht berühren.

Dann packte er mich auf einmal unter den Armen und warf mich hoch. Lachend fiel ich ins Wasser und versank noch ein zweites Mal in dieser Welle des Glücks.

Es war herrlich.

Das war Lovett Island.

18.

Violet

Ich lachte, als ich Maci vor Schmerzen zusammenzucken sah. Offenbar hatte Karlee ein Armtraining angeordnet, denn Maci konnte kaum den Cocktailshaker halten. »Selbst schuld! Wer geht auch freiwillig mit Karlee trainieren.«

Maci brummte, hob wieder den Edelstahlbehälter, um mit den Schüttelbewegungen fortzufahren, wie ich sie ihr gezeigt hatte.

»Mach dir nichts draus, diesen Fehler machen wir alle mal«, fuhr ich aufmunternd fort. »In ein bis zwei Tagen verschwindet der Muskelkater wieder.«

»Ich weiß«, murmelte sie nur und öffnete den Deckel. »Mit oder ohne Eis?«

»Up«, erklärte ich. »Also ohne Eis.« Ich schob ihr den Cocktailspitz hin, und sie goss den Inhalt durch das Sieb in das Glas. »Dann kommt noch ein Stück Limettenschale darauf, und fertig ist der Cosmopolitan.«

Draußen vor dem Strandhaus hatten sich ein paar Gäste

bereit erklärt, unsere Übungscocktails zu trinken. Ich platzierte den Cosmo auf einem Tablett und brachte ihn nach draußen, wo er mir gleich dankend abgenommen wurde.

Zurück hinter der Bar, schaute ich prüfend auf die Liste der Drinks, die ich zusammen mit Maci durchging. »Die wichtigsten hätten wir jetzt durch. Wenn du die auch noch kannst, bist du mir schon eine große Hilfe.«

»*Wenn* ich die kann«, betonte Maci und warf mir einen skeptischen Blick zu.

»Je später der Abend, desto weniger merkt jemand, wenn du dich nicht ganz an die Zutaten hältst.« Ich zwinkerte ihr zu.

Zwei Männer in Tennisklamotten kamen ins Strandhaus, grüßten kurz und verließen es auf der anderen Seite wieder. Dann waren wir allein.

»Noch zwei Tage, dann ist es so weit«, nahm ich das Gespräch wieder auf. Letztes Jahr war der Tenniscup ein mehrtägiges Event, das mich als Frischling auf Lovett Island sehr beeindruckt hatte. In diesem Jahr sollte er noch pompöser werden. »Bist du schon aufgeregt?«

Maci überlegte kurz, dann schüttelte sie den Kopf. »Nein, wir sind gut vorbereitet.«

»Wusstest du, dass fast zweihundert Gäste erwartet werden?«

Sie zog überrascht die Augenbrauen hoch. »Wo sollen die alle schlafen?«

»Du musst jemanden in deinem Zimmer aufnehmen«, scherzte ich.

»Haha«, entgegnete sie trocken.

»Die Promis übernachten hier«, erklärte ich, »alle anderen werden auf den Nachbarinseln untergebracht.« Peyton hatte vor ein paar Tagen mit Hugh Parker auf der Terrasse gesessen und einige Details des Turniers durchgesprochen, wo ich so manche Informationen aufgeschnappt hatte. »Weißt du, wer dieses Jahr auch kommt?«, setzte ich aufgeregt fort. Bislang war es ein Geheimnis gewesen, weil es für alle eine Überraschung sein sollte, doch ich hatte Peyton belauscht. »*Kill the Drum Chair.*«

»Noch nie gehört.«

»Das ist eine Rockband aus Jersey«, rief ich begeistert. In wenigen Tagen würden sie hier auf Lovett Island ein Privatkonzert geben. »Ich hab ihr neues Album schon hundertmal gehört. Wenn du willst, leihe ich es dir mal.«

»Gern«, antwortete sie lächelnd. »Das wird mein erstes Konzert.«

»Du warst noch nie auf einem Konzert?« Das konnte ich fast nicht glauben. Ich erinnerte mich, dass ihre Eltern sie erst mit siebzehn auf eine Schule hatten gehen lassen, aber jeder war doch schon mal auf einem Konzert. Und wenn es nur ein kleiner, lokaler Künstler war.

»Zählen ein paar Typen, die im Feriencamp am Lagerfeuer mit einer Gitarre ein paar Songs singen?«

Ich schüttelte lachend den Kopf. »Die Zeit hier muss ja einen neuen Menschen aus dir machen«, sagte ich ehrfürchtig. Ich war mir sicher, das Umstyling und das Konzert würden nicht ihre einzigen ersten Male auf Lovett Island bleiben.

»Machen wir noch ein paar?«, fragte Maci, als wollte sie das Thema wechseln.

»Klar.« Ich konnte es ihr nicht verübeln. Niemand hier

sprach gerne über seine Vergangenheit. Ich musste an Brent denken, der mir seit unserem Schnorchelgang aus dem Weg ging, als wäre nichts passiert. Es war, als wären wir im Wasser in einer anderen Dimension gewesen, von der er jetzt nichts mehr wusste. Es war zum Verzweifeln.

»Machen wir einen Caribbean Coffee«, schlug ich vor, »der wird hier gern mal als Wachmacher getrunken.«

Eine halbe Stunde später hatten wir noch vier weitere Cocktails kreiert. Alle auf Bestellung der Gäste, die nach und nach eintrudelten. Schon jetzt hatte ich das Gefühl, dass mehr Menschen auf Lovett Island herumschwirrten als sonst. Ich vermisste die himmlische Ruhe auf der Insel. Nicht nur, weil ich dann weniger Drinks zubereiten musste.

»Hey, Mädels, wie läuft's?« Peyton kam ins Strandhaus geschneit und blieb kurz an der Bar stehen. »Wie ich sehe, übt ihr fleißig. Sehr gut.«

»Maci macht das super! Mit ihr habe ich endlich eine richtige Hilfe«, sagte ich. Zwar dauerte das Cocktailmixen etwas länger, machte aber dafür zu zweit mehr Spaß. Außerdem stellte sich Maci ziemlich geschickt an. Im Gegensatz zu Jesse, der jedes Mal, wenn er mir beim Cocktailmixen half, etwas Neues kreieren wollte, was selten genießbar war. »Jesse macht die Cocktails immer irgendwie. Da stimmen weder die Zutaten noch das Verhältnis.«

»Ja, mehr als Bieröffnen ist bei ihm nicht drin«, sagte Peyton und seufzte. »Die Turnierplanung kostet mich sämtliche Nerven. Danach brauche ich Urlaub, um mich zu erholen.«

»Wie wär's mit der Karibik?«, schlug ich scherzhaft vor.

Peyton lächelte schief. »Wie es aussieht, springt mir ein Spieler ab. Ich sag's euch, diese reichen Leute machen, was sie wollen.« Letzteres flüsterte sie nur. Diese *reichen Leute* liefen nämlich ständig hier herum. Dann verschwand Peyton auch schon wieder, ohne eine Reaktion oder eine Mitleidsbekundung abzuwarten. Ich konnte mir vorstellen, wie stressig es für sie sein musste.

»Machst du auch während des Turniers die Drinks?«, wollte Maci wissen, als wir allein waren.

»Tagsüber muss ich aushelfen«, erklärte ich, »aber abends übernimmt eine Cateringfirma, und ich kann mit den Gästen mitfeiern.« Ich freute mich schon jetzt darauf. Solche Veranstaltungen waren immer großartig. Baron und Hugh scheuten keine Kosten, um ihren Gästen ein unvergessliches Erlebnis zu bieten. Dass sie sich für Kill the Drum Chair entschieden hatten, überraschte mich dennoch. Vielleicht hatte die Eventorganisation diese Band vorgeschlagen. Ich war jedenfalls glücklich darüber.

»Warum spielst du eigentlich nicht im Einzel?«, fragte ich, nachdem ich bislang nur gehört hatte, dass Maci mit Trevor im Doppel antrat.

Sie wandte sich ab und zögerte mit einer Antwort. »Ich spiele nur, weil ich es Trevor schuldig bin.« Als sie meinen fragenden Blick sah, erklärte sie: »Peyton wollte mich am ersten Abend feuern, nachdem ich ihm den Drink über den Kopf geschüttet habe. Trevor hat sich für mich eingesetzt.«

»Verstehe.« Also war es doch nicht ganz freiwillig.

»Soweit ich weiß, ist das Doppelturnier eine karitative Veranstaltung mit ehemaligen Tennisprofis und Promis, bei dem es nur um den Spaß geht«, sagte Maci dann. »Im Einzel spielen wohl private Gäste und Athleten aus anderen Sportarten. Da gibt es sogar einen Pokal und ein Preisgeld.«

»Könnte ich mit einem Tennisschläger umgehen wie du, würde ich es versuchen.«

19.

Maci

Von wegen, es lag ganz oben auf Peytons Schreibtisch.

Mittlerweile hatte ich das Chaos auf ihrem Arbeitsplatz zweimal durchsucht. Die Programme waren nirgends zu finden. Dabei sollte ich sie an mehreren Punkten auf der Insel aufhängen, damit die Gäste sich über den Ablauf des Turniers informieren konnten. Zudem sollten Faltbroschüren in den Zimmern hinterlegt werden, aber auch davon war hier weit und breit nichts zu sehen.

Ich sah mich verzweifelt in dem Büro um. Seit Baron mich das letzte Mal hier abgefangen hatte, kam ich nur mit einem mulmigen Gefühl in die Etage unter den Zimmern.

Ich trat zwei Schritte zurück. Manchmal half es, sich einen Überblick aus der Distanz zu verschaffen. Peytons Nerven lagen aufgrund der Turnierorganisation und der starken Auslastung sowieso schon blank. Wenn ich nun damit nervte, dass ich die Programme nicht fand, gab sie mir bestimmt eine schlimmere Aufgabe.

Mein Blick fiel auf den kleinen Beistelltisch neben dem Sofa. Etwas Blaues blitzte dort auf. Hatte sie nicht gesagt, die Programmlisten wären blau? Ich trat näher, und tatsächlich: Da lagen sie. Mehrere Broschüren für die Zimmer und die Listen, die ich aufhängen sollte.

Ich schnappte mir Letzteres sowie ein Klebeband, das ich in all dem Wirrwarr entdeckt hatte, und machte mich auf den Weg. Als ich die Tür öffnete, stand Trevor vor mir, als hätte er bereits auf mich gewartet. Erschrocken holte ich Luft und fasste mir an die Brust, wo mein Herz schneller pochte.

»Musst du dich so anschleichen?«, stieß ich fluchend aus. Trevor grinste. »Hast du Zeit?«

»Ich muss die hier …«, sagte ich bedauernd und hielt die Programmliste für das Tennisturnier hoch.

»Das kann warten«, unterbrach Trevor mich. Er riss mir die Zettel aus der Hand und legte sie einfach auf eine Kommode, die im Flur stand.

»Du kannst doch nicht …«

»Kann ich«, entgegnete er schmunzelnd. »Die wird schon keiner klauen, und wenn doch, nehme ich die Schuld auf mich, und Peyton druckt sie einfach noch mal aus.«

»Das machst aber du mit ihr aus.«

Trevor verdrehte die Augen. »Warum alle immer vor Peyton Angst haben«, sagte er nur. »Jetzt komm mit.«

»Wohin denn?«

»Abschlusstraining. Ich hab uns zwei Trainingspartner besorgt, damit wir noch ein Doppel spielen können«, erklärte er und nahm meine Hand, um mich aus dem Gebäude zu ziehen.

»Jetzt?«, fragte ich, als wir den Weg in Richtung Tennisplätze hinunterliefen.

»Ja, jetzt.«

Ich sah den roten Belag des Tennisplatzes schon zwischen den Palmen vor uns aufblitzen. »Ich hab nicht mal Schuhe mit«, sagte ich und sah im Laufen auf die Flip-Flops an meinen Füßen.

»Wir finden schon welche«, entgegnete Trevor unbeeindruckt.

Ich wurde das Gefühl nicht los, dass es hier gar nicht um ein Tennistraining ging. Zumindest nicht nur. Er ließ mir aber ohnehin keine Wahl, so wie er mich hinter sich herzog.

»Glaub bloß nicht, dass ich wieder eine Klippe mit dir runterspringe.«

Trevor sah zu mir herüber, ein sanftes Lächeln auf seinen Lippen. Seine meeresblauen Augen leuchteten. »Heute ausnahmsweise nicht.«

Wir erreichten die Tennisplätze. Niemand war da.

»Wo sind denn unsere Trainingspartner?«, fragte ich gespielt verwundert.

»Die kommen gleich.« Trevor schien sich nicht ertappt zu fühlen. Stattdessen steuerte er direkt auf die Bank zu. »Ich hab ein Geschenk für dich.« Er drehte sich mit einer dunkelblauen Schlägertasche zu mir um. Sie hatte goldene Akzente an den Seiten und entlang der Reißverschlüsse. Dazu prangte das Logo von Parkins in einem schimmernden Gold auf der Seite.

»Die ist für mich?«, platzte es erstaunt aus mir heraus. Ich streckte automatisch meine Hände danach aus, als

Trevor sie mir überreichte. In North Dakota hatte ich bestimmt fünf oder sechs dieser Taschen, doch keine davon war so schick und glänzte so nagelneu wie diese.

»Ein kleines Danke, weil du im Turnier mit mir spielst.«

Ich riss die Augen auf und sah zu Trevor hoch. Die Tasche war schwer. Sehr schwer. »Was ist da drin?«

»Sieh rein!«

Ich biss mir auf die Unterlippe und stellte die Tasche vor mir auf den Boden. »Sie ist wunderschön«, murmelte ich und ließ meine Finger über die hochwertige Verarbeitung der Nähte und Gurte gleiten.

»Eine limitierte Auflage.« Amüsiert beobachtete er mich. »Davon gibt es nur zehn Stück. Drei davon haben ATP-Spieler, vier WTA-Spielerinnen, und eine steht in der Vitrine der Parkins-Zentrale.«

Das wären acht Stück, mit meiner neun. »Und wer hat die Letzte?«

Er lächelte.

»Du?«

Er nickte. »Wir sind schließlich ein Team.«

Meine Finger kribbelten, als ich verstand, wie exklusiv diese wunderschöne Tasche war. Ehrfürchtig zog ich den ersten Reißverschluss auf und betrachtete die beiden nigelnagelneuen Tennisschläger darin. Ich nahm einen heraus, er lag gut in der Hand und hatte ein angenehmes Gewicht.

»Ich habe dir verschiedene besorgt«, erklärte Trevor, »ich wusste ja nicht, womit du am liebsten spielst. Die äußeren Fächer bestehen aus einem Thermomaterial, das deine Schläger vor der Hitze schützt.«

Auch im hintersten Fach fand ich noch zwei Schläger. Damit war ich wirklich gut ausgerüstet. Ich fragte mich, was mich im mittleren und größten Fach erwartete. Ich fühlte mich wie ein kleines Kind an Weihnachten und war dabei selbst über meine Freude überrascht. Vielleicht war der Teil in mir, der Tennis liebte, doch größer, als ich hatte zugeben wollen.

Neugierig zog ich den Reißverschluss auf. Im Inneren fand ich ein Paar Tennisschuhe, weiß mit einem blauen Parkins-Symbol, sowie verschiedene Shirts, Hosen, Socken und Tennisröcke, die sich alle miteinander kombinieren ließen.

»Wow, Trevor. Die sind wunderschön!« Ich freute mich schon darauf, sie anzuziehen. Fröhlich sah ich hoch. »Danke.«

»Gern geschehen.« Sein warmer Blick lag auf mir. Es spielte keine Rolle, dass ihn die Sachen wahrscheinlich keinen Penny kosteten, ich sah, wie sehr er es genoss, mir das alles zu schenken. Die Mühe, die er sich meinetwegen gemacht hatte, ließ etwas in meiner Brust aufflattern.

»Woher wusstest du, welche Größe ich trage?«

Trevor betrachtete mich. »Ich habe ein gutes Auge.«

Einen Moment sahen wir uns stumm an. Ich merkte, wie mein Herzschlag sich beschleunigte, stand schnell auf und warf noch einen Blick auf die Tasche zwischen uns. Ein unterbewusster Gedanke in meinem Kopf nahm langsam Gestalt an.

»Peyton meinte gestern, ein Teilnehmer im Einzel wäre abgesprungen«, begann ich vorsichtig. »Es wäre also ein Startplatz frei.«

Trevor musterte mich, dann verschränkte er die Arme vor der Brust. »Im Einzel?«

Ich sah das Funkeln in seinen Augen. Er wusste genau, worauf ich hinauswollte, würde es mir aber nicht leicht machen. »Ich habe mich gefragt, ob ich antreten sollte. Hättest du was dagegen?«

Trevor schüttelte den Kopf. »Natürlich nicht, Maci«, sagte er. »Ich wusste nur nicht, dass du das willst.«

Ich lächelte schief. »Es ist eine spontane Entscheidung. Deine Geschenke haben mich inspiriert.«

»Das könnte aber heißen, dass wir aufeinandertreffen. Vielleicht sogar im Finale.«

Daran hatte ich bislang noch nicht gedacht. Die Überlegung, auch im Einzel zu spielen, war tatsächlich so spontan gekommen, dass ich noch nicht einmal nachgesehen hatte, welche Gegner mich erwarten könnten. Normalerweise war das etwas, das ich vor einem Turnier genau studierte, um die Stärken und Schwächen meiner Gegenspieler zu kennen.

»Würde dich das stören?«, fragte ich.

Während des Trainings hatte ich bereits gesehen, wie er spielte. Technisch war ich stärker, doch Trevor hatte mehr Kraft und Ausdauer. Er war die heißen Temperaturen gewöhnt, und auch sein Ballgefühl war nicht zu unterschätzen. Wenn es nur um ein einzelnes Spiel ging, sah ich mich ihm überlegen. Auf mehrere Turniertage gerechnet, an denen wir bis zu drei Partien absolvieren mussten, hatte er den Vorteil.

»Überhaupt nicht«, beteuerte er. »Ein Finale gegen dich wäre wohl spannender als gegen jeden anderen.«

Ich nickte erleichtert. Ohne seine Zustimmung wollte ich nicht antreten.

Obwohl ich nie wieder an einem Wettkampf hatte teilnehmen wollen, hatte Trevor das Interesse daran in mir neu geweckt. Vielleicht auch, weil es um nichts ging und ich aus Spaß spielen konnte.

»Unter einer Bedingung«, fügte er plötzlich hinzu. »Was hältst du von einer Wette?« In seinen Augen sah ich etwas aufblitzen.

»Einer Wette?«, wiederholte ich skeptisch. Ich spürte etwas Unsicherheit in mir aufsteigen.

»Wer beim Turnier besser abschneidet, gewinnt.«

»Das habe ich mir schon gedacht, aber um was wetten wir?«, fragte ich. »Um Geld?« Das wäre gelinde gesagt etwas unverhältnismäßig.

»Wetten wir um eine Frage.«

»Was für eine Frage?«

»Irgendeine.« Trevor wusste offenbar genau, was er wollte. »Der Sieger darf eine persönliche Frage stellen, und der Verlierer muss sie beantworten.«

Etwas in mir rief mich zur Vorsicht auf. Das konnte mich mehr kosten als Geld. Es gab Details aus meinem Leben, über die ich immer noch nicht sprechen wollte. Auch nicht oder vor allem nicht mit ihm.

Gleichzeitig war ich aber auch neugierig. Die Chance, ihm eine Frage zu stellen, war verlockend. Da gab es sogar viele, die mir einfielen. Zuallererst, wer war Liza? Was hatte es mit dem Geld auf sich?

»Was sagst du?«, drängte Trevor.

»Eine ist mir zu wenig«, sagte ich und nestelte am Riemen der Tennistasche. »Wie wär's mit fünf Fragen?«

»So siegessicher?« Er lachte leise. »Aber sorry, da muss

ich passen. Nicht mal meine Mutter weiß so viel über mich. Eine Frage, mehr ist nicht drin.«

»Was ist los, Trevor? Bist du auch so überzeugt, dass ich gewinne?« Ich wusste, dass ihn meine Worte herausfordern würden. Sein Ehrgeiz war kein Stück kleiner als meiner.

Trevors Kiefer spannte sich an.

Ich hatte ihn, wo ich ihn wollte. »Die Wette war deine Idee.«

»Eine Frage und nicht mehr«, beharrte er.

»Dann vergessen wir das Ganze einfach«, bluffte ich, obwohl ich es plötzlich unbedingt wollte. Ich wollte mehr über Trevor erfahren. Ich biss mir auf die Lippe, ordnete noch mal die Tennisschläger, bevor ich den Reißverschluss der Tasche zuzog und sie schulterte.

Trevor fasste nach meinem Unterarm. »Zwei.«

»Vier.«

»Zwei.«

»War sowieso eine blöde Idee.« Ich zog an meinem Arm.

»Drei«, knurrte er und sah mich ernst an.

»Gut, drei.« Ich unterdrückte ein zufriedenes Lächeln.

»Drei«, wiederholte Trevor, mehr zu sich selbst als zu mir. Sein Griff lockerte sich. Er sah mich an und schüttelte den Kopf, als könnte er nicht glauben, dass er zugestimmt hatte. »Für dich geh ich ein ganz schönes Risiko ein, Maci Stiles.«

Ja, und die Vorstellung gefiel mir.

20.

Maci

Sechzehn Spieler.

Vier Runden.

K.-o.-System.

Je zwei Sätze.

Die Regeln für das Einzelturnier waren klar. Der Spielplan hing an jeder Ecke. Die Begegnungen waren im Vorfeld in Anwesenheit der Gäste von Blair ausgelost worden.

Die erste Runde, acht Partien, wurde heute auf den beiden Tennisplätzen ausgetragen. Morgen folgten Runde zwei und drei, ehe am dritten Spieltag das Finale stattfand.

Im Doppelturnier, das dank mehrerer privater Investoren einem karitativen Zweck zugutekam, traten nur vier Paare an. Der Erlös der Spenden ging an ein Kinderkrankenhaus in Florida. Es waren bekannte, ehemalige Tennisspieler. Frauen wie Männer. Ich kannte sie alle, hatte ihnen als Kind begeistert im Fernsehen zugesehen.

Dass Trevor und ich die einzigen Mitspieler des Doppelturniers waren, die keine ehemaligen Profis waren, ehrte mich besonders. Wie oft bekam man schon die Möglichkeit, gegen ein früheres Idol anzutreten?

Das Turnier wurde feierlich mit Reden von Hugh Parker und Baron Wilkins eröffnet. Überall tummelten sich elegant gekleidete Promis und Reporter. Letztere erkannte man, weil sie ohne Markenklamotten, protzige Armbanduhren und Designersonnenbrillen herumliefen. Es wurden Fotos geschossen, und es gab sogar ein kleines Filmteam. Viele Freunde der Parkers und Wilkins waren anwesend. An Blairs Seite war Collin, und auch Ezra hatte ich zu meiner Freude entdeckt. Dazwischen liefen überall Kellner des Caterers herum und brachten Getränke.

So ganz wohl fühlte ich mich in dieser Umgebung noch nicht. Lovett Island hatte nichts von der Insel, die ich gewohnt war. Die Ruhe hatte für knapp zweihundert Gäste weichen müssen, deren Gespräche wie ein Rauschen in mein Ohr drangen. Nicht monoton genug, um mich dabei auf die kommenden Spiele konzentrieren zu können.

Peyton hatte gerade erst ihre Rede beendet. Mich hatte sie mit den Worten »Maci spielt seit ihrem fünften Lebensjahr Tennis, und ich kann euch sagen, ihr dürft euch auf eine Überraschung gefasst machen« vorgestellt.

Trevor hatte sie als sportlichen Alleskönner bezeichnet, der schon in den Vorjahren die Turniere für sich hatte entscheiden können und der in diesem Jahr auch im Doppel antrat.

Ich hatte den Turnierplan genau im Kopf. Mit etwas Glück würden wir im Finale des Einzels aufeinandertreffen. Bei der Vorstellung zog sich mein Magen nervös zusammen.

Nun hantierte Peyton mit einem Stapel an Papieren, während sie zudem einen Kaffeebecher in der Hand hielt. »Wo ist diese verdammte Einteilung?« Ein Blatt segelte zu Boden, und ich bückte mich, um es aufzuheben. »Kann ich dir helfen?«

Irritiert sah Peyton auf, während sie etwas von ihrem Kaffee verschüttete. Die hellbraune Flüssigkeit tropfte auf den Steinboden. »Ja, halt mal!« Sie drückte mir den Kaffeebecher in die Hand und zwei Sekunden später einige Papiere, die offenbar nicht das waren, wonach sie suchte.

Neben dem Geruch von Kaffee stieg mir noch ein weiterer in die Nase. »Ist da Alkohol drin?«, fragte ich und schnupperte am Becher.

»Caribbean Coffee«, murmelte sie so sehr in Gedanken versunken, dass ich nicht sicher war, ob sie unser Gespräch überhaupt mitbekam.

»Es ist neun Uhr vormittags.«

Nun hielt Peyton inne und sah mit weit hochgezogenen Augenbrauen zu mir auf. Ihr Hals war übersät mit roten Flecken. »Und?«

»Nichts«, sagte ich schnell, weil sie nicht so aussah, als wollte sie darüber diskutieren, ab welcher Uhrzeit es okay war, Alkohol zu trinken.

Peyton hielt ihren Blick noch einen Atemzug lang auf mich gerichtet, dann wandte sie sich wieder ihren Listen zu. »Ha! Da ist sie.« Sie riss mir alle Papiere aus der Hand, stopfte sie unter die gefundene Liste und wollte gerade davoneilen, als sie innehielt. Dann nahm sie mir den Kaffeebecher ab, trank alles mit wenigen Schlucken aus und drückte mir den leeren Becher wieder in die Hand. Ohne ein weiteres Wort eilte sie davon.

Da mein erstes Spiel erst die zweite Partie auf dem vorderen Platz sein würde, ging ich noch einmal ins Strandhaus, um mir etwas zu trinken zu holen. Es war nahezu leer, da alle Gäste im Freien waren, um die Eröffnung nicht zu verpassen. Nur Violet stand hinter der Bar. Neben ihr Baron.

Ich hielt erschrocken inne. Er stand so dicht an Violet, dass ich erst glaubte, er würde sie küssen.

Violet hatte die Augen geschlossen, allerdings nicht verzückt, sondern als wünschte sie sich weit fort. Fuck, sie wurde von Baron bedrängt!

Ich konnte nicht einfach verschwinden. Nicht wenn ich das Gefühl nicht loswurde, dass sich Violet in dieser Situation so unwohl fühlte wie ich mich vor ein paar Tagen in Peytons Büro. Stattdessen rief ich laut: »Vi, ich brauche dringend etwas zu trinken!«

Schnell lief ich noch mal ins Strandhaus hinein. Zu meinem Glück wich Baron sofort von Violet weg.

Diese lächelte mir entgegen, auch wenn es nicht so fröhlich und leicht aussah wie sonst. »Klar, was hättest du denn gern?«

»Eine Limo, bitte.« Eigentlich sollte ich vor dem Spiel keine sprudelnden Getränke trinken, doch mir war auf die Schnelle nichts anderes eingefallen. Ich ließ mich auf einem Barhocker nieder. Ich würde nicht gehen, ehe dieser Widerling verschwand.

»Gib mir einen Scotch«, sagte Baron halblaut. Er wirkte verärgert, weil ich gestört hatte, und ich konnte ein zufriedenes Lächeln nicht unterdrücken. Was hatte er gedacht? Dass hier niemand hereinkommen würde? Da draußen liefen noch fast zweihundert weitere Menschen herum. Wie arrogant und unverfroren konnte man sein?

Violet schenkte zuerst den Scotch ein. Vermutlich weil sie Baron schnell loswerden wollte. Ob er blieb oder nicht, ich würde nicht so schnell gehen.

Baron kippte den Drink in sich hinein und knallte das leere Glas auf die Theke. Dann ging er einfach davon, ohne uns noch einmal anzusehen.

Ich beobachtete Violet, die die Lippen aufeinanderge- presst hatte, sodass sie nur ein dünner, gerader Strich wa- ren, und meine Limetten-Minze-Limo zubereitete. »Ich hoffe, ich habe nicht gestört«, sagte ich vorsichtig.

»Nein, gar nicht«, antwortete sie schnell. Dann räusperte sie sich und stellte mir die Limo auf die Bar. Sie lächelte, und ich glaubte, einen Hauch Dankbarkeit darin zu er- kennen. »Bist du schon aufgeregt wegen deinem ersten Spiel?«, wechselte sie das Thema.

Ihre Frage klang so unbeschwert, dass ich kurz über- legte, ob ich die Situation falsch eingeschätzt hatte. Viel- leicht war Violet es zwar unangenehm, dass ich die bei- den gestört hatte, aber das bedeutete doch nicht, dass sie es nicht auch wollte. Dennoch blieb dieses Gefühl in meinem Bauch, ich wäre genau im richtigen Moment ge- kommen.

»Nicht wirklich«, antwortete ich und nahm einen Schluck von der kühlen, süß-säuerlichen Limo. »Es ist nicht mein erstes Turnier.«

Violet hatte die Arme auf die Theke gestemmt. Sie

legte den Kopf schief, sodass ihr langes Haar zur Seite fiel. »Wir dachten uns schon, dass du keine Hobbyspielerin bist.«

Ich starrte sie wortlos an. Bislang hatte ich weder ihr noch Karlee davon erzählt, dass ich eine angehende Profispielerin war. Gewesen war.

»Ich hab dich mal mit Trevor beobachtet«, erklärte sie. »Alle hier wissen, dass er normalerweise unschlagbar ist, aber du warst besser …« Sie klang stolz, und ich musste grinsen.

»Maci?« Trevor kam ins Strandhaus.

Ich wandte mich mit der Limo in der Hand um.

Trevors Tennisklamotten hatten den gleichen Stil wie meine. Dunkelblaue Shorts mit einem dezenten hellblauen Karomuster. Die rechte untere Ecke des Shirts war im gleichen Dunkelblau, darüber war der Stoff weiß, wieder mit hellblauen Karos. Ich trug den dazu passenden Rock und ein tailliertes Damenshirt.

Mein Blick fiel auf die Frau, die hinter Trevor das Strandhaus betrat. Er musste gar nicht sagen, wer sie war. Ihre blauen Augen und das dunkle Haar verrieten sie sofort. Nur ihre Haut war blasser als Trevors. Sie war atemberaubend schön.

Ich merkte, wie ich mich unweigerlich anspannte, obwohl das offene, ehrliche Lächeln mich eigentlich beruhigen sollte.

»Darf ich vorstellen? Das ist meine Mom, Laureen.« Trevor stellte sich zwischen uns. »Mom, das ist Maci. Sie ist seit drei Wochen im Staffteam und spielt heute mit mir im Doppel.«

»Hi, Maci. Freut mich, dich kennenzulernen.« Laureen schüttelte mir die Hand.

»Mich auch«, antwortete ich und war überrascht, wie sympathisch Trevors Mutter war. Sein Vater schien das absolute Gegenteil zu sein. »Kommen Sie oft nach Lovett Island?«

Sie wand sich leicht. »Von Zeit zu Zeit«, sagte sie ausweichend. »Aber auf alle Fälle, wenn ich Trevor unterstützen kann.« Laureen legte ihrem Sohn die Hand auf die Schulter und schenkte ihm ein warmes Lächeln.

»Wollen Sie etwas trinken, Laureen?«, warf Violet ein, die ich fast vergessen hatte. Und in dem Moment erschien auch Karlee an der Tür.

»Maci! Du bist gleich dran. Die Partie auf Platz eins ist schon beendet.«

»Das ging ja schnell«, murmelte ich. Gleichzeitig wurde mir bewusst, dass ich noch nie so unvorbereitet in ein Turnier gegangen war. Selbst als Achtjährige hatte ich mich vor einem Spiel mental vorbereitet.

»Viel Glück«, sagte Trevor, als ich an ihm vorbeiging. »Denk an unsere Wette.« Seine tiefe Stimme bescherte mir eine wohlige Gänsehaut.

Als ich durch die Tür des Strandhauses trat, war es, als würde sich ein Schleier über mich legen. Ein Schleier, der mich von der Außenwelt abschirmte. Ich nahm die Menschen um mich herum nur noch am Rande wahr. Ihre Bewegungen, ihre Gespräche drangen nicht zu mir durch. Entschlossen betrat ich unter den Augen der Anwesenden den vorderen Tennisplatz.

Peyton, die das Spiel leitete, stellte uns noch einmal

kurz vor. Ich traf auf einen Sportmoderator, den sie Rocky nannte. Sein Gesicht kam mir bekannt vor.

Als ich den Tennisschläger aus der Tasche zog und ihn in meiner Hand hielt, spürte ich dieses Kribbeln in den Fingern, wie ich es vor Spielen gewohnt war. Es war kein unangenehmes Gefühl.

Adam, der als Balljunge eingeteilt war, reichte mir einen Tennisball. »Mach ihn fertig«, flüsterte er und zwinkerte mir zu.

Der Ball lag fest in meiner Hand. Ich blickte darauf, bündelte meine Konzentration, wie ich es bei den Turnieren immer gemacht hatte. Der gelbe Filz fühlte sich in meinen Fingern richtig an. Etwas in mir atmete erleichtert auf. Als wäre ich innerlich darüber froh, die Tennisschuhe nicht endgültig an den Nagel gehängt zu haben.

Ich trat an die Grundlinie, bereit zum Aufschlag. Schon wie Rocky auf der anderen Seite stand und den Blick auf mich gerichtet hatte, wusste ich, dass es ein leichtes Spiel sein würde. Ich wartete noch kurz, um ihm die Gelegenheit zu geben, sich besser zu positionieren. Er tat es nicht. Selbst schuld.

Mein Ballwurf war leicht schief. Das passierte mir so gut wie nie. Dennoch erwischte ich den Ball perfekt. Er ging messerscharf über das Netz und schlug im Aufschlagfeld meines Gegners ein, ohne dass dieser reagierte.

Die Zuschauer applaudierten anerkennend. Vermutlich hatte schon dieser eine Punkt gezeigt, dass ich nicht einfach nur eine Spielerin aus dem Staff war. Doch ich durfte mich im Augenblick nicht darauf ausruhen. Jeder weitere Gegner könnte eine größere Herausforderung sein. Ich war nicht richtig in Form und durfte mich auf keinen Fall überschätzen.

Rocky schaffte keinen einzigen Return, vermutlich auch, weil er sich wie ein Fels bewegte. Wenn sein Aufschlag nicht grandios war, würde er wohl ohne einen Punktgewinn aus dem Turnier ausscheiden. Ich spürte ein wenig Mitleid in mir aufkeimen. Mein Vater wäre entsetzt. Mitleid hatte auf dem Tennisplatz nichts zu suchen! Jeder musste zeigen, wie gut er war, und durfte stolz auf das sein, was er erreichte.

Ich hätte Rocky den einen oder anderen Punkt schenken können, aber das hätte das Spiel nur unnötig verlängert. Es hatte schon jetzt, am frühen Vormittag, fast dreißig Grad im Schatten, und der Court lag in der prallen Sonne. Mir lief der Schweiß an den Schläfen hinunter. Und mir stand noch ein Doppel mit Trevor bevor.

Rockys Aufschlag war gut und kräftig. Er hatte ihn eindeutig trainiert. Doch er war immer gleich, und es war jedes Mal einfach, den Ball zu retournieren.

»Sechs zu null und sechs zu null. Maci gewinnt«, verkündete Peyton unter dem tosenden Applaus des Publikums, das ich zum ersten Mal richtig wahrnahm.

21.

Blair

Am liebsten hätte ich all diese Menschen fortgeschickt. Einfach fort von hier. Ich hasste es, wenn die Insel so überfüllt war. Mein Lovett Island, mein Rückzugsort.

Viele der Gesichter um mich herum kannte ich flüchtig. Ein paar aus Zeitschriften, andere von Veranstaltungen, die für Parkins ausgerichtet worden waren. Es liefen viele Geschäftspartner von meinem Vater und Onkel Hugh herum. Statt Anzug mit Krawatte trugen sie heute Bermudas und Hawaiihemden. Sie genossen ihren Aufenthalt auf Lovett Island. Inklusive Flug, Übernachtung, Verköstigung und Alkohol. Viel Alkohol.

Und wofür?

Für eine unbedeutende Werbeeinschaltung? Eine Kooperation? Bessere Konditionen oder die Markennennung bei einem Event?

Ich hatte noch nie verstanden, warum Dad und Hugh dieses idyllische Resort für solche Zwecke missbrauchten. Damit verlor es all sein Flair, die Exklusivität und seinen

Charme. Mein Paradies wurde entweiht, wirkte für diese Tage im Jahr wie ein All-inclusive-Hotel an einem Touristenstrand.

Ich wäre nicht hier, stünde Trevor nicht auf dem Platz und würde wie jedes Jahr um den Sieg spielen. Gerade eben war sein Doppel mit Maci zu Ende gegangen. Sie hatten gegen ehemalige Profis gespielt. Die Partie war lange Zeit ausgeglichen gewesen und ging sogar in den dritten Satz. Dort schafften es Trevor und Maci, ihre Gegner zu besiegen.

Ich konnte Maci immer weniger leiden. Alle sprachen über sie und ihr Tennistalent. Ich hasste die Art, wie Trevor sie ansah. Ich fühlte mich so sehr in der Zeit zurückversetzt, dass mir schwindelig wurde.

Am schlimmsten war Trevors neues Instagram-Foto, das er gestern Abend gepostet hatte. Es war ein Bild seiner Tennistasche, ein dunkelblaues Design mit goldenen Akzenten. An und für sich nichts Aufregendes, doch schon die Worte darunter hätten mich stutzig machen müssen. *Perfect for the team.*

Ich hatte es erst heute Morgen verstanden, als Maci den Platz betrat. Sie hatte genau die gleiche Tasche. Auf Nachfrage bei meinem Dad hatte ich dann erfahren, dass es eine limitierte Auflage war, die eigentlich den Superstars der Szene vorbehalten war. Offenbar hatte Trevor ihr auch eine zukommen lassen.

»Hey, Babe!« Collin tauchte auf. Er legte seinen Arm um meine Taille und küsste mich auf die Wange. Ganz wie es sich für einen Freund gehörte. Er war extra für dieses Event gekommen, damit wir vor Trevors Augen ein Paar spielen und ihn eifersüchtig machen konnten. Mittlerweile fand ich diesen Plan sinnlos, vor allem weil es Trevor scheinbar gleichgültig war.

»Hast du getrunken?«, fragte ich leise und drehte mich aus seiner Umarmung, um einem weiteren Kuss zu entgehen. Nicht dass er nachher noch auf meinem Mund landete.

»Zwei Bier«, antwortete er schulterzuckend und grinste.

»Und weiter?« Meine Nase täuschte mich nie.

»Ein oder zwei Gläschen Rum.« Dabei war es gerade mal Mittag.

Ich biss mir auf die Zunge. Was hatte ich erwartet? Dass Collin eine Hundertachtzig-Grad-Drehung machte und zum Vorzeigeschwiegersohn mutierte? Das hätte ihm niemand abgekauft. So musste ich nur irgendwie erklären, warum ich mich ausgerechnet in ihn verliebt hatte. Auch das war nicht einfach.

»Wolltest du nicht schwimmen gehen?«, fragte ich, auch wenn es vielleicht nicht ratsam war, ihn nach zwei Bier und bestimmt mehr als zwei Gläschen Rum ins Meer zu schicken. Ich ging das Risiko ein.

»Ich wollte ein wenig Zeit mit dir verbringen«, antwortete er und wackelte anrüchig mit den Augenbrauen. »Mit meiner Freundin.«

Ich lächelte säuerlich. »Dann solltest du aufhören, mit anderen Frauen zu flirten.«

Collin sah mich einen Moment lang verdutzt an, dann begann er zu lachen. »Ist dir aufgefallen, was?«

»Ja«, zischte ich, »und wenn das noch mal vorkommt, ertränke ich dich in der nächsten Spielpause im Pool.«

Um mich nicht weiter über Collins dümmliches Grinsen zu ärgern, wandte ich mich einfach ab, um mir etwas zu trinken zu holen.

»Wo willst du hin?«, rief Collin mir nach.

»An die Bar.«

»Bring mir ein Bier mit!«

Ich ignorierte seine Aufforderung. Wenn er sich betrinken wollte, dann ohne meine Hilfe. Wie würde es aussehen, wenn mein Freund hier am frühen Nachmittag schon besoffen rumlief? Ich hatte einen Ruf zu verlieren. Es nervte schon genug, dass er in meinem Appartement schlief, wenn auch auf der Couch.

Ich lief in das Strandhaus. Da sich die Gäste beim Spiel befanden, war es ruhig hier. Ich stellte mich an die Bar und fing Violets Blick auf. »Eine Cola light, bitte.«

»Kommt gleich.« Sie sah nicht mal zu mir herüber, weil sie gerade mit mehreren Getränkegläsern und Flaschen hantierte. Gekonnt füllte sie die Zutaten in die einzelnen Behälter. Ohne Messbecher, rein nach Gefühl, was bei ihr immer passte. Obwohl es einen Cateringservice gab, der sie unterstützen sollte, war sie offenbar die Einzige, bei der die Handgriffe saßen. Sie platzierte die Drinks auf die Tabletts der Kellner, deren weiße Hemden und Blusen bereits Schweißflecken zeigten.

Ich schüttelte kaum merklich den Kopf. Wir sollten die Sinnhaftigkeit des Staffs noch einmal überdenken, wenn es hier nur eine gab, die wusste, wie man die Gäste mit Getränken versorgte. Die anderen aus dem Team ließen es sich wohl draußen gut gehen und genossen den Tag.

Während ich auf meine Cola wartete, sah ich zur Tür

hinaus, die zum Strand führte. Eine Bewegung davor zog meine Aufmerksamkeit auf sich. Laureen und Hugh. Sie sahen beide verärgert aus.

»Ich fasse es nicht!«, rief Laureen. »Du hast ihn zum Chief Operations Officer ernannt. Das ist die höchste Position unter dir.«

»Misch dich nicht in meine Geschäfte ein, Laureen!« Hugh versuchte ruhig zu bleiben, doch der Unterton in seiner Stimme sagte deutlich, dass er es ernst meinte. So war er erst in den letzten Jahren geworden. Autoritär und herrschsüchtig. »Parkins geht dich nichts an.«

»Das tut es sehr wohl, wenn es Trevor betrifft«, entgegnete Laureen.

Ich war überrascht über ihre Reaktion. Laureen war einer der friedlichsten und ausgeglichensten Menschen, die ich kannte. Sie hatte immer versucht, für mich da zu sein, nachdem meine leibliche Mutter vor sechzehn Jahren abgehauen war. Sie hatte sich immer um mich bemüht, so wie sie sich um alle Familienmitglieder kümmerte, und ich hatte mich immer gewundert, wie sie es mit Hugh aushielt. Doch offenbar waren diese Zeiten vorüber.

Zu sehen, wie sie ihm Konter gab, gefiel mir. Er hatte es nicht anders verdient. Seit jeher übte er Druck auf Trevor aus, bestimmte, was für dessen Zukunft vorgesehen war. Und mich hielt er immer nur auf Distanz. Nicht zu sich persönlich, aber zu Parkins. Als wollte er mich mit allen Mitteln fernhalten. Dabei hatte ich die gleichen Ansprüche auf das Unternehmen wie Trevor.

»Vielleicht sollte ich mal mit Trevor reden.« Es klang aus Laureens Mund wie eine Drohung.

»Wage es ja nicht!« Hugh baute sich vor ihr auf. Würde er tatsächlich riskieren, hier einen Ehestreit anzuzetteln? Vor den Augen seiner Geschäftspartner? Das passte doch sonst nicht zu ihm. »Ein Wort, und wir sehen uns vor Gericht wieder.«

Laureen schien von seiner Warnung wenig beeindruckt. »Glaub mir, damit schneidest du dir ins eigene Fleisch.«

Ich wandte mich schnell ab, als Hugh plötzlich ins Strandhaus kam. Er war jedoch so sehr in Rage, dass ihm meine Anwesenheit nicht auffiel. Als er das Strandhaus auf der anderen Seite wieder verließ, holte ich langsam Luft. Etwas an dieser Auseinandersetzung beschäftigte mich mehr, als es sollte.

Ganz offensichtlich ging es um Trevor. Konnte es wirklich sein, dass Hugh ihn zum COO gemacht hatte? Damit stünde er tatsächlich direkt unter Hugh, noch vor meinem Vater, den er vor einigen Jahren fast aus dem Unternehmen gedrängt hatte. Einzig seine Anteile hielten ihn noch in der Firma, doch hatte er nur wenig Mitspracherecht.

Wenn Trevor schon heute, vor dem Ende seines Studiums, eine solche Position bei Parkins bekleidete, dann hatte auch ich Ansprüche auf den Chief Marketing Officer. Schließlich hatte ich mein Studium darauf ausgerichtet.

»Trinkst du die noch, oder kann ich sie haben?«, fragte Ezra plötzlich an meiner Seite. Er deutete auf meine Cola.

Ich nahm das Glas und trank davon, auch wenn mir die Lust darauf vergangen war.

»Ich nehme das Gleiche«, rief Ezra zu Violet, die im Schwall der Bestellungen unterzugehen schien.

»Heute ohne Buch hier?«, fragte ich gelangweilt. Er

wollte gerade zu einer Antwort ansetzen, als ich hinzufügte: »War ein Scherz, Sweeting, dein Lesestoff interessiert mich nicht.«

Wie immer ließ sich Ezra dadurch nicht aus der Ruhe bringen. Manchmal wünschte ich mir, er würde mir etwas mehr Konter geben. Das wäre wohl befriedigender, und mein Dampf ließe sich leichter ablassen. Erst recht, wenn ich so aufgebracht war wie momentan.

»Hast du Trevors und Macis Spiel gesehen?«, fragte Ezra, der wohl nicht kapiert hatte, dass ich keinen Small Talk mit ihm führen wollte.

»Ja, das perfekte Paar«, antwortete ich sarkastisch. »Zu allem Kitsch fehlt nur noch, dass sie im Finale aufeinandertreffen.«

Ezra lächelte, als gefiele ihm diese Vorstellung. »Solange Trevor gewinnt.«

Ich warf ihm einen giftigen Blick zu. »Natürlich wird er das«, zischte ich, auch wenn ich gesehen hatte, wie verdammt gut Maci spielte. Sie durfte nicht gegen ihn gewinnen. Auf gar keinen Fall. Nicht nur weil ich ihr diese Genugtuung nicht gönnte …

»Ich hoffe, er hat sich nicht übernommen.« Ezra seufzte.

Ich schüttelte den Kopf. »Meinst du wegen des Doppels?«

Er antwortete nicht und sah nachdenklich zum Strand.

»Sweeting!«, drängte ich ihn ungeduldig. Ich hasste es, wenn ich jemandem etwas aus der Nase ziehen musste. Erst recht ihm.

»Sie haben eine Wette laufen.«

»Wer?«, fragte ich, auch wenn die Antwort auf der Hand lag.

»Trevor und Maci«, sagte Ezra. »Ich kenne den Wetteinsatz nicht, aber es dürfte etwas Persönliches sein. Trevor hat nur eine Andeutung gemacht.«

Typisch Ezra. Die entscheidenden Details kannte er nicht. Diese Unwissenheit zerrte an meinen Nerven. »Geht es darum, wer das Turnier gewinnt?«, wollte ich wissen und verachtete Maci damit noch mehr.

Ezra nickte kurz, ehe er von sich aus fortsetzte: »Ich habe Maci beobachtet. Sie ist definitiv keine Hobbyspielerin.«

»Was soll das bedeuten?«

Ezra blickte mich kurz schweigend an, als wollte er mir die Zeit geben, selbst auf die Antwort zu kommen. »Dass sie gegen Trevor gewinnen kann«, sagte er dann.

Die Vorstellung gefiel mir nicht. Nicht wegen Maci und auch nicht wegen der bescheuerten Wette. Es hatte ganz andere Konsequenzen, wenn Trevor nicht die Nummer eins wurde.

Ezra legte seine Hand auf meinen Arm, als wollte er, dass ich ihn ansah. »Ich mag Maci«, sagte er ruhig, »und ich will ihr nichts Schlechtes, aber …«

»Ich weiß«, knurrte ich, verärgert darüber, dass ausgerechnet Ezra und ich die Menschen waren, die sich um Trevor sorgten und bedachten, was ein zweiter Platz bedeuten würde.

Hugh würde das nicht gefallen.

»Ich kümmere mich darum«, sagte ich entschlossen und wandte mich von der Bar ab.

»Was hast du vor?«, fragte Ezra, doch ich ignorierte ihn. »Blair?!«

Der zweite Turniertag war zu Ende. Die Gäste begaben sich in bester Laune an den Strand hinunter, wo ein großes Barbecue auf sie wartete.

Sie alle hatten das letzte Spiel an diesem Tag angesehen. Das zweite Halbfinale des Doppels. Der karitative Zweck interessierte mich schon lange nicht mehr. Nichts kümmerte mich, nicht mal, dass Trevor und Maci auch dieses Spiel gewonnen hatten und somit morgen im Finale standen. In beiden Turnieren! Morgen würden sie vor den Augen der zweihundert Besucher das Endspiel austragen. Erst im Doppel gegen irgendwelche alten Tennisprofis, die ich nicht weiter kannte, dann im Einzel direkt gegeneinander.

Den ganzen Tag hatte ich das Wissen dieser Wette wie eine schwere Bleiweste mit mir herumgetragen. Es hatte mich fast erdrückt, und nicht nur einmal wollte ich Trevor direkt zur Rede stellen. Doch es würde nur einen weiteren Keil zwischen uns treiben, und das wollte ich tunlichst vermeiden. Stattdessen hatte ich einen anderen Plan.

Ich fing Peyton als eine der Letzten direkt vor dem Strandhaus ab.

»Kann ich dich sprechen?«, fragte ich in einem Tonfall, der keine Widerrede zuließ.

»Aber nur kurz«, antwortete sie. »Ich habe endlich Feierabend. Was gibt's?«

»Leitest du das Finale?«

Sie nickte kurz.

»Trevor muss es gewinnen«, kam ich auf den Punkt.

Peyton gab einen zweifelnden Ton von sich. »Da wäre ich mir nicht so sicher. Maci ist wirklich gut. Sie hat ein

Sportstipendium, und jetzt rate mal wofür. Ich gebe dir einen Tipp. Sie ist keine Synchronschwimmerin.« Sie grinste, doch ich fand ihre Aussage nicht witzig.

»Du verstehst nicht«, entgegnete ich und trat einen Schritt näher, damit niemand um uns herum unser Gespräch mithören konnte. »Trevor muss es gewinnen.« Nun klang ich eindringlicher. Es gab keine Alternative.

»Und was habe ich damit zu tun?«, fragte Peyton ungeduldig.

»Du leitest das Spiel«, antwortete ich. »Beeinflusse es.«

Sie sah mich erschrocken an und schüttelte dann vehement den Kopf. »Das hier ist ein Hobbyturnier. Ich denke nicht, dass es angebracht ist, etwas zu beeinflussen.«

Offenbar hatte sie immer noch nicht verstanden, warum ich das Thema ansprach.

»Hugh würde es nicht gefallen, wenn Trevor gegen eine Staff verliert.« Hugh würde es nicht gefallen, wenn Trevor gegen *irgendjemanden* verlieren würde.

Meine Worte zeigten Wirkung.

Peyton hielt kurz die Luft an, dann warf sie einen schnellen Blick zur Seite. Sie schien mit sich zu ringen. »Ich werde sehen, was ich tun kann«, sagte sie und ließ mich einfach stehen.

22.

Maci

»Eine Trostpreislimo?«, fragte Violet, als ich am nächsten Tag nach dem Doppelfinale ins Strandhaus kam.

Erschöpft ließ ich mich auf einen der Hocker fallen. Rund um mich herum standen Besucher, die mir trotz des zweiten Platzes mit Trevor im Doppel gratulierten. Ich bemühte mich um ein dankbares Lächeln und versuchte, mir die Erschöpfung nicht anmerken zu lassen. Ich war wirklich nicht in Form, sonst hätten mir die paar Sätze nichts ausgemacht. Im Allgemeinen war ich aber zufrieden, dass wir es gegen ehemalige Tennisprofis so weit geschafft hatten.

Trotzdem beschäftigten mich im Moment das bevorstehende Finale im Einzel gegen Trevor und der Muskelkater, den ich nach den letzten zwei Tagen hatte.

»Lieber ein Gatorade«, antwortete ich und nahm von Violet das blaue isotonische Getränk entgegen. Mein Körper wollte am liebsten streiken, nicht nur wegen der müden Muskeln, sondern auch wegen der Hitze, die heute über

Lovett Island brütete. Außerdem zwickte mein Knie wieder stärker. Ich musste es heute Abend unbedingt kühlen.

»Wusstest du, dass du das Gesprächsthema Nummer eins auf diesem Turnier bist?« Ezra setzte sich neben mich auf einen Hocker an der Bar.

»Du kannst dir gern von mir ein Tennisröckchen ausborgen und damit herumlaufen, dann bist bestimmt du das Gesprächsthema Nummer eins«, schlug ich müde grinsend vor.

»Es ist, als stündest du auf der falschen Liste«, sagte Ezra, was mich verwundert aufblicken ließ. »Ich meine, es gibt die Liste der Profis und die Liste der Hobbyspieler.«

»Du meinst, weil ich bei den Hobbyspielern stehe?«

»Bist du das denn?«

»Ein Profi bin ich definitiv auch nicht«, sagte ich nur. Ich hatte zwar die besten Voraussetzungen, um mit dem richtigen Trainerteam einer zu werden, doch im Augenblick hätte ich in der Weltrangliste der Tennisspielerinnen nichts zu suchen.

Ezra legte den Kopf leicht schief, sagte aber nichts dazu. Alleine durch seinen Blick fühlte ich mich angegriffen.

»Willst du sagen, es ist unfair, dass ich gegen Trevor antrete?«, fragte ich.

»Nein«, antwortete Ezra ruhig, doch so ganz kaufte ich ihm das nicht ab. Er seufzte. »Es ist bloß wegen seinem Dad.«

Ich wollte gerade fragen, was er damit meinte, doch mir war es längst klar. Ich selbst hatte das Gespräch zwischen den beiden gehört. Die Erwartungen seines Vaters. Nur um Trevor zu seinem Aushängeschild für Parkins zu machen.

»Ich kann nicht verlieren, bloß weil es Hugh Parker lieber wäre«, zischte ich leise, weil ich nicht wollte, dass uns jemand hörte. Weder Trevors Vater noch einer seiner vielen Freunde, die hier rumliefen. Mein Vater wäre stolz auf meine Einstellung, doch seine Meinung bedeutete mir nichts mehr. Es galt, was *ich* wollte. Und ich wollte ein Tennis, das man spielte, um zu gewinnen. Bei Trevor war es nicht anders, das wusste ich.

»Denk doch nur mal darüber nach.«

»Nein!«, widersprach ich Ezra vehement. »Trevor würde es mir nie verzeihen, wenn ich ihn gewinnen lasse. Du solltest das als sein bester Freund wissen.« Ich schnappte mir die Getränkeflasche und stand vom Hocker auf.

»Maci!« Ezra wollte mich aufhalten, doch ich sah ihn enttäuscht an.

»Ich muss mich jetzt aufs Finale vorbereiten!« Ich ging nach draußen zum Strand, trank mehrere Schlucke des kühlen Gatorades und hoffte, meine Nerven würden sich wieder beruhigen.

Als der Ärger über Ezra und was er von mir verlangt hatte, verflog, dachte ich noch mal über seine Worte nach.

War es wirklich in Ordnung, gegen Trevor zu gewinnen? Schließlich verlangte sein Dad den Turniersieg von ihm, und ich war nur seine Staff.

Bei Trevor war das anders. Ich mochte ihn, und die Vorstellung, ein Sieg für mich könnte sich anschließend zwischen uns stellen, nagte an mir. Doch würde sich dann nicht eine Lüge zwischen uns stellen?

Und überhaupt: zwischen *was* stellen? Was war das zwischen ihm und mir? Ich traute mich nicht, darüber nachzudenken. Es war auch nicht der richtige Moment dafür. Ich musste meine Gedanken zurück auf das Finale lenken. Auf die Frage, ob ich bereit war, Trevor zu schlagen.

Meine Unruhe nahm mit jeder Minute zu. Früher war meine Abgeklärtheit bei den Turnieren mein großer Vorteil. Selbst wenn mein Vater vor einem Spiel Druck machte, schaffte ich es, mich auf das Eigentliche zu konzentrieren. Den Sport. Ich analysierte meine Gegner und wählte eine Taktik, mit der ich auf die Stärken und Schwächen des anderen effektiv eingehen konnte. Und so tat ich es auch heute.

Ich war noch nie so unentschlossen in ein Finale gegangen, doch bestimmt legte sich diese Unsicherheit, sobald ich auf dem Platz stand und den Schläger in der Hand hielt. Spätestens bei der ersten Ballberührung verfiel ich in einen Modus, der alles andere um mich herum abschirmte und meinen Blick einzig auf das Spiel lenkte.

In den folgenden Minuten bündelte ich all meine mentale Kraft auf das bevorstehende Spiel. Ich hatte mich entschieden. Ich würde mein Bestes geben, mit dem Risiko, Trevor zu besiegen.

»Maci?« Peytons Stimme erreichte mich wie aus weiter Ferne. »Bist du so weit?«

Ich sah auf und nickte.

Auf der anderen Seite des Strandhauses warteten bereits die Gäste. Sie drängten sich um den vorderen Platz. Jeder wollte einen Blick auf uns haben, selbst wenn sie dadurch ihren Schattenplatz aufgeben mussten.

Das Gefühl der Aufmerksamkeit machte mir nichts aus. Nicht wenn es um Tennis ging. Ihre prüfenden Blicke waren nur auf meine sportliche Leistung gerichtet. Ein Terrain, das absolut meines war.

Ich bekam kaum mit, was Peyton sagte, als sie das Finale ankündigte. Offenbar übernahm sie die Leitung des Spiels. Ich hatte gedacht, der zweite Schiedsrichter würde das tun. Vielleicht wollte sie sich diese Ehre nicht entgehen lassen.

Erstmals seit unserem Finale im Doppel bekam ich Trevor wieder zu Gesicht. Ich wusste nicht, wo er sich in der letzten Stunde aufgehalten hatte. Bestimmt war er dem Trubel hier entgangen und hatte sich in sein Appartement zurückgezogen. Ich betrachtete ihn von meiner Seite des Platzes aus. Sein dunkles Haar glänzte seiden in der Sonne. Sein Blick war wachsam und konzentriert.

Peyton entschied per Münzwurf, dass Trevor den ersten Aufschlag bekam, und wünschte uns beiden ein gutes Spiel.

Für einen Moment war es völlig ruhig um uns herum. Ich hörte nur das Rauschen des Meeres und das Knirschen des roten Sandes unter meinen Füßen, als ich noch einmal zum Netz ging und Trevor per Handschlag ebenfalls ein faires Spiel wünschte. Seine Augen funkelten, als sich unsere Hände berührten. Für einen kurzen Augenblick blieb mir der Atem weg. Ich war es inzwischen gewöhnt, dass ich bei seinem Anblick so reagierte, aber normalerweise beobachteten mich dabei nicht so viele Menschen.

Zurück auf meiner Seite, stellte ich mich an die Grundlinie, die Knie leicht gebeugt, beide Hände am Griff meines Schlägers. Ich wippte leicht hin und her, was mich flexibler machte, um schnell zu reagieren. Von jetzt an ließ ich Trevor keine Sekunde mehr aus den Augen. Ich beobachtete, wie er den gelben Ball mehrmals zwischen seinen Fingern drehte und dann vor sich auf den Boden aufschlagen ließ.

Mein Puls beschleunigte sich.

Die Nervosität kroch mir den Rücken hoch und wollte meinen Körper einnehmen. Ich kannte dieses Gefühl. Es war die Aufregung. Ich durfte sie nur nicht überhandnehmen lassen. Ich musste die Kontrolle behalten. Über mich und über das Spiel.

Nun hielt Trevor inne. In einer Hand den Schläger, in der anderen den Ball. Er führte beides vor sich zusammen, blickte noch einmal über den Platz zu mir herüber. Diese Geste war normal. Ich tat es bei meinen Aufschlägen ebenso, fixierte den Punkt im Spielfeld, den ich treffen wollte. Doch bei Trevor war ich mir nicht sicher, ob er das tat. Vielmehr sah er mich an. Direkt in meine Augen.

Für einen Atemzug vergaß ich alles. Wo wir waren. Warum wir hier waren. Wer um uns herum stand. Mein Herz stolperte.

Konzentriere dich!

Es war die Stimme meines Vaters, so laut und präsent, dass ich für einen Augenblick glaubte, er stünde nur wenige Meter neben mir.

Ich schnappte nach Luft.

Er war nicht da. Ich wusste es besser. Die Stimme war in meinem Kopf. Nach dreizehn Jahren war sie dort verankert.

Es fühlte sich an wie in Zeitlupe, als Trevor sich in Bewegung setzte und den Ball hoch über sich warf. Er holte aus, den Körper durchgestreckt, die Augen auf den gelben Punkt über sich gerichtet.

Dann ein Knall.

Mein Körper erwachte zum Leben.

Und plötzlich war nichts mehr wie in Zeitlupe.

Der gelbe Punkt kam näher und wurde immer größer. Mein Körper reagierte nicht so schnell, wie ich es gewohnt war. Waren es die fehlenden Trainingseinheiten oder die Ablenkung durch Trevor?

Ich schaffte es, den Aufschlag mit der Rückhand anzunehmen. Der folgende Ballwechsel musste für die Zuschauer schön anzusehen sein. Für mich war es nur schweißtreibend. Die Hitze über Lovett Island presste sich auf meine Haut wie heiße Lavasteine. Der Muskelkater tat sein Übriges von innen heraus.

Es war schwer abzuschätzen, wie lange ich meine Form halten konnte. Mein Körper war müde, und die Temperaturen entzogen mir die Energie. Ich musste dieses Spiel so schnell wie möglich auf meine Seite ziehen. Je länger es dauerte, desto eher würde Trevor die Oberhand gewinnen. Er war das karibische Klima mehr gewohnt.

Ich begann ihn zu schicken. So gut es ging. Erst links, dann rechts. Es zeigte schnell Wirkung. So trainiert Trevor auch war, die Spielerfahrung überwog eindeutig bei mir.

Ich nahm ihm den Aufschlag ab. Der anerkennende Applaus füllte meine Batterien. Ich wusste, ich hatte noch nichts gewonnen. Aber ich hatte den ersten Schritt geschafft. Und war bereit, diesen Weg zu Ende zu gehen.

Es gab so viele Gründe, Trevor schlagen zu wollen. Die Wette war nur einer davon. Ich wollte ihn beeindrucken, wollte, dass er mich und meinen Spielstil bewunderte. Er hatte mich schon zuvor spielen sehen, doch jetzt würde ich ihm zeigen, was in mir steckte.

Genauso stark wog auch mein Ehrgeiz, den mein Vater mit aller Gewalt in mir verankert hatte. Der Eifer, nicht verlieren zu dürfen. Jedes einzelne Spiel war wichtig, jeder Gegner ernst zu nehmen. Ich durfte nur als Siegerin vom Platz gehen. Ich wollte mir selbst beweisen, immer noch konkurrenzfähig zu sein. Mir bestätigen, dass ich das Stipendium immer noch verdiente.

Mein Griff um den Ball war fest, zu fest. Meine Fingerkuppen krallten sich in den gelben Filz. Der Aufschlag war meine Stärke. Ich hatte ihn stundenlang trainiert. Wieder und wieder.

Es gab zwei Arten, wie ich ihn durchführen konnte. Risikoreich und mit aller Kraft, um eine kaum haltende Geschwindigkeit aufzubauen. Selbst wenn Trevor den Ball annehmen könnte, würde er mit ziemlicher Sicherheit ins Aus gehen. Oder ich setzte weniger Kraft ein und platzierte ihn sicher im Feld. Beim ersten Aufschlag entschied ich mich für die schnelle Variante. Während des gesamten Turniers hatte ich diesen nicht eingesetzt. Ich hatte ihn mir aufsparen wollen. Für Trevor.

Ich übertrug all meine Kraft perfekt vom Schläger auf den Ball. Ein Raunen ging durch die Menge, als er unerreichbar aufschlug. Die Überraschung ging auf. Ein Ass. Vermutlich hatte er nicht damit gerechnet. Nun würde er es. Dennoch brachte ich mein Aufschlagspiel durch. Es stand zwei zu null.

Trevor wirkte ein wenig verunsichert, als er wieder aufschlug. Vielleicht lag es an den Kommentaren, die ihm sein Vater zwischendurch zurief. Ich konnte nicht alles verstehen, bezweifelte aber, dass sie ermutigend waren.

Ohne große Mühe schaffte ich ein weiteres Break. Drei zu null. Ganz so einfach hatte ich es mir nicht vorgestellt, doch ich war froh über jede Minute, die ich eher hier vom Platz runterkam. Es war zu heiß. Die Sonne erschlug uns mit ihrer Kraft. Es war zu heiß für jede Art von Bewegung, ganz zu schweigen, um einem Ball nachzujagen. Doch Jammern half mir im Moment auch nicht weiter.

Beim anschließenden Seitenwechsel folgte eine kurze Pause, in der ich etwas trank und mir das Gesicht und den Nacken abtrocknete. Es half nur wenig. Je trockener meine Haut war, desto mehr brannte sich die Hitze hinein.

»Besorgt den beiden Sonnenschirme!«, wies Peyton jemanden an, doch ich sah nicht, wen sie ansprach. Mein Blick war auf den Boden gerichtet, um mich von so wenig Dingen wie möglich ablenken zu lassen. Ein Blick zu Trevors Seite hätte bestimmt genügt, um meine Konzentration zunichtezumachen. Seine türkisblauen Augen, die kleinen Fältchen um seine Mundwinkel, die sein Lächeln umrahmten.

In mir wuchs der Wunsch, dieses Spiel zu Ende zu bringen. Ich wollte, dass das Turnier vorbei war. Mich kalt duschen und dann den Wetteinsatz einlösen. Egal, wer von uns beiden gewonnen hatte.

»Maci?« Peytons Stimme holte mich aus meinen Gedanken.

Ich blickte auf und dabei genau in die Sonne. Verdammt!

An der Grundlinie zwang ich mich, meine Konzentration wiederzufinden. Ich betrachtete den Ball in meiner Hand, blinzelte den weißen Fleck von der Sonne weg, der vor meinen Augen tanzte.

Und dann machte ich einen Fehler. Ich sah über das Spielfeld direkt zu Trevor. Er stand schon auf seiner Seite, bereit, meinen Service anzunehmen. Sein Blick war auf mich gerichtet, aufmerksam und ernst. Mein Herz schlug so laut in meiner Brust, ich war mir fast sicher, alle konnten es hören.

Das war nicht gut. Gar nicht gut.

Mein erster Aufschlag ging mitten ins Netz. Der nächste war kaum besser, nur dass er ins Feld ging, schwach und langsam. Trevor hatte keine Mühe, ihn zurückzuschlagen. Ich erreichte ihn zwar, beförderte ihn aber direkt ins Aus.

Ich stieß einen stummen Fluch aus. Wie konnte das passieren?

Meine Hand war zu verkrampft und müde. Ich schüttelte sie aus und blies etwas kühle Luft auf meine schmerzenden Fingerspitzen. Es half kaum, doch war es in erster Linie eine Beruhigungsgeste, die meine Konzentration wieder bündelte. Mehr oder weniger, denn Trevor schaffte das Rebreak. Drei zu eins. Es lag an meinen eigenen Fehlern und meiner Ablenkung.

Sein gewonnenes Game gab ihm offenbar Kraft. Das Spiel wurde ausgeglichener. Trevors Ausdauer war meiner überlegen. Meine Brust brannte. Ich schaffte es dennoch, den Satz mit sechs zu vier für mich zu entscheiden.

Dieses Match gegen Trevor war anstrengender als alle vorherigen Spiele zusammen. Vielleicht war es nur eine Kopfsache. Vielleicht weil er mir während dieses Turniers erstmals gegenüberstand. Vielleicht weil immer wieder Bilder vor meinem inneren Auge auftauchten: der Kuss, der Tanz, der Sprung von den Klippen. Ob es ihm auch so ging? Immer wieder griff er nach einem Handtuch, um sein Gesicht abzutrocknen. Die Hitze strafte uns alle, doch während die Zuschauer ein spannendes Spiel sahen und sich dabei mit eisgekühlten Getränken verwöhnten, büßten wir auf dem Platz all unsere Sünden ab.

Stell dich nicht so an, Maci. Willst du, dass all das harte Training umsonst war?

Wieder die Stimme meines Vaters in meinem Kopf. Ich spülte die aufkommende Übelkeit mit dem isotonischen Getränk hinunter und ging wieder auf den Platz. Satz zwei stand uns bevor. Wenn ich diesen für mich entschied, war das Turnier zu Ende. Die Siegesprämie, der Wetteinsatz, die eigene Bestätigung. All das wäre mir dann sicher.

Doch noch war es nicht so weit.

Dieses Mal hatte ich den ersten Aufschlag. Gekonnt brachte ich ihn durch, doch so tat es wenig später auch Trevor. Er war wirklich gut, das musste ich ihm lassen. Mit der richtigen Ausbildung hätte er auch Tennisprofi werden können. Ob er ein noch besserer Baseballspieler war?

Es stand eins zu eins, als ich wieder an der Reihe war, den nächsten Ballwechsel zu eröffnen. Ich entschied mich dazu, es wieder mit der kraftvollen, schnellen Variante zu probieren. Ja, sie war riskant, doch wenn sie funktionierte, war meine Chance auf einen Punkt umso höher.

Mein erster Aufschlag ging ins Aus. Ich ärgerte mich. Das war reine Unkonzentriertheit. Das konnte ich besser. Abhaken und nach vorne schauen!

Dieses Mal brachte ich einen nahezu perfekten Aufschlag durch. Er war kraftvoll und perfekt platziert, sodass Trevor ihn nur ins Aus befördern konnte.

»Fußfehler, Punkt für Trevor.«

Ich stockte. Was hatte Peyton eben gesagt? Mein Blick ging zu dem erhöhten Stuhl an der Mittellinie.

»Das war kein Fußfehler«, sagte ich so ruhig wie möglich. Ich war mir sicher.

Peytons Gesichtsausdruck schien zu sagen, dass sie es bedauerte, es jedoch entschieden war.

Das Murmeln der Zuschauer waberte über den Platz. Ob sie die Entscheidung ebenfalls anzweifelten? Doch wer von ihnen hatte schon so genau auf meine Füße geachtet, dass er Peytons Entscheidung widerlegen konnte?

Ich hätte es getan, aber auf meine Unterstützung willst du ja lieber verzichten.

Ich stieß einen langen Atemzug und damit die Gedanken an meinen Vater aus. So ungerecht die Entscheidung sich auch anfühlte, ich war dennoch froh, dass er nicht hier war.

Ich hätte mit Peyton diskutieren können, doch am Ende hätte es bestimmt zu nichts geführt. Außerdem wollte ich mich dadurch nicht noch mehr aus dem Konzept bringen lassen. Es war nur ein Punkt, und auch wenn dieser am Ende entscheidend sein konnte, ergab es keinen Sinn, meine Konzentration dafür aufs Spiel zu setzen.

Verärgert ließ ich mir einen Ball geben und setzte das Spiel fort.

Leider zeigte die Unterbrechung ihre Konsequenzen. Trevor nahm mir den Aufschlag ab und brachte im Anschluss daran sein eigenes Aufschlagspiel erfolgreich durch.

Drei zu eins.

Du spielst erbärmlich.

Ich wollte gerade aufschlagen, als es sich anfühlte, als stünde mein Vater direkt neben mir. Irritiert sah ich auf. Natürlich war er nicht da. Es war nur seine Stimme in meinem Kopf.

Ich merkte, wie ich den Atem angehalten hatte.

Willst du das Spiel verzögern, oder was ist los? Schau nach vorn und zeig endlich, was du kannst.

Mein Puls schoss in die Höhe. Ich presste die Augen zusammen, versuchte, ihn aus meinem Kopf zu drängen. Seine Stimme war so laut, so klar. Ich schaffte es nicht, sie auszublenden. Ich wollte doch nur, dass er still war.

Die Zuschauer wurden unruhig.

»Alles in Ordnung, Maci?« Peyton klang besorgt. Sie dachte bestimmt, mein Kreislauf würde mir Probleme bereiten. Das würden auch die anderen glauben, und es war mir lieber, als wenn sie meine Gedanken hätten hören können.

»Ja, geht schon«, sagte ich, wenn auch zu leise, als dass sie es deutlich verstehen konnte. Trevor sah mich mit besorgtem Blick an. Zum Glück wusste auch er nicht, was in meinem Kopf vor sich ging.

Entschuldigend hob ich die Hand, um ihm zu signalisieren, dass es keine Absicht war, das Spiel zu verzögern. Ich wartete, bis er sich wieder an der Grundlinie in Position gebracht hatte, dann machte ich mich bereit, das fünfte Aufschlagspiel in diesem Satz zu beginnen.

Es war furchtbar. Katastrophal hätte mein Vater gesagt.

Ich machte einen Fehler nach dem anderen. Trevor musste oft nur auf der anderen Seite stehen und zusehen, wie ich den Ball ins Netz oder Aus schlug.

Der Satz endete mit sechs zu eins.

So miserabel hatte ich schon lange nicht mehr gespielt. Ich konnte froh sein, dass es nur ein Hobbyturnier war. Und dass mein Vater nicht wirklich an meiner Seite war, auch wenn die Stimme in meinem Kopf mich ständig anderes glauben ließ.

Dass es in einen dritten Satz ging, war bestimmt nicht zu meinem Vorteil.

Mein Kopf glühte, der Schweiß trat mir aus allen Poren, und langsam machte sich ein stechender Schmerz in meiner Schläfe bemerkbar. Karlee hatte mir in der kurzen Pause schnell eine neue Flasche Gatorade gebracht. Ich trank fast alles auf einmal. Mein Körper war kurz davor zu streiken. Das Klima in North Dakota war definitiv erträglicher für Leistungssport als hier in der Karibik. Für einen kurzen Moment wünschte ich mich in meine Heimat zurück. Der Moment verflog schnell wieder.

Ich hatte noch wenige Sekunden, ehe ich für Satz drei auf den Platz musste. Mit geschlossenen Augen umklammerte ich den Griff meines Tennisschlägers. Körperlich mochte ich gerade am Ende sein, doch ich spürte eine andere Stärke in mir, meine mentale Kraft. Dreizehn Jahre Leistungssport hatten ihre Spuren hinterlassen.

In Gedanken begann ich, auf mich selbst einzureden: Es war deine Entscheidung, im Einzel anzutreten. Du kannst es drehen und wenden, wie du willst, aber der Sport hat dir gefehlt. Es ist *dein* Sport. Alles, was du wolltest, war, dich von deinen Eltern zu lösen. Du wolltest nicht mehr unter der Kontrolle deines Vaters spielen. Hier und jetzt hast du die Chance dazu. Er ist nicht hier, egal was du dir einbildest. Du bist auf dich allein gestellt.

Du stehst nicht seinetwegen auf dem Platz. Sondern weil du es willst. Was auch immer deine Motivation war – der Siegesdurst, die Wette –, all das hast du in der Hand. Vergiss den letzten Satz. Du weißt, dass du es besser kannst.

Beweise es dir. Beweise es Trevor! Das ist es doch, was du wirklich willst. Dieser eine Satz ist deine letzte Chance. Geh hinaus und ergreife sie! Nichts hält dich davon ab außer du selbst. Also, worauf wartest du?

Steh auf und spiele Tennis. Spiele dein Tennis. Für dich.

Ich hörte nicht mehr die Stimme meines Vaters in meinem Kopf, sondern meine eigene. Es war, als hätte mein Körper einen Energieschub erhalten. Ich sprang von der Bank auf und dehnte meine Beine.

Ich war bereit. Ich war mehr als nur bereit. Ich war beflügelt.

»Trevor?«, fragte Peyton im Hintergrund, offenbar, ob er noch Zeit brauchte. Ich hörte die Antwort nicht.

Ich stand schon an der Grundlinie. Dieses Mal würde ich nicht den Fehler machen und mich von Trevors bloßer Anwesenheit ablenken lassen. Ich würde überhaupt keinen Fehler machen. Zumindest keine, die vermeidbar waren. Wenn ich verlor, dann weil Trevor besser war als ich. Der Gedanke gefiel mir nicht, doch ich würde damit leben.

Wieder hatte Trevor den ersten Aufschlag.

Meine neue Energie machte sich bemerkbar. Ich retournierte jeden seiner Bälle, brachte sie mit Kraft zurück auf seine Seite, schickte ihn wieder in jede Richtung. Der Break war ebenso schnell erreicht wie der anschließende Punkt bei meinem Aufschlag. Zwei zu null.

Ich jubelte, bereit für das nächste Game. Mein Körper pulsierte. Es war ein Hochgefühl, das ich nur zu Spitzenzeiten erreichte. Wenn ich wusste, dass ich alles und jeden besiegen konnte. Mein einziger Gegner war ich selbst.

Trevor brachte sein Aufschlagspiel nur knapp durch. Eine Out-Entscheidung gegen mich rettete sein Spiel. Ich wollte protestieren, doch da es sowieso keinen Videobeweis gab, musste ich Peytons Urteil vertrauen. Sie war natürlich keine professionelle Schiedsrichterin, und bislang machte sie ihre Sache auch ganz gut. Selbst wenn ihr Auge sie getäuscht hatte, war das nur menschlich.

Das nächste Spiel brachte ich ebenfalls durch, obwohl mir Peyton erneut ein Aus andichtete, das dieses Mal eindeutig keines gewesen war. Vermutlich lag ihre fehlende Konzentration ebenfalls an der Hitze. Es war dennoch bitter, diese falschen Entscheidungen tragen zu müssen. Aber ich lag in Führung, und das Letzte, was ich wollte, war, eine schlechte Gewinnerin genannt zu werden.

Die nächsten Punkte konnte sie mir nicht streitig machen. Trevor jagte den Ball einmal klar ins Aus, ein anderes Mal konnte er ihn nicht annehmen.

Drei zu eins.

Der nächste Ballwechsel verlief ähnlich wie die bisherigen. Ich hatte klar den Vorteil, mehr Erfahrung im Tennis zu haben. Diese Spielpraxis machte sich vor allem bemerkbar, als auch Trevors Ausdauer und Kraft hitzebedingt mehr und mehr nachließen.

Den ersten Punkt erkannte sie mir zu. Beim darauffolgenden wollte sie einen Ball, den ich nicht angenommen hatte, weil er ins Aus ging, als innerhalb des Feldes werten.

»Der war draußen«, warf ich bestimmt ein. Ich konnte sogar den Abdruck des Balles im Sand finden, wenige Zentimeter hinter der Grundlinie. »Hier sieht man es genau.«

»Das kann auch von einem anderen Ballwechsel sein«, entgegnete Peyton, die sich nicht die Mühe machte herzukommen, um selbst einen Blick auf die Spur im Sand zu werfen.

Ich starrte sie einen Moment lang an, hoffte, sie würde Fairness walten lassen, doch für Peyton schien die Sache erledigt. Drei Fehlentscheidungen konnte ich noch als Versehen werten, aber langsam beschlich mich eine seltsame Ahnung.

Mein Blick glitt von Peyton auf Ezra, der schräg hinter ihr saß. Sofort wandte er sein Gesicht ab, als wollte er den Augenkontakt zu mir um jeden Preis vermeiden. Die Zuschauer wirkten verwirrt, teils verärgert. Auf der anderen Spielhälfte entdeckte ich Adam, der empört Peyton anstarrte. Und schließlich blieb mein Blick auf Trevor hängen. Er hatte einen verkniffenen Ausdruck um die Mundwinkel, und seine blauen Augen funkelten wütend. Ruckartig drehte er den Schläger zwischen seinen Händen.

Steckte er hinter Peytons Entscheidungen? Hatte er wirklich solche Angst vor der Reaktion seines Vaters?

Mit zusammengepressten Zähnen widmete ich mich

wieder dem Spiel. Ich rechnete fest damit, dass sie mir noch den ein oder anderen Punkt nehmen würde, doch die Fehler, die Trevor machte, waren zu eindeutig. Sie konnte ihm keinen Punkt geben, wenn er ins Netz schoss, und auch nicht, wenn er einen korrekten Ball von mir nicht erreichte.

Ich konnte von Glück reden, als es vier zu eins stand.

Ein kurzer Blick zur Seite zeigte mir, wie unzufrieden Peyton mit diesem Ergebnis war. Ich ließ mir nichts anmerken und konzentrierte mich auf meinen nächsten Aufschlag.

Die Hitze machte mir nichts mehr aus. Ich hatte sie einfach ausgeblendet. Als Umstand abgehakt, den ich ohnehin nicht beeinflussen konnte.

Ich konzentrierte mich auf den nächsten Aufschlag, auf den Ball, auf jede einzelne Bewegung meines Körpers. Es war eine gelungene Abfolge. Jahrelang hart trainiert. Das nächste Ass stärkte mein Selbstvertrauen.

»Fußfehler!«, kam Peytons schneidende Stimme von der Seite.

»Ernsthaft?«, rief ich empört. Ich machte so gut wie nie Fußfehler.

Peyton ignorierte meinen Einwurf und bedeutete mir weiterzuspielen.

Meine Hände krallten sich um den Griff des Schlägers, ich sagte aber nichts. Meine Zähne knirschten.

»Los, Maci!«, rief Karlee und ballte ihre Hand zu einer Faust. Sie hatte recht, ich durfte nicht aufgeben. Doch da fiel mein Blick auf Blair, die ebenfalls in der ersten Reihe saß. Das triumphierende Schmunzeln auf ihren Lippen entfachte die Wut in mir. Ich mochte eine Staff sein und für ihre und Trevors Familie arbeiten, doch ich würde mir nicht meinen Stolz nehmen lassen.

Ich entschied mich für einen gesprungenen Aufschlag. Es mochte riskant sein, weil ich ihn nicht so oft übte, doch dabei durfte ich mit den Füßen in der Luft die Grundlinie überschreiten, ohne dass Peyton es als Fußfehler werten konnte.

Ich traf den Ball genau richtig, das wusste ich spätestens, als Trevor ihn nicht annehmen konnte.

»Fußfehler.«

»Das ist unmöglich!« Am liebsten hätte ich meinen Schläger auf den Boden geschmissen. »Das war ein gesprungener Aufschlag.«

»Bei der Ballberührung hattest du Kontakt mit der Linie.« Peyton rutschte auf ihrem Stuhl hin und her. So selbstsicher wirkte sie nicht.

Das Publikum wurde unruhig. Es kamen die ersten Rufe, dass Peyton falschlag. Sie ignorierte sie ebenso, wie sie nicht auf mich hörte.

Ich versuchte es dennoch ein weiteres Mal: »Peyton, das war …«

Sie unterbrach mich mit ihrer gewohnt dominanten Art: »Spiel weiter, Maci! Es war ja erst dein erster Aufschlag.«

Ja, ich hatte noch einen zweiten, doch ich fühlte mich um meinen Punkt betrogen.

Mein Blick fiel auf Trevor auf der anderen Seite. Sein Gesichtsausdruck verriet seine Gedanken nicht. Warum reagierte er nicht auf diese Fehlentscheidungen? Steckte er etwa mit Peyton unter einer Decke?

Ich nahm den Ball entgegen, den Adam mir gab. Er war einfach herübergelaufen.

»Lass dich jetzt nicht unterkriegen, Maci. Der Staff steht hinter dir«, flüsterte er mir mit einem aufmunternden Lächeln zu. Dann nickte er zur Seite.

Ich folgte seinem Blick und entdeckte neben Karlee Violet, Brent und Jesse. Sie standen eng beisammen und sahen mich hoffnungsvoll an.

»Du schaffst das!«, rief Jesse und entlockte mir nicht nur ein Lächeln, sondern auch ein unfassbar leichtes Gefühl in der Brust.

»Danke«, sagte ich zu Adam und brachte mich wieder in Position. Meine Aufmerksamkeit bündelte sich auf den Punkt, der mir noch fehlte. In mir brodelte es, doch ich durfte diese Emotionen nicht die Kontrolle übernehmen lassen.

Ich ging an die Grundlinie, stellte mich in Position, leicht nach vorn gebeugt, um den Aufschlag auszuführen. Dann aber hielt ich inne, richtete mich noch einmal auf und trat mit dem Blick auf Peyton gerichtet demonstrativ einen halben Schritt zurück. Einige Zuschauer lachten. Trevor stand mir gegenüber und fuhr sich mit der Hand über den Mund, als wollte er ein Schmunzeln verbergen. Das Grinsen würde ihm noch vergehen!

Mein Aufschlag war bei Weitem nicht so schmetternd wie gewollt, doch ich brachte ihn gut rüber. Trevor retournierte ihn so hoch in der Luft, dass ich sofort wusste, was zu tun war. Ich lief nach vorne, holte aus und traf den Ball weit über meinem Kopf. Es war ein Schmetterball wie aus dem Bilderbuch. Mit hoher Geschwindigkeit nach unten, auf die andere Seite. Mit einem Wort: unhaltbar.

Der tosende Applaus baute mich auf. Ich ballte die freie Hand zur Faust. Fünf zu eins. Nur noch ein Punkt.

»Kommt mal her!« Peyton winkte Trevor und mich zu sich.

Irritiert sah ich zu ihm hinüber, doch anscheinend wusste auch er nicht, was sie vorhatte. War es ein Versuch, mich aus dem Konzept zu bringen? Ich würde Peyton zeigen, dass sie mich nicht so leicht kleinkriegte.

Ohne Trevor eines Blickes zu würdigen, marschierte ich zu ihr.

»Wir haben entschieden, das Finale auf drei gewonnene Sätze zu spielen«, sagte sie leise, als wir vor ihr standen.

»Was?«, platzte es aus mir heraus. Das würde bedeuten, dass mit diesem Satz das Turnier nicht vorbei war. Genügte es nicht, dass wir uns bei dieser Hitze hier abrackerten?

»Wer ist wir?«, brachte Trevor zwischen zusammengebissenen Zähnen hervor. Er klang ebenso wenig erfreut über diese Regeländerung, wie ich es war. Dabei erhöhte sie seine Chance auf den Turniersieg.

»Es ist gerade so spannend«, sagte Peyton mit einem falschen Lächeln. »Da wollen wir unseren Gästen noch etwas mehr Spielzeit gönnen.«

»Dann stell du dich doch auf den Platz«, stieß Trevor genervt hervor.

Diese Worte hätten von mir sein können. Meine anfängliche Vermutung, er könnte mit Peyton unter einer Decke stecken, war schlagartig weg.

Verdutzt sahen Peyton und ich Trevor an. Der Schweiß

lief ihm in kleinen Rinnsalen von den Schläfen herab. Er hatte den Kiefer angespannt, den Blick starr auf Peyton gerichtet, als könnte er mich im Moment nicht ansehen.

»Ich verstehe deinen Einwand nicht.« Peytons Stimme klang so unbeschwert und süßlich, dass mir davon schlecht wurde. »Maci braucht nur noch diesen Punkt, dann hat sie das Turnier gewonnen.«

Ich wollte gerade etwas darauf sagen, doch Trevor kam mir zuvor. »Peyton, ich bin kein schlechter Verlierer, aber wenn du so weitermachst, kann ich nur ein schlechter Verlierer oder ein noch schlechterer Gewinner sein.«

Peyton zögerte einen Moment, dann nickte sie zustimmend. Es wirkte fast erleichtert. Sie bedeutete uns, wieder auf unsere Seiten zu gehen.

Ehe ich mich umdrehte, warf ich Trevor einen fragenden Blick zu. Er nahm ihn ohne jede Reaktion hin.

Ich zitterte vor Anspannung, als ich die wenigen Schritte zurück an die Linie ging. Erst jetzt nahm ich das Stimmengewirr der Zuschauer wieder wahr.

Trevor eröffnete den folgenden Ballwechsel. Was die Zuschauer nun geboten bekamen, war richtig mieses Tennis. Er spielte schlecht, und ich noch schlechter. Ich hatte es zu vermeiden versucht, doch Peyton hatte mich aus der Ruhe gebracht. So streng sie auch war, ich hatte sie immer für fair gehalten. Hart, aber fair. Aus Wut versemmelte ich einen Schlag nach dem anderen.

Fünf zu zwei.

Ehe ich mich sammeln konnte, ging der Punkt an Trevor.

Ich drehte mich um, obwohl wir eigentlich die Seite

wechseln sollten, da ich einen Moment brauchte, um zu mir zurückzukommen.

Nichts steht dir im Weg außer du selbst. Spiele Tennis. Spiele dein Tennis. Für dich.

Für mich. Noch einmal holte ich tief Luft, dann wandte ich mich um. Trevor stand wenige Schritte von mir entfernt auf dieser Seite des Platzes. Er sah mich fragend an, doch ich ignorierte ihn und marschierte einfach an ihm vorbei. Ich konnte mir momentan keine Gedanken dazu leisten, was ihm durch den Kopf ging und was er mit der ganzen Sache zu tun hatte.

Ich stellte mich nach bewährter Methode ein gutes Stück hinter der Grundlinie auf, den Ball und Schläger in den Händen. Ich holte tief Luft, warf den Ball weit hoch in die Luft und schlug mit aller Kraft auf.

Obwohl Trevor ihn gerade noch erreichte, beförderte er den Ball direkt ins Netz. Mein Punkt.

Trevor lächelte mir anerkennend zu. Blödmann! Er würde mich nicht wieder aus dem Konzept bringen. Die Wut verlieh mir ungeahnte Kräfte, und mir gelang ein Ass.

Dann schaffte Trevor einen guten Return, der mich etwas überrumpelte und nicht schnell genug auf die andere Seite des Feldes brachte. Ein Fehler, der mir eigentlich nicht passieren durfte, hätte mein Vater gesagt. Ich schüttelte das Gefühl ab. Jeder machte Fehler!

Der nächste Aufschlag saß wieder perfekt.

Das Publikum wurde ruhig.

Satzball. Matchball.

Ich starrte auf den gelben Ball in meiner Hand. Fühlte noch einmal seinen Filz. Meine Fingerkuppen pressten sich in die Oberfläche. Es war, als sammelte ich meine letzte Kraft in ihm.

Ein gezielter, schneller Schlag, und es war vorbei.

Ich machte diese Bewegung, die ich in den letzten Tagen schon so oft erfolgreich durchgeführt hatte. Die Luft wich mit einem Stöhnen aus meinem Körper, als ich den Ball traf.

Es brauchte einen Moment, bis ich begriff, dass der Ball im Netz gelandet war.

Ich musste schlucken. Also noch mal.

Adam warf mir einen Ball zu. Wieder befühlte ich ihn. Dieses Mal würde ich nicht so viel Energie in den Schlag stecken. Dafür wollte ich ihn sicher hinüberbringen. Mein Daumen rieb über den rauen Filz.

Ich hob den Blick, sah zu Trevor hinüber. Er war bereit, den Schläger vor sich, die Knie gebeugt. Entschlossen, auch diesen Ball bestmöglich anzunehmen. Selbst wenn es nahezu unmöglich für ihn war, dieses Turnier noch zu gewinnen. Er würde nicht aufgeben, bis es endgültig vorbei war.

Ich warf den Ball hoch über mich, traf ihn mittig mit dem Schläger und sah ihm nach, wie er schräg gegenüber auf dem Spielfeld aufschlug und dann ins Leere ging.

Jubel brandete auf.

Mit verkniffener Miene verkündete Peyton den Endstand.

Der Schläger rutschte mir aus der Hand.

Ich hatte es geschafft.

Ich hatte es tatsächlich geschafft.

23.

Violet

Ich nippte an dem Mai Tai und verzog das Gesicht. Die Balance von Säure und Süße, kombiniert mit dem Mandelsirup und dem Rum, war unausgewogen. »Meiner ist besser«, murmelte ich.

Grinsend hob Brent seine Bierflasche. »Darauf ist immer Verlass. Auf Maci!«

Wir stießen an, und mit dem sanften Kling der Gläser waren meine Gedanken über den schlecht gemixten Mai Tai auch schon wieder verflogen. Ebenso wie meine Müdigkeit nach drei Tagen, in denen ich kaum einen Fuß vor die Bar gesetzt hatte. Eigentlich sollte ich dem Cateringteam nur aushelfen, doch ohne meine Koordination wäre die Getränkebedienung wohl zum Desaster geworden.

»Wer hatte denn die Idee, diese Sängerin auftreten zu lassen?«, fragte Brent mit einem abfälligen Blick auf die Bühne.

»Das ist die Frau eines Spielers«, erklärte ich. »Freunde von Hugh Parker, soweit ich weiß.«

Brent verzog kurz das Gesicht und nahm die Snapback vom Kopf, strich sie über die blonden Haare, die er seit letzter Woche wieder kürzer trug. Es stand ihm gut. Dann setzte er die Cap wieder auf, diesmal richtig herum, und zog sie sich tief ins Gesicht.

»So schlimm?«, fragte ich und unterdrückte ein Grinsen.

Brent brummte und wandte seinen Rücken demonstrativ der Bühne zu. »Du bist doch auch nur wegen dieser Rockband hier, stimmt's? Wie heißen sie noch mal? Kill the Drummer?«

Ich stieß ihm den Ellenbogen in die Seite. »Kill the Drum Chair. Die musst du doch kennen!« Seit ich erfahren hatte, dass sie heute Abend hier auftreten würden, schwebte ich auf Wolke sieben. Zu wissen, dass sie heute auf dieser Bühne stehen würden, fühlte sich immer noch wie ein Privatkonzert im eigenen Wohnzimmer an. Nur dass mein Wohnzimmer ein Sandstrand in der Karibik war. Beleuchtet von der Sonne, die in warmen rotvioletten Farbtönen hinter dem Horizont versunken war.

»Noch nie gehört.« Brent zuckte mit den Schultern.

»Sie werden dir gefallen.«

»Wenn du das sagst.« Er legte den Kopf leicht schief, sah mich mit seinen blauen Augen an und schenkte mir dieses Lächeln, bei dem mein Herz schneller schlug.

»Wollen wir uns in eine Hängematte legen?«, schlug ich vor und deutete auf die weißen Matten, die auf der anderen Seite des Strandes zwischen den Palmen befestigt waren. Sie waren breit genug für zwei Personen und wehten in der lauen Abendbrise, die vom Meer herüberzog.

»Gern.«

Ich stellte den Mai Tai an einem Stehtisch ab und stapfte mit Brent durch den Sand hinüber zu den Palmen. Seit unserem Kuss im Meer waren wir irgendwie zurück auf Los gegangen. Oder standen da, wo wir schon immer waren. Es war, als wäre da draußen im Wasser, fernab von allen anderen, eine andere Verbindung zwischen uns gewesen. Als hätten wir dort dieser Anziehung nichts entgegensetzen können. Doch zurück an Land, zwischen dem Staff und den Gästen, war Brent wieder abgekühlt. Wir flirteten zwar miteinander, doch es gab keine weiteren Küsse, keine Umarmungen und keine intensiven, verliebten Blicke. Was auch immer sich zwischen uns hatte aufbauen wollen, Brent wusste es im Keim zu ersticken.

Er ließ sich als Erstes in die Hängematte fallen und versank dabei in den Tiefen des Tuches. Seine halb volle Bierflasche hielt er schützend in die Höhe.

»Die bleibt aber draußen«, sagte ich und stibitzte ihm die Flasche aus der Hand.

Brent protestierte, doch ich steckte sie am Fuß der Palme in den Sand und ließ mich dann zu ihm in die Matte sinken. Die Schwerkraft zog mich hinunter, und ich rollte direkt auf ihn drauf. Er stöhnte leise, und mir fiel auf, dass mein Knie in seine Leiste drückte.

»Sorry.«

Brent griff an meine Hüften, um mich zur Seite zu rücken. Mir gefielen seine Hände auf meinem Körper. Er tat es behutsam und vorsichtig, als wäre er sich nicht sicher, ob diese Berührung in Ordnung war. Für mich war sie das. Mehr als nur in Ordnung.

Ich lehnte mich an ihn und atmete seinen Duft tief ein. Diese vertraute Mischung aus Duschgel und Surfwachs hatte sich unmissverständlich als sein Geruch in mein Gedächtnis geschrieben. Ich würde ihn nie wieder vergessen. Dieser Augenblick hier war perfekt. Mal abgesehen von der Livemusik im Hintergrund.

Mein Blick fiel auf Brents Unterarm, den er auf seinem Bauch abgelegt hatte. »Darf ich?« Ich schob meine Finger in seine und hob seine Hand, um mir die Tätowierungen darauf ansehen zu können.

Ich hatte die schwarzen Linien natürlich schon oft betrachtet, doch es gab jedes Mal neue Details zu entdecken. Mit den Fingern der anderen Hand fuhr ich über das Bild einer schwarzen Mohnblume, deren Blüten die obere Ecke einer Jukebox verdeckten. Gleich daneben war das Schild der Route 66, mit feinen Schattierungen gezeichnet. Seinen Unterarm zierten Zeichnungen, die ihn an seine Heimat Kalifornien erinnerten. Obwohl er nie davon sprach, schien er sie nicht vergessen zu wollen. Es gab nur eine farbige Tätowierung. Eine rote Linie um sein Handgelenk.

»Wofür steht diese rote Linie?«, fragte ich und zeichnete sie mit der Fingerspitze nach. Seine Haut war warm und weich. Ich wollte noch viel mehr von Brent spüren. Mein ganzer Körper sehnte sich danach.

Brent zog seinen Arm zurück und räusperte sich. »Sie erinnert mich an etwas«, antwortete er und versuchte, ein Stück von mir wegzurücken, was in dieser Hängematte so gut wie unmöglich war. Er wollte nicht darüber sprechen, doch seine Geheimnistuerei zerriss mich innerlich. Sie stand immer zwischen uns.

»Woran?«, wagte ich mich vor, obwohl meine Hoffnung klein war, etwas aus ihm herauszukitzeln.

Er schloss die Augen. »An die Person, die ich mal war«, murmelte er. »Die ich noch sein sollte.«

Mein Herzschlag beschleunigte sich bei diesen Worten. Wenn ich Brent ansah, hatte ich das Gefühl, so viel über ihn zu wissen. Was er dachte, was er fühlte, was er wollte. Die Anspielung, dass er früher anders gewesen war, machte mir Angst. Die Aussage, dass er diese Person noch sein sollte, noch mehr.

»Manchmal kann ich nicht glauben, was passiert ist«, setzte er fort. Seine Stimme war kaum zu hören. »Das Gute wie das Schlechte.«

»Und wozu gehöre ich?«

Brent drehte sein Gesicht zu mir und lächelte mich so sanft an, dass alle Zweifel sich in Luft auflösten. »Natürlich zum Guten.«

In mir breitete sich prickelnde Wärme aus. Er wusste gar nicht, was diese Worte mir bedeuteten. Ich hob den Kopf und beugte mich zu ihm. Vorsichtig legte ich meine Lippen auf seine. Sie waren warm und schmeckten nach Bier, doch das störte mich nicht. Seit unserem Schnorchelgang hatte ich mich nach diesem Mund gesehnt.

Ich liebte Brent. Davon war ich überzeugt, auch wenn ich nicht bereit war, es laut auszusprechen. Er war der Mensch, bei dem ich mich immer wohlfühlte, den ich sofort vermisste, wenn er nicht in meiner Nähe war. Der meinen Mut weckte und meine Ängste auf liebevolle Art fortjagte.

Sanft legte ich meine Hand an seine Wange und schob

mich über ihn. Ich öffnete meine Lippen und tastete mich vorsichtig in seinen Mund. Alles in mir verlangte nach mehr. Ich wollte die Menschen um uns herum einfach wegdenken, die Musik, die Stimmen. Und die Zeit. Sie sollte für immer stehen bleiben.

Seine Hände umschlossen meine Taille. Mein Shirt war auf einer Seite hochgerutscht, und ich zog die Luft ein, als seine Hand meine Haut berührte.

Ich löste meinen Mund nur ein kleines Stück von seinem. »Lass uns in mein Zimmer gehen«, hauchte ich an seine Lippen, »und nie mehr hinausgehen.« Sehnsüchtig blickte ich in seine blauen Augen. Darin war das gleiche Verlangen zu erkennen. Die Begierde, der Wunsch nach Nähe.

Doch plötzlich schob sich eine dunkle Wolke über sein Gesicht und hüllte all das ein, was uns gerade noch miteinander verbunden hatte. Brents Ausdruck wurde kühl und distanziert, was sich schmerzlich verstärkte, als er mich von sich schob.

»Wir sollten zu den anderen zurückgehen«, sagte er mit rauer Stimme. Als er sich aufsetzen wollte, hielt ich ihn an den Schultern zurück. Meine Finger zitterten. Ich wollte diesen Moment nicht gehen lassen. Ich durfte nicht!

»Ist es, weil uns hier jemand sehen könnte?«, fragte ich, obwohl die Matte uns an beiden Seiten einhüllte. Ich wünschte, er würde Ja sagen. Dass er bloß nicht wollte, dass die anderen Jungs etwas von seinen Gefühlen für mich mitbekamen. Aber meine Hoffnung erfüllte sich nicht.

»Nein.« Seine harte Antwort war wie ein Schlag ins Gesicht, und ich bekam kaum noch Luft.

»Brent ...«

»Ich kann das nicht, Vi«, flüsterte er. Sein Ausdruck sah im Schein der Lampions und Sterne aus, als würde er sich dafür entschuldigen, doch das machte es nur umso schlimmer. Etwas in mir wusste, dass er das mit uns genauso wollte wie ich. Warum ließ er es nicht einfach zu?

»Ich kann dir nicht geben, was du willst.« Die Matte wackelte stark, als er sich aufsetzte. Er hievte seine Beine über die Kante des Stoffes und verharrte dort noch einen Moment, ohne mich anzusehen. »Es wäre nicht fair, wenn ich dich im Glauben ließe, dass wir eine Chance hätten.«

Dann stand er auf und ließ mich zurück. Alleine.

Seine Worte rissen alles nieder. Sie rissen mich nieder und verstärkten das Brennen in meiner Brust so sehr, dass ich die Augen zusammenkniff und hoffte, der Schmerz würde vergehen. Das tat er aber nicht.

Ich stapfte über den Strand, zwischen den Gästen hindurch, die sich in kleinen Gruppen im Sand niedergelassen hatten. Jemand rief meinen Namen, doch ich ignorierte es einfach. Heute war ich nicht mehr als Staff unterwegs, sondern einfach als frustrierte Violet, die ihren Kummer in Alkohol ertränken wollte. Wer mir dabei Gesellschaft leisten wollte, war willkommen, alle anderen konnten mich kreuzweise.

»Einen doppelten Wodka«, forderte ich an der Bar angekommen und scherte mich einen feuchten Dreck um die Personen, die bereits warteten.

Die Barkeeperin der Cateringfirma, deren viel zu elegante Frisur und straff sitzende Bluse eher zu einer Flugbegleiterin passten, lächelte mich professionell an. »Wie wäre es stattdessen mit einem Cosmopolitan?«

»Nein.«

»Oder einem White Russian?«

Was, verdammt noch mal, hatte sie nicht verstanden? »Ich will keinen Wodkacocktail, sondern einen doppelten Wodka. Pur.«

Die Barkeeperin verharrte noch zwei weitere Sekunden in ihrem aufgesetzten Lächeln, dann nickte sie kurz und schob mir mehr oder weniger erfreut den Drink hin. Sie konnte doch sowieso keine guten Cocktails mixen, wie der Mai Tai bewiesen hatte.

»Danke«, sagte ich wenig freundlich und kippte ihn hinunter. Die klare Flüssigkeit brannte in meiner Kehle. Ich trank selten Alkohol, weil ich wusste, was er anrichten konnte. Außerdem war ich normalerweise für den Ausschank zuständig und musste entsprechend klar im Kopf bleiben. Heute aber war Alkohol die Medizin für meine Seele.

»Noch einen.« Ich stellte das Glas fest auf die Theke. Eigentlich hasste ich es, wenn Gäste das taten, doch mein Gewissen hatte ich in der Hängematte liegen lassen. Wahrscheinlich hatte es sich längst im Meer ertränkt.

Die Barkeeperin hielt die Flasche noch in der Hand, zögerte aber, meinem Wunsch nachzukommen. »Ein so hübsches Mädchen wie du will sich doch nicht einfach grundlos betrinken, oder?«

Ich starrte sie finster an. »Sind Sie Psychologin oder Barkeeperin?«

»Ich würde sagen, beides«, antwortete die Frau fröhlich. Ich fand ihr Grinsen zum Kotzen.

Seufzend zog ich die Hand vom Glas und ging entschlossen um die Bar herum. Ich riss ihr die Flasche aus der Hand und trank demonstrativ einen Schluck daraus. Sollten die Leute um uns herum doch denken, was sie wollten.

»Hey, du kannst doch nicht …«

Ich schnitt ihr die Worte ab, die Wodkaflasche fest in der Hand. »Und wie ich kann!«

24.

Maci

»Ich liebe dieses Zeug«, schwärmte ich und beobachtete, wie die Flammen die Oberfläche der Süßigkeit langsam bräunten.

»Das weckt Kindheitserinnerungen«, stimmte Karlee mir zu. Mit der Fingerspitze tippte sie ihre Marshmallows an, um zu prüfen, ob sie schon weich genug waren.

Der vertraute Geruch von Karamell und leicht verbranntem Zucker stieg mir in die Nase, und ich drehte den Spieß mit den Marshmallows über der kleinen Feuerstelle, die für diesen Abend unweit des Strandhauses aufgebaut worden war. Auf meinen Trainingscamps in Florida hatte ich nicht nur mein Tennisspiel verbessert, sondern auch gelernt, wie man diesen Schaumzucker über Feuer perfekt grillte. Ich erinnerte mich gerne an die Abende vor dem Lagerfeuer mit den anderen Kindern und den Betreuern. Marshmallows waren nicht nur lecker, sie standen auch für das bisschen Freiheit, das ich früher hatte.

Neben Karlee und mir hatten sich zwei etwa 10-jährige Jungs ans Feuer gestellt. Der neben mir hatte den ganzen Spieß voller Schaumzucker und konnte ihn gerade noch halten, ohne sich die Finger zu verbrennen. Plötzlich fing ein Teil davon Feuer.

Schnell griff ich nach seiner Hand und zog sie ein Stück zurück. Dann pustete ich die Flammen aus.

»Hey!«, rief der Junge verärgert. »Ich wollte das so.« Dann stapfte er mit den angekokelten Stücken davon.

Karlee schüttelte leicht den Kopf, kommentierte es aber nicht. Stattdessen sagte sie: »Du warst großartig heute, Maci! Ich war so stolz, dass du dich nicht hast kleinkriegen lassen. Das waren wir alle.«

»Danke. Und weißt du was, das Spiel hat mir zum ersten Mal wieder richtig Spaß gemacht. Ich hatte mir eigentlich vorgenommen, nie wieder in einem Turnier zu spielen und diesen Teil meines Lebens hinter mir zu lassen.«

»O nein!« Der zweite Junge sah seinem Marshmallow nach, das geschmolzen und in die Glut gefallen war. Ein verbrannter Zuckergeruch breitete sich aus.

»Hol dir einfach neue«, sagte Karlee zu ihm und zog ihren eigenen Spieß zurück.

Ich tat es ihr gleich, und wir setzten uns auf eine Bank unweit der Feuerstelle. Die meisten Gäste hatten es sich auf den Sofas in der Lounge des Strandhauses gemütlich gemacht. Andere saßen auf Decken im Sand und sahen der Sängerin zu, die auf der Bühne stand und Gitarre spielte.

Vorsichtig biss ich in das oberste Marshmallow. Es war

heiß, und der süße Geschmack breitete sich in meinem Mund aus.

»Und wie ist es jetzt? Wirst du zukünftig wieder spielen?«

Ich sah Karlee an, die mich neugierig musterte. Ich wünschte, ich könnte ihr eine Antwort darauf geben. Eigentlich hätte es nur eine einmalige Sache sein sollen. Doch nun war eine Art Feuer in mir erneut entfacht. Die Flamme loderte klein, wollte aber hoch hinaus. Sie wollte den Kitzel vor einem Spiel, sie wollte siegen.

Wenn ich mich jedoch dazu entschied, meine Tenniskarriere fortzusetzen, war der einzig vernünftige Weg das Stipendium an der University of Florida.

»Ich weiß es noch nicht«, sagte ich schließlich. Das war die Wahrheit.

»Ach, bestimmt. Ich hab ja gesehen, wie viel Spaß du hattest«, warf Karlee überzeugt ein. Dann sagte sie plötzlich: »Ich bin immer noch baff, dass Peyton versucht hat, Trevor den Sieg zu ermöglichen.«

Bei dem Gedanken daran presste ich die Lippen fest aufeinander. Mir kroch die Wut in der Kehle hoch, wenn ich daran zurückdachte. Peyton war für mich einer der direktesten, aber auch korrektesten Menschen auf Lovett Island gewesen. Was sie heute getan hatte, brachte meinen Respekt für sie ins Wanken. Wer oder was auch immer der Auslöser für ihr Handeln gewesen war, ich hätte erwartet, dass sie darüberstand.

Karlee war die Erste, die mich darauf ansprach. Obwohl mir nach dem Turnier unzählige Menschen gratuliert hatten, von denen ich die meisten gar nicht kannte, hatte niemand diese unfairen Entscheidungen erwähnt. Es war, als hätte es jeder akzeptiert, wenn Trevor dadurch gewonnen hätte.

»War das in den Vorjahren auch so?«, fragte ich, weil ich wusste, dass Karlee schon länger hier war.

»Nein«, antwortete sie lachend, »bislang hatte Trevor aber nie solche Gegner.«

»Meinst du, die Anweisung kam von Hugh Parker?« Ich sprach leise, auch wenn keiner in unserer Nähe war.

Karlee seufzte. »Möglich wäre es. Er ist auf alle Fälle mit Vorsicht zu genießen.«

Als ich überrascht über diese Worte zu ihr aufsah, entdeckte ich in der Ferne Trevor. Er stand unweit des Weges, der zum Bootshaus führte, mit einer Gruppe Geschäftsmänner und starrte mich von dort aus direkt an.

Beinahe unmerklich deutete er mit dem Kopf auf den Weg, der sich in das Dickicht schlängelte, und streckte unauffällig drei Finger aus. Ich wusste sofort, was er meinte. Es ging um unseren Wetteinsatz. Die drei Fragen, die ich erspielt hatte.

Nachdem er einige Worte zu seinen Begleitern gesagt hatte, wandte er sich ab und verschwand im dichten Gebüsch. Ich würde ihn dort erst mal eine Weile schmoren lassen.

»Galt das gerade dir?«, fragte Karlee.

»Was meinst du?«, stellte ich mich unwissend.

»Na, dieses Zeichen von Trevor?« Sie streckte ebenfalls drei Finger hoch und sah mich auffordernd an.

Ich schluckte. Ich wusste zwar nicht, was genau Trevor und ich waren. Doch was immer es war, ich sollte es lieber für mich behalten.

»Vermutlich will er über das Turnier reden«, antwortete ich ausweichend. »Vielleicht weiß er mehr zu Peytons Entscheidungen.«

Karlee starrte mich so eindringlich an, als wollte sie in meine Gedanken hineinsehen. »Läuft da etwas zwischen euch?«

»Was? Nein!«, stieß ich heftig aus, wodurch nicht nur mir klar wurde, dass ich etwas abzustreiten versuchte. Ich wusste nicht, was Trevor von mir wollte, aber dieses Flattern in meiner Brust, wenn er mir Blicke zuwarf, konnte ich nicht leugnen.

»Das wäre wirklich besser«, sagte Karlee. In ihrer Stimme hörte ich diesen zweifelnden Ton heraus. »Es gibt da ein Gerücht über Trevor.« Sie machte eine Pause, als wollte sie sich selbst abhalten, mehr zu erzählen. Mit einem flüchtigen Blick vergewisserte sie sich, dass uns niemand hören konnte. »Trevor hält eigentlich mehr Distanz zu uns Mädels.«

Das war mir bereits aufgefallen. Bei mir hingegen machte es nicht diesen Anschein.

»Angeblich hatte er vor einigen Jahren eine Affäre mit einer aus dem Team«, setzte Karlee noch leiser fort. »War wohl ein Skandal.« Sie zuckte mit den Schultern.

»Wann soll das gewesen sein?« Ich wollte mir nicht anmerken lassen, dass ich etwas darüber wusste. Schließlich waren es auch nur Andeutungen, die Blair gemacht hatte. Auch wenn sie es nicht als Affäre bezeichnet hatte, sondern als eine Staff, die Trevor ausgenutzt haben soll. Und Hugh Parker hatte den Namen Liza erwähnt.

»Vor meiner Zeit«, antwortete Karlee. »Vielleicht ist es ja nur ein blödes Gerücht.«

»Ja, vielleicht.«

Wie lange war Karlee schon auf Lovett Island? Zwei Jahre? Drei? Wenn ich sie fragte, würde sie bestimmt Verdacht schöpfen. Sie hatte für so etwas einen Riecher. Es gab einen anderen Weg, mehr darüber zu erfahren. Ich musste nur aufstehen und Trevor folgen. Ich hatte drei Fragen frei, und Liza gehörte definitiv eine davon.

»Am besten vergisst du, was ich gesagt habe.« Karlee wirkte auf einmal angespannt. Als hätte sie bemerkt, was sie damit losgetreten hatte.

Ich nickte, um sie zu beruhigen.

»Was ist jetzt?«, fragte sie dann auffordernd. »Willst du nicht endlich zu ihm gehen?«

Das Bootshaus lag verlassen in der kleinen, verwachsenen Bucht am südwestlichen Teil der Insel. Am Steg gab es zwei elektrische Fackeln links und rechts der Anlegestelle. Mein Herz schlug schnell, als ich den Weg entlanglief. Nicht weil es hier dunkler war als am Strand und der Mond lange Schatten warf und die überstehenden Blätter der Sträucher entlang des Pfades meine Beine streiften. Was mich nervös machte, war die Person, die wenige Meter entfernt auf mich wartete.

Vorsichtig lief ich um das Bootshaus herum und hielt nach Trevor Ausschau. Ich warf einen Blick in das Innere, wo die Jetski und das Motorboot im Wasser schaukelten. An der Seite waren die Surfbretter und Paddleboards verstaut.

»Da bist du ja endlich.« Trevor tauchte so abrupt auf, dass ich einen kleinen Schrei ausstieß.

»Musst du dich so anschleichen?«

Im Schein der Fackeln wirkte sein Gesicht gruselig. »Du wusstest doch, dass ich hier auf dich warte.«

»Schon, aber …« Ich entschied mich, den Satz unbeendet zu lassen.

»Jetzt kann ich dir wenigstens endlich richtig gratulieren. Dein Aufschlag war einfach klasse!« Obwohl er mich anstrahlte, blieb ich mit meiner Freude zurückhaltend.

»Wusstest du davon?«

Trevor kniff die Augenbrauen zusammen. »Was meinst du?«

»Du weißt genau, was, Trevor. Es war offensichtlich, dass es geplant war.« Ich war aufgebracht, weil er immer noch so tat, als wüsste er von nichts. »Erst erklärt mir Ezra, dass es deinem Vater nicht gefallen würde, wenn du verlierst, und dann trifft Peyton eine Fehlentscheidung nach der anderen. Alle gegen mich. Die Verlängerung auf drei gewonnene Sätze war dann wohl doch einen Tick zu viel des Guten.«

»Das ging nicht von mir aus«, verteidigte sich Trevor mit angespanntem Kiefer. Er trat einen Schritt auf mich zu, blieb aber im sicheren Abstand.

»Nicht? Und warum hast du nicht darauf reagiert? Selbst das Publikum hat mitbekommen, wie falsch Peyton lag.«

»Das hätte es nur schlimmer gemacht.«

»Ein ehrliches Spiel findest du also schlimmer?«

»Versteh doch: Wäre ich für dich in die Bresche gesprungen, hätte das nur seine Aufmerksamkeit auf dich gelenkt. Mein Vater würde nicht zulassen, dass ich mich für eine Staff interessiere. Wenn er von meinen Gefühlen wüsste, würde er dir das Leben nur noch schwerer machen, dich vielleicht von der Insel schicken.«

Auch wenn er mich darum bat. Ich verstand es nicht. Weder was für Gefühle er für mich haben sollte noch wieso er wegen seines Vaters log. Zudem saß die Wut über den Spielverlauf tief in mir.

»Wusstest du wirklich nichts davon?«, wiederholte ich meine Frage, weil er mir zuvor keine klare Antwort gegeben hatte.

»Nein«, antwortete er ruhig. »Was ich wusste, war, dass mir mein Vater nach einer Niederlage vorwerfen würde, ich hätte nicht alles gegeben. Dass ich mit meinem fehlenden Ehrgeiz nie meine Ziele erreichen würde und dass er von mir enttäuscht wäre. Und glaub mir, das hat er mir nach dem Spiel ausgiebig erklärt.«

Ein dumpfes Gefühl breitete sich in mir aus. Nach dem Finale war ich so von Beglückwünschungen überschüttet worden, dass ich nicht daran gedacht hatte, welche Auswirkungen das Ergebnis auf Trevor hätte. »Das tut mir leid.«

»Muss es nicht«, erwiderte Trevor fast schon gekränkt, weil ich das sagte. »Wäre es mir wichtiger, unfair zu gewinnen, damit ich seiner Zurechtweisung entgehe, hätte ich Peytons Regeländerung nicht abgelehnt.«

Ich glaubte ihm. Er hätte wirklich einen einfacheren Weg gehen können, um seinen Vater zufriedenzustellen.

»Ich wusste, dass du stark genug bist, um dich von Peyton nicht aus dem Spiel bringen zu lassen«, fuhr er fort, und seine Stimme nahm einen tieferen Ton an. »Wie du dich da heute rausgekämpft hast, so etwas habe ich noch nie gesehen. Das war beeindruckend.«

Er trat einen Schritt auf mich zu … und noch einen. Ich legte den Kopf in den Nacken und merkte, wie jede Faser meines Körpers auf seine Nähe reagierte. Mein Blick fiel auf seinen leicht geöffneten Mund, als er noch einen Schritt auf mich zu machte und damit die letzte Distanz zwischen uns überwand.

Ich hob meine Hand, wollte mit den Fingerspitzen über seine Lippen streichen, als er mich festhielt und mir fest in die Augen sah. Mein Atem stockte.

»Du bist beeindruckend«, flüsterte er, küsste hauchzart die Innenseite meines Handgelenks, bevor er sich zu mir beugte.

Unsere Lippen fanden einander, sanft und zugleich begierig. Ich legte meine Hände in seinen Nacken, spürte seine Haarspitzen zwischen meinen Fingern und streckte mich ihm noch ein Stück weiter entgegen. In meinem Bauch flatterte es, als Trevor mich noch etwas fester an seinen harten Körper zog. Ein Ziehen breitete sich in meinem Unterleib aus.

Der Kuss endete viel zu schnell. Meine Stirn berührte noch seine, und sein warmer Atem strich über meine feuchten, pulsierenden Lippen, als er atemlos sagte: »Wir sollten …«

»Ich weiß.« Nur zaghaft löste ich meine Hände von seinem Hals, und auch er wich von mir zurück.

»Wollen wir uns auf den Steg setzen?«, fragte er mit einem verlegenen Lächeln in der Stimme.

»Du meinst, es ist weniger gefährlich, wenn wir an einem Ort sind, wo uns alle beobachten können?« Ich blickte zur Anlegestelle hinüber, an der ein Boot auf die

Gäste wartete, die keinen Schlafplatz auf Lovett Island bekommen hatten und später auf eine Nachbarinsel gebracht würden.

»Hilft vielleicht auch, um runterzukommen.« Trevor strich seine Kleidung glatt und richtete seine Hose. Dann legte er seine Hand auf meine Schulter.

Wir gingen zum Steg hinüber und ließen uns mittig darauf nieder, wo wir noch im sanften Schein der Fackeln waren. Das raue Holz des Beschlags drückte sich in meine Oberschenkel. Ich senkte den Blick auf die Wasseroberfläche zu meinen Füßen, auf der sich das Licht der Fackeln mit dem des Mondes vermischte und glitzernd tanzte, und versuchte zu ignorieren, dass Trevor so nah bei mir saß und ich seine Körperwärme spüren konnte.

»Es ist ein bisschen zu romantisch, um runterzukommen …«, sagte ich leise und presste meine Finger etwas fester über die Kante des Stegs. Die Anspannung zog sich über meine Arme hoch bis in die Schultern und nahm den Rest meines Körpers ein. Ich wollte mich in den nächsten Kuss stürzen, aber wir hatten diesen Ort gewählt, damit es eben nicht passierte.

»Ich kenne dieses Gefühl«, sagte ich, und als mich Trevor irritiert ansah, fügte ich hinzu: »Dass Sport über allem steht. Dein Vater ist wie meiner …«

Trevor lachte auf. »Danke, dass du meinen Vater erwähnst. Ich wusste nicht, wie ich unseren Kuss aus dem Kopf bekommen sollte. Jetzt hab ich wieder sein wütendes Gesicht vor Augen.«

»Du wolltest runterkommen …«

»Aber nicht, indem ich an meinen Vater denken muss!«

»Wie wäre es dann mit …« Ich machte eine lange Pause, obwohl ich schon längst etwas im Sinn hatte. »Ich habe noch drei Fragen bei dir gut.«

»Stimmt, da war etwas.« Trevor verzog gespielt gequält das Gesicht und fuhr sich durch die Haare. »Also gut, was willst du wissen?«

Er wandte mir seinen Oberkörper ein Stück mehr zu, und ich löste meine Hände von der Kante des Stegs und legte mein Bein angewinkelt auf den Steg zwischen uns, um ihn direkt ansehen zu können.

»Stimmt es, dass du eine Beziehung mit einer Staff hattest?«

Trevor spannte sich merklich an bei dieser Frage. »Wer sagt denn so etwas?« Er versuchte, unbeschwert zu klingen, doch offenbar hatte ich einen wunden Punkt getroffen. Er seufzte leise. »Es war keine richtige Beziehung. Vielmehr eine komplizierte Geschichte.«

»Ich verspreche dir, niemandem davon zu erzählen«, versicherte ich ihm, und weil auch ich diesem Gespräch die Schwere nehmen wollte, hob ich die rechte Faust und streckte Trevor den kleinen Finger entgegen.

Er lachte über diese Geste, so ehrlich, dass ich es in seinen Augen sehen konnte. Statt aber mit seinem kleinen Finger einzuhaken und mir den Schwur abzunehmen, legte Trevor seine warme Hand über meine Faust und drückte sie sanft hinunter.

»Das weiß ich. Es ist nur …« Er stockte kurz. Seine Hand lag immer noch auf meiner. »Nach dieser Geschichte habe ich mir geschworen, nie wieder etwas mit einer Staff anzufangen.« Selbst im Schein des Mondes konnte ich die Falten auf seiner Stirn erkennen, als er mir in die Augen sah.

Ich schluckte, als mir klar wurde, was das bedeutete. Ich würde Trevor immer nur im Geheimen küssen dürfen. Weit weg von seinem Vater und am besten auch von Blair. Ich wollte Trevor so sehr, aber nicht, indem ich seine geheime Affäre war. Er sollte zu seinen Gefühlen stehen, zu mir, und nicht lieber den Anweisungen seines Vaters folgen. Diese Erkenntnis ließ mein Herz plumpsen.

»Ich war siebzehn und verbrachte den Sommer auf Lovett Island. So wie jedes Jahr«, fuhr Trevor fort. »Liza war Staff und zwei Jahre älter als ich. Wir hatten ein paar Wochen lang eine Affäre.« Er machte eine kurze Pause. Ich hatte das Gefühl, dass er seine Hand wegziehen wollte, doch er ließ sie trotzdem auf meiner liegen. »Ich hatte mein erstes Mal mit ihr.«

Obwohl ich zu schätzen wusste, dass er mir etwas so Persönliches anvertraute, merkte ich einen Stich in meiner Brust. Liza war Trevors Affäre gewesen. So wie ich Chads. Uns hatte etwas Freundschaftliches verbunden, später auch Gefühle, doch es hatte nicht gereicht, um seine Freundin zu werden. Ich war auf dem besten Weg, den gleichen Fehler zu wiederholen. Egal wie sehr mich mein Kopf warnte, mein Herz hatte Hoffnung und wollte das Risiko eingehen.

Trevors Blick fiel zur Seite und verharrte im Dunkel des Wassers. Das Licht der Fackeln zeichnete die Konturen seines Gesichts weich. Seine gerade Nase, die Wangenknochen, die Umrisse seiner Lippen.

»Doch dann ist etwas passiert und ... und am Ende des

Sommers hat sie Lovett Island verlassen.« Er schluckte und wandte sich wieder mir zu. Seine Augen wirkten nun fast schwarz, und ich meinte, den Schmerz in ihnen zu erkennen. »Es hat mir das Herz gebrochen.«

»Es tut mir leid«, flüsterte ich.

»Muss es nicht. Wirklich nicht.«

Stille legte sich über uns. Das leise Plätschern der Wellen, die gegen das Boot unweit von uns schlugen, übertönte die Musik, die vom Strand zu uns herüberwehte. Mein Blick fiel auf unsere Hände.

Trevor war es, der das Schweigen als Erster durchbrach: »Was hältst du davon, wenn wir uns abwechseln? Eine Frage du. Eine Frage ich.«

»Dafür habe ich mich im Finale so angestrengt? Vergiss es, Parker!«, sagte ich entrüstet und ignorierte mein Herz, das mir weismachen wollte, dass es doch ein Zeichen war. Trevor wollte mich näher kennenlernen!

»Komm schon, Maci, ich weiß so wenig über dich.« Trevor schob seine Hand in meine, sodass wir unsere Finger ineinander verschränkten.

Eins zu null für mein Herz, aber das bedeutete noch lange nicht, dass ich aufgab. »Na gut, schieß los«, sagte ich und freute mich insgeheim, dass ich ihn ebenso neugierig machte wie er mich.

»Danke.« Trevor lächelte und zog auch sein Bein zwischen uns auf den Steg hinauf. Unsere Knie berührten sich, wie auch unsere Füße. »Du hast das Zeug zur Profisportlerin. Warum bist du überhaupt hier und verschwendest deine Zeit?«

Ich stieß einen schweren Atemzug aus. Irgendwann

musste es ja raus. Und seit meine eigene Stimme im Finale die meines Vaters in die Flucht geschlagen hatte, war auch der Druck auf meiner Brust gewichen, wenn ich an ihn dachte.

»Mein Vater ist Tennistrainer. Er hat mich trainiert, seit ich fünf Jahre alt war«, begann ich. Diesen Satz hatte ich in meinem Leben schon so oft gesagt, dass er mir ganz selbstverständlich über die Lippen kam. »Er hatte das klare Ziel, aus mir eine Profispielerin zu machen.«

»Da bist du auch auf dem besten Weg dorthin«, warf Trevor ein. Seine Finger schlossen sich ein wenig fester um meine.

Leider reagierte ich weder auf diese Worte noch auf die Berührung, wie er es sich wohl erwartet hatte. Verhalten senkte ich den Kopf.

»Du wolltest das nie, oder?«

»Nur wurde ich nie gefragt, was ich wollte«, antwortete ich mit einem leicht verbitterten Lächeln.

»Deshalb bist du also hier …«, murmelte er.

Ich nickte, auch wenn der eigentliche Auslöser ein anderer gewesen war. Vielmehr zwei Tage, die alles verändert hatten. So viel ich Trevor auch anvertrauen wollte, Chad und der Unfall gehörten nicht dazu. Noch nicht.

»Ich hätte das nicht länger ertragen«, antwortete ich. »Ich habe begonnen, den Sport zu hassen, noch mehr als die Entscheidungen, die mein Vater mein Leben lang für mich getroffen hatte.«

»Das war sehr mutig«, sagte Trevor leise. »Ich glaube, nicht viele schaffen es, sich von einer solchen Kontrolle zu lösen.«

»Schaffst du es?«

Trevor schüttelte ganz langsam den Kopf, sagte aber nichts dazu. Das brauchte er auch nicht. Ich glaubte auf seinen Lippen den Ansatz eines Lächelns zu erkennen, und ich war erleichtert, dass er es anscheinend nicht schlimm fand, dass ich einen nicht so schönen Teil von ihm kannte.

»Also gut«, sagte Trevor. »Du bist wieder dran. Was ist deine zweite Frage?«

Seine Entspanntheit übertrug sich auch auf mich. »Trevor Parker, ich habe das Gefühl, du willst mir unbedingt mehr aus deinem Leben erzählen.«

»Wettschulden sind Ehrenschulden«, sagte er und setzte sich gerader hin.

Nun lächelte auch ich, aber gleichzeitig war ich ein wenig nervös. Trevor hatte bereits erzählt, dass er früher mit Blair zusammen gewesen war – er machte kein Geheimnis draus. Doch was bedeutete es, als er sagte, es sei kompliziert?

»Was ist das zwischen Blair und dir?«, sprach ich es vorsichtig aus.

Er holte tief Luft und fuhr sich mit einer Hand durch sein dunkles Haar, bevor er sich bequem zurücklehnte und sich auf seine Arme abstützte. Hatte ich gerade eine Grenze überschritten, weshalb er Abstand nahm? Sofort vermisste ich den Körperkontakt zu ihm.

»Mit dieser Frage habe ich eher gerechnet als mit deiner ersten«, gestand Trevor. »Blair hatte es nicht immer leicht. Ihre Mom ist abgehauen, als sie fünf war, und ihr Dad … Baron war ihr nie ein richtiger Vater.«

Erstaunt sah ich in Trevors Gesicht. In seinen Augen

spiegelte sich Verachtung, und mir wurde klar, dass ich bislang so gut wie nichts über Blair Wilkins und ihren Vater wusste. Ich hatte mir an meinem ersten Abend auf Lovett Island ein Bild von ihr gemacht, das kein gutes war. Und ein sehr oberflächliches – wie ich zugeben musste. Von ihrer schwierigen familiären Situation zu hören rüttelte daran.

»Als Blairs Mom weg war und meine Mutter sich um sie mitgekümmert hat, habe auch ich mich für sie verantwortlich gefühlt. Sie hatte ja sonst niemanden. Schon als Kind war sie sehr besitzergreifend. Wenn sie etwas wollte, musste sie es haben. Sofort und ohne Kompromiss«, setzte Trevor fort. »Unser Verhältnis hat sich verändert, als wir fünfzehn waren. Damals habe ich begonnen, mit Mädchen auszugehen. Nichts Ernstes. Aber Blair hatte Angst, sie könnte mich verlieren. Sie begann alles zu sabotieren, setzte Gerüchte in die Welt und verpfiff mich bei meiner Mutter, wenn ich mich abends aus dem Haus schleichen wollte. Einmal hat sie sogar Collin angestachelt, mir die Freundin auszuspannen.«

Das würde auch ihr Verhalten am Strand erklären. Als sie mir gedroht hatte, mich von der Insel zu werfen, wenn ich Trevor zu nahe kam. Sie sah mich als eines dieser Mädchen, an die sie Trevor verlieren könnte. Doch sie hatte keinen Anspruch auf ihn. Nicht mal, wenn sie seine Freundin wäre. Niemand hatte einen Anspruch auf ihn.

»In Florida war es zeitweise richtig schlimm.« Trevor holte mich aus meinen Gedanken. »Wir konnten uns kaum noch in die Augen sehen. Aber wenn wir auf Lovett Island waren, wurde es jedes Mal wieder besser. Wir haben einige Tage am Strand verbracht und …« Er ließ das Ende des Satzes in der Luft hängen.

»Und was?«, fragte ich.

»Und jedes Mal wieder zueinandergefunden.«

Da war er wieder, der Stich. Ich versuchte, mir meine gemischten Gefühle nicht anmerken zu lassen. Was hatte ich erwartet? Trevor war so unglaublich attraktiv, dass es mich immer wieder überwältigte. Natürlich liefen ihm die Frauen hinterher. Meine Eifersucht war lächerlich.

»Dann stand Liza eines Tages vor mir.«

Fast musste ich lachen, als ich diesen Namen erneut hörte, weil es meine Gedanken untermauerte und die eben so mühsam niedergerungene Eifersucht erneut auflodern ließ. Es war die Art, wie er von ihr sprach, der sanfte Ton in seiner Stimme, wenn ihr Name fiel. Und sie hatte ihm das Herz gebrochen. Ob er noch oft an sie dachte?

»Dieser Sommer hatte mich viel Kraft gekostet.« Er machte eine Pause und atmete durch. »Blair hat mir durch diese schwere Zeit geholfen. Rein freundschaftlich. Es war nicht mehr wie früher, doch unsere Freundschaft wurde wieder enger. Etwa zwei Jahre lang war es wie vor der Trennung mit Liza. Blair hat die Frauen, die ich gedatet habe, zwar immer noch abgelehnt, doch es war nicht so schlimm wie bei Liza. Ich denke, es lag an Lovett Island. Solange sie *hier* die einzige Frau in meinem Leben ist, ist es für sie in Ordnung.«

Diese letzten drei Sätze wogen schwer in meiner Brust. Ich wusste nicht, welche Hoffnungen ich mir bei Trevor machen durfte, doch eines war klar: Ich hatte mich rettungslos in ihn verliebt. Ich konnte die Gefühle für ihn nicht leugnen. Doch Blair würde uns auf dieser Insel niemals akzeptieren.

»Vor etwa zwei Jahren entschieden wir uns, einen Schritt weiterzugehen. Wir wollten wissen, ob zwischen uns mehr war als nur Freundschaft.« Trevor stieß einen schweren Atemstoß aus und fuhr sich erneut durch sein bereits verstrubbeltes Haar, als könnte er seine Entscheidung von damals heute nicht mehr verstehen. »Es war ein ständiges On und Off. Es war, als käme ich nicht mehr los von ihr.«

»Warum?« Seine Worte verwirrten mich mehr, als sie mir einen Einblick in sein Leben gaben. Ich verstand nicht, warum er so lange mit ihr zusammen gewesen war, wenn die Gefühle nicht stark genug waren.

Trevor lachte verbittert. »Mein Leben ist nicht so einfach ... der Erwartungsdruck meines Vaters, mein Weg zum Profibaseballspieler, meine Zukunft bei Parkins. Blair kennt das alles. Sie weiß damit umzugehen.«

Ich begriff, was er damit ausdrücken wollte. Sein Leben als Trevor Parker war kompliziert. Das mediale Interesse, sowohl an seiner sportlichen Leistung als auch an seinem Privatleben, der Reichtum, der ihn nie wissen ließ, welche Menschen es mit ihm ernst meinten und welche nur darauf aus waren. Und dann Hugh Parker, der längst eine Schablone für ihn geformt hatte, in die Trevor passen musste. Als perfekter Vorzeigesohn, als cleverer Student, als erfolgreicher Athlet, als profitables Werbegesicht und als verantwortungsbewusster Nachfolger im Unternehmen.

»Es ist bestimmt nicht einfach, eine Frau zu finden, die mit diesem Leben zurechtkommt«, sagte ich leise.

»Nein, ist es nicht.«

Ich dachte an Blair, die mit Trevor groß geworden war und hautnah miterlebt hatte, was auf seinen Schultern lastete. Wenn jemand verstand, wie die Situation für Trevor war, dann wohl sie.

»Ich weiß, was du denkst«, sagte Trevor, als hätte er meine Gedanken eben gehört. »Aber Blair ist nicht diese Frau. Bestimmt nicht.«

Dass er das betonte, bedeutete mir viel. Trotzdem durfte ich nicht aus den Augen verlieren, dass auch ich nicht diese Position einnehmen konnte. Gleichzeitig fragte ich mich, ob ich in seinem Leben zurechtkommen könnte.

»Aber bitte lass uns nicht den Abend damit verbringen, nur über Blair zu reden.« Trevor lächelte leicht gequält.

»Okay. Du bist wieder dran.«

Trevor setzte sich wieder in eine aufrechte Position und legte seine Hände in den Schoß, während er still nachdachte. Langsam frischte die Nachtluft auf, doch nach dem heutigen Tag war es eine willkommene Abkühlung. Vom Strand schallte nun laute rockige Musik herüber. Das musste die Band sein, von der Violet geschwärmt hatte.

»Okay, ich hab eine Frage«, sagte Trevor schließlich und lächelte. »Wenn du nicht mehr hier auf Lovett Island wärst, was würdest du tun?«

»Ich habe keine Ahnung«, antwortete ich prompt. Vielleicht zu schnell.

»Hattest du keine anderen Pläne? Studieren oder arbeiten?«

Ich räusperte mich. Noch ein Thema, über das ich nicht mit Trevor sprechen konnte. Ich konnte ihm nicht von meinem Stipendium an der University of Florida erzählen. Ausgerechnet der Uni, an der auch er studierte. Ich wusste noch nicht, was ich davon halten sollte und wie ich mich entscheiden würde. Diese Frage musste ich mir zuerst selbst beantworten.

»Vielleicht hätte ich an einer Tennisakademie als Lehrerin begonnen«, sagte ich, um ihm eine halbwegs zufriedenstellende Antwort zu geben. Ich hatte nie darüber nachgedacht.

»Und langfristig?«

»Was meinst du mit langfristig?«

»Würdest du dein Leben lang Tennislehrerin bleiben wollen?«

Ich zuckte mit den Schultern. »Ich bin achtzehn«, antwortete ich etwas irritiert. »Wusstest du mit achtzehn, was du werden wolltest?«

»Ich wusste schon mit vierzehn, was ich werden wollte.« Eine Leidenschaft schwang in seiner Stimme mit, die mich neugierig aufsehen ließ. »Ich wollte Hubschrauberpilot werden. Meine Mom fliegt auch und hat mich schon als Kind ins Cockpit mitgenommen.«

»Du hast von deiner Mom Hubschrauberfliegen gelernt?«, fragte ich verblüfft. Schade, dass ich sie nur so kurz kennengelernt hatte. Sie klang wie eine beeindruckende Frau.

»Mehr oder weniger. Ich musste natürlich offiziell Kurse und eine Prüfung machen«, erklärte Trevor. »Warum wirkst du so überrascht?«

»Ich dachte, du erzählst mir, dass du schon immer Baseballspieler werden wolltest«, gestand ich.

»Baseball macht mir Spaß, aber ich liebe es, in der Luft zu sein. Dort fühle ich mich frei.« In seiner Stimme schwang eine Leichtigkeit mit, die mich fast ein bisschen neidisch machte.

»Das muss schön sein.«

»Ist es«, er grinste zufrieden, ehe er sich räusperte. »Deine letzte Frage steht noch aus.«

Eine Frage quälte mich seit Tagen, doch etwas in mir sperrte sich dagegen, ihn nach dem Geld zu fragen. Es ging mich nichts an, und vor allem wollte ich nicht länger über schwere Themen mit ihm reden. Auch wenn wir so offen miteinander gesprochen hatten, wusste ich, dass ich mit dieser Frage noch einen Schritt weiterging. Vielleicht einen Schritt zu weit.

Trevor lehnte sich vor und fuhr mit der Hand von meinem Knie leicht an meinem Oberschenkel entlang. Die Stelle, wo er meine Haut berührte, prickelte. Ich hielt die Luft an.

»Verzichtest du auf die letzte Frage?«, fragte er leise.

Ich starrte auf seine Hand, die im Dunklen wie ein Schatten auf meinem Bein lag. Ich spürte die Berührung umso intensiver. Automatisch formte sich die richtige Frage in meinem Kopf. »Du hast gesagt, du wolltest nie wieder etwas mit einer Staff anfangen.«

Nun schien es, als würde Trevor die Luft anhalten. Seine Finger zuckten leicht auf meiner Haut.

»Gilt das immer noch?«

Langsam stieß Trevor einen Atemzug aus. »Das ist deine Frage?«, wollte er leise lachend wissen.

Ich reagierte nicht. Das Blut rauschte in meinem Kopf,

ich fühlte mich ertappt. Ich wusste nämlich von Sekunde zu Sekunden genauer, was ich wollte: Trevor.

Scheiß auf das Risiko, dass ich ihn vielleicht nie ganz haben konnte!

Er zog seine Hand von meinem Knie weg, es fühlte sich an, als hinterließe er auf meiner Haut eine kalte Leere. Doch dann spürte ich seine Finger an meiner Taille. Er umschlang sie und zog mich an sich heran. Seine Lippen waren nur Millimeter von meinen entfernt. Ich vergaß, dass wir auf dem Steg saßen. Ich vergaß, dass die Menschen immer noch hier vorbeikommen konnten. Es gab nur noch Trevor und mich.

Aus der Nähe erkannte ich sogar hier im Dunklen das Blau seiner Augen. Es sah aus wie der Ozean bei Nacht. Dunkelblaue Schattierungen, in denen sich die Sterne spiegelten. Er erwiderte meinen Blick mit einer solchen Intensität, dass ich glaubte, mein Herz würde gleich explodieren.

Ich spürte, wie sich meine Lippen von allein langsam öffneten. Seine Hand schob sich unter mein Shirt, und ich musste ein Stöhnen unterdrücken, als sie meine Taille hinauffuhr. Mein Atem ging schneller. Ich sehnte mich danach, von ihm berührt zu werden. Ich atmete seinen Duft ein. Die sanfte Minznote und das Unverkennbare, das einfach Trevor selbst war. Sein Atem lag auf meinen Lippen.

Sein Mund streifte leicht über meinen, und ich hielt es nicht länger aus. Ich packte sein Hemd, um ihn zu mir heranzuziehen.

»Trevor?« Blairs Stimme fuhr wie ein Blitz zwischen uns. Sofort wich er zurück.

Meine Hände, die gerade noch an seiner Brust gelegen hatten, ballten sich frustriert zu Fäusten. Ich löste meinen Blick nicht von Trevor. Mein Herz raste aus Ungewissheit, wie er zu mir stehen würde.

»Blair …« Trevor räusperte sich. Er rutschte ein Stück von mir weg, ließ es aussehen, als wäre es eine unbewusste, völlig natürliche Bewegung. Dann fuhr er sich mit der Hand über die Haare, strich sie dabei glatt zur Seite. Kein einziges Mal fiel sein Blick noch auf mich.

»Ich suche dich schon die ganze Zeit.« Es klang wie ein Vorwurf aus Blairs Mund.

Ich riskierte einen Blick und erkannte sie mit in die Seiten gestemmten Händen am Anfang des Stegs stehen. Obwohl ich ihre Gesichtszüge nicht sehen konnte, wusste ich, dass sie mich anstarrte. Es war mir unangenehm, in einem so vertrauten Augenblick gestört zu werden. Ausgerechnet von ihr. Noch mehr ärgerte mich, dass sie nicht erst nach diesem Kuss aufgetaucht war.

»Dein Dad und ein paar Freunde wollen mit dir auf den zweiten Platz anstoßen«, durchbrach Blair mit scharfer Stimme die Stille.

Trevor schnaubte leise. Verständlich, wenn ich daran dachte, was sein Vater nach der Niederlage zu ihm gesagt hatte.

»Was ist? Kommst du jetzt?«, hakte sie nach, als er nicht reagierte.

Trevor schloss die Augen und presste die Fingerspitzen auf seine Nasenwurzel. Er atmete hörbar tief ein. Als er die Hand wegnahm und die Augen wieder öffnete, sah er mich an. Seine weichen Gesichtszüge waren verschwunden. Ebenso das Verlangen in seinem Blick. Er strahlte eine Distanziertheit aus, die mich wie ein kalter Schauer lähmte. Einen Moment hielt er noch inne, dann stemmte er seinen Arm auf den Steg und stand auf.

»Ich komme«, knurrte er.

Ich sah ihm nach, wie er mit Blair den Weg in Richtung Strand einschlug und schon bald hinter Sträuchern und Bäumen verschwand. So viel zu dem Risiko, dass ich ihn vielleicht nie ganz haben könnte. Das war kein verdammtes Risiko, das war eine Garantie.

25.

Blair

»Ich habe den besten Champagner öffnen lassen«, sagte ich und versuchte mit Trevor Schritt zu halten, während wir zum Strand zurückliefen. Er stapfte in einem Tempo über den Weg, dass ich schon fast rennen musste. In ihm brodelte es vermutlich genau so sehr wie in mir.

»Ein Whisky wäre mir lieber«, murrte Trevor. Er nahm es mir übel, dass ich ihn gestört hatte. Doch ich hatte nicht vor zuzusehen, wie er den gleichen Fehler noch einmal machte.

Maci war kein bisschen besser als Liza. Im Gegenteil. Sie wirkte wie das schüchterne, nette Mädchen, aber ich bezweifelte ihre guten Absichten, wenn es um Trevor ging. Mädchen wie sie wollten ihn nur ausnutzen. Kontakte knüpfen, an schnelles Geld kommen oder in höhere soziale Schichten aufsteigen. Doch Maci würde auch immer ein gewöhnliches Mädchen bleiben. Und ein gewöhnliches Mädchen konnte nicht das auffangen, was Trevor durchmachte. Ich wusste, wie es war, in der High Society groß zu werden und zu leben. Wenn ihn jemand unterstützen konnte, dann wohl ich.

»Bloß ein Gläschen«, sagte ich und bemühte mich, den freundlichen Ton beizubehalten. »Schließlich trinken wir auf deinen heutigen Erfolg.«

»Ich bin Zweiter geworden«, entgegnete er. »Wir sollten eher auf Maci trinken.«

Den Teufel würde ich tun.

»Maci gehört aber nicht zu unserem Freundeskreis«, erinnerte ich ihn. »Und deine Freunde wollen mit *dir* anstoßen.«

»Schon gut«, sagte er resignierend, als wir den Strand erreichten.

Dort spielte eine Rockband, die unverständlicherweise für diesen Abend gebucht worden war. Es war mir fast schon peinlich, dass wir unseren Besuchern keine anständige Vorstellung bieten konnten. Kill the Drum Chair sah aus wie eine gealterte Highschoolband, die es erstmals aus der Garage herausgeschafft hatte. Nächstes Jahr musste ich bei der Veranstaltungsplanung wohl ein Wörtchen mitreden.

Wir umrundeten die Gäste, die um die Bühne versammelt waren, als ich Trevor am Arm zurückhielt. Die Frage, die mir schon seit einiger Zeit auf der Zunge brannte, wollte ich nicht vor den anderen stellen. Und wenn ich es gar nicht tat, würde ich den ganzen restlichen Abend am Rad drehen, weil sich die Ungewissheit in mich bohrte.

Widerwillig blieb Trevor stehen, ließ sich aber Zeit, bis er mich ansah. Meine Hand lag immer noch auf seinem Oberarm.

»Was wolltest du da hinten mit Maci?«

»Nachbesprechung des Turniers.« Trevor sagte es so emotionslos und prompt, dass es fast glaubwürdig klang.

Ich biss die Zähne zusammen, er log mich an. Wenn ich es jetzt aber auf eine Diskussion anlegte, hätte ich endgültig verloren. Er würde darauf bestehen, dass es mich nichts anging, mit wem er seine Zeit verbrachte. Er würde sich noch ein Stück mehr vor mir verschließen. Deshalb schluckte ich meinen Frust hinunter und zog die Hand zurück.

Trevor lief sofort weiter, und ich folgte ihm. Wir erreichten das Strandhaus, wo am hinteren Ende der Terrasse Collin, Ezra und Adam saßen. Vor ihnen standen bereits der Champagner und die Gläser. Das mit Trevors Dad war natürlich gelogen gewesen. Er hatte zuvor lauthals seinen Unmut über Trevors Niederlage im Finale kundgetan und Peyton angeherrscht, warum sie Maci hatte mitspielen lassen. Ich hasste ihn.

»Seht, wen ich gefunden habe!«, rief ich fröhlich und ließ mich neben Collin auf der Lounge nieder. Ich legte meine Hand auf sein Knie. Immer noch spielten wir ein Paar, auch wenn Trevor das scheinbar kaltließ. »Adam, schenkst du uns ein?«

»Klar doch!« Adam, der sich gerade mit Collin unterhalten hatte, goss den teuren Champagner ein und reichte jedem ein Glas.

»Auf Trevor, der bis zum Schluss großartig gekämpft hat.« Ich hielt mein Glas in die Mitte, damit wir anstoßen konnten.

Trevor lächelte verhalten.

»Auf Trevor«, stimmten Ezra und Collin ein.

»Und auf einen schönen Abend mit guten Freunden«, fügte ich hinzu. Das bedeutete zwar, dass ich Ezra in der Runde akzeptieren müsste, doch das war immer noch besser, als Trevor bei Maci zu wissen.

»Cheers, Kumpel!« Collin grinste Trevor schief an. Dann kippte er den teuren Schaumwein einfach hinunter, als wäre es Wasser.

»Ich danke euch«, sagte Trevor mit einem Blick in die Runde. »Schön, dass ihr gekommen seid.« Dann stellte er sein halb volles Glas auf den Tisch und stand auf. »Ich sehe mal nach, ob ich noch etwas zu essen bekomme. Mir knurrt der Magen.« Damit ließ er uns sitzen.

Enttäuscht sah ich ihm nach. Dann seufzte ich, lehnte mich zurück und trank mein Glas leer.

Ezra rutschte an meine freie Seite. Er hielt seinen Blick auf die Bühne gerichtet, als er fragte: »Kann es sein, dass du etwas mit Peytons seltsamem Verhalten zu tun hast?«

»Was meinst du?« Ich würde ihm bestimmt nicht die Wahrheit verraten. Er würde mich bloß bei Trevor verpetzen.

»Du bist zu leicht zu durchschauen, Blair.«

»Was willst du, Sweeting?«, fragte ich genervt.

»Nur wissen, was du vorhast.«

Ich legte den Kopf schief. »Ich dachte, ich wäre so leicht zu durchschauen«, entgegnete ich spöttisch.

Ezra ließ sich nicht aus der Ruhe bringen. Wann tat er das schon? »Ich wäre bereit, dir zu helfen, wenn du etwas netter wärst.«

Ich starrte ihn verdattert an. »Wobei willst *du* mir helfen?«

»Du willst, dass Trevor dich wieder wahrnimmt.«

Das aus seinem Mund zu hören schmerzte mehr, als ich zugeben wollte. Es bestätigte, was ich selbst längst wusste, aber nicht wahrhaben wollte: Trevor nahm mich kaum noch wahr.

»Warum solltest du mir helfen?«, fragte ich misstrauisch. Ezra war zwar niemand, der nur half, wenn er sich eine Gegenleistung erhoffte, doch wir waren schließlich alles andere als Freunde.

Er beugte sich ein Stück zu mir, als wollte er nicht, dass jemand unser Gespräch mithörte. »Weil mir dein schlechtes Theater mit Collin auf die Nerven geht.«

Ich sah ihn regungslos an. Spielten wir es tatsächlich so schlecht, oder war Ezra wirklich so gut darin, mich zu durchschauen?

»Abgesehen davon glaube ich, dass euer schlechtes Verhältnis Trevor belastet.«

Ezra konnte glatt heiliggesprochen werden, so empathisch, wie er war. Ich hingegen wollte ihn am liebsten erwürgen.

»Ich wüsste nicht, wie du mir helfen kannst, Trevor zurückzubekommen«, lehnte ich sein Angebot ab und sah demonstrativ zur Bühne, obwohl dort nur Witzfiguren spielten.

»Es geht nicht darum, ihn zurückzubekommen«, widersprach Ezra.

Automatisch sah ich ihn an.

»Aber ihr könntet wieder Freunde werden, so wie früher.«

Ich presste die Lippen aufeinander. Das war nicht genug. Ich wollte Trevor mehr als nur als platonischen Freund. Vor allem wollte ich ihn nicht an der Seite einer anderen sehen.

»Das genügt mir nicht.«

Ezra seufzte. »Man reicht dir den kleinen Finger, und du willst die ganze Hand.«

26.

Violet

Ich hatte keine Ahnung, wo Brent war. Sollte er doch einsam und allein sterben. Es war mir egal. Ich ließ mir von ihm nicht den Abend vermiesen. Im Gegenteil. Er sollte ruhig sehen, dass mir seine Worte nichts mehr bedeuteten. Ich hatte in meinem Leben so viel einstecken müssen. Seine Zurückweisung würde mich nicht unterkriegen.

Die beruhigende Wirkung des Wodkas hatte meinen ganzen Körper eingenommen. Ich schloss die Augen und bewegte mich zu den Takten von Kill the Drum Chair. Live waren sie noch besser. Die Songtexte flossen über meine Lippen, ich sang, ich grölte, und ich blendete alles um mich herum aus.

Jemand tippte mir auf die Schulter.

Irritiert sah ich auf, bewegte mich immer noch im Takt.

Ein Mann, den ich nicht kannte, zeigte zur Bühne. Erst jetzt bemerkte ich, dass mich alle Anwesenden anstarrten. Auch die Band. Der Drummer gab einen leisen Takt vor, der Bassist zupfte sanft an den Saiten seiner Gitarre.

Ich hatte nicht mitbekommen, was der Leadsänger gesagt hatte. Wie in einem Rausch hatte ich einfach alles über mich hinweggleiten lassen. Die Musik, die Menschen, den Schmerz.

»Willst du jetzt raufkommen, oder nicht?«, fragte der Sänger erwartungsvoll in sein Mikro.

Ehe ich kapierte, was er von mir wollte, gab mir jemand einen Schubs. Es war Jesse. »Scheiße, Vi, wie oft kann man schon mit Kill the Drum Chair auf der Bühne stehen? Jetzt geh schon!«, ermutigte er mich.

Obwohl ich immer noch nicht wusste, was er von mir wollte, ging ich einfach los. Der Alkohol ließ meine Gedanken wie Watte durch meinen Kopf fliegen. Sie waren einfach nicht greifbar.

Vor der Bühne standen zwei Jungs, die mich mühelos auf die Erhöhung hoben.

»Hallo, ich bin Nash«, sagte der Sänger und legte mir seinen Arm um die Schulter. Dann hielt er mir auch schon ein Mikrofon vor die Nase. »Wie heißt du?«

»Violet.« Ich sah in die Menge vor uns hinunter. Das Publikum war über den ganzen Strand verteilt. Manche waren auf der Terrasse des Strandhauses sitzen geblieben. Doch wo auch immer sie waren, sie starrten mich an. Blicke wie diese war ich gewohnt.

»Violet, Babe, ich habe gesehen, wie du jeden Song voller Leidenschaft mitgesungen hast.« Nash roch nach Alkohol, einem teuren Parfum und Cannabis. Ich vermisste schmerzhaft den Geruch von Erdbeer-Surfwachs.

»Sind ja auch geile Songs«, sagte ich und merkte, wie schwer meine Zunge war. Das war vermutlich der ein oder andere Schluck Wodka zu viel. Anders hätte ich die Leere, die Brent hinterlassen hatte, aber nicht ertragen. Ich hatte meinen Körper und meinen Verstand betäuben müssen.

Von unten kam zustimmendes Grölen.

»Hättest du Lust, den nächsten Song mit mir zu singen?« Nashs Hand wanderte tiefer und legte sich um meine Taille.

Ich wollte sie gerade wegdrücken, als ich Brent an der Seite des Strands mit einem Bier in der Hand entdeckte. Er hatte die Augenbrauen zusammengezogen und einen harten Zug um die Mundwinkel. Sollte er es sich sonst wo hinstecken.

»Klar«, antwortete ich, wobei meine Augen auf Brent hafteten. Ich ließ Nashs Hand an meiner Taille.

»Schön«, raunte Nash abseits des Mikrofons.

Der Drummer spielte das Intro. Ich erkannte das Lied sofort. *Juliet and Romeo* war eine rockige Ballade, auf dem Album sang eine junge unbekannte Frau den weiblichen Part. Dieses Mal sollte ich Nash begleiteten. Diesen Song hatte ich schon so oft unter der Dusche geträllert, dass sich einmal sogar Peyton beschwert hatte, weil sie meine Gesangskünste bis in ihr Büro hören konnte.

Nash begann zu singen. Er sah mir in die Augen, den Blick voller Sehnsucht, Verlangen, Liebe und Leidenschaft. Als wäre er Romeo, der verzweifelt um seine Angebetete kämpfte. Seine Stimme war rau und düster. Die feinen Härchen auf meinen Armen stellten sich auf.

Gespannt sah er mich an. Gleich war mein Einsatz.

Ich hob das Mikrofon, das er mir zuvor in die Hand

gedrückt hatte, und gleich beim ersten Ton brach meine Stimme. Fuck!

Mit einer Eigeninterpretation täuschte ich darüber hinweg und tat so, als wäre es gewollt gewesen. Als ich die Kontrolle wiedergefunden hatte, kamen mir die Zeilen leicht über die Lippen. Ich kannte sie auswendig.

Nash grinste, als er meine Stimme hörte. Sie war nicht wie in der Originalaufnahme zart und klar, sondern leicht kratzig. Ich klang nicht wie eine Prinzessin, sondern als würde ich mir jeden Abend eine Flasche Brandy und ein Päckchen Zigaretten gönnen, aber irgendwie passte es trotzdem, fand ich.

Die Zuschauer fanden das offenbar auch, denn einige applaudierten, und jemand pfiff sogar anerkennend. Als ich einen Blick hinunter wagte, erkannte ich mehrere Pärchen, die sich in den Armen lagen und zum Takt der Musik wiegten.

Ich legte den kleinen Funken Aufregung, mit dem ich die Bühne betreten hatte, ab und begann den Moment zu genießen. Jesse hatte recht. Wie oft bekam man schon die Chance, mit dem Sänger einer tollen Rockband zu singen? Brent war mir egal. Ich steigerte mich in das Lied rein und legte mich beim gemeinsamen Refrain richtig ins Zeug. Ich tanzte, flirtete und ließ meine Stimme spielen.

Wenn Brent mich nicht wollte, sollte er ruhig sehen, dass mir auch ohne ihn nicht langweilig wurde.

Als der Song zu Ende war, umarmte Nash mich und bat mich, auf der Bühne zu bleiben. Er orderte Rum, der prompt kam. Jemand drückte mir ein Glas in die Hand, und ich kippte es, ohne zu zögern, in mich hinein. Das warme Gefühl in meinem Bauch wurde stärker.

»Sag, Violet«, sprach Nash in sein Mikrofon, »dieses Liebeslied klang so ehrlich aus deinem Mund. Gibt es jemanden in deinem Leben, dem du es widmen willst?«

Es wurde ruhig vor der Bühne. Gespannt warteten alle auf meine Antwort.

Ich blickte zu Brent, der mich regungslos von der gleichen Stelle anstarrte, an der er schon zuvor gestanden war. »Nein, Nash«, sagte ich rau und wandte mich ihm mit ernstem Gesichtsausdruck zu. »Single und für jeden Spaß zu haben.«

Das Grinsen des Sängers wurde breiter. In seinen Augen erkannte ich, wie es bei diesen Worten in seinem Kopf zu rattern begann. Nash war bestimmt kein Mann zum Heiraten und Kinderkriegen, aber ich würde ihn wohl nicht von der Bettkante stoßen. Er sah nicht schlecht aus, und das Rockstarfeeling verlieh ihm das gewisse Etwas. Mir gefielen seine Tattoos. Er hatte mindestens so viele wie Brent, wenn auch völlig andere Motive. Nashs Arme zierten Totenköpfe, Pin-up-Girls und brennende Gitarren.

Ein wenig Spaß mit ihm würde mich auf andere Gedanken bringen. Ich hatte ohnehin schon viel zu lange keinen Sex mehr gehabt. Ich hatte immer nur Brent gewollt, doch das war vorbei.

»Dann wollen wir mal sehen, ob sexy Violet auch andere Töne anschlagen kann.«

Der Abend zog an mir vorbei. Ebenso wie die Lieder, die ich mit Nash sang, und die Shots, die wir zwischendurch tranken.

Ich feierte, tanzte und durfte sogar auf den berühmtberüchtigten Drum Chair, der am Ende jeder Show zertrümmert wurde. Als ich mich als Schlagzeugerin versuchen sollte, scheiterte ich kläglich, weshalb ich die Sticks schnell an den Drummer zurückgab. Vermutlich hatte ich schon zu viel getrunken, um noch einen Hauch Rhythmus zu besitzen. Erst für die Zugabe verließ ich die Bühne.

Kill the Drum Chair traten für drei weitere Songs noch einmal alleine auf. Der Strand erbebte ein letztes Mal. Ich mit ihm.

Dann wurde der Drum Chair zerschmettert. Regelrecht gekillt. Ein Markenzeichen der Band. Ein paar Besucher stritten darum, wer das demolierte Teil haben durfte.

Es musste längst nach Mitternacht sein. Der Bass wummerte in meiner Brust nach. Meine Glieder fühlten sich an, als wären sie mit Luft gefüllt. Ich konnte gar nicht aufhören, mich zu bewegen. Meine nackten Füße tänzelten durch den Sand. Ich hatte meine Schuhe verloren, wusste aber weder wo noch wann.

Die Menschen sprachen mich an. Sie wollten wissen, wie es auf der Bühne mit der Band gewesen war. Ich brachte kaum eine Antwort hervor. Ich war wie in Trance.

Meine Kehle war trocken, und ich löschte meinen Durst mit einem Wodka-Orange, den mir jemand in die Hand gedrückt hatte.

Ein großgewachsener Typ in schwarzer Hose und weißem Hemd mit aufgekrempelten Ärmeln kam zu mir. »Violet?«

Ich blinzelte ein paarmal, bis ich es schaffte, sein Gesicht scharfzustellen. Er hatte kurz geschorene Haare, breite

Schultern und einen Pass um den Hals, der verriet, dass er zur Crew der Band gehörte. Der Statur nach ein Mitglied der Security. Als ob die auf Lovett Island notwendig wäre.

»Nash will mit dir auf den Abend anstoßen«, sagte er und deutete mit einem Nicken zur Bühne, die inzwischen leer war.

Ich grinste nur blöd und folgte ihm.

Nash und seine Kollegen tranken gerade Bier. Als sie mich sahen, hoben sie anerkennend ihre Flaschen.

»Das war spitze«, rief der Bassist.

Auch der Drummer nickte mir zu.

»Babe, du solltest mit uns auf Tour gehen.« Nash schob seinen Arm um meine Taille und berührte dabei den Ansatz meiner Brust.

»Hat echt Spaß gemacht«, sagte ich und merkte, wie schwer meine Zunge war. »Ein geiles Gefühl, mit euch da oben zu stehen.«

Wir unterhielten uns eine Weile über den Gig, tranken Rum und Bier, ein Mix, der ekelhaft schmeckte und das Rauschen in meinem Kopf verstärkte.

Irgendwann landete ich mit Nash in einem Zimmer im Haupthaus. Er hatte mich gefragt, ob ich mitkommen wollte, und ich hatte einfach Ja gesagt. Natürlich wusste ich, was Nash wollte, auch wenn mein Hirn benebelt war. Und ich wollte es auch. Einfach nur, um alles andere zu vergessen.

Während Nash sich in seinen verschwitzten Klamotten aufs Bett fallen ließ und nicht einmal die Schuhe abstreifte, sah ich mich in dem Zimmer um. Es war geräumig und hochwertig möbliert. Ein Kingsize-Bett stand auf der einen Seite, ein bequemes Sofa mit Blick auf den beleuchteten Pool auf der anderen.

Der süßliche Geruch von Marihuana stieg mir in die Nase. Nash hatte sich einen Joint angezündet. Drogen waren auf Lovett Island strikt verboten, doch wer war ich, dass ich es einem Rockstar verbieten könnte?

»Woher kommst du?« Nash hielt mir den Joint hin, doch ich lehnte kopfschüttelnd ab.

Peyton drohte uns regelmäßig einen unangekündigten Drogentest an. Mit dem Versprechen, uns hochkant von der Insel zu werfen, wenn dieser positiv wäre. Das Risiko wollte ich nicht eingehen, auch wenn sie uns noch nie hatte testen lassen. Außerdem machte ich mir nichts aus Drogen.

»Las Vegas.«

»Fuck, echt?« Nash stieß den weißen Rauch in den Raum aus, und ich fragte mich, ob der Rauchmelder darauf anschlagen würde. Offenbar nicht. »Auch dort gearbeitet?«

Ich nickte kurz.

»Casino oder Stripclub?«, fragte er mit verruchter Stimme.

Ich lachte. »Ins Casino kommst du mit einem gefälschten Ausweis nicht hinein«, antwortete ich.

»Wie alt bist du denn?«

»Einundzwanzig«, log ich. Mein Geburtstag stand bald an. Die paar Tage mehr oder weniger waren auch schon egal.

»Du siehst jünger aus.« Nash musterte mich von oben bis unten. Das knappe Kleid, das ich trug, gab ihm einen ungehinderten Blick auf meine langen Beine. »Jetzt weiß ich, warum du so gut tanzt. Willst du mir mehr zeigen?«

Ich grinste. Ich war so betrunken, dass es mir ohnehin egal war. Außerdem war es nicht das erste Mal, dass ich für einen Mann tanzte, auch wenn das letzte Mal schon lange zurücklag und ausgerechnet für Baron gewesen war. Schnell schob ich diese widerliche Erinnerung beiseite. Jetzt gab ich Nash seine kleine Show.

Ich kreiste mit den Hüften, tapste durchs Zimmer und schüttelte meine langen schwarzen Haare auf. Immer wieder blickte ich verstohlen zu Nash. Seinen gesenkten Lidern nach zu urteilen, gefiel ihm, was er geboten bekam. Oder er war ziemlich bekifft. Vermutlich beides.

Ich schob den Saum meines Kleides ein Stück höher und gewährte ihm damit einen Blick auf das einzige Tattoo, das ich hatte. Es war ein Strapsband mit feinen Rüschen und Blümchen, wie es Bräute gerne trugen. Die Enden der gezeichneten Seidenschleife lugten bei den meisten Kleidern unter dem Ende des Stoffes hervor.

Mit gefiel dieses Tattoo immer noch, auch wenn ich den Grund, warum ich es mir mit achtzehn Jahren hatte stechen lassen, längst verdrängt hatte.

»O fuck!« Nash stöhnte, als er die Tätowierung erkannte. »Warte, ich mache Musik an.« Er fummelte sein Handy vom Nachttisch hervor und drückte darauf herum. »Shit, ich muss mal telefonieren.« Genervt machte er den Joint in einem Aschenbecher aus. »Du kannst dich schon mal ausziehen.« Er hielt sich das Telefon ans Ohr.

Ich drehte mich unbeteiligt um und sah durch die verglaste Terrassentür auf den beleuchteten Pool hinaus. Die Musik vibrierte immer noch in meiner Brust und gab den

Rhythmus für meine Bewegungen vor. Ich schloss die Augen und tanzte weiter. Wissend, dass Nashs Blicke auf mir ruhten.

»Hey, Babe, du bist noch wach?«

Babe? Er meinte doch nicht etwa mich? Irritiert blinzelte ich, wandte mich aber nicht um. Meine Bewegungen wurden langsamer.

»Ja, der Gig ist eben zu Ende gegangen. Nein, ich bin schon im Zimmer … Klar hab ich gesoffen. Nein, ich bin allein. Keine Sorge, es gibt hier keine Groupies. Ich geh jetzt pennen. Wir fliegen morgen um sieben nach Florida rüber.«

Ich presste meine Lippen aufeinander. Es fühlte sich falsch an, Teil einer Lüge zu sein.

»Ich melde mich morgen aus dem Flieger. Bye, Babe. Ich liebe dich auch.«

Ich hörte das Klappern des Handys, als es auf den Nachttisch fiel. Die Musik hatte er offenbar vergessen.

»Fuck, beim Anblick deines Arschs kriege ich sofort einen Ständer.«

Mit einem Lächeln, das mir nur schwer über die Lippen kam, wandte ich mich ihm zu. »Wer war das?«, fragte ich und versuchte, unbekümmert zu klingen.

Nash schien nicht zu verstehen, was ich meinte.

»Am Telefon?«, fügte ich daher hinzu.

»Meine Frau«, sagte er unbekümmert.

»Deine Frau?« Ich erstarrte. Dass Nash verheiratet war, wusste ich nicht.

»Ja, aber mach dir keine Gedanken«, winkte er gelassen ab. »Was sie nicht weiß, macht sie nicht heiß.«

Mich machte das allerdings gewaltig heiß. Und das nicht im positiven Sinne. Ich war wütend. Ich hatte nichts gegen Leute, die abgesprochene offene Beziehungen führten, aber er hatte seine Frau gerade angelogen und mich verleugnet. Etwas unbeholfen stand ich im Raum und wusste nicht, was ich tun sollte.

Anscheinend bemerkte Nash das, denn er stand vom Bett auf, was ihn einige Mühe kostete. Er kam auf mich zu und küsste mich auf den Mund. Er schmeckte nach Alkohol und Rauch. Dann schob er meine Haare hinter die Schulter und legte seine Hand auf meine Brust.

»Ich habe eine Schwäche für Frauen, die aussehen wie Mila Kunis«, hauchte er an meine Lippen.

Ich fand nicht, dass ich viel mit Mila Kunis gemeinsam hatte, ließ es aber unkommentiert. Zumal sie Osteuropäerin war und ich Latina.

Als Nash mich erneut küssen wollte, wandte ich den Kopf zur Seite.

»Sorry, aber ich bin nicht deine kleine dreckige Lüge«, sagte ich.

Nash stöhnte genervt und trat einen Schritt zurück. Einen Moment lang sagte er nichts, doch dann nickte er kurz. Er wusste wohl, dass hinter der Zimmertür keine weiteren Groupies warteten, die liebend gern meinen Platz einnehmen würden und zu allem bereit waren.

»Dann verschwinde«, entgegnete er kühl. Er legte sich wieder aufs Bett, griff nach dem Zigarettenpäckchen neben seinem Handy und schob sich eine Kippe zwischen die Lippen. Da ich mich nicht sofort rührte, scheuchte er mich mit einer Handbewegung weg. »Dachtest du, ich würde dich zum Quatschen mitnehmen? Darf's noch kuscheln dazu sein? Jetzt verpiss dich endlich!«

Ich ging um das Bett herum und zeigte Nash von der Tür aus noch meinen Mittelfinger. Der war aber so betrunken und zugedröhnt, dass es ihm nicht einmal auffiel.

27.

Maci

Es war schon zwei oder drei Uhr morgens, und ich lungerte mit Karlee in einer Hängematte am Strand. Wir lagen quer darauf und ließen die Füße nach unten baumeln, sodass unsere Zehen den Sand berührten. Der Bass des Konzerts dröhnte immer noch in meinen Ohren, obwohl es längst vorbei war. Die Musik kam jetzt aus einer Anlage und war ruhiger als Kill the Drum Chair. Laternen leuchteten den Strandbereich aus und sorgten für eine gemütliche Atmosphäre.

Der ganze Tag war so aufregend gewesen, dass ich noch keine Müdigkeit verspürte. Erst war da das Turnier, dann das Gespräch mit Trevor gewesen, und später am Abend hatte ich mit meinen Freunden ausgelassen im Sand getanzt und gesungen. Morgen würde ich mich bestimmt nicht mehr bewegen können, doch heute zählte das nicht.

»Dass Vi auf die Bühne durfte, war so cool«, sagte Karlee und brachte die Hängematte zum Schwingen.

»Stimmt. Sie hat der Band die Show gestohlen.« Ich grinste. Unsere Freundin hatte ausgesehen, als stünde sie jeden Abend auf einer Bühne. Sie hatte großartig gesungen.

»Hast du mitbekommen, dass sie danach mit dem Sänger mitgegangen ist?«

Ich nickte, auch wenn Karlee das vermutlich nicht sehen konnte. Es war zu dunkel. »Die sehen wir heute bestimmt nicht wieder.«

Karlee lachte leise.

Ein hartnäckiger Teil der Gäste stand immer noch beim Strandhaus, wo auch Trevor und Ezra waren, und wollte den Abend nicht enden lassen.

»Sag mal, Karlee«, begann ich nach einer Weile und starrte dabei zu den Sternen hinauf. Karlees Haare kitzelten an meiner Wange, aber ich war zu müde, um sie wegzuschieben. »Was würdest du eigentlich tun, wenn du nicht auf Lovett Island wärst?«

»Im Knast sitzen«, sagte meine Freundin prompt und lachte vibrierend.

»Das meinte ich nicht«, entgegnete ich grinsend. »Was würdest du tun, wenn du nicht auf Lovett Island bleiben könntest, aber auch nicht ins Gefängnis müsstest?«

Vielleicht war es nicht die richtige Zeit für ein tiefgründiges Gespräch.

»Willst du etwa von hier weggehen?«, fragte sie und rückte ein kleines Stück zur Seite, um mich anzusehen. Die Matte schwang stärker, doch wenigstens kitzelten mich ihre Haare nicht mehr.

»Ich weiß noch nicht«, antwortete ich.

»Irgendwann sollten wir alle gehen.« Ihre Worte kamen

unvermittelt. Hatte Peyton nicht etwas Ähnliches gesagt? Dass es schwerer wurde zu gehen, je länger man hier war? »Hier ist es so schön, dass ich Angst habe, das echte Leben aus den Augen zu verlieren.«

Ich ließ mir ihre Worte durch den Kopf gehen und fragte dann: »Was ist das echte Leben?«

»Eines, bei dem du hinfallen kannst. Eines, bei dem du selbst wieder aufstehen musst.«

Es klang so simpel und klug zugleich. Als hätte Karlee schon oft darüber nachgedacht. Und als hätte sie für sich die Antworten auf diese Fragen längst gefunden.

»Ein echtes Leben bietet dir aber auch viele Möglichkeiten«, setzte sie fort. »Neue Lebensweisen kennenzulernen, sich selbst zu finden, eine Familie zu gründen.«

Das alles waren Dinge, die auf Lovett Island nur eingeschränkt möglich waren. Ja, man entwickelte sich weiter. So wie ich es getan hatte, doch die Grenzen lagen schnell vor einem. Wie sollte man sich hier entfalten können? Als Geisha für superreiche Urlauber?

Ich lächelte in mich hinein. Mehr traurig als fröhlich.

»Verstehe mich nicht falsch«, sagte Karlee schnell. »Ich liebe diese Insel. Lovett Island ist das Beste, was mir je passieren konnte.«

»Aber es ist nicht deine Zukunft«, ergänzte ich.

Karlee nickte. »Aber nein, ich habe noch keinen Plan, was ich tun soll, wenn ich von hier weggehe«, beantwortete sie dann meine ursprüngliche Frage.

Es überraschte mich, dass ich nicht die Einzige war, die darüber nachdachte. Karlee hatte immer so zufrieden gewirkt. Mit ihrer Art inspirierend und ansteckend, als könnte sie sich auf Lovett Island richtig entfalten. Doch offenbar war auch das nur eine Fassade, hinter der so viel mehr steckte.

»Denkst du schon lange darüber nach?«, wollte ich interessiert wissen.

»Vermutlich seit dem Tag, an dem ich hier angekommen bin«, antwortete sie ehrlich. »Anfangs habe ich es zu verdrängen versucht. Da kam diese tolle Zeit, in der dir alles abseits von Lovett Island egal ist.« Sie machte eine kurze Pause und blickte wieder zu den Sternen hoch. »Aber die Selbstzweifel und Sorgen holen dich ein. Es dauert, aber sie kommen. Und jetzt? Jetzt bin ich hier und weiß nicht mehr, wie ich wegkomme.«

Karlees Worte trafen mich härter als gedacht. Lovett Island wirkte wie ein Ort, an dem alles möglich war. Weder Geld noch Zeit spielten hier eine Rolle.

»Vielleicht packe ich eines Tages einen Rucksack und ziehe einfach los«, sagte Karlee mit einem Lächeln in der Stimme. »Von Insel zu Insel, weiter aufs Festland. Mal sehen, wohin mich der Wind trägt.«

Ich legte meinen Kopf an ihre Schulter. »Das klingt schön. Wollen wir das zusammen machen?«, flüsterte ich an ihre warme Haut.

»Wo bleibt denn da der Selbstfindungstrip?«

»Warum Selbstfindung?«, fragte ich verwundert. »Du weißt doch, wer du bist.«

Doch Karlee antwortete nicht darauf.

»Du Scheißkerl!« Der helle Aufschrei durchschnitt die laue Nachtluft und bereitete der gemütlichen Stimmung ein abruptes Ende.

Karlee und ich setzten uns gleichzeitig auf und fielen dabei fast aus der Hängematte.

Blair stapfte unweit von uns von der Küste aus in Richtung Strandhaus. Dort kamen Trevor und Ezra ihr bereits entgegen. Trevor griff nach ihrem Arm und sprach leise zu ihr.

»Lass mich!« Blair wollte sich losreißen, doch er hielt sie fest. Wieder redete er auf sie ein. Ich konnte nicht hören, was er sagte.

»Was los ist?«, rief Blair außer sich. »Dieser Arsch betrügt mich. Ausgerechnet hier auf meiner Insel.« Sie schluchzte laut, dann wand sie sich aus Trevors Griff und rannte davon.

Trevor blickte ihr ebenso irritiert nach wie alle anderen Anwesenden.

»Blair, warte!« Collin kam über den Strand gelaufen. Im Licht der nächsten Laterne erkannte ich, dass sein Hemd schief zusammengeknöpft war und seine Hose ihm offen an den Hüften hing.

»Blair, es ist nicht so, wie es aussieht!« Collins Versuche, ihr nachzueilen, scheiterten an seinen wackeligen Schritten. Er wirkte ziemlich betrunken.

Karlee stieß mir den Ellenbogen in die Seite, als würde ich diese Szene sonst verpassen.

»Autsch!«, rief ich.

»Collin knallt eine andere.« Sie kicherte. »Wie bescheuert ist der denn?«

Ich sah in Richtung Meer, von wo Collin gekommen war. Dort unten beim Wasser war es stockdunkel. Nur der Mond zeichnete die Umrisse der Palmen ab. Und einen

Schatten, der sich davonschlich. Einen ziemlich großen Schatten.

»Ich glaube nicht, dass Collin *eine* andere knallt«, sagte ich und deutete zum Meer.

Karlee folgte meinem Blick. »Adam?«, rief sie wenig diskret.

»Pssst!«

Mir klappte der Mund auf.

Collin hatte Blair betrogen. Mit Adam.

»Wer hätte gedacht, dass dieser Muskelprotz so gut küssen kann!«, flüsterte Adam.

Karlee und ich sahen uns einen Moment lang fassungslos an. Dann begannen wir beide zu lachen.

28.

Blair

Ich verkroch mich gerade im Schatten des Strandhauses, als mich Collin einholte.

»Jetzt warte mal!«, rief er und griff nach meinem Arm.

Ich schlug ihn weg. »Du Hornochse, was sollte das werden?«

»Mach nicht so ein Drama daraus«, entgegnete er patzig. »Adam und ich hatten doch nur ein bisschen Spaß.«

»Wir hatten eine Abmachung!«, erinnerte ich ihn. »Schaffst du es nicht mal hier vor Trevor, die Finger von anderen zu lassen?«

»Darum geht's also«, sagte er und klang nicht mehr so besoffen wie zuvor. »Du willst Trevor eifersüchtig machen.«

»Jetzt tu nicht so überrascht.« Ich war richtig wütend. Auf Collin ebenso sehr wie auf mich selbst. Warum hatte ich auch gedacht, dass er clever genug war, um dieses Spiel mitzuspielen? »Du kannst dich doch nicht hier erwischen lassen. Weißt du eigentlich, welches Bild das auf mich wirft?«

Ich hörte Schritte vom Strandhaus. Collin offenbar auch, denn er warf einen flüchtigen Blick nach hinten. Ezra und Trevor standen dort, kamen aber nicht näher, als wollten sie uns bei diesem Gespräch nicht stören.

»Das mit Adam und mir hat nichts zu bedeuten«, sagte Collin wieder an mich gewandt und laut genug, dass Trevor ihn hören konnte. Verdammt, er war eindeutig der bessere Schauspieler von uns beiden.

»Nein, ich bedeute dir nichts«, sagte ich erschöpft. Ich drückte ein paar Tränen raus, auch wenn Trevor es vielleicht nicht sehen konnte. Die Theatergruppe an der Highschool hatte sich doch bewährt.

»Blair, das ändert nichts an meinen Gefühlen für dich.« Es sah so aus, als würde Collin gleich auf die Knie fallen und betteln. Jetzt trug er etwas zu dick auf.

»Lass es, Collin!«, fuhr ich ihn an. »Für mich war's das.«

»Blair!«

»Nein!« Ein letztes Mal sah ich ihn an und deutete theatralisch auf ihn. »Ich habe es satt, dass alle immer auf meinen Gefühlen herumtrampeln. Für dich war ich doch nur eine deiner Eroberungen.« Dann wandte ich mich um und lief einfach den Weg zwischen den Tennisplätzen in Richtung Haupthaus hinauf.

»Komm schon, Blair«, rief Collin mir nach.

»Lass es, Kumpel.« Trevors tiefe Stimme drang zu mir herüber.

Er holte mich kurz vor dem Haupthaus ein. Ich überspielte meine Erleichterung mit einem schweren Seufzer. »Was?« Die Haare fielen mir ins Gesicht, als ich mich ihm stürmisch zudrehte.

Trevor schob mir eine Strähne hinters Ohr. Es war nur eine flüchtige Berührung, doch sie ließ mein Herz schneller schlagen. »Vergiss Collin«, sagte er und schenkte mir ein aufmunterndes Lächeln.

Zum ersten Mal seit Monaten, vielleicht sogar seit vier Jahren, sprach Trevor wieder einfühlsam mit mir. In den letzten Stunden hatte Ezra tatsächlich für so etwas wie eine kleine Wiedervereinigung gesorgt. Auf freundschaftlicher Ebene, wie er mir versprochen hatte. Auch wenn es nicht genau das war, was ich wollte, hatte es sich gut angefühlt, mich wieder mit Trevor unbeschwert unterhalten zu können.

»Du hast doch nicht wirklich gedacht, Collin wäre ein Typ für eine feste Beziehung?« Trevors Frage klang weniger wie ein Vorwurf als ein Versuch, mich aufzuheitern.

»Ich dachte, er würde sich ändern. Ich weiß, das war eine blöde Idee.«

Trevor tat so, als müsse er überlegen. »Ja, das war es.«

Ich konnte ein Lachen nicht unterdrücken. Gleichzeitig wischte ich mir eine Träne aus dem Augenwinkel.

»Wegen ihm musst du nicht weinen«, sagte er und strich sanft über meinen Oberarm. Auch wenn es vermutlich eine freundschaftliche Geste war, kribbelte meine Haut unter seiner Berührung. »Hake das Thema ab und schau nach vorne. Es gibt genug Kerle, die besser zu dir passen.«

»So wie du?«, fragte ich und ließ es wie einen Scherz klingen.

»Du wirst schon über ihn hinwegkommen.«

»Trotzdem tut es weh«, entgegnete ich etwas trotzig. »Ich habe ihm vertraut. Und ich habe Adam vertraut. Wie konnten sie das nur machen? Sie haben mich vor allen Besuchern bloßgestellt.«

»Das ging wirklich zu weit«, stimmte mir Trevor zu.

»Ich will, dass Adam geht.«

Nun starrte er mich an. »Wie meinst du das?«

Adam war vom Staff am längsten auf der Insel. Er konnte nahezu alle Sportarten und war bei den Gästen wie auch beim Personal sehr beliebt. Dennoch hätte er sich das nicht erlauben dürfen. Außerdem brauchte ich diese Kündigung als Beweis. Als Beweis dafür, dass ich Trevor noch etwas bedeutete und Einfluss auf ihn hatte.

»Er muss gehen.«

»Aber …«

Ich ließ Trevor nicht zu Wort kommen. »Ich will hier kein Staffmitglied haben, das mich hintergeht. Wenn er keinen Respekt vor mir hat, wird er auch keinen vor den Gästen haben. Stell dir vor, er hat eine Affäre mit einem verheirateten Urlauber. Das würde dem Ruf der Insel schaden.«

Trevor sah mich nachdenklich an. Dann nickte er einsichtig. »Du hast recht.«

»Kannst du dich bitte darum kümmern?«

29

Maci

Es war halb elf, als Lovett Island allmählich erwachte.

Nur langsam füllte sich das Restaurant mit hungrigen Gästen. Der gestrige Abend war für alle lang geworden, sodass noch nicht viel los war, als Karlee und ich uns ans Frühstücksbuffet schlichen.

Wir waren in der Hängematte eingeschlafen, obwohl Jesse uns um halb fünf in der Früh in unsere Zimmer hatte bringen wollen. Es war einfach zu warm gewesen, zu gemütlich und mit dem Rauschen des Meeres im Hintergrund zu unwiderstehlich, um dieses Plätzchen zu verlassen.

Mit unseren Frühstückstellern setzten wir uns zu Brent und Jesse an den Tisch. Ich hatte mir nur Früchte genommen. Der fahle Geschmack vom Alkohol lag noch auf meiner Zunge.

»Guten Morgen«, sagte ich und steckte mir ein Stück Melone in den Mund. Mein ganzer Körper schmerzte vom gestrigen Tennisturnier, doch es war ein guter Schmerz.

Einer, der mich wissen ließ, dass ich alles gegeben hatte und dafür belohnt worden war.

»Ihr zwei seht aus, als hättet ihr gestern zu viel getrunken«, stellte Karlee fest und löffelte ihr Müsli.

Tatsächlich saßen Brent und Jesse mit griesgrämigen Gesichtern am Tisch und rührten ihr Frühstück gar nicht an.

»Morgen«, nuschelte Violet und schob sich auf den Stuhl neben mich.

»Du bist zu spät«, zischte Brent.

Irritiert sah ich auf.

»Ihr seid alle zu spät.« Sein vorwurfsvoller Blick richtete sich nun auch gegen Karlee und mich.

Mir blieb ein Ananasstück im Hals stecken. Hatte ich etwas verpasst?

»Wofür zu spät?«, fragte Karlee mit unbeschwerter Miene. Sie war die Einzige, die nicht aussah, als wäre ein Tornado über sie hinweggefegt.

»Adam«, antwortete Jesse. »Er ist vor einer Viertelstunde abgereist.«

»Wohin denn?«, wollte Violet wissen.

Brent funkelte sie wütend an. »Sorry«, sagte er vorwurfsvoll. »Du hast ja nichts mitbekommen. Du wolltest den Abend ja lieber mit diesem Rocksänger im Bett verbringen.«

Fassungslos starrte ich ihn an. Was war denn zwischen den beiden los? Brent schnauzte sie doch sonst nicht so an. Er schnauzte nie jemanden an.

»Was soll der Scheiß?«, fuhr ihn Violet an. Blicke von anderen Tischen trafen uns.

»Adam musste gehen«, warf Jesse beschwichtigend ein.

Plötzlich war es still an unserem Tisch.

Mir fiel die Sache zwischen ihm und Collin wieder ein.

»Was heißt das?«, fragte Karlee entsetzt.

»Trevor hat ihn gefeuert«, antwortete Jesse.

»Was?«, platzte es aus Violet heraus. »Wieso zum Teufel sollte er das tun?«

»Adam hatte etwas mit Collin am Laufen«, erklärte ich leise. War das als Grund schon genug? Schließlich sollten wir doch »nahbar« sein.

»Collin?«

»Blairs Freund!«, sagte Jesse ungeduldig. »Sie hat die beiden am Strand miteinander erwischt.«

»Du verarschst mich!«, rief Violet etwas zu laut. Erneut drehten sich mehrere Köpfe zu uns um. Hoffentlich erfuhr Peyton nichts davon. »Wieso macht er so einen Scheiß?«

Dass Adam eine Schwäche für durchtrainierte Schönlinge hatte, wusste sogar ich. Dass er sich aber ausgerechnet Blairs Freund angelacht hatte, war wahrscheinlich wirklich eine dumme Idee gewesen. Auch wenn ich nie gedacht hätte, dass er deshalb gleich gefeuert werden würde.

»Können wir denn gar nichts tun?«, fragte ich vorsichtig.

»Was ist daran so schwer zu verstehen?«, warf Brent genervt ein. Offenbar ließen die Jungs ihren Frust über Adam an uns aus. »Blair hat darauf bestanden, dass er gefeuert wird. Jesse und ich haben noch versucht, mit Trevor zu reden, aber er sagt, ihm sind die Hände gebunden.«

»Und wo ist Adam jetzt?«, wollte Violet wissen.

»Bestimmt schon auf Saint Croix.«

Ich blickte zu Boden. Trevor hatte offenbar für Blair den

Handlanger gespielt. Aber konnte Blair das einfach so entscheiden? Schließlich war es nicht nur Adams Schuld.

»Komm bitte mal kurz mit«, flüsterte Karlee in meine Richtung, während die anderen darüber diskutierten, ob die Entscheidung gerechtfertigt war oder nicht, und ich folgte ihr nach draußen in die Lobby, wo wir ungestört waren.

»Denkst du, ich habe ihn verraten?« Karlee sah mich mit schuldbewussten Augen an. »Weil ich seinen Namen gerufen habe? Maci, ich war betrunken und wusste nicht …«

»Beruhige dich! Blair hat sie erwischt. Sie hat Adam selbst gesehen. Du kannst nichts dafür!« Ich wollte nicht, dass sich Karlee Vorwürfe machte. »Weißt du, wo Trevors Zimmer ist?«

Karlee sah mich regungslos an.

»Ich will nur mit ihm reden. Vielleicht kann ich ihn überzeugen, Adam noch eine Chance zu geben.« Einen Versuch war es wert.

»Maci …«, begann sie skeptisch.

»Komm schon, Karlee. Ich muss es wenigstens versuchen«, fügte ich flehentlich hinzu.

Einen kurzen Moment zögerte sie, ehe sie nickte. »Den Steg entlang zum Familientrakt. Im oberen Stock, die hinterste Tür.« Karlee war offenbar nicht sehr glücklich, mich dort hingehen zu lassen, doch sie wusste wie ich, dass es vielleicht die einzige Möglichkeit war, Adam zurückzuholen. »Pass auf, dass dich keiner sieht.«

»Danke.« Ich lief direkt los. Vielleicht etwas zu unvorsichtig, doch ich hoffte, die restlichen Mitglieder der Familien Wilkins und Parker schliefen noch.

Vor der letzten Tür hielt ich inne und starrte sie nervös an. Ehe ich länger zweifeln konnte, klopfte ich einfach an.

Es dauerte, bis sich Schritte näherten. Mein Herz schlug mir bis zum Hals, als sich die Tür öffnete.

»Maci?«, wunderte sich Trevor. Er sah übernächtigt aus, mit dunklen Schatten unter den Augen.

»Ich brauche deine Hilfe«, kam ich direkt auf den Punkt.

Er machte wortlos die Tür weiter auf, um mich reinzulassen. Hinter ihm regte sich etwas auf der Couch, und ich blieb erschrocken stehen. Dann hörte ich Ezras verschlafene Stimme, die unzufrieden etwas murmelte. Er drehte sich in eine Decke gehüllt um und schlief einfach weiter.

Ich wandte mich wieder zu Trevor. »Du musst das mit Adam rückgängig machen.«

»Das kann ich nicht«, antwortete er nüchtern.

»Aber …«

»Das ist nicht meine Sache!«, fuhr er mir ins Wort.

»Wieso bist du dann derjenige, der Adam gefeuert hat?«, erwiderte ich aufgebracht. Es ärgerte mich, dass er immer sprang, wenn Blair mit dem Finger schnippte. Gestern am Steg war es nicht anders gewesen.

Trevor seufzte und rieb sich über sein Gesicht. Als er die Hände wegnahm, sah er noch schlechter aus als zuvor. Er brauchte offensichtlich Schlaf, doch darauf konnte ich jetzt keine Rücksicht nehmen. Ich wollte mir Lovett Island gar nicht ohne Adam vorstellen.

»Adam hat eine Grenze überschritten«, sagte er erschöpft.

»Collin auch.«

»Dann rate mal, wo Collin ist.« Seine Stimme wurde lauter. »Nicht mehr hier!«

Wieder drang vom Sofa aus ein leises Murmeln zu uns. Trevor ignorierte es ebenso wie ich.

»Was erwartest du von mir?«

Ich starrte ihn an. »Dass du Adam hilfst, statt Blairs Drecksarbeit zu erledigen!«

»Er hat Scheiße gebaut.« Trevor schüttelte leicht den Kopf. »Ich hätte auch ein Problem damit, einen Mitarbeiter auf Lovett Island zu tolerieren, wenn er mit dir rumgemacht hätte.«

»Was?«, stieß ich hervor. »Ich bin doch nicht dein Eigentum!«

»Dreh mir nicht die Worte im Mund um«, rief Trevor. »Du weißt, wie ich es meine.«

»Nein, weiß ich nicht! Dir ist schon klar, dass ich auch ein Wörtchen mitzureden habe, oder? Es geht um *uns*! Also dich und mich!« Mein ganzer Frust kam mit einem Mal hoch, und meine Stimme schoss in die Höhe.

»Würde es ja auch«, verteidigte sich Trevor, aber mir ging es nicht um einen hypothetischen Mitarbeiter, der mich Trevor weggenommen hatte, als wäre ich ein Ding. Es ging mir um uns und darum, dass ich nicht wusste, wohin es führen würde.

»Trevor …« Ich trat einen Schritt auf ihn zu und sah ihm fest in die Augen. Ich spürte tief in mir die heftige Sehnsucht nach Trevor. Nach der Vorstellung, dass es einfach sein könnte. Ich wollte in seinen Armen sein, in seinen Küssen vergehen und nicht an all den Stress denken, der uns beide begleitete.

»Maci, ich will dich.« Auch Trevor machte einen Schritt auf mich zu, sodass wir dicht voreinander standen, und ich konnte die Hitze spüren, die von ihm ausging. Ich erinnerte mich an unseren Moment hinter dem Strandhaus, nachdem ich ihn bei der Geldübergabe beobachtet hatte. Da waren wir genauso wütend aufeinander gewesen und gleichzeitig so angezogen voneinander. Doch der Kuss hatte unsere Probleme nicht gelöst.

»Es kann erst um uns gehen, wenn dein Vater nicht mehr über dein Leben bestimmt. Wenn Blair nicht über dein Leben bestimmt. Wenn du einmal zu *mir* stehst«, sagte ich ernst.

»Leute, wie spät ist es eigentlich?«, murrte Ezra verschlafen vom Sofa aus. Wir ignorierten ihn.

»So einfach ist das nicht!«

Trevors Antwort enttäuschte mich.

»Sorry, so nicht.« Ich wollte jemanden, der zu mir steht. Ich wollte nicht zurückstecken müssen, nur weil sich Trevor nicht von den Erwartungen anderer lösen konnte. Seit der Enttäuschung mit Chad hatte ich mir geschworen, nicht wieder die Nummer zwei zu sein, und bei Trevor war ich mir nicht mal sicher, ob ich überhaupt das war. Wohl eher Nummer vier, nach Blair, seinem Vater und Liza.

Ich rang mir nur ein müdes Lächeln ab. »Ich muss gehen«, sagte ich und verließ Trevors Appartement.

30.

Blair

So betrunken, wie Peyton gestern Abend gewesen war, würde sie heute bestimmt nicht so schnell hier aufkreuzen.

Ich zog die Tür zu ihrem Büro hinter mir zu und seufzte beim Anblick von Peytons Schreibtisch. Es sah aus, als wäre schon vor mir jemand hier gewesen und hätte alle Dokumente durchwühlt. Sie war so eine Chaotin.

Um keine Zeit zu verlieren, machte ich mich gleich auf die Suche. Selbst wenn Peyton nicht bald kommen würde, galt das nicht für Hugh oder meinen Vater, die ihre Büros ebenfalls in diesem Trakt hatten. Ich wollte von niemandem erwischt werden.

Ich überflog die Papiere, die auf dem Schreibtisch verteilt waren. Ich wusste selbst nicht so genau, nach was ich eigentlich suchte.

In einem Schrank hinter dem Schreibtisch fand ich die Personalakten. Schnell zog ich Macis Ordner heraus. In der Hoffnung, etwas zu finden, was mir weiterhalf, blätterte ich jede Seite durch und las alles genau durch.

Ihr Lebenslauf war kurz und unspektakulär. Interessant fand ich jedoch Peytons händischen Vermerk in der oberen Ecke. Elliott O'Neils Telefonnummer.

War Maci über ihn nach Lovett Island gekommen?

Ich kannte Elliott von der University of Miami, wo wir beide studierten. Er hatte mich damals an meinem ersten Tag auf dem Campus herumgeführt. Wir waren uns seit damals auf ein paar Partys und Veranstaltungen über den Weg gelaufen. Ein netter Kerl, wenn auch nicht mein Typ.

Ich wusste, dass Parkins mit der Tennisakademie von Elliotts Familie eine Partnerschaft hatte. Schließlich galt sie als eine der größten und besten in den USA. Vielleicht hatte Peyton ihn kontaktiert und nach einer Tennistrainerin gefragt. Dass Maci das Zeug dazu hatte, hatte sie spätestens gestern bewiesen. Ich konnte noch immer nicht fassen, dass sie Trevor geschlagen hatte. Hugh raste bestimmt immer noch vor Wut. Mit etwas Glück würde sich das Maci-Problem dadurch von selbst erledigen.

Ich blätterte weiter und fand eine weitere Notiz in Peytons Handschrift, die mich innehalten ließ.

Hier stand, dass Maci ein Stipendium hatte, das sie noch nicht angenommen hatte. An der University of Florida, der Uni, an der Trevor studierte.

Verdammt! Ich bezweifelte, dass das ein Zufall war.

Warum sollte ein Mädchen aus dem tiefsten North Dakota ausgerechnet nach Lovett Island kommen? Und warum hatte sie ausgerechnet ein Stipendium an der gleichen Uni wie Trevor?

Was auch immer die Antworten darauf waren, ich

würde nicht tatenlos zusehen, bis sie von alleine ans Licht kamen.

Ich setzte mich auf Peytons Schreibtischstuhl und startete ihren Computer. Ich brauchte kein Passwort, was die Sache vereinfachte. Mit wenigen Klicks öffnete ich ein Schreibprogramm und begann zu tippen. Es war ein kurzer Brief. Ich druckte ihn aus, schmierte eine Unterschrift darunter und steckte ihn gefaltet in ein Kuvert.

In Peytons Büro gab es eine Box, in der Post abgelegt werden konnte, die zweimal in der Woche nach Saint Croix gebracht wurde. Niemand würde einen Blick auf die Adresse werfen. Mal abgesehen davon, dass niemand wusste, wer das Schreiben verfasst hatte. Ich schob das Kuvert unter ein paar Briefe, die schon darin lagen, und lächelte zufrieden. Vielleicht konnte ich mich nicht einfach zwischen Trevor und Maci stellen, doch früher oder später würde ich schon bekommen, was ich wollte.

Mein kleiner Abstecher hatte mir mehr Informationen verschafft, als ich erhofft hatte. Zufrieden lief ich den Gang entlang und stieß fast mit meinem Vater zusammen.

»Was machst du denn hier?«, fragte er verwundert. Er sah aus, als hätte er nur eine kurze Nacht gehabt. Wie wir alle.

»Ich habe Peyton gesucht, aber sie war nicht da«, erklärte ich gelassen.

»Die liegt bestimmt noch im Bett«, sagte mein Vater und verdrehte die Augen. Er war der Letzte, der ihr Vorwürfe machen sollte. »Hast du schon gehört? Ein Unwetter soll morgen aufziehen«, wechselte er plötzlich das Thema, weil wir uns sonst nichts zu sagen hatten.

»Tatsächlich?«

»Ich habe mir für später ein Boot nach Saint Croix bestellt. Willst du mitkommen?«

»Ich überleg's mir«, antwortete ich und ließ ihn stehen.

Wenige Minuten später lief ich auf der anderen Seite des Haupthauses den Steg zum Familientrakt hinüber. Es war kurz nach Mittag, bestimmt war Trevor schon wach. Er war wie ich erst in den Morgenstunden in seinem Appartement verschwunden. Angesichts seiner Leistung beim Tennisturnier ziemlich erstaunlich.

Ich klopfte an seine Tür. Dahinter waren bereits Geräusche zu hören.

Ezra öffnete mir die Tür. »Hier gibt's nur Einlass, wenn du Frühstück bringst«, sagte er mit einem schiefen Grinsen. Sein Gesicht wirkte leicht grün.

»Geh in die Küche, wenn du was willst«, entgegnete ich.

»Freundlich wie immer. Willst du einen Kaffee?«

»Hey, Blair«, grüßte Trevor, der nur in Boxershorts aus seinem Schlafzimmer kam.

Ich hatte ihn so schon oft und auch mit noch weniger bekleidet gesehen, doch es ließ meinen Puls dennoch in die Höhe schießen.

Ezra reichte mir eine Tasse Kaffee.

»Danke, Sweeting.« Ich nahm einen Schluck, auch wenn er eigentlich viel zu heiß war. Mein Körper verlangte nach Koffein. Dann wandte ich mich Trevor zu. »Ich habe gehört, dass ein Unwetter aufzieht, und wollte fragen, ob du uns wegbringst.«

»Kannst du mich auch mitnehmen?«, fragte Ezra. »Meine Professorin wartet auf meine Arbeit, und ich will nicht wegen eines Sturms hier festsitzen und Ärger mit ihr bekommen.«

»Schon gut.« Trevor lachte. »Wenn ihr mir Kaffee gebt, fliege ich euch, wohin ihr wollt.«

31.

Violet

Ein Windstoß drückte gegen das Haus. Die Wand knarzte, während der Regen weiter gegen das Fenster meines Zimmers peitschte. Und das seit zwei Tagen.

Ich hasste Unwetter. Ich hasste Regen, Stürme und Wind. Die Decke bis zur Nase gezogen starrte ich auf das Fenster, auch wenn draußen nicht viel mehr zu erkennen war als Wassermassen, die vom Himmel fielen.

Wir alle hofften, dass es bald vorbei sein würde. Die Gäste, die viel Geld bezahlt hatten, um hier Urlaub zu machen, noch mehr als ich. Sie hatten sich im Haupthaus versammelt, wo die Küche sie ständig mit Snacks und Leckereien versorgte, um die Stimmung nicht kippen zu lassen. Das Küchenteam hatte alle Hände voll zu tun, damit immer etwas bereitstand. Am Ende des Urlaubs hatten die Gäste bestimmt sieben Pfund mehr auf den Hüften.

Mit Spielen versuchten die Jungs, alle bei Laune zu halten. Brett- und Kartenspiele, Kennenlernspiele, die Jesse sich ausdachte und am liebsten mit Alkohol kombinierte. Es war ein ständiger Wechsel von Essen und Unterhaltung. Erst gab es Snacks, dann wurde ein Film geschaut. Anschließend gab es Fingerfood, ehe Jesse alle zu einem Rollenspiel verdonnerte, was mit Kaffee und Kuchen belohnt wurde.

Die Abende waren von der Terrasse in den Speisesaal verlegt worden. Auch dort gab es Cocktails, Jesses Playlists und gute Laune. Peyton wollte, dass wir den wenigen Gästen, die auf Lovett Island hatten bleiben wollen, einen so unbeschwerten Urlaub wie möglich bescherten.

Mir fiel das ganz besonders schwer. Jedes Mal wenn ein Unwetter aufzog, stand ich kurz vor einem Nervenzusammenbruch. Ganz schlimm war es zur Hurrikansaison, die uns noch bevorstand. Im letzten Jahr waren wir verschont worden, doch schon der Gedanke, was passieren könnte, zehrte an meinen Kräften.

Aus diesem Grund hatte ich mich in mein Zimmer zurückgezogen, als das Gewitter begonnen hatte. Zwar lenkte es mich ein wenig ab, mit den Gästen im Haupthaus zu sein, aber niemand wollte eine Staff sehen, die am ganzen Leib zitterte.

Es klopfte an meiner Tür.

»Ja?«

Brent steckte den Kopf rein. Eigentlich hatte ich ihn nie wiedersehen wollen, doch das Gefühl in meinem Bauch, als ich ihn sah, belehrte mich eines Besseren.

»Alles okay bei dir?«, fragte er und trat ein. Ungefragt setzte er sich auf die Bettkante und legte seine Hand auf mein Knie.

»Ich bin nur müde«, log ich. »Das Turnier hängt mir noch nach.« Im gleichen Moment grollte ein Donner in der Ferne, und ich zuckte ungewollt zusammen.

»Du bist ganz blass im Gesicht«, sagte Brent. »Was hältst du davon, wenn wir in mein Zimmer gehen und eine Netflix-Serie bingen?«

Die Idee, mit ihm Serien zu gucken und den Sturm da draußen für ein paar Folgen zu vergessen, gefiel mir. Überhaupt gefiel mir die Vorstellung, wieder mehr Zeit mit ihm zu verbringen. Ich hatte Brent vermisst, selbst wenn ich ihm für sein Verhalten immer noch in den Arsch treten wollte, selbst wenn er mir immer wieder das Herz brach. Ich konnte auf seine Freundschaft einfach nicht verzichten.

Es war, als hätte der Regen alles fortgewaschen, was in den letzten zwei Tagen zwischen uns gestanden hatte. Brent war der Einzige, der bemerkt hatte, dass es mir nicht gut ging. Er wollte für mich da sein, als Freund. Und ich konnte ihn einfach nicht wegschicken.

Ich klappte die Decke weg und setzte mich auf. »Darf ich mir aussuchen, was wir schauen?«

»Solange es nicht *To All the Boys I've Loved Before* ist.«

»Wie wäre es mit *Gossip Girl*?«

Brent seufzte. »Mindestens eine Person muss in den ersten fünfzehn Minuten draufgehen.«

Zwei Stunden später hatten wir *Deadpool* zu Ende gesehen. Da gingen gefühlt fünfzehn Menschen in den ersten Minuten drauf. Ich kannte den Film bereits, sah ihn aber immer wieder gern. Es war ein Kompromiss, von dem wir beide etwas hatten. Brent bekam seine geliebte Action und ich Ryan Reynolds.

Er nahm den Laptop vom Schoß und stellte ihn beiseite. Die Decke raschelte über unseren Beinen, als er sich gegen das Kopfteil seines Betts lehnte. »Fühlst du dich schon besser?«, fragte Brent leise und sah zu mir.

Ich lächelte und nickte. »Mit Ryan Reynolds geht's mir immer besser.«

Er schubste mich leicht. Die freundschaftliche Geste fühlte sich gut an. Es war schön, dass wir wieder so vertraut miteinander umgingen wie zuvor. Traurig war nur, dass ich mich immer noch nach mehr sehnte.

»Ryan Reynolds kann ich ja noch verstehen, aber der Typ von Kill the Drum Chair?« Brents Seitenhieb kam nicht ganz unerwartet. Ich hatte schon damit gerechnet, dass er Nash und den Abend noch einmal ansprechen würde.

»Zwischen Nash und mir lief nichts«, stellte ich klar.

Überrascht zog Brent die Augenbrauen hoch.

Eigentlich hatte ich keine Lust, diese Nacht noch einmal geistig aufleben zu lassen. »Nash ist verheiratet«, sagte ich deshalb nur.

»Vielleicht führen sie eine offene Beziehung«, warf Brent nachdenklich ein.

»Den Eindruck hatte ich nicht«, murmelte ich.

Brent starrte mich einen Moment lang regungslos an. »Das heißt, du hast ihn abblitzen lassen?«

Ich zuckte mit den Schultern. »Er ist eben verheiratet.« Und nicht nur er. Wenn Brent nur wüsste …

»Violet Braga, du hast den Anstand, die Finger von verheirateten Männern zu lassen? Respekt!«

Nun schubste ich ihn. So fest ich konnte.

»Jetzt tu nicht so, als würde ich sonst auf den Schoß eines jeden Mannes springen, der keinen Ring am Finger stecken hat.« Ich wollte es wie einen Scherz klingen lassen, aber diese Aussage tat mir wirklich weh. Gerade aus seinem Mund.

»Tut mir leid.«

»Bloß weil ich mit ihnen flirte, heißt das nicht, dass ich sie ranlasse.«

»Ich weiß.«

»Außerdem hast du mir mehr als deutlich gesagt, dass du nichts von mir willst. Also spar dir deine Vorwürfe.«

»Vi.« Brent seufzte. »So hab ich das echt nicht gemeint.« Er legte seine Hand auf meine. »Ich weiß doch, dass du nicht so bist. Das mag ich ja so an dir.«

Ich sah ihn an und kämpfte gegen die Tränen, die hochkommen wollten. Es war so frustrierend mit ihm. Doch wie sollte ich meinem Herz klarmachen, dass es aufhören sollte, etwas für ihn zu empfinden. Erst recht, wenn er mich so ansah.

»Was hältst du davon, wenn ich aus der Küche Chips oder Popcorn hole, und wir sehen uns noch einen Film an?«

»Als Friedensangebot akzeptiere ich nur Nachos.«

Offenbar erleichtert, das zu hören, lächelte Brent. »Such schon mal einen Film aus.« Brent stand auf und schob das Notebook zu mir.

Es dauerte nicht lang, da hatte ich drei Filme gefunden, von denen Brent sich später einen aussuchen durfte. *To All the Boys I've Loved Before* war nur dabei, weil ich ihn ärgern wollte.

Ich stand auf und lief ein paar Schritte durch sein Zimmer. Mein rechtes Bein war eingeschlafen und kribbelte heftig. Ich hielt mich an einer Kommode fest und schüttelte es aus. Ein kleiner Ball, der darauf gelegen hatte, fiel auf den Boden und rollte unter das Bett. Na toll!

Auf allen vieren lugte ich darunter, fand ein paar Schuhe, Badeshorts und den Ball, ganz hinten an der Wand. Gleich daneben stand eine Holzkiste, so weit in die Ecke geschoben, als wäre sie dort versteckt worden.

Ich zögerte einen Moment, dann streckte ich meine Hand danach aus und zog die Kiste zu mir. Der Deckel war leicht verstaubt, als wäre er schon länger nicht mehr geöffnet worden. Nur ein kleiner Haken sicherte die Box. Wäre darin etwas Geheimes, würde Brent doch ein anderes Schloss wählen, oder?

Neugierig schob ich den Haken zur Seite und hob den Deckel.

In der Kiste lagen mehrere handgeschriebene Briefe und Fotos.

Ich starrte regungslos darauf.

Von wem bewahrte er Briefe und Fotos unter seinem Bett auf?

Mein Herz begann schneller zu schlagen. Brent könnte jeden Moment zurück sein. Dennoch wollte ich wissen, was es damit auf sich hatte. Es war nicht richtig, was ich hier tat, das wusste ich. Es waren seine persönlichen Sachen. Ich sollte die Box schließen und zurück an ihren Platz stellen. Ich sollte …

Wie von selbst griff meine Hand nach einem Foto, das obenauf lag. Es zeigte ein elegant gekleidetes Paar mittleren Alters. Vielleicht bei einer Feier. Ich nahm an, dass es Brents Eltern waren.

Darunter kam ein handgeschriebener Brief zum Vorschein.

Lieber Brent!
Wir vermissen dich, Bonnie ganz besonders. Ich erzähle ihr jeden Tag von dir, zeige ihr das Fotoalbum, das wir gebastelt haben. Sie wird immer größer, du müsstest sehen, wie sie schon …

Um weiterzulesen, hätte ich den Brief auffalten müssen. Aber das durfte ich nicht. Ich verachtete mich schon jetzt dafür, in Brents Privatsphäre eingedrungen zu sein. Ausgerechnet in seine, die er doch so sehr schützte. Er war mein bester Freund und tat alles, um seine Vergangenheit in Kalifornien zu vergessen.

Doch wie es aussah, vergaß sie ihn nicht. Der Brief war erst ein paar Monate alt, wie ich dem Datum in der oberen Ecke entnahm.

Wer schrieb ihm?

Seine Mutter? Eine andere Frau?

Und wer war Bonnie? Seine Schwester? Er hatte nie von einer erzählt. Doch was wusste ich schon über ihn? Nicht mehr, als dass er Skateboarder gewesen war.

Unter dem Brief lag ein Polaroid.

Ich griff danach und erkannte ein kleines Mädchen. Sie war zwei, vielleicht drei Jahre alt, hatte blonde Locken und süße Pausbäckchen. Das musste Bonnie sein. Ihr Grinsen war so entzückend und schelmisch zugleich, dass ich lächeln musste.

Mir wurde warm ums Herz, während meine Hände gleichzeitig eiskalt wurden und zu zittern begannen.

Was, wenn sie Brents Tochter war?

Nein, das konnte nicht sein. Er hätte sie doch nicht in Kalifornien zurückgelassen. Das passte nicht zu ihm. Bestimmt war es seine Schwester, und seine Mutter schrieb die Briefe und schickte Fotos, damit er sie trotzdem aufwachsen sah.

Ich hörte etwas vom Flur und packte das Polaroid schnell zurück. Alles wieder in der Kiste verstaut, schob ich sie zurück unters Bett. Sie ließ mich mit mehr Fragen zurück, als ich zuvor schon gehabt hatte. Es war ein Fehler gewesen, darin zu stöbern.

Den Ball ließ ich einfach liegen und sprang schnell aufs Bett. Gerade noch rechtzeitig – die Tür ging auf, und Brent kam rein.

Ich strich mir hastig eine Haarsträhne aus dem Gesicht, hatte das Gefühl, er könne mir ansehen, dass ich eben noch diese Box in der Hand gehabt hatte.

»Du hast Glück, es gibt Nachos und Popcorn.« Stolz präsentierte Brent die zwei Packungen mit den Knabbereien.

»Yeah«, sagte ich mit einem unbeschwerten Lächeln, das so falsch war, dass mir sogleich der Appetit verging.

Brent ließ sich neben mir aufs Bett fallen. Er lag so dicht an meiner Seite, dass ich seine Wärme spüren und seinen Duft riechen konnte. Da war wieder dieser süßliche Geruch nach Surfwachs, den ich immer mit ihm verband. Er erinnerte mich an Erdbeeren.

»Hast du was gefunden?«, fragte er und sah neugierig auf den Bildschirm, während er mir die Nachos in den Schoß legte.

Ich zeigte ihm meine Auswahl und bekam gar nicht richtig mit, wofür er sich entschied. Meine Gedanken kreisten unaufhaltsam um die Box unter mir.

32.

Maci

Trevor war noch am gleichen Tag nach dem Gespräch abgereist, und ich war mit einem düsteren Gefühl zurückgeblieben, als ich erfahren hatte, dass er Lovett Island mit Ezra und Blair verlassen hatte. Ausgerechnet mit Blair.

Ein Teil von mir wusste, dass ich richtig gehandelt hatte, der andere wollte den Streit einfach rückgängig machen. Vielleicht wäre Trevor dann nicht gegangen?

Ich verkroch mich unter die Decke, krallte meine Finger in das Laken und versuchte mich nicht von meinen Gefühlen überrollen zu lassen, aber ich schaffte es nicht. Verdammt! Ein Schluchzen drang aus meiner Kehle. Ich hatte mir selbst versprochen, mich nie wieder mit einem Mann einzulassen, bei dem es immer Wichtigeres gab als mich.

Ich lag eine Weile unter der Decke, bis die Luft stickig und heiß wurde. Dann rollte ich mich zur Seite, sodass ich aus dem Fenster sehen konnte. Der Himmel war noch blassgrau, aber zumindest ruhig nach dem langen Sturm, und die Sonne kämpfte sich zwischen den Wolken hindurch.

Ich erinnerte mich an die Worte, die mir Trevor nach dem Tennismatch gesagt hatte: *Wie du dich rausgekämpft hast, so etwas habe ich noch nie gesehen.*

Mich erfüllte es immer noch mit Stolz, wenn ich daran dachte. Auch wenn er nicht zu mir stehen konnte, schien er dennoch an mich zu glauben, und daran wollte ich festhalten. Zwar fühlte ich mich jetzt nach dem Gegenteil von Strahlen, trotzdem schüttelte ich meine deprimierenden Gedanken ab und kämpfte mich aus dem Bett.

Noch im Strandhaus streifte ich die Sandalen von den Füßen und trat auf die von der Morgensonne gewärmten Terrassendielen. Ich lauschte dem Rauschen des Meeres und ließ meinen Blick über den Strand schweifen.

Über den Küstenabschnitt waren Äste, Palmwedel und Algen verstreut. Der Sturm hatte eine ziemliche Verwüstung im kleinen Paradies hinterlassen. Rauschend spülten die Wellen weiteres Treibgut an Land. Eine Möwe hopste um eine Blechdose herum, die offenbar angeschwemmt worden war, und pickte immer wieder darauf ein.

»Da wartet eine Menge Arbeit auf uns«, sagte Brent, der plötzlich neben mir stand.

Ich schreckte kurz auf. »Was machst du denn schon hier?« Normalerweise kam er erst spät aus den Federn.

»Ich war gestern so früh im Bett, dass es sich anfühlt, als hätte ich zwei Tage durchgeschlafen.« Er sah mich stirnrunzelnd an. »Du hingegen siehst aus, als hättest du kein Auge zugetan. Ist alles okay?«

»Geht so. Ich will einfach, dass alles so ist wie vorher«, antwortete ich, auch wenn Brent den Hintergrund nicht kannte. Aber vielleicht reimte er sich das Richtige zusammen.

»Du wirst sehen, wenn die Sonne richtig herauskommt, fühlst du dich gleich wieder besser.« Grinsend hielt Brent zwei Rechen und einen Müllsack hoch. »Bis dahin steht uns noch ein wenig Arbeit bevor, aber danach warten fantastische Wellen zum Surfen auf uns.«

Sein Lächeln war ansteckend, und ein wenig körperliche Arbeit würde mich auch von Trevor ablenken. »Ich nehme an, ein Rechen ist für mich?«

Statt einer Antwort drückte Brent ihn mir grinsend in die Hand und gab mir einen freundschaftlichen Kuss auf die Wange.

Ich betrat barfüßig den Sand, der anders aussah als sonst. Seine weiche, lockere Struktur war nun fest und von den Regentropfen mit vielen kleinen Kratern übersät. Die oberste Schicht brach, als ich darüber ging.

»Wo fangen wir an?«, fragte ich und grub meine große Zehe in den Sand. »Von links nach rechts oder von hinten nach vorne?«

»Völlig egal«, antwortete Brent mit einem Seufzen. »Eigentlich sollte Jesse mir helfen, aber in seinem Zimmer war er heute Morgen nicht.«

Ich schüttelte lachend den Kopf. Selbst an einem langweiligen Abend wie gestern hatte er jemanden aufgerissen. Jesse war ein Weiberheld, wie er im Buche stand.

»Dafür bin ich ja hier.« Ich nahm einige große Palmwedel, die für den Sack zu groß waren, und zog sie zum Strandhaus, wo ich sie erst mal ansammeln wollte.

Eine Stunde später kamen wir zum Haupthaus, wo

der Speisesaal bereits gut gefüllt war. Nichts erinnerte mehr an das schlechte Wetter der letzten Tage. Unter den luftigen Kleidern der Urlauberinnen blitzten die Bikinis hervor, und die Männer hatten ihre Designersonnenbrillen in den Halsausschnitt ihrer Shirts gesteckt. Heute wurde es wieder sonnig, was auch der Stimmung anzusehen war.

Brent und ich ließen uns erschöpft neben Violet und Jesse nieder.

»Der Hauptstrand ist wieder sauber.« Brent stibitzte sich ein Stück Mango von Violets Frühstücksteller.

»Fehlen nur noch die anderen Teile der Insel«, stöhnte Jesse. Er wäre bestimmt lieber aufs Surfbrett gestiegen, statt bei den Aufräumarbeiten zu helfen.

»Tu nicht so abgekämpft. Maci und ich haben die meiste Arbeit getan, als du noch im Bett warst.« Brent stieß ihm seinen Ellenbogen in die Seite. »Mit wem auch immer …«

Noch während wir frühstückten, kam Peyton zu uns und wies jedem von uns einen Bereich zu. Da Brent und ich schon fleißig gewesen waren, durften wir uns aussuchen, welchen Inselabschnitt wir übernehmen wollten. Brent bestand auf den Nordstrand, an dem die Bungalows standen.

Als wir dort ankamen, verstand ich, warum: Von der Nordseite wurde weniger Treibgut angespült. Und weil es hier nicht so viele Bäume und Sträucher gab, lagen auch keine abgebrochenen Äste kreuz und quer herum. Wir kamen schnell voran, nicht nur weil Brent sich beeilte, um endlich ins Wasser zu kommen.

»Willst du mitkommen?«, fragte er, als wir fertig waren.

»Die Wellen sind heute perfekt zum Surfen. Das müssen wir ausnutzen.«

»Gerne«, antwortete ich, auch wenn ich bezweifelte, dass ich mit ihnen mithalten konnte. Wieder einmal vermisste ich Adam schmerzlich, der uns mit solcher Geduld und mit so vielen blöden Sprüchen Unterricht gegeben hatte, dass ich oft auch vor Lachen vom Brett gefallen war.

Auf dem Weg zum Strandhaus hörte ich plötzlich das vertraute Geräusch des Helikopters. Ich hielt die Luft an. Trevor?

Ich drehte den Kopf automatisch zum Landeplatz, der nicht weit vom Nordstrand entfernt war und auf den wir einen guten Blick hatten.

»Kaum ist der Regen weg, trauen sie sich wieder her«, murmelte Brent in leicht vorwurfsvollem Ton, als ahnte er, dass es jemand der Parkers oder Wilkins war, die sich rechtzeitig vor dem Sturm in sonnigere Gebiete begeben hatten.

Es dauerte nicht lang, da setzte der Helikopter auf der Plattform auf. Kurz darauf öffnete sich die Seitentür, und zwei Personen stiegen aus.

Mir fiel der Sack mit den Ästen aus den Händen.

Neben Blair stand ein Mann, den ich sofort erkannte. Schließlich sah er seinem Bruder unglaublich ähnlich. Seine Haare waren nur nicht ganz so blond wie Chads.

Elliott.

Elliott, der mir den Job verschafft hatte.

Elliott, der von meiner Vergangenheit wusste.

Ich hatte mit meinen Eltern gebrochen, dieses Telefonat hinter mich gebracht und mich von ihnen gelöst. Und kaum dass ich dachte, ich wäre frei, holte mich alles wieder ein.

»Alles klar? Du siehst ganz blass aus ...«

»Ich hab ja auch seit zwei Tagen keine Sonne abbekommen.« Ich zuckte mit den Schultern und hoffte, dass er mich nicht durchschaute.

»Dann lass uns das ändern und die Surfbretter rausholen«, sagte Brent mit einem Leuchten in den Augen. Er und Jesse hatten in den letzten zwei Tagen unablässig gejammert, weil sie nur drinnen hatten sitzen können.

»Geh du schon mal vor. Ich geh mich noch schnell umziehen.«

Zum Glück stellte Brent keine weiteren Fragen. Ich war schon überfordert genug, darüber nachzudenken, wieso Elliott hier ausgerechnet mit Blair aufkreuzte.

Ich musste so schnell wie möglich mit ihm sprechen. Elliott wusste als Einziger hier, was in North Dakota passiert war, was der Auslöser für meine Entscheidung war zu gehen. Blair war mit Abstand die Letzte, die davon erfahren sollte. Sie würde es gegen mich benutzen.

Ich suchte den ganzen Bereich um das Haupthaus nach ihnen ab. Im Restaurant herrschte gähnende Leere, auch in der Lobby. Die Gäste waren alle am Strand, am Pool stand nur Jesse und fischte lustlos mit einem Kescher die Blätter aus dem Wasser.

Der einzige Ort, an dem ich noch nicht nachgesehen hatte, war der Familientrakt. Ich wünschte, ich könnte einfach über den gläsernen Steg hinüberlaufen und nach Elliott suchen, doch der Bereich war für den Staff strikt tabu. Und ich wollte auf keinen Fall von Blair dort erwischt werden.

Angespannt tigerte ich in der Lobby auf und ab, auch wenn mich Peyton früher oder später bestimmt hier wegscheuchen würde.

»Wartest du auf mich?« Trevor stand mit einer kleinen Reisetasche vor mir und sah mich mit einem entschuldigenden Lächeln an.

Mein Herz machte einen Satz, und ich vermisste ihn so sehnsüchtig, obwohl wir im Streit auseinandergegangen waren und ich nicht wusste, ob es eine Lösung gab.

Es herrschte einen Moment Stille, in dem wir einander unbeholfen, aber auch erwartungsvoll ansahen. Ich atmete tief durch, als er es ebenfalls tat.

»Ich habe dich vermisst.«

Unsere Worte überschnitten sich, und dann entwich uns beiden ein befreites Lächeln. Trevors Schultern entspannten sich, als ich einen Schritt auf ihn zu machte, und er hob seine Hand an mein Gesicht und strich eine Haarsträhne hinter mein Ohr. Mich durchfuhr ein Schauer, der bis in die Zehnspitzen reichte.

»Maci, es tut mir leid, dass ich so abrupt abgereist bin.« Er griff nach meiner Hand. »Es ist einiges schiefgelaufen, und ich habe keine Ahnung, was für eine Zukunft *uns* erwartet, aber wir sind schon einmal gemeinsam gesprungen, also wird alles Weitere ein Klacks, oder?«

Ich griff mit meinen Fingern zwischen seine und erwiderte den Druck. Ich wollte, dass Trevor meine Zuversicht spürte, denn ich glaubte wirklich daran, dass wir zusammen sein konnten. Es würde wahrscheinlich kein Klacks sein; wir mussten einen Weg finden, um uns von Hindernissen nicht entzweien zu lassen, aber wir würden es schaffen. Wir würden unsere Grenzen ausloten und gemeinsam über die Klippen springen. Denn ich hatte mich Hals über Kopf in Trevor verliebt.

»Maci?«

Elliotts Stimme ließ mich zusammenzucken.

Ich zog meine Hand aus Trevors und wandte mich zum Übergang, der zum Mitarbeitertrakt führte. Dort stand er. Und hinter ihm Blair.

»Hi!« Mehr brachte ich nicht raus, ohne zu verraten, wie sehr mich seine Anwesenheit erschrak.

Freudig lief Elliott auf mich zu und nahm mich in eine feste Umarmung. Ich spürte förmlich, wie Trevors Blick sich in meinen Hinterkopf bohrte. »Schön, dich zu sehen.« Er strich mir über den Rücken, dann drückte er mich sanft von sich, um mich genauer zu betrachten. »Ich bin so froh, dass es dir gut geht, Maci.«

Ich bemühte mich um ein ungezwungenes Lächeln. Auch ich freute mich, ihn zu sehen, wenn auch durch die Nebelwand der Panik hindurch. Nicht weil ich ihm nicht vertrauen konnte – wie eng unsere Freundschaft war, hatte er mir nach der Sache mit Chad bewiesen. Sondern weil Blair dabei war und alles mitbekam.

»Wie geht's dir, Elliott?«, fragte ich leicht distanziert, damit Blair nicht mitbekam, was Elliott für mich bedeutete. Aber da mischte sie sich auch schon ein.

»Welche Wiedersehensfreude«, unterbrach ihre gekünstelte Stimme uns.

»Entschuldige! Maci und ich sind alte Freunde. Es ist

schon ein paar Wochen her, seit wir das letzte Mal miteinander telefoniert haben«, erklärte Elliott und trat einen Schritt zur Seite, als wollte er Blair in unsere kleine Runde mit einschließen.

Ich warf einen Blick zu Trevor. Auch er machte keine Anstalten, uns allein zu lassen. Mit vor der Brust verschränkten Armen betrachtete er mich und Elliott.

»Damals ging alles so schnell«, setzte Elliott fort. »Maci brauchte einen Tapetenwechsel, und von Peyton wusste ich, dass ihr jemanden sucht.«

»Wie wunderbar«, kommentierte Blair mit einem spitzen Lächeln.

»Ich habe nicht damit gerechnet, dass du so lange bleibst«, sagte er offen heraus. Anscheinend störte er sich weder an Trevors Anwesenheit noch an Blairs scheinheilig freundlicher Art. »Ich dachte, du würdest eine oder zwei Wochen in der Sonne liegen und dann nach North Dakota zurückgehen, wenn sich die Aufregung gelegt hat.«

Mir wurde heiß und kalt. Weder Trevor noch Blair sollten etwas von einer Aufregung in meiner Heimat wissen. Ich hatte so hart darum gekämpft, sie hinter mir zu lassen.

»Was hältst du davon, wenn wir etwas trinken gehen?«, schlug ich schnell vor, um seinen weiteren Worten einen Riegel vorzuschieben. Ich untermalte meinen Vorschlag mit einer eindringlichen Geste. »Nur wir beide?«

Elliott nickte unbekümmert. »Gern. Blair, sehen wir uns später?« Er legte mir den Arm um die Schulter. Eine freundschaftliche Geste, die dennoch sehr vertraut war. Ich senkte den Kopf, damit ich Trevor nicht ansehen musste.

Nicht nur damit Blair nicht bemerkte, was zwischen uns war, sondern auch weil ich Angst hatte, Trevor könnte ahnen, dass Elliott einiges zu erzählen hatte.

Wenig später saßen wir zusammen mit kühlen Getränken auf der Terrasse vor dem Restaurant. Aus der Küche hatte ich uns noch einen Teller mit geschnittenen Früchten geholt. Elliott hatte bestimmt Hunger nach der Reise. Mir selbst war der Appetit vergangen.

»Was machst du hier?«, fragte ich und merkte im selben Augenblick, wie unhöflich diese Frage war. »Ich meine, schön, dass du hier bist ... ich bin nur überrascht.« Ich bemühte mich um ein Lächeln, doch meine innere Unruhe machte es fast unmöglich. Ich hatte gerade noch zu Trevor gesagt, dass wir alles schaffen konnten, doch jetzt befürchtete ich, meine Vergangenheit könnte mir einen Strich durch die Rechnung machen.

»Blair hat mich vorgestern angerufen«, erklärte Elliott, der sich an der direkten Frage nicht zu stören schien, und lachte zufrieden. »Ich dachte erst, es ginge um ein Sponsoring von Parkins für ein Tennisevent der Akademie, doch stattdessen hat sie mich hierher eingeladen. Sie hat regelrecht darauf bestanden, dass ich ein paar Tage auf Lovett Island verbringe.«

An der Sache war etwas faul. Mein Bauchgefühl war überzeugt davon. Das konnte kein Zufall sein, da war ich mir sicher. Ob ich Elliott von meinen Bedenken erzählen konnte? Nicht, dass er dann versuchte, zwischen Blair und mir zu vermitteln. Er war schon immer die Herzensgüte in Person.

»Woher kennst du Blair eigentlich? Ich dachte, dein Kontakt auf Lovett Island ist Peyton«, fragte ich nebenher, während ich mir eine Scheibe Mango vom Teller pickte.

»Ich hab sie vor zwei Jahren am College kennengelernt. Sie war ein Freshman, und ich habe sie herumgeführt.«

Und jetzt lud sie ihn auf die Insel ein? Das war doch mehr als verdächtig. Ich musste mich Elliott anvertrauen, auch wenn er meine Bedenken abwiegeln könnte.

»Elliott, du musst mir versprechen, dass du Blair nicht erzählst, was in North Dakota passiert ist. Sie … Ich will nicht, dass jemand davon erfährt. Du weißt schon … die Sache mit Chad.« Mein Herzschlag beschleunigte sich, als ich seinen Namen aussprach, aber nicht auf die gute Art und Weise. Ich fühlte mich immer noch unsicher, verletzlich und irgendwie ausgeliefert. Genau wie damals.

»Klar, kein Problem, Maci. Mach dir keine Sorgen.« Elliott legte mir beruhigend die Hand auf die Schulter. »Warum sollte es heute anders sein als vor zwei Monaten?« Er lächelte mich an, als wolle er mir sagen, dass er heute wie damals mein Geheimnis wahren würde.

Ich wusste, dass ich damals viel verlangt hatte, als ich ihn gebeten hatte, seinem Bruder nicht zu erzählen, was nach dessen Abreise passiert war. Elliott hatte längst bewiesen, dass ich ihm vertrauen konnte. Doch leider vertraute ich Blair nicht.

»Elliott, Darling.« Blairs gekünstelte Stimme durchbrach die Stille auf der Terrasse. Sie kam vom Restaurant zu uns herüber, und ich fürchtete einen Moment lang, sie hätte unser Gespräch belauscht. »Sag bloß, du bist hier im Paradies und willst die ganze Zeit mit *Maci* verbringen.«

Sie schlang ihre Arme um seinen Hals. Es sah überhaupt nicht so aus, als wäre Elliott nur ein Studienkollege, zu dem sie ein rein freundschaftliches Verhältnis pflegte. Freshman vor zwei Jahren hin oder her, da war mehr zwischen den beiden.

Sie so eng zusammen zu sehen fühlte sich eigenartig an. Mein langjähriger Freund, der so etwas wie ein großer Bruder für mich war, und Blair, die nichts lieber sehen würde als meine Rückseite, wenn ich Lovett Island ein für alle Mal verließ.

»Natürlich nicht«, sagte Elliott lächelnd und zwinkerte ihr zu. Falls Blair ein falsches Spiel trieb, hatte sie ihn völlig um den kleinen Finger gewickelt.

Sie zog ihre Arme zurück, ließ aber die Hände auf seinen Schultern ruhen, als wollte sie damit ihr Revier markieren.

»Abgesehen davon hat Maci noch andere Aufgaben, die sie erledigen muss. Nicht wahr?«

Am liebsten hätte ich Elliott noch gesagt, dass er sich vor Blair hüten sollte. Doch wie, wenn sie direkt daneben stand? »Stimmt«, sagte ich stattdessen. Ich hatte ohnehin keine Lust, noch mehr Zeit in Blairs Gesellschaft zu verbringen. »Wir sehen uns, Elliott!«

Ich stand auf und ließ meine halb leere Cola stehen.

33.

Blair

»Auf deinen Aufenthalt hier.« Ich reichte Elliott den nächsten Cocktail, obwohl er seinen letzten gerade erst geleert hatte. Meiner sah genauso aus, war aber eine alkoholfreie Variante.

Wir saßen im hinteren Bereich der Terrasse, wo wir ungestört waren – weit genug von der Bar entfernt, sodass Elliott nicht mitbekam, dass Violet seine Drinks doppelt und meine alkoholfrei mixte.

Nach dem Wein zum Essen, dem anschließenden braunen Rum und den zwei Cocktails, zu denen ich Elliott hatte überreden können, war sein Grinsen schon etwas schief. Es war schnell klar, dass er keinen Alkohol gewohnt war.

Genau das war mein Plan gewesen.

»Was ist das?«, fragte Elliott und betrachtete seinen Drink.

Ich lehnte mich zu ihm und legte eine Hand auf seinen Oberschenkel. »Ein Sex on the Beach«, flüsterte ich ihm verführerisch ins Ohr, und er grinste noch breiter.

Elliott war ein anständiger, aber auch unerfahrener Kerl. Er schien tatsächlich zu glauben, er würde heute Nacht noch mehr von mir bekommen. Als ob. Ich musste einfach nur den richtigen Moment abpassen, damit er nicht zu betrunken war, um in mein Zimmer zu kommen, aber betrunken genug, um dann schnell einzuschlafen.

»Gefällt es dir auf Lovett Island?«, fragte ich und trank von meinem Fruchtcocktail, der auch ohne Tequila hervorragend schmeckte.

»Es ist unglaublich. Ich könnte ewig hierbleiben.« Mit glasigen Augen sah mich Elliott an und irgendwie durch mich hindurch. Er tat mir fast ein bisschen leid. Eigentlich mochte ich ihn gern. Im Moment war er aber Mittel zum Zweck.

»Dann tu das.« Ich presste meine Finger etwas fester in seinen Oberschenkel.

Seine Augen funkelten, als er seine Hand in meinen Nacken legte. Dann stellte er sein Glas auf den Tisch vor uns. Offenbar merkte er selbst, dass er zu schnell und zu viel getrunken hatte.

Ich musste meinen Plan mit Elliott schnell durchziehen, ohne dass Trevor etwas davon mitbekam. Ich wollte nicht, dass er dachte, ich würde nach Collin gleich mit dem Nächsten ins Bett springen. Mich wurmte es, nicht zu wissen, weshalb Trevor so früh zurückgekehrt war, und ich befürchtete, dass es wegen Maci war.

»Der karibische Rum hat es wirklich in sich«, sagte Elliott mit schwerer Zunge. »Du verträgst offenbar mehr als ich.«

Ich lächelte ihn besänftigend an. »Ich bin es eben gewöhnt«, log ich und war froh, dass Violet mit verdünntem Apfelsaft eine fast gleich aussehende Alternative zu Rum mixen konnte. Nur wenn die beiden Gläser direkt nebeneinanderstanden, sah man den Unterschied, doch in Elliotts Zustand musste ich mir da keine Sorgen machen.

Er streckte sich und legte mir seinen Arm um die Schultern. Eine klischeehafte Geste, aber nach all meinen Anspielungen am heutigen Abend konnte ich es ihm nicht verübeln.

»Wir kennen uns schon so lange, und trotzdem habe ich das Gefühl, nicht viel über dich zu wissen«, sagte ich, um das Gespräch in die gewünschte Richtung zu lenken. Der ganze Aufwand hier sollte schließlich nicht umsonst sein. »Das würde ich gerne ändern.«

»Ich auch«, antwortete Elliott und zog mich fester an sich. Ob er mich gleich küssen würde? Sein Blick fiel immer wieder auf meine Lippen und lösten sich nur schwer davon. »Ich war mir immer sicher, du willst nichts von mir. Gut, dass ich falschlag.« Plötzlich lehnte er sich zu mir.

Ich konnte gerade noch rechtzeitig aus seiner Umarmung rutschen. »Wir sollten nur nichts überstürzen«, sagte ich schnell. »Vor allem nicht hier auf der Terrasse.«

»Natürlich.« Er sah mich verlegen an und zog seinen Arm zurück.

»Uns läuft ja nichts davon«, fügte ich hinzu, um ihn nicht zu verschrecken. Das schlechte Gewissen, das sich mehr und mehr in mir ausbreitete, weil ich Elliott so schamlos ausnutzte, musste ich eiskalt ignorieren. Es gab keinen anderen Weg, um zu bekommen, was ich wollte. »Woher kennst du eigentlich Maci?«

Seit ich in Macis Akten gelesen hatte, dass er den Kontakt zu ihr hergestellt hatte, war ich fest entschlossen, mehr von Elliott zu erfahren. Ich wollte Trevor von Maci losbekommen und erhoffte mir von Elliott die entscheidenden Details. Irgendetwas musste es doch geben, was ich gegen sie verwenden konnte. Schwächen, Fehler, eine unschöne Vergangenheit. Warum sonst sollte sie hier sein?

»Sie war schon als Kind mehrmals im Jahr auf Tenniscamps in unserer Akademie«, erklärte Elliott, den meine Frage nicht stutzig machte. »Wir sind sozusagen miteinander aufgewachsen.« Er wollte nach seinem Cocktail greifen.

Ich half ihm und reichte ihm den Drink. »Wusstest du von Peyton, dass wir jemanden fürs Staff suchten?«

Wieder nickte er, vielleicht auch, weil er selbst merkte, wie schwer ihm die Worte über die Zunge kamen. Es sollte nicht weiter schwer sein, mehr aus ihm herauszubekommen.

»Und warum hast du ausgerechnet ihr den Job angeboten?«

»Sie hatte ein paar Probleme zu Hause«, ließ er mich mit schon schwerer Zunge wissen. Er nahm einen Schluck von seinem Cocktail. »Sie brauchte mal eine Auszeit … und ihr habt ein Tennisass gesucht. Das ist Maci.« Er deutete zur Bar hinüber, wo Maci neben Violet Drinks mixte und mit den Gästen lachte. »Anscheinend tut ihr dieser Tapetenwechsel gut.«

Ich rang mir nur schwer ein Lächeln ab. Der Wechsel nach Lovett Island schien ja ein richtiger Glücksgriff für sie gewesen zu sein. Schließlich hatte sie mit Trevor gleich eine attraktive Ablenkung von ihren Problemen gefunden. Aber ich würde meinen Platz nicht freimachen. Erst recht nicht für einen Niemand aus dem Staff.

»Welche Probleme hatte sie denn?«, fragte ich frei heraus. Warum lange um den heißen Brei reden? Elliott war so betrunken, dass ich meine Fragen stellen musste, ehe er zum Antworten nicht mehr in der Lage war. Mit etwas Glück konnte er sich morgen ohnehin nicht mehr daran erinnern.

»Lass uns nicht über Maci reden«, entgegnete er und rutschte wieder näher an mich heran. »Warum gehen wir nicht in dein Appartement? Da sind wir ungestört.«

»Trinken wir erst aus.« Ich hielt ihm den Sex on the Beach unter die Nase und hoffte, Violet hatte wie gewünscht einen Extraschuss Tequila hineingekippt.

Einige Minuten später waren unsere Gläser leer und Elliotts Lider noch ein Stück tiefer gesunken. Zeit, ihn wegzubringen, ehe er hier einschlief oder sich übergab.

Auf dem Weg zum Familienhaus legte er mir den Arm um die Schulter. Vermutlich sollte es wie eine liebevolle Geste wirken, doch sein Gewicht hing schwer auf mir. Bestimmt kippte er um, wenn ich ihn nicht stützte. Zu meiner Erleichterung schafften wir es die Treppe heil nach unten und bis in meine Suite.

Ich bugsierte Elliott auf das Sofa und schlüpfte unter seinem Arm hervor, damit er mich nicht mitziehen konnte.

»Ich komme gleich«, sagte ich und rieb mir den schmerzenden Nacken.

In der Vitrine stand ein einundzwanzig Jahre alter Rum, den mein Vater mir zu meinem einundzwanzigsten Geburtstag geschenkt hatte. Da ich keine anderen Getränke hier hatte, die nur ansatzweise wie brauner Rum aussahen, füllte ich zwei Gläser damit auf.

»Ich habe für heute wirklich genug«, sagte Elliott, als ich mit den Gläsern zu ihm kam. Da hatte er natürlich recht, doch vielleicht brauchte er noch einen kleinen Schubs.

»Diesen Rum kannst du nicht ablehnen«, entgegnete ich ihm mit einem verführerischen Lächeln. »Das ist ein Appleton Estate. Bester jamaikanischer Rum, einundzwanzig Jahre gelagert.«

Elliott nahm beeindruckt das Glas entgegen, schwenkte es aber so stürmisch, dass er den Rum fast auf meinem teuren Sofa ausschüttete.

»Salute.« Ich setzte das Glas an meine Lippen, nippte aber nur daran.

Elliott trank einen großen Schluck. So sollte es sein.

Dann stellte er das Glas ab und beugte sich zu mir. »Habe ich dir eigentlich schon einmal gesagt, wie wunderschön du bist, Blair?«

Ehe ich auch nur ein Danke erwidern konnte, verschlossen seine Lippen meine. Elliott schmeckte nach zu viel Alkohol und küsste mich, als wäre er sicher, dass ich es genauso wollte wie er. Doch so war es nicht. Nichts davon löste irgendwelche Gefühle in mir aus.

Ich drückte ihn sanft von mir. »Nicht so stürmisch, Elliott.« Ich lächelte verlegen. »Wir haben doch die ganze Nacht Zeit. Lass uns noch den Rum genießen und dann hinübergehen.« Mit einem Kopfnicken deutete ich in Richtung Schlafzimmer.

»Okay.« Elliott lächelte zufrieden, seine Augen fielen immer wieder zu.

Ich nahm unsere Gläser und tauschte sie aus, damit er mein fast volles bekam. »Cheers.«

Elliott bemerkte zum Glück nichts und kippte stattdessen den ganzen Rum auf einmal in sich hinein. Offenbar wollte er so schnell wie möglich das Zimmer wechseln und mich von meinen Klamotten befreien.

Ich ließ mir Zeit, mein Glas zu leeren. Es würde noch etwas dauern, bis der Alkohol bei ihm wirkte und ihm den letzten Rest gab. Bis dahin wollte ich einen weiteren Versuch starten, mehr über Maci zu erfahren.

»Lief da mal etwas zwischen Maci und dir?«, fragte ich.

Elliott sah mich so undurchsichtig an, dass ich glaubte, er hätte meine Worte nicht verstanden. Dann blinzelte er ein paarmal und schüttelte den Kopf.

»Gut.« Ich bemühte mich um ein Lächeln. »Trevor ist nämlich wirklich eifersüchtig und würde Macis Ex bestimmt nicht auf seiner Insel dulden.«

»Trevor?«

»Trevor Parker, der Sohn von Hugh.« Sah so aus, als hätten wir die Spitze von Elliotts Trunkenheit erreicht. Seine Aufmerksamkeit schwand von Sekunde zu Sekunde.

»Sie sind zusammen?«, fragte er und klang plötzlich so, als würde er einen klaren Kopf bekommen. Seine Reaktion gab mir zu denken. Ob er doch etwas von ihr wollte?

»Hat die beiden wohl erwischt«, sagte ich mit einem Seufzen, als würde ich mich für sie freuen.

Es brauchte einen Moment, bis Elliott etwas darauf sagte. »Das ist gut.« Er nickte mit geistesabwesendem Blick. »Das ist gut. Nach der Sache mit meinem Bruder habe ich mir echt Sorgen um sie gemacht.«

Jackpot!

Ich hatte schon befürchtet, diesen ganzen Aufwand morgen wiederholen zu müssen.

»Deinem Bruder?«

»Ja, Chad und Maci …« Elliott brach ab und machte eine nicht definierbare Handbewegung. »Das war nicht gut. Für beide.«

»Was war denn?«, drängte ich. Seine Anspielung klang brisant, und ich hoffte, dass auch wirklich was dahintersteckte.

»Sie hätten nichts miteinander anfangen dürfen.« Elliott schüttelte den Kopf. »Macis Dad wollte ihn und die Akademie am liebsten verklagen, nachdem Maci … Und Chads Freundin … ist ja auch egal.«

War es nicht.

»Was war mit Chads Freundin?«

Unser Gespräch wurde vom Klingeln meines Handys unterbrochen. Wer zum Teufel rief um diese Uhrzeit an?

»Unwichtig«, sagte Elliott, als würde er das Läuten gar nicht hören. Er legte seine Hand fordernd auf mein Knie. Offenbar war der Moment erreicht, an dem er nicht länger über Maci und seinen Bruder sprechen wollte. »Heute Abend soll es nur um uns gehen.«

Ich schluckte. Hoffentlich ging mein Plan auf, dass Elliott rechtzeitig umkippte, ohne ihn vor den Kopf stoßen zu müssen. Denn eins war klar: Ich würde ihn trotz der vielen Anspielungen heute Abend nicht ranlassen. »Warum gehst du nicht schon mal rüber, und ich sehe kurz nach, wer angerufen hat?«

Elliott nickte und erhob sich mühevoll vom Sofa. Er

schwankte in Richtung Schlafzimmer. Seinen Bewegungen nach zu urteilen war er nun wirklich hinüber. Es knarzte, als er sich auf mein Bett fallen ließ.

Ich ließ mir Zeit, mein Handy zu suchen und den Anrufer zu checken. Es war mein Dad. Was auch immer er wollte, das hatte bis morgen Zeit. Ich hatte keine Lust, mit ihm zu sprechen. Nicht heute. Nicht morgen. Dennoch ging ich auch noch all meine Nachrichten durch.

Erst als ich das gleichmäßige, leise Schnarchen aus meinem Schlafzimmer hörte, nahm meine Anspannung ab. Elliott war eingeschlafen.

Mein Blick fiel aufs Sofa. Zum Glück hatte er den Rum nicht ausgeschüttet. Ich würde die Nacht wohl darauf verbringen.

34.

Maci

Ich öffnete langsam die Tür zu Karlees Zimmer. Auf mein Klopfen hatte sie nicht reagiert, aber sie war morgens auch kaum aus dem Bett zu bekommen.

»Karlee?«, flüsterte ich. Wie erwartet lag sie in ihre Decke gekuschelt leise schnarchend da, um ihren Kopf hatte sie zum Schlafen ein buntes Seidentuch gebunden, um ihr Afrohaar zu schützen. »Karlee«, wiederholte ich etwas lauter.

Ohne die Augen zu öffnen, murmelte sie etwas, was ich nicht verstehen konnte. Dann zog sie sich die Decke über den Kopf. »Was machst du hier?« Ihre genervte Stimme wurde von dem Bettlaken gedämpft.

Statt ihr zu antworten, ließ ich mich auf ihr Bett plumpsen. Ich zupfte an der Decke, bis ihr Gesicht wieder zum Vorschein kam. »Wollen wir frühstücken gehen?«, fragte ich lächelnd.

Karlee blinzelte ein paarmal. »Frühstücken?«

»Ja, du weißt schon. Das Essen, bevor die Sonne ganz oben am Himmel steht.«

Karlee seufzte und schlug die Decke beiseite. Sie setzte sich auf und sah mich mit müden Augen an. »Du hast mich noch nie zum Frühstücken abgeholt – schließlich bist du ein schlaues Mädchen und weißt, dass mein Schlaf mir heilig ist! Was ist passiert? Hat es was mit Trevor zu tun?«

»Trevor?«, fragte ich unschuldig.

»Ja, Trevor.« Sie krabbelte umständlich um mich herum aus dem Bett. »Zufällig ist er gestern zurückgekommen, und jetzt willst du nicht ohne mich frühstücken gehen.«

»Ich will mit dir frühstücken gehen, weil ich deine Gesellschaft so mag«, antwortete ich grinsend. Natürlich hatte es etwas mit Trevor zu tun … und Elliott. Ich brauchte jemanden zum Reden.

»Von wegen.« Karlee zog sich ein Sommerkleid über. »Also gut … aber lass das ja nicht zur Gewohnheit werden.«

»Höchstens bis der Sommer vorbei ist.« Und Trevor zurück an die Uni geht.

Plötzlich traf mich etwas Hartes am Knie. Als ich aufsah, flog der zweite Flip-Flop auf mich zu und landete unsanft auf meinem Schoß.

»Fühlst du dich jetzt besser?«, fragte ich.

Karlee blickte auf das nächste Paar Flip-Flops in ihrer Hand, verzog den Mund zu einer nachdenklichen Schnute und antwortete dann: »Ja, fühlt sich super an.«

»Hast du den Kerl gesehen, mit dem Blair gestern Abend aufgetaucht ist?«, fragte ich und zog mir die Sandalen an, die sie nach mir geworfen hatte.

»Ja, irgendwie nicht ihr Beuteschema, oder?« Sie lockerte einen Knoten ihres Seidentuchs und funktionierte es mit wenigen Handgriffen zu einem Haarband um, bei dem ihre Lockenpracht oben herausschaute.

Ich musste Karlee recht geben. Während Trevor und Collin selbstbewusst waren und mit ihren breiten Schultern und den kantigen Gesichtszügen irgendwie raubtierhaft wirkten, hatte Elliott mit seiner schlanken, sportlichen Figur und seinen treuen grünen Augen eher etwas von einem loyalen Hund. Wobei dieser Eindruck täuschen konnte, wie ich selbst nur zu gut wusste. Chad hatte auch gewirkt wie der nette Junge von nebenan.

»Ich kenne ihn von früher«, setzte ich fort, ohne dabei ins Detail zu gehen. »Dass Blair ihn auch kennt, finde ich … ich weiß auch nicht … eigenartig.«

Meine Freundin zog eine Augenbraue hoch. Offenbar hatte sie eine aufregendere Geschichte erwartet. »Das ist alles?«

Ich zuckte entschuldigend mit den Schultern, als könnte ich ihr nicht mehr Tratsch bieten.

Karlee seufzte. »Lass uns gehen. Ich hab Hunger.«

Wenig später saß Karlee mit ihrer Schüssel Müsli und ich mit einem Brötchen an einem der Tische. Ich ließ meinen Blick unauffällig durch den Raum gleiten, doch bis auf Jesse, der gerade sein Frühstück herunterschlang, war niemand zu sehen. Weder Blair und Elliott noch Trevor.

Ich fragte mich, ob Elliott in Blairs Appartement übernachtete. Ob die beiden miteinander geschlafen hatten. Schnell schüttelte ich diese Vorstellung aus dem Kopf.

»Diese neue Pilatesübung soll bis in die untersten Schichten der Bauchmuskulatur gehen«, sagte Karlee begeistert und riss mich damit aus meinen Gedanken. »Ich werde sie in den heutigen Kurs einbauen. Hast du Lust mitzumachen?«

»Klar, wenn es mit dem Tennisunterricht klappt.« Peyton hatte für den Vormittag zwei Unterrichtsstunden mit Gästen ausgemacht.

»Maci?«

Elliott stand in der Tür zwischen Lobby und Restaurant und sah furchtbar aus. Er war blass und sein Haar an einer Seite platt gedrückt. Es war kein Wunder, Blair hatte gestern unzählige Drinks für ihn bestellt. Anscheinend war er in Feierlaune gewesen. Er zeigte mit dem Kopf in Richtung Lobby. Ein ungutes Gefühl breitete sich in meiner Magengegend aus.

Ich ließ das restliche Brötchen liegen und folgte ihm. Elliott lief auf eine Reisetasche zu. Wollte er schon wieder abreisen? Er war doch gerade erst angekommen.

»Was ist passiert?«

Elliott sah erst verlegen weg, doch als sich unsere Blicke trafen, meinte ich, eine flehende Entschuldigung in seinen Augen lesen zu können. »Ich dachte wirklich, Blair hätte mich eingeladen, weil sie mich mag«, gestand er. »Der Alkohol und ihre Anspielungen ...« Er presste die Lippen aufeinander und hob ratlos die Schultern.

Panik breitete sich in mir aus. Ich hatte ihn noch warnen und ihm von meinen Zweifeln erzählen wollen. Dass Blair keine guten Absichten haben konnte und bloß ihr falsches Spielchen trieb. »Was hast du ihr erzählt?«, fragte ich. Es fühlte sich an, als würde mein Magen in alle Richtungen gezerrt werden.

»So genau weiß ich es nicht mehr.« Elliott kratzte sich am Kopf. »Wir haben über dich geredet ... und über Chad, glaube ich.«

»Verdammt, Elliott!« Ich spürte, wie mir die Tränen aufstiegen. »Was hast du Blair erzählt? Hast du nur Chad erwähnt oder auch ...« Ich brach ab, weil ich es nicht über die Lippen brachte. Ich konnte nicht aussprechen, was nach Chads Abreise passiert war. Mein Knie pochte schmerzhaft bei der Erinnerung an den Unfall. Damals war einzig Elliott für mich da gewesen, auch wenn wir uns nur heimlich kontaktieren konnten.

»Guten Morgen«, ertönte es direkt hinter mir, bevor Elliott etwas antworten konnte.

Ich schloss die Augen. Trevors Stimme erkannte ich mittlerweile unter tausenden, und ich hätte mich auch gefreut, wenn ich nicht mit Elliott in diesem heiklen Gespräch gewesen wäre. Nur langsam wandte ich mich ihm zu. »Hallo, Trevor.«

Er stand zwei Schritte neben mir, die Schultern angespannt, als würde er mit sich ringen, ob er näher kommen sollte oder nicht. Sehnsüchtig sah er zu mir herüber, ehe sich eine kleine Falte zwischen seine Augenbrauen schob und er zu Elliott blickte. Ich konnte die Fragen in seinem Kopf geradewegs in meinem hören. Er hatte sie zu Recht, nachdem ich gestern ohne ein Wort mit Elliott abgehauen war. Ich hatte mich nicht mal mehr getraut, Trevor ins Gesicht zu sehen. Doch jetzt musste er noch warten.

Ich wandte mich wieder Elliott zu. »Ich melde mich bei dir, okay?«, sagte ich mit dünner Stimme.

Er nickte. »Jederzeit! Und Maci … es tut mir leid.« Er trat näher und schloss mich in eine feste Umarmung. »Melde dich, wenn du in Florida bist, okay? Ich komme dich dann besuchen. Und dann trinken wir auf dein Stipendium. Nur wir beide.«

Ich brachte keinen Ton heraus, als er mich wieder losließ. Mir war das ganze Blut aus dem Gesicht gewichen.

»Also dann.« Elliott hob noch einmal die Hand zum Abschied, ehe er seine Tasche schulterte und ging.

Regungslos stand ich da und sah ihm nach. Selbst als er weg war, bewegte ich mich keinen Millimeter. Ich konnte Trevors Blicke in meinem Nacken spüren.

Die Sekunden verstrichen.

Es dauerte, bis Trevor die Stille durchbrach: »Du hast ein Stipendium?«

Ich nickte, auch ohne mich umzudrehen.

»Du hast also ein Stipendium.«

»Ja.«

»Wo?«

Mein Herz schlug augenblicklich schneller. Ich befürchtete, er würde mich dazu drängen, wenn er erfuhr, dass ich mich noch nicht dafür entschieden hatte. Langsam drehte ich mich zu ihm um. »An der University of Florida.«

Mehrere Sekunden lang starrte Trevor mich regungslos an. »Kein Scheiß?«

»Ich habe ein Sportstipendium.«

Es folgte ein drückendes Schweigen.

»Hast du Hunger?«, fragte er unerwartet.

Irritiert sah ich auf. Dann schüttelte ich den Kopf. Ich würde eh keinen Bissen herunterbekommen.

»Gut«, sagte Trevor und griff nach meiner Hand. »Ich muss mit dir reden.«

Ich hielt die Luft an und blickte auf unsere Hände. Meine lag nur schlaff in seiner.

»Maci, da bist du ja!« Peyton lief in die Lobby und pustete sich eine Haarsträhne aus der Stirn. Dann fiel ihr Blick auf meine Hand in Trevors.

Schnell zog ich sie raus und räusperte mich. Nur flüchtig sah ich zu Trevor, der einen leisen, aber sichtlich genervten Seufzer von sich gab.

Peyton runzelte die Stirn, doch ehe sie nachfragen konnte, was das sollte, schien sie sich zu erinnern, weshalb sie gekommen war. »Was machst du hier, Maci? Mr Ashbourne steht auf dem Tennisplatz und wartet auf dich.«

»Ich dachte, um neun Uhr«, stammelte ich verlegen, auch wenn mir diese Unterbrechung nicht ungelegen kam. Ich wusste, dass Peyton es hasste, wenn wir Gäste warten ließen.

Sie schüttelte nur den Kopf.

»Bin schon unterwegs.«

35

Violet

»Ich wünschte, ich würde nach zwei Stunden Tennis auch so sexy aussehen.« Bewundernd sah ich Maci an, die mit ihrer Tennistasche ins Strandhaus kam. Ihre blonden Haare hatte sie zu einem hohen Zopf gebunden, wobei ihr ein paar Strähnen ins Gesicht hingen. Der Schweiß bildete einen glänzenden Film auf ihrer gebräunten Haut, und in dem Tennisröckchen mit passendem Top sah sie sowieso aus wie ein Fotomodel für Tennismode.

»Leider fühle ich mich überhaupt nicht sexy«, keuchte Maci und nahm ein Stück Wassermelone entgegen, das ihr Karlee auf einem Teller hinhielt. Sie biss in das kühle Fruchtfleisch und sah dann fragend zu mir. »Spielst du überhaupt Tennis?«

»Nein!« Ich winkte ab. »Sieht bei mir scheiße aus.«

Karlee lachte herzhaft. »Vi mag keine Ballsportarten. Sie hat lieber eine Stange zwischen den Beinen.«

»Ich hoffe doch, dass du diese Stange dort meinst«, sagte ich und sah zu der Poledance-Stange hinüber. Erst jetzt bemerkte Karlee die Doppeldeutigkeit ihrer Worte und schlug sich lachend die Hand vor den Mund.

Maci schmunzelte und nahm sich eine Wasserflasche aus der Kühlvitrine. »Was habt ihr heute noch vor?«, fragte sie, nachdem sie einen großen Schluck genommen hatte. Sie war nicht ganz sie selbst und wirkte heute irgendwie geistesabwesend und besorgt.

»Ich bin in einer halben Stunde mit Gästen zum Beach-volleyballspielen verabredet«, antwortete Karlee mit einem kurzen Blick auf die Uhr. »Will sich jemand anschließen?«

»Wenn ich bis dahin wieder Luft bekomme«, sagte Maci und wischte sich den Schweiß aus dem Gesicht. »Der Muskelkater vom Turnier lässt gerade erst nach.«

Karlee grinste, dann sah sie zu mir. »Und du, Violet?«

»Du hast doch gerade selbst gesagt, dass ich keine Ballsportarten mag.«

»Schon, aber mit uns wird das bestimmt lustig.«

Ich verzog das Gesicht, nicht nur, weil ich echt keine Lust hatte, mir die Unterarme von dem harten Ball blau schlagen zu lassen. »Ich hab schon was vor.«

»Ach, was denn?«

Ich zögerte mit einer Antwort. Dabei hatte ich mir diese Ausrede längst zurechtgelegt, damit ich nicht unsicher klang, wenn sie mich danach fragten. »Ich fliege später nach Saint Croix und bleibe dort über Nacht.« Meine Stimme klang nicht ganz so überzeugend, wie ich gehofft hatte. »Ich gönne mir einen Wellnesstag und will shoppen gehen.«

»Und dafür bleibst du über Nacht?« Karlee wurde stutzig. Zu Recht.

Ich wich ihrem fragenden Blick aus und versuchte, mir nichts anmerken zu lassen. »Ich brauche einfach mal eine kleine Auszeit«, sagte ich. »Peyton meinte, es wäre okay, wenn ich erst morgen zurückkomme.«

Karlee zog ihre Stirn in Falten. »Urlaub von Lovett Island?«

Im Laufe unserer Zeit auf der Insel waren wir mehr als nur gute Freundinnen geworden. Karlee war wie eine Schwester für mich, und ich konnte mit Gewissheit sagen, dass es für sie auch so war. Dass sie mich durchschaute, kam nicht überraschend. Und Schwestern ließen einander auch ihre Geheimnisse. Karlee wusste, dass ich ihr gerade eine Ausrede vorgelegt hatte, hakte aber nicht weiter nach.

»Sozusagen«, antwortete ich. »Ich muss eben ein paar Besorgungen erledigen.«

»Und du wolltest mir das Surfwachs mitbringen, um das ich dich gebeten habe«, rief Brent zu uns herüber. Er kam genau im richtigen Moment ins Strandhaus und mir zur Rettung. Neben Peyton war er der Einzige, der von meinem Vorhaben wusste.

»Steht ganz oben auf der Liste«, sagte ich mit einem unbeschwerten Lächeln.

Brent zwinkerte mir unauffällig zu und nahm sich ebenfalls ein Stück Wassermelone.

Karlees prüfender Blick verharrte noch eine Sekunde auf mir, dann zuckte sie mit den Schultern. »Alles klar, aber so einen richtigen Mädelstag auf Saint Croix holen wir nach, okay?«

»Versprochen!« Es tat mir leid, dass Karlee sich ausgeschlossen fühlte. Wenn ich diesen Test erst mal geschafft hatte, würde ich ihr erklären, was ich wirklich vorgehabt hatte. Bis dahin war meine Angst zu versagen so groß, dass ich es lieber für mich behielt.

»Na gut, dann hole ich mal den Volleyball«, sagte meine Freundin und ging aus dem Strandhaus.

»Und ich geh duschen«, fügte Maci hinzu, der meine kleine Ausrede nicht aufgefallen war.

Kurz darauf waren Brent und ich allein im Strandhaus. Ich warf ihm einen dankbaren Blick zu.

»Ihr Frauen und eure Geheimniskrämerei«, zog mich Brent mit einem Grinsen auf und lehnte sich an die Bar.

»Ich werde es ihr ja noch sagen … später.«

»Was hindert dich daran, es offen auszusprechen? Es ist doch nur ein Test.«

»Den ich vermasseln könnte.«

Er seufzte und kam zu mir hinter die Bar. Dort legte er mir die Hände auf die Schultern und zog mich ein Stück zu sich. »Erstens wirst du es nicht vermasseln, weil du viel zu hart dafür gearbeitet hast«, sagte er zuversichtlich. »Und zweitens, was soll schon passieren, wenn du es vermasselst?«

Ich ließ mich frustriert gegen seine Brust fallen, worauf er seine starken Arme um mich legte. »Dann wäre ich die Einzige, die zu blöd für den Abschluss wäre.«

»Selbst wenn es so wäre, glaubst du ernsthaft, Karlee oder Maci würden so denken?«, fragte er und drückte mich noch enger an sich. »Die beiden stehen voll hinter dir.«

Mein Herz schlug schneller bei seinen ermutigenden und vor allem wahren Worten. Ich schloss die Augen, vergrub mein Gesicht in seiner Halsbeuge und atmete den zarten Erdbeergeruch ein. Verdammt, rieb Brent sich jeden Morgen mit Surfwachs ein, nur um mich in den Wahnsinn zu treiben?

»Es ist wirklich mutig von dir, es zu versuchen.«

Ich legte meine Arme um seinen Rücken. Warum konnte die Zeit nicht einfach stehen bleiben? Hier und jetzt. Ich wollte mir keine Gedanken über die bevorstehende Prüfung machen. Und auch nicht über Brent und mich.

»Wenn du willst, komme ich mit«, sagte er plötzlich.

Ich löste mich aus seinen Armen, um ihn ansehen zu können. »Was?«

»Ich könnte dich zum Testzentrum bringen. Dir den Rücken stärken.«

Einen Moment lang dachte ich darüber nach. Ich stellte mir vor, wie er mit mir nach Florida flog. Wie er neben mir im Hotelbett lag und mich beruhigte.

Dann dachte ich an die Box, die ich unter seinem Bett gefunden hatte. An die Fotos und Briefe, die er vor allen versteckte. Ich empfand so viel für Brent, doch wir schafften es einfach nicht, uns für den anderen zu öffnen. Er verbarg seine Vergangenheit in einer Kiste. Und ich meine tief im Herzen.

Es sollte einfach nicht sein.

Meine Zukunft lag woanders. Ohne Brent. Ich hielt mir vor Augen, wofür ich meinen Schulabschluss nachholte: für mich. Mein Traum, Meeresbiologie zu studieren, war immer noch greifbar. Doch ich musste mich darauf konzentrieren und durfte mich nicht von anderen Dingen ablenken lassen.

»Danke, aber ich fahre lieber allein.«

36

Blair

»Einen Whisky und eine Cola light«, sagte ich zu Maci, die allein hinter der Bar stand. Vorhin hatte ihr noch Karlee ausgeholfen, aber die saß nun bei einer Urlauberfamilie am Tisch und unterhielt sich mit ihnen.

»Wo ist Violet?«, fragte ich, während Maci eine kleine Glasflasche aus dem Kühlschrank holte und die Cola mit geübtem Handgriff einschenkte. Sie wirkte nicht ganz so routiniert wie Violet, schien den Anfragen der Gäste aber nachkommen zu können. In zügigem Tempo goss sie den Whisky ein.

Sie sah kurz auf. »Sie hat heute frei.«

»Und wo ist sie?«

»Auf Saint Croix«, antwortete Maci und stellte mir beide Getränke hin.

»Tatsächlich?«, fragte ich, wartete aber keine weitere Erklärung ab. Ich nahm die Cola light und den Whisky und ließ Maci stehen.

Natürlich hatte der Staff freie Tage, doch eigentlich verbrachten sie die auf Lovett Island. Warum auch nicht? Von einem Arbeitsplatz wie diesem brauchte man wohl kaum eine Auszeit.

Am Geländer der Terrasse stand Trevor und plauderte mit einem Urlauberpaar, das mir bekannt vorkam. Sie mussten schon öfter hier gewesen sein.

»Darf ich Mr Parker kurz entführen?«, fragte ich freundlich, aber bestimmt an die Gäste gewandt. Dabei drückte ich Trevor das Whiskyglas in die Hand und hakte mich mit dem freien Arm bei ihm unter.

»Natürlich«, sagten die Urlauber, doch da zog ich ihn auch schon mit zu einer freien Lounge im hinteren Bereich der Terrasse.

»Was gibt's?«, fragte er und nahm einen Schluck vom Whisky.

Ich räusperte mich und stellte die Cola ab. »Es gibt etwas Wichtiges, worüber ich mit dir sprechen will«, begann ich und gab ihm ein paar Sekunden, um mir seine volle Aufmerksamkeit zu schenken. »Ich hatte kürzlich Besuch von meinem Studienkollegen Elliott.« Ich betonte das Wort »Kollege«, denn Trevor sollte gleich wissen, dass Elliott nicht mehr für mich war. »Er kennt Maci von der Tennisakademie seiner Eltern und hat mir einiges über sie erzählt.«

»Es interessiert mich nicht, was einer deiner Freunde über sie sagt«, antwortete Trevor gelassen.

»Du solltest dir erst mal anhören, was er erzählt hat«, entgegnete ich und legte meine Hand auf seinen Unterarm, damit er nicht so schnell aufstehen konnte.

»Ist das eines deiner Spielchen?« Trevor zog seinen Arm an sich und runzelte die Stirn.

Seine abweisende Art trieb meinen Puls in die Höhe. Er konnte noch so gelassen tun. Ich hatte doch gesehen, wie er sie ansah. Wie er ihre Nähe suchte. Natürlich würden ihn Elliotts Worte interessieren. »Trevor, ich bitte dich! Ich will dich doch nur warnen.«

»Ich denke nicht, dass mich jemand vor ihr warnen muss«, wies er mich erneut ab. Er wollte gerade aufstehen, als ich ihn entschieden am Arm zurückhielt.

»Maci ist hierhergekommen, weil ihre Affäre mit einem vergebenen Mann aufgeflogen ist«, sagte ich schnell, ehe er dieses Gespräch beenden konnte.

Trevor hielt inne, dann sprang sein Blick für den Bruchteil einer Sekunde zur Bar hinüber. Als er sich wieder mir zuwandte, waren seine blauen Augen kalt. Als wollte er eine Mauer um sich aufziehen, die mich aus seinen Gedanken ausschloss. Aus seinem Leben. »Selbst wenn das stimmt, geht es weder dich noch mich etwas an«, sagte er gefährlich leise.

»Sie hat ihn verführt und damit fast seinen Ruf und seine Karriere zerstört«, legte ich nach. Mal sehen, ob ihn das kaltließ.

Trevor schluckte hart, dann sah er auf das Whiskyglas in seiner Hand hinunter. Kaum merkbar schüttelte er den Kopf. Ich hätte zu gern seine Gedanken dazu gehört.

»Erinnert dich das nicht an etwas?«, fragte ich in Anspielung auf Liza. »Was, wenn dich Maci nur ausnutzen will?«

Trevor stieß einen schweren Atemstoß aus. »Das glaube ich nicht.«

»Trevor, ich will dich doch nur beschützen.« Ich sagte es so einfühlsam, wie ich konnte. »Wie würde dein Dad reagieren, wenn er sieht, dass dir wieder eine Staff auf der Nase rumtanzt?«

»Lass meinen Vater aus dieser Sache raus«, zischte Trevor angespannt. Wir wussten beide, dass Hugh die Sache zwischen ihm und Maci nicht tolerieren würde. Und so einfach es gewesen wäre, ihn darüber zu informieren, so sehr wusste ich auch, dass es einen Keil zwischen Trevor und mich treiben würde, der uns womöglich für immer entzweite.

»Schon gut. Er wird nichts von mir erfahren«, versicherte ich ihm, um das eben erst gekittete Verhältnis zwischen uns nicht aufs Spiel zu setzen. »Aber bitte versteh doch, Trevor, wir müssen aufeinander achten.«

»Natürlich«, sagte er geistesabwesend und kippte den restlichen Whisky in sich hinein. Dann stand er ohne ein weiteres Wort auf und ging.

Ich blickte ihm nach und erwartete, dass er zu Maci gehen würde, doch das tat er nicht. Stattdessen lief er direkt in das Haupthaus.

Ich wusste nicht, ob ich mit dem Ausgang dieses Gesprächs zufrieden sein sollte. So distanziert und abweisend, wie er mich zuletzt angesehen hatte, schien er auf meine Hilfe verzichten zu können. Trotzdem hatte ich mit meinen Worten offenbar einen Nerv bei ihm getroffen. Einen, der ihn das alles noch mal überdenken ließ. Maci war ein kurzes Vergnügen, weshalb er es mit den Konsequenzen abwiegen sollte, die ihm dadurch drohten.

Hugh Parker hatte auf die Sache mit Liza so wütend reagiert, dass es mich überraschte, dass Trevor erneut dieses Risiko einging. Er konnte doch nicht vergessen haben, was damals geschehen war.

Das Verhältnis zwischen Trevor und Maci lag nicht mehr in meiner Hand, ich hatte getan, was ich konnte. Jetzt fehlte nur noch, Trevors alte Gefühle für mich wieder zum Leben zu erwecken.

Und ich wusste auch schon, wie.

37.

Maci

Ich gab gedankenverloren die Zutaten für eine Piña Colada in den Shaker. Es war nicht viel los im Strandhaus, zwar sollte ich die Stellung zwischen Bar und Terrasse halten, um die Gäste mit Getränken zu versorgen, damit Violet mal eine Auszeit hatte, aber da niemand da war, hatte ich Zeit, mixen zu üben … und an Trevor zu denken.

Dieser Kerl ging mir einfach nicht aus dem Kopf! Ich hatte immer noch keine Ahnung, was zwischen uns war – dabei hatte es schon genug Unausgesprochenes vor seiner Abreise gegeben. Und jetzt waren auch noch die Themen Elliott und Stipendium dazwischengekommen. Ich schloss den Shaker und ließ meinen Frust beim Schütteln aus. Die Eiswürfel klimperten hart im Metallbecher.

»Maci?«, rief Peyton, die ins Strandhaus gestürmt kam. »Du sollst zum Fitnesscenter.«

»Was? Warum?«, konnte ich gerade noch fragen, ehe sie schon wieder zur Tür lief.

»Weil ich es sage«, antwortete sie.

Hatte ich schon wieder einen Termin verschwitzt?

»Aber wer macht die Bar?«, rief ich ihr nach.

»Ich schicke Karlee.« Dann war sie auch schon zur Terrasse hinaus, überquerte zielgesteuert den Strand und lief in Richtung Bootshaus.

Mir blieb wohl nichts anderes übrig, als ihrer Aufforderung zu folgen. Ich schüttete die Piña Colada weg und machte mich auf den Weg zum Fitnesscenter. Keine Ahnung, warum ich dorthin sollte. Das Fitnesscenter war eigentlich Karlees Revier.

Vor dem Blockhaus, in dem das Gym untergebracht war, stand Trevor an eine Palme gelehnt. Er hatte die Hände in den Taschen seiner Badeshorts und trug dazu ein weißes Shirt. Seine tiefblauen Augen waren auf mich gerichtet. Er sagte lange nichts, sah mich einfach nur an. Ein leises Lächeln lag um seine Lippen, und ich stieß langsam und etwas zittrig die Luft aus.

»Muss ich echt Peyton vorschicken, damit du dir mal Zeit für mich nimmst?« Seine tiefe Stimme jagte mir einen Schauder über den Rücken. Aber als ich in seine lachenden Augen sah, wusste ich, dass er es nicht ernst gemeint hatte.

Am liebsten wollte ich zu Trevor laufen und ihm in die Arme fallen. Doch das flaue Gefühl in meinem Magen erinnerte mich daran, dass noch zu viel Unausgesprochenes zwischen uns war. Ich hatte ihn nicht nur zweimal ohne eine Erklärung stehen gelassen, sondern auch vor Elliott so getan, als wäre nichts zwischen uns. Die Vorstellung, Trevor würde das bei mir tun, versetzte mir einen tiefen Stich.

»Es tut mir leid«, sagte ich schuldbewusst.

»Kein Ding, ist ja Peytons Job.« Trevor zuckte mit den Schultern.

»Ich meine wegen Elliott.« Ich spürte, wie Tränen heiß gegen meine Augen drückten, vor Ärger auf mich selbst. »Ich verlange von dir, dass du zu mir stehst, und dann stelle ich dich nicht mal einem Freund vor. Ich ...«

Trevor unterbrach mich, indem er mich in eine Umarmung zog. Die Arme fest um mich geschlungen und die Nase in meinem Haar, atmete er tief durch, als würde er meinen Geruch vermisst haben. Ich drückte mein Gesicht an seine Brust, schloss die Augen und hörte das stete Klopfen seines Herzens.

»Wir schaffen das, oder?«, fragte ich leise und voller Hoffnung.

Trevor legte seine Hände an meine Wangen und hob mein Gesicht, sodass wir uns einander in die Augen blickten. Er lächelte. Dann küsste er mich, ganz leicht und sanft. Seine Antwort hätte keine bessere sein können. Als er sich wieder von mir löste, wurde sein Ausdruck ernst. Er räusperte sich, ehe er sagte: »Blair hat mich gestern Abend abgefangen.«

Mir wurde schlagartig heiß und kalt. Erbost über Blairs hinterhältige Art wich ich automatisch ein Stück zurück, doch Trevor hielt mich fest.

»Sie wollte mir irgendeine Geschichte über deinen Ex erzählen, aber der Gossip interessiert mich nicht. Wenn was ist, will ich es nur von dir hören.«

Meine aufkommende Wut wurde dank seiner Worte schnell im Keim erstickt. Ich war ihm dankbar, dass er sich nicht von Blair hatte hereinlegen lassen. Dass er lieber mit mir reden wollte, als ihr zu glauben. Die Zuversicht, dass Trevor und ich das schaffen konnten, breitete sich warm in mir aus. »Danke.«

Trevor umarmte mich erneut. Es war, als wollte er diese Vertrautheit zwischen uns festhalten. Ich schob meine Nase in seine Halsbeuge, wo Trevors Duft am intensivsten war.

Als wir uns wieder voneinander lösten, nahm Trevor meine Hand, als wäre es das Normalste auf der Welt. »Komm«, sagte er mit einem Kopfnicken in Richtung Haupthaus.

Ich war von der Selbstverständlichkeit, wie er Hand in Hand mit mir losging, so überwältigt, dass ich nicht einmal wissen wollte, wohin er mich brachte. An der nächsten Abzweigung schlugen wir den Weg zum Bootshaus ein.

»Du gehst also wirklich auf die UF?«, fragte er plötzlich, und seine Augen leuchteten.

Die Freude in seinem Gesicht versetzte mir einen Dämpfer. Ich wusste, ihm würde meine Antwort darauf nicht gefallen. »Ich habe mich noch nicht entschieden, ob ich das Stipendium annehmen werde.«

»Warum nicht? Das wäre doch perfekt. Wir könnten gemeinsam studieren und einfach zusammen sein, abseits von Lovett Island. An der UF wäre ich nicht der Sohn deines Bosses, sondern einfach ein Kommilitone.« Aus Trevors Mund klang das so leicht.

Ich war unsicher, ob es wirklich so einfach sein würde. Die Vorstellung selbst gefiel mir, aber ich brauchte noch Zeit, um darüber nachzudenken. Um die momentane

Stimmung nicht zu trüben, sagte ich daher: »Ich hab ja noch Zeit für eine Entscheidung.«

Trevor schob einen Ast beiseite, der in den Weg ragte, und hielt ihn fest, damit er mir nicht ins Gesicht schlug. »Ich habe übrigens Adam gefunden«, sagte er beiläufig, als er den Ast wieder losließ.

Überrascht sah ich zu ihm. Wir hatten nichts mehr von Adam gehört, seit er Lovett Island hatte verlassen müssen. »Wie geht es ihm? Wo ist er?«

»Ihm geht's gut. Er ist bei seiner Familie in Nebraska. Ihm fehlen allerdings das Meer und das Surfen, deshalb habe ich ihm einen Job in einem Hotel meines Onkels in Florida angeboten.«

»Du hast ihm einen Job gegeben?«, platzte es aufgeregt aus mir heraus. Ich konnte es gar nicht erwarten, dem restlichen Staff davon zu erzählen.

»Man kann es nicht mit Lovett Island vergleichen, aber es ist ein guter Job, wenn man sich an die Regeln hält.«

Ich wusste, worauf er anspielte, und auch wenn ich es immer noch schade fand, dass Adam deshalb hatte gehen müssen, freute ich mich über diese guten Nachrichten. »Danke, Trevor.«

Er lächelte und verstärkte den Griff um meine Hand. Ich erwiderte es.

Wir erreichten das Bootshaus, wo das Motorboot am Steg befestigt war. Es schaukelte sanft mit den Wellen mit, die in der Sonne glitzerten. Eine Ringschnabelmöwe saß am vordersten Pfosten des Stegs und betrachtete uns skeptisch. Als wir näher kamen, suchte sie mit einem schrillen Schrei das Weite.

»Was hast du vor?«, fragte ich neugierig, als Trevor vor dem Motorboot stehen blieb.

»Ich will dir den zweitschönsten Ausblick auf Lovett Island zeigen«, antwortete er und reichte mir die Hand, um aufs Boot zu steigen.

»Und was ist mit dem schönsten?«, wollte ich wissen und setzte mich auf den freien Sitz neben dem Steuerplatz.

»Den hebe ich mir für später auf.« Trevor grinste zufrieden und startete den Motor. Er fuhr vom Steg weg und steuerte in Richtung der Landzunge, die die westliche Inselseite abgrenzte. Die Küste war dicht bewachsen, und schon bald verschwand das Bootshaus hinter dem Blätterwerk aus Palmen, Bäumen und Sträuchern. Der Fahrtwind blies mir die Haare ins Gesicht. Als ich sie wieder nach hinten schob, sah ich, wohin Trevor uns brachte.

Er drosselte den Motor, und das Boot verlor rasch an Geschwindigkeit, bis es nur noch sanft in den Wellen schaukelte.

»Sind das …?« Ich stand auf und hielt die Hand über die Augen, um noch besser sehen zu können. Vor uns zeigte sich eine neue Seite der Insel. Eine völlig unerwartete. Es war eine Bucht mit einem wilden Strand, der aussah, als wäre hier noch nie eine Menschenseele vorbeigekommen. Die Küste war von der Natur so dicht eingegrenzt, dass sie wie durch eine grüne Mauer zum Rest der Insel abgeschieden war. Über den Kronen der Bäume erkannte ich in etwas Entfernung die Dachspitze des Haupthauses. Doch so sehr die Pflanzenwelt hier imponierte, war es etwas anderes, das mir den Atem raubte. Grazil und anmutig standen sie in Grüppchen positioniert im knietiefen Wasser. Noch hatten sie uns nicht bemerkt.

»Das ist die Flamingobucht«, erklärte Trevor voller Stolz.

»Der Anblick ist atemberaubend.« Ich beobachtete die Flamingos voller Faszination und nahm nur aus dem Augenwinkel wahr, wie Trevor sein Shirt auszog und auf den Sitz warf.

»Ich hab ganz vergessen zu fragen, ob du einen Bikini drunter anhast.«

»Klar. Gehört hier doch zur Uniform, oder?«

Trevor verzog gespielt enttäuscht das Gesicht. »Eigentlich schade, sonst hätten wir nackt schwimmen können.«

»Du willst hier schwimmen?«

»Ja, in die Bucht hinein«, antwortete er und trat sich die Schuhe von den Füßen. »Wir können wegen der Tiere mit dem Boot nicht näher ran«, erklärte er, als ich ihn immer noch irritiert ansah.

»Dürfen wir das?«, fragte ich und schob mir zögerlich die Sandalen von den Füßen.

»Es ist mehr oder weniger meine Insel, also ja.« Trevor grinste und deutete dann auffordernd auf meine Klamotten. »Kommst du nun mit, oder nicht?«

Weil ich mir die unglaubliche Chance nicht entgehen lassen wollte, den Flamingos noch ein Stück näher zu kommen, zog ich mir die Shorts und das Crop-Top aus.

Ich strich mir gerade die Haare an den Hinterkopf, um sie zusammenzubinden, da rief Trevor: »Wer als Erster dort ist!«

»Was?«

Anstatt zu erklären, was er vorhatte, machte er vom Rand des Boots einen Kopfsprung ins Wasser.

»Hey!« Ich ließ das Haargummi auf mein Handgelenk rollen und sprang ihm hinterher. Das kühle Wasser umhüllte meinen Körper, und ich tauchte einige Meter, ehe ich Luft holte. Trevor kraulte mit zügigen Armbewegungen in die Bucht hinein.

»Unfair«, rief ich ihm lachend nach.

Trevor wartete auf halbem Weg auf mich, während ich ihm hinterherschwamm. Er ließ sich auf dem Rücken treiben, die Sonne glitzerte auf seiner nassen Haut.

»Das war ein glatter Frühstart«, sagte ich und spritzte ihm etwas Wasser ins Gesicht.

Trevor lachte rau und zog mich an sich. Es war schön, hier mit ihm allein zu sein, abgeschieden von der restlichen Insel. Von der restlichen Welt.

Ich legte meine Hände auf seine Schultern und ließ mich mit ihm durchs Wasser treiben. Die sanften Wellen schaukelten uns in Richtung Küste, von wo uns das Krächzen der Flamingos erwartete.

Irgendwann spürte ich den weichen Boden unter meinen Füßen, und mir entwich ein leises »Oh!«.

Die Flamingos stolzierten zur Seite und brachten etwas mehr Abstand zwischen sie und uns.

Fasziniert ließ ich mich im knöcheltiefen Wasser auf die Knie sinken und betrachtete die Tiere. Sie waren so wunderschön.

»Das ist unglaublich«, flüsterte ich ehrfürchtig.

»Ich hab dir ja einen schönen Anblick versprochen«, sagte Trevor, drehte sich zu mir um und setzte sich vor mich.

Die nassen Haarspitzen, die ihm auf der Stirn klebten, sahen fast schwarz aus. Kleine glitzernde Wassertropfen perlten von seiner braunen Haut, und das Blau seiner Augen war hier im Wasser noch facettenreicher.

Lächelnd strich er sich die Haare aus der Stirn, doch eine Strähne fiel ihm wieder ins Gesicht.

Ich streckte die Hand aus und schob ihm die Haarsträhne zurück. Meine Finger glitten über seine Schläfe hinab auf seine glatte Wange. Mit der Fingerspitze berührte ich einen Wassertropfen, der an seinem Ohrläppchen hing.

Trevor nahm meine Hand in seine und führte sie an seine Lippen. Er küsste meine Finger, meine Knöchel, den Handrücken und dann mein Handgelenk. Mein Blick war fest auf seine Augen gerichtet, das Verlangen nach mir unter den gesenkten Lidern nicht zu verheimlichen. Mein Herz schlug automatisch schneller.

Trevor führte meine Hand an seine Brust, wo er sie ablegte. Ich strich über seine warme Haut, die harten Muskeln darunter. Sein Herzschlag war genauso fest und schnell wie meiner. Als Trevor seine Hand meinen Rücken hinabgleiten ließ, breitete sich ein aufregendes Prickeln auf meinem gesamten Körper aus. Ich hielt die Luft an, als er sich aufrichtete. Sein Atem verschmolz mit meinem.

Ich schloss die Augen und überwand die letzte Distanz zwischen uns. Mit dem nächsten Herzschlag war alles vergessen: die Flamingos, Lovett Island und alles abseits dieses Paradieses.

Ich legte meine Hände um seinen Hals und verschränkte die Finger dahinter. Trevors Arm um meine Taille zog mich fester an sich. Sein Körper war warm und fühlte sich perfekt an meinem an. Ich spürte ein Ziehen in meinem Unterleib, als ich mir über unsere Nähe bewusst wurde. Zwischen unseren Lippen war nicht mehr Abstand als eine Handbreite. Mein Blick fiel auf seinen Mund. Ich wollte ihn küssen. Ich wollte ihn. Jede Faser meines Körpers sehnte sich nach Trevor.

Als hätte er die gleichen Gedanken, überwand er die letzten Zentimeter und verschloss meinen leicht geöffneten Mund mit seinem. Ich zog mich noch näher an ihn und rutschte auf seinen Schoß. Seine Härte presste sich durch den Stoff seiner Badeshorts zwischen meine Beine. Unsere Zungen suchten und fanden einander, als ich mich aufbäumte, sodass er den Kopf in den Nacken legen musste. Ich schob meine Finger in sein nasses Haar.

Als ich meine Lippen von seinen löste und auf ihn heruntersah, blinzelte er mich durch halb geschlossene Augen an. Seine Wimpern waren feucht, seine Lippen leicht geöffnet.

Ich wollte die Zeit anhalten, diese Bucht von der Außenwelt abriegeln und den Moment nie mehr vergehen lassen. Hier war alles perfekt. Das Meer, das um uns herum schaukelte. Die Sonne, die unsere nasse Haut wärmte. Die Berührungen, die wir beide so sehr voneinander verlangten. Ich löste meine verschränkten Finger und legte sie an Trevors Gesicht. Ich wollte dieses Bild für immer festhalten. Ich wollte ihn für immer festhalten.

»Trevor?«, hauchte ich atemlos, als er seine Hände an meine Hüften legte.

»Hm?« Seine Lippen fuhren mein Kinn entlang, in das er sanft biss.

Mein Brustkorb hob und senkte sich, atemlos brachte ich hervor: »Ich will dich.« Ich war mir so sicher, da waren keine Zweifel mehr. Ich wollte Trevor. Hier und jetzt.

Trevors Blick wanderte von meinem Mund zu meinen Augen. »Bist du sicher?«

Ich erstickte seine Worte mit einem leidenschaftlichen Kuss. Fordernder als der davor. Trevor schlang seine Arme um mich und drückte mich mit dem Rücken in den nassen Sand, sein Gewicht lag angenehm schwer auf mir. Eine Welle spülte kühles Wasser an meine Beine, ehe sie sich ins Meer zurückzog.

Trevor fuhr mit seinen Lippen über meine, dann meinen Mundwinkel und meine Wange. Er strich mit der Nasenspitze über meine Haut und flüsterte immer wieder meinen Namen. Ich schloss die Augen und sog jede seiner Berührungen tief in mich ein. Seine weichen Lippen entlang meines Kiefers, seine Hand an meiner Hüfte, seine nassen Haare, die mich im Gesicht kitzelten. Trevor küsste sich einen Weg über meinen Hals hinab bis zu meinem Dekolleté.

Als seine Zunge kleine Kreise über den Ansatz meiner Brust zeichnete, hielt ich die Luft an. Es fühlte sich so verdammt gut an. Die Berührung selbst, in Trevors Armen zu liegen und mich ihm zu überlassen. Mich ihm so hingeben zu wollen.

Trevors Hand schob sich behutsam unter meinen Rücken und fand die Lasche meines Bikinis. Langsam zog er an der Schnur, bis sich der Knoten löste. Nachdem er mir das Oberteil über den Kopf gezogen hatte, küsste er mich wieder quälend langsam. An meiner Hüfte spürte ich wieder Trevors Härte. Er wollte es genauso sehr wie ich. Eine Erkenntnis, die das Ziehen in meinem Unterleib noch intensiver werden ließ.

Als sich Trevor wieder von mir löste und aufrichtete, blinzelte ich gegen die Sonne und konnte nur die Umrisse seines Gesichts erkennen. Für einen kurzen Augenblick dachte ich, er würde aufhören, doch dann öffnete er den Reißverschluss an den Taschen seiner Badeshorts und zog etwas heraus. Zwischen zwei Finger geklemmt hielt er ein silbern schimmerndes Kondompäckchen. »Safety first.«

Trevor kniete zwischen meinen Beinen. Durch den Stoff seiner Badeshorts erkannte ich seine Erektion. Ich schluckte hart und merkte, wie die Aufregung meinen Körper einnahm. Es war erst das zweite Mal, dass ich mit einem Mann schlafen würde. Der Moment und der Ort konnten nicht perfekter sein.

»Du bist so wunderschön«, hauchte Trevor mit einem so sanften Ausdruck im Gesicht, dass ich keine Sekunde länger ohne ihn sein wollte. Er beugte sich über mich und küsste meinen Bauchnabel. Das Ziehen zwischen meinen Beinen wurde stärker, als er mit der Zunge über meinen Bauch fuhr. Ich schob meine Finger in sein Haar und seufzte, als er sich einen Weg nach oben bahnte.

Zärtlich umfasste er meine Brüste, streichelte mit dem Daumen darüber und begann dann an einer zu saugen. Ich bäumte mich ihm entgegen, stöhnte leise auf und presste meinen Kopf noch fester in den feuchten Sand unter mir. Jede seiner Berührungen war so sinnlich und intensiv, dass sich die Lust in mir mehr und mehr steigerte. Sein warmer Atem auf meiner Haut, seine Zunge, die meine Sinne benebelte, und die Nähe, die mich alles um uns herum vergessen ließ.

Ich wusste nicht, wie viel Zeit vergangen war, doch als Trevor sich erneut aufrichtete, war ich wie in Trance. Mein ganzer Körper wollte nur ihn. Und er wollte mehr.

Trevor hakte seine Finger in den Bund meines Bikinihöschens und sah mich fragend an. Weil ich zu atemlos war, um etwas zu sagen, hob ich mein Becken und ließ mir die Hose von ihm über die Beine ziehen. Der Sand zwischen Stoff und meiner Haut kratzte dabei. Nackt lag ich vor ihm im Sand, der immer wieder von den Ausläufern einer Welle umspült wurde.

Trevor zog sich die Hose aus und riss das Kondompäckchen auf. Ich hielt kurz den Atem an, als ich ihn dabei beobachtete, wie er es überrollte. Als ich wieder Luft holte, war er bereits über mir und verschloss meinen Mund mit seinem. Langsam legte er sich auf mich, und ich schob meine Beine noch ein Stück weit auseinander. Seine Härte drückte sich zwischen meine Schenkel.

Unsere Küsse wurden langsamer, bis Trevor seine Lippen nur wenige Millimeter von meinen löste. Seine blauen Augen waren auf meine gerichtet, als er langsam in mich eindrang.

Liebevoll strich er eine Haarsträhne hinter mein Ohr. Dann begann er seine Hüften zu bewegen. Erst langsam und behutsam, bis er einen Rhythmus fand, der wie unsere Atemzüge immer schneller wurde. Jeder seiner Stöße trieb mein Verlangen nach ihm höher und höher. Sein warmer, harter Körper auf meinem, sein leises Stöhnen, er tief in mir.

Plötzlich packte mich eine Welle der Lust und riss mich einfach mit. Ich stöhnte Trevors Namen und hob mein Becken an, um ihn noch tiefer in mir zu spüren. Es war, als wirbelte mich das Meer herum, wie nach unserem Sprung von den Klippen. Befreiend und unglaublich schön.

Nur von Weiten nahm ich wahr, wie auch Trevor über mir erbebte und ein letztes Mal in mir versank. Ich spürte seine Brust auf meiner, und sein Herz raste genauso sehr wie meines. Ich schlang meine Arme um ihn und zog ihn noch ein Stück fester an meinen Körper. Ich wollte diesen Moment noch länger auskosten.

»Ich kann nicht fassen, dass mein Oberteil weg ist«, sagte ich und schlang das Handtuch um meinen Körper, das Trevor mir aus dem Bootshaus geholt hatte. Der Sand klebte mir noch auf dem Rücken und im Haar.

»Das müssen die Wellen ins Meer getragen haben.« Trevor hob ratlos die Schultern und setzte einen unschuldigen Blick auf, der ihn jedoch verdächtig aussehen ließ. »Schau mich nicht so an! Ich kann echt nichts dafür.« Er lachte und legte sich selbst ein Handtuch über die Schultern. Dann kam er her und blieb so dicht vor mir stehen, dass ich den Kopf in den Nacken legen musste.

»Warum werde ich das Gefühl nicht los, dass du dahintersteckst?«, fragte ich grinsend und stellte mich auf Zehenspitzen, um Trevor einen Kuss zu geben. Ich spürte sein Grinsen an meinen Lippen. »Ich bin unschuldig«, wisperte er nur und erwiderte meinen Kuss sehnsüchtig.

Ein Jetski tauchte hinter uns auf und raste am Boots-haus vorbei. Trevor und ich schraken auseinander. Schnell stopfte ich den Knoten, mit dem ich das Handtuch fixiert hatte, noch fester zwischen meine Brüste.

»Wir sollten in mein Appartement gehen«, schlug Trevor vor. »Dort finden wir bestimmt etwas Trockenes für dich zum Anziehen.«

»Ach ja?«, fragte ich und legte den Kopf schief. »Trocken ja, aber wenn ich in deinen Klamotten rumlaufe, kann ich auch gleich so bleiben ...«

»Oder wir sitzen einfach nackt rum und unterhalten uns.«

»Unterhalten, klar!« Ich lachte und versuchte meine strähnigen und mit Sand verklebten Haare zu entwirren. Ein sinnloses Unterfangen.

»Du kennst noch gar nicht das Highlight meines Appartements.«

»Das Highlight?«

Er nickte. »Ich hab dir ja noch den schönsten Ausblick auf Lovett Island versprochen. Ich will nicht zu viel verraten«, sagte er, und ich legte meine Hände in seinen Nacken, spürte die feuchten Spitzen seiner Haare. »Aber man kann es nur von meinem Bett aus sehen.«

Wieder lachte ich, da verschloss er schon meinen Mund mit einem Kuss. Einem intensiven Kuss, der mich alles um mich herum vergessen ließ. Ja, ich wollte mit ihm in seinem Bett liegen. Seinen Körper an meinem spüren. Am Strand war es hitzig und sandig. Zu sandig. Ich hatte das Gefühl, er klebte mir an Stellen, wo er definitiv nicht hingehörte.

»Maci?«

Als wäre der Blitz zwischen uns eingeschlagen, fuhren Trevor und ich auseinander. Zu spät. Karlee stand nur wenige Schritte von uns entfernt, die Augenbrauen hochgezogen.

Ich räusperte mich. »Ich bin am Steg gestolpert und ins Wasser gefallen«, sagte ich und strich mit der Hand über mein nasses Haar.

Karlees fragender Blick schwang zu Trevor hinüber.

»Und ich wollte sie rausziehen und bin selbst reingefallen«, sagte er mit einem Schulterzucken. Er kämpfte sichtlich um einen ernsten Gesichtsausdruck.

Karlee verdrehte die Augen. »Natürlich, und davor habt ihr euch noch die Schuhe ausgezogen? Und du das T-Shirt?«

»Ja, unglaublich, wie schnell ich reagiert habe«, sagte Trevor leichthin.

»Ihr seid die schlechtesten Lügner überhaupt.«

»Stimmt«, antwortete Trevor. »Eigentlich bin ich gestolpert, und mein Shirt ist an einem Ast hängen geblieben, als ich ins Wasser gesprungen bin, und dann kam ein Flamingo angeflogen und hat meine Schuhe mitgenommen.«

Karlee sah wieder zu mir herüber. »Lass mich raten. Die Fische haben mit ihren Flossen dein Bikinioberteil aufgeknotet und mitgenommen?«

»Du bist so klug, Karlee!«, rief ich in gespielter Bewunderung.

Da legte Trevor mir die Hand auf den Rücken und sagte: »Und jetzt kümmere ich mich darum, dass Maci

426

schnell in ihr Zimmer kommt, damit sie sich nicht erkältet.« Er schob mich zu dem Weg, der direkt von hier zum Haupthaus führte.

»Ihr seid total sandig«, rief Karlee uns nach. »Hier gibt's gar keinen Sand.«

Als wir außer Hörweite waren, musste ich laut losprusten. »Was machen wir jetzt, Trevor?«

Er zuckte mit den Schultern. »Mach dir keine Sorgen, Karlee ist keine Tratschtante«, antwortete er gelassen. »Außerdem mag sie dich, weshalb ich darauf vertraue, dass sie unser kleines Geheimnis für sich behält.«

In Trevors Appartement angekommen atmete ich erleichtert auf. Gerade noch waren wir die Treppe zur oberen Etage hinaufgeeilt, weil jemand im unteren Stockwerk eine Tür geöffnet hatte. Ob Blair, Baron oder jemand anderer wusste ich nicht. Ich hätte keinem von ihnen erklären wollen, was ich hier machte oder warum ich nur ein Handtuch über meinen sandigen und verschwitzten Körper geschlungen hatte.

»Gib mir eine Sekunde. Ich muss mir den Sand aus ein paar Stellen spülen«, sagte Trevor mit einem schiefen Grinsen, ließ mich stehen und verschwand schnell im Bad. Es dauerte wirklich nur zwei Minuten, bis er wieder herauskam. »Ich habe dir ein frisches Handtuch rausgelegt. Nimm dir Zeit. Ich schau schon mal im Schlafzimmer, was wir für dich finden können. Du kannst dann nachkommen.«

Ich wollte mir aber keine Zeit lassen. In Windeseile duschte ich mich ab und folgte ihm dann in dem großen Badetuch eingewickelt ins Schlafzimmer. Der Raum war groß, mit beigen Wänden und einem breiten Bett mit grauen Laken. Ein riesiges Fenster über dem Kopfteil des Bettes bot einen Ausblick mitten in die Natur Lovett Islands. Palmen, Sträucher, Vögel. Als blickten wir direkt in den Dschungel.

»Jetzt weiß ich, was für dich der schönste Ausblick auf der Insel ist«, sagte ich und trat näher ans Fenster. Diese Aussicht war so faszinierend, dass ich gar nicht anders konnte. Es war überwältigend, die Natur aus der Nähe zu betrachten. In den Ästen saßen Vögel und zwitscherten fröhlich. Die Blüten der Sträucher wippten sanft in der Meeresbrise. Die Sonne ließ das Grün in allen Farbtönen schimmern. Es war, als stünde das Bett mitten im Blätterwerk.

Trevor zog seinen Kopf aus dem Kleiderschrank am anderen Ende des Zimmers hervor und lächelte zufrieden. »Ich hab dir nicht zu viel versprochen, oder?« Dann wandte er sich wieder seinen Klamotten zu. »Was hättest du denn gern?«

»Egal, Hauptsache nichts von einer Ex.«

»Glaubst du ernsthaft, ich würde hier Klamotten von Ex-Freundinnen aufbewahren?«, fragte er mit hochgezogener Augenbraue.

Ich wandte beschämt den Blick ab. Ich hatte nicht wirklich geglaubt, dass er Trophäen sammelte, es war mir herausgerutscht, weil ich mich in diesem riesigen luxuriösen Schlafzimmer plötzlich so klein fühlte. Wer war ich schon für Trevor, der in der Welt der Superreichen lebte, umgeben von mehreren Millionen Followern.

Violet hatte mir das Foto gezeigt, das Trevor auf den

Klippen von unseren Beinen gemacht hatte. Sie hatte nicht geahnt, dass es meine waren. Ich war ein Niemand, von dem er nur die Beine zeigen wollte – im Gegensatz zu Blair. Mit ihr zeigte er sich öffentlich. Sie war das It-Girl in seinem Celebrity-Leben. Das Mädchen, mit dem er aufgewachsen war und das seine Hochs und Tiefs kannte. Das seine Eltern kannte. Blair wusste, welche Zukunft bei Parkins auf Trevor wartete. Sie wusste, wie sie sich in der Öffentlichkeit an seiner Seite präsentieren musste. Ich würde immer hinter ihr stehen.

»Maci … alles klar?«, holte mich Trevor aus meinen Gedanken zurück. Ich drehte mich zu ihm. Er kramte nicht mehr im Schrank, sondern saß mit einigen Kleidungsstücken in der Hand auf dem Bett.

Ich ging zu ihm und zog mir ein Shirt und eine Badehose an, die mir etwas zu groß waren. Sie gehörten immerhin Trevor. Meine Gedanken kreisten dabei um Trevor und Blair und darum, dass sie bestimmt nicht bereit war, nur einen Millimeter für mich zur Seite zu rücken.

»Erzählst du mir, was los ist?« Trevor nahm meine Hand und zog mich zu sich aufs Bett.

Etwas steif ließ ich mich neben ihn auf die Matratze sinken. Ich konnte ihm kaum in die Augen schauen, als ich mich entschloss, ihm zu sagen, was mir auf dem Herzen lag. »Dein riesiges Appartement führt mir vor Augen, wer du bist und was für ein Leben du führst. Und ich habe das Gefühl, dass kein Platz für mich darin ist.«

»Wie meinst du das?« Trevors Stimme war sanft, doch ich merkte, wie sich seine Schultern versteiften.

Die nächsten Worte fielen mir besonders schwer. Vor

allem weil Trevor und ich noch nicht definiert hatten, wie ernst das zwischen uns überhaupt war. »Ich meine damit Blair. Sie ist deine Ex, und du weißt, dass sie mich nie an deiner Seite akzeptieren würde.«

Trevor schloss für einen Moment die Augen und rieb sich die Nasenwurzel. »Das ist nicht das Problem, Maci«, murmelte er. Kraftlos sah er wieder zu mir auf. »Die Sache mit Blair …«, begann er und schluckte schwer, »und Parkins ist viel komplizierter, als du denkst.«

»Du hast schon mehrmals angedeutet, dass es kompliziert ist. Bitte erklär es mir doch!«

»Da ist so viel mehr, als du weißt«, flüsterte er. Er sah mich mit einem Ausdruck an, als wäre es zu erdrückend, um es zu erzählen. Doch mich würde nichts davon abhalten, für ihn da zu sein, egal wie schwer es war.

»Sperr mich nicht aus, Trevor«, bat ich, schlang meine Arme um seinen Bauch und legte meine Stirn an seiner Schulter ab. Jeder Muskel seines Körpers war angespannt, und obwohl er meine Umarmung nicht erwiderte, wollte ich ihm zeigen, dass ich nicht so schnell aufgab. »Wenn du es erzählen willst, höre ich dir zu. Egal, wie lange es dauert.«

»Ich habe nicht mehr darüber gesprochen, seit es passiert ist.«

Ich spürte, wie auch in mir die Anspannung zunahm. Ich konnte sehen, wie viel Schmerz die Erinnerung in Trevor auslöste, und wollte nicht, dass er sich wegen mir noch einmal durch sie quälte. Gleichzeitig hoffte ich, ihn dadurch besser verstehen und ihm auch einen Teil der Last abnehmen zu können. Ich wollte es zumindest versuchen.

»Ich bin für dich da, Trevor«, sagte ich und schmiegte mich wieder an ihn.

Trevor seufzte leise und drückte seine Lippen kurz auf meinen Scheitel. »Mein Vater hat schon vor einigen Jahren begonnen, Barons Aufgaben an andere zu übertragen, um Parkins nicht mehr von ihm abhängig zu machen.«

»Und warum hat er das getan?« Ich konnte mir nur schwer vorstellen, dass Baron das so einfach mit sich machen ließ.

Trevor zögerte, darauf zu antworten. Er sah flüchtig zur Tür, fast als wollte er aus diesem Gespräch fliehen. »Nicht mal Blair weiß davon …«, sagte er dann.

Ich hob den Kopf und legte meine Hände an sein Gesicht. »Ich werde niemandem davon erzählen. Ich hoffe, du weißt das.«

Trevor nickte. »Baron hat vor ein paar Jahren Scheiße gebaut, und jetzt wartet mein Vater nur darauf, dass er sich noch einmal einen Fehltritt leistet, damit er ihn endgültig loswird. Mein Vater will Parkins ohne ihn weiterführen.«

Ich konnte nur schwer nachvollziehen, was das bedeutete. Parkins war eine der größten Sportartikelmarken in den USA. Das Vermögen, das dahintersteckte, lag außerhalb meiner Vorstellungskraft. Was zum Teufel hatte Baron angestellt, dass er all das aufs Spiel gesetzt hatte? Nicht nur seine Zukunft, sondern auch Blairs.

Ich sah in Trevors blauen Augen, wie es in ihm arbeitete. Ich sah Schmerz, Schuldgefühle und noch etwas, was ich nicht einordnen konnte.

»Es hat einen guten Grund, weshalb Blair nichts davon weiß. Und ich hoffe, das wird sie nie … Baron hat von meiner Affäre mit Liza erfahren. Er hat ihr gedroht, es meinem Vater zu sagen, wenn sie nicht tun würde, was er von ihr wollte. Er wollte Liza ...« Er brach ab. Trevor brauchte nicht weiterzuerzählen, ich wusste auch so sofort, was passiert war. Das erkannte ich an der Wut in seinem Blick.

Ich spürte die gleiche Wut in mir, den Ekel, wenn ich an Baron dachte. Schon bei unserem Kennenlernen an meinem ersten Abend auf Lovett Island hatte ich mich in seiner Gegenwart unwohl gefühlt. Seit er mich allein in Peytons Büro abgefangen hatte, wusste ich, dass ich mich von ihm fernhalten wollte. Ich spürte seine widerlichen Blicke noch jetzt auf mir. Wie er meine Beine angegafft und sich dabei vorgestellt hatte, wie ich in einem kurzen Tennisröckchen aussah.

Alles in mir zog sich zusammen. Mein Herz raste. Auch ohne ein Bild von Liza vor Augen zu haben, konnte ich mir nicht vorstellen, was sie erlebt haben musste. Diese Hilflosigkeit gegenüber einem Mann, der sie erpresste, um seine widerlichen Fantasien ausleben zu können.

Trevors Hand ballte sich unter meiner zu einer Faust. »Ich kam offenbar rechtzeitig, ehe er ihr mehr antun konnte. Ich habe ihm zwei Zähne ausgeschlagen ... Ich war so jung und unerfahren«, sagte Trevor mit rauer Stimme. »Ich hätte anders reagieren sollen.« Er sah so mitgenommen aus, dass es mir fast das Herz brach.

Ich öffnete seine Fäuste und schob meine Finger zwischen seine. »Mach dir keine Vorwürfe«, sagte ich. »Zwei ausgeschlagene Zähne hat er sich mehr als verdient.«

Trevor schüttelte den Kopf. »Das ist es nicht.« Er schaffte es nicht, mir in die Augen zu sehen. »Mein Vater wollte damals nicht, dass irgendjemand davon erfährt. Liza hat Schweigegeld bekommen, Baron neue Zähne und ich eine Ermahnung, dass sich meine Taten auf den Ruf der Firma auswirken.«

Ich starrte ihn an und versuchte, das zu verdauen. Sie hätten Baron für den sexuellen Übergriff anzeigen müssen. Ich konnte nicht fassen, wie gefühlskalt und skrupellos Hugh Parker war.

Ich hob Trevors Hand an meinen Mund und presste meine Lippen darauf. Er war nicht wie sein Vater. Er hatte recht. Er war jung und unerfahren gewesen. Es war nicht seine Schuld, dass er mit der damaligen Situation überfordert gewesen war. Welcher Siebzehnjährige hätte schon die Kraft und den Mut gehabt, sich gegen zwei mächtige Männer zu wehren, die sein Leben in der Hand hatten?

Und Liza hatte all das ertragen müssen. Nicht nur Barons Übergriff, sondern auch noch das widerliche Nachspiel, als könnte man dieses Verbrechen mit Dollarscheinen wiedergutmachen. Dazu gezwungen, zu schweigen und mit dieser Situation allein zurechtzukommen.

»Was ist mit Liza passiert?«, fragte ich nach einer Weile.

Trevor holte tief Luft. »Sie wollte weg«, antwortete er. »Weg von Lovett Island, weg von Baron und weg von mir. Ich kann verstehen, dass Liza nie wieder etwas mit mir zu tun haben wollte …«

Er machte eine kurze Pause, doch seinem gequälten Gesichtsausdruck zufolge war er noch nicht fertig. »Ich habe von meinem Vater verlangt, dass er Baron nicht komplett ohne Kratzer aus der Sache rauslässt.«

Da Baron sich jeden Tag in der Karibik die Sonne auf den Bauch scheinen ließ – ausgerechnet auf der Insel, auf der es passiert war –, bezweifelte ich, dass Trevor großen Erfolg gehabt hatte. Bei dem Gedanken daran, dass er hier ungeschoren tun und lassen konnte, was ihm gefiel, spürte ich kalte Wut in mir aufsteigen.

»Er hat einen Vertrag aufsetzen lassen, der regelt, dass Baron alle Vermögensanteile an Parkins verliert, sobald er sich noch einmal etwas zuschulden kommen lässt.«

Ich starrte ihn regungslos an. »Aber …«

»Ich weiß«, Trevor schluckte hart. »Damit nimmt er in Kauf, dass Baron noch mal so eine Scheiße baut … Egal, was ich gesagt habe, mein Vater hat sich nicht überzeugen lassen, mehr zu tun. Für Liza oder all die anderen Frauen, die früher oder später in Barons Leben treten. Er hätte sie schützen können.«

Ich ließ Trevors Hände los und legte meine Arme um seinen Hals. »Ich bin froh, dass du du bist und nicht wie dein Vater«, sagte ich, »bitte vergiss das nicht. Du kannst es besser machen.«

Statt darauf zu reagieren, stand Trevor unruhig auf. Er lief ein paar Schritte vor mir auf und ab. Ich konnte in seinem Gesicht sehen, wie sich seine Gedanken verfinsterten. Das Thema hatte ihn zu sehr aufgewühlt. Dann blieb er stehen, sein harter Blick traf mich. »Es ist nicht Blair, die zwischen uns steht. Es ist mein Dad. Nach der Sache mit Liza würde er keine Staff mehr an meiner Seite akzeptieren. Wir wissen beide, dass Liza keine Schuld daran trägt, was passiert ist, aber er sieht das anders. Sie war in die Probleme verwickelt und hat anschließend sein Geld genommen, um im Gegenzug niemandem von dem Geschehenen zu erzählen.«

Ich wusste nicht, was ich sagen sollte.

»Maci, wir können nur zusammen sein, wenn du dein Stipendium annimmst.« Nun war er es, der nach meinen Händen griff. Hoffnung flackerte in seinen Augen auf. »Es könnte doch gar nicht besser sein. Wir können beide an der gleichen Uni studieren, uns dort ganz normal treffen, zusammen sein, ohne dass jemand Vorurteile hätte. Nicht mal mein Vater kann etwas dagegen haben, wenn ich eine Studentin als Freundin hätte. Eine, die vor einer unglaublichen Sportkarriere steht.«

Mein Herz schlug fest in meiner Brust. Sollte das die einzige Lösung sein, um Hugh Parker zu besänftigen?

»Du darfst diese Chance nicht wegwerfen. Nicht nur für mich, sondern für dich selbst.«

Ich presste die Lippen aufeinander. Ich konnte ihm nicht sagen, was er hören wollte. Es fühlte sich so falsch an.

»Dieses Stipendium nicht anzunehmen wäre eine wirklich dumme Entscheidung.«

»Dann passt sie ja zu den dummen Entscheidungen, die ich bereits getroffen habe«, entgegnete ich wütend. Ich fühlte mich in die Ecke getrieben. Etwas, das ich von Trevor nie erwartet hätte, auch wenn ihm selbst seine Beweggründe vielleicht nicht falsch vorkamen.

»Was meinst du damit? Was war eine dumme Entscheidung?«

Selbst wenn ich wieder Freude am Tennisspielen gefunden hatte, half er mir damit nicht dabei herauszufinden, ob eine Profikarriere auch weiterhin *mein* Wunsch war.

Trevor tat genau dasselbe, was mein Vater tat. Ich sollte etwas tun, damit es ihnen besser ging. Noch mehr störte es mich, dass Trevor den Weg des geringsten Widerstandes ging … genauso wie Hugh. Hauptsache, nach außen sah alles makellos aus. Liza zum Schweigen zu bringen war nichts weiter, als das Problem nicht anzusehen. Es war eine Lüge. Und ich wollte nicht Teil einer Lüge sein, um den Schein zu wahren. Ich würde mein Leben nicht danach richten, ob es Hugh und Trevor in ihrer verdrehten Welt besser ging.

Auch wenn Trevor es nicht wahrhaben wollte: Sein Vater und auch Blair blieben ein Problem. Wenn ich mit ihm auf die Uni ging, würden wir das Problem nicht lösen, sondern nur umgehen. Sein Vater und Blair waren und würden wichtige Menschen in seinem Leben bleiben.

Ich wünschte mir, Trevor hätte mir richtig zugehört, als ich meine Bedenken Blair gegenüber geäußert hatte.

»Das hier, Trevor. Das war eine wirklich dumme Entscheidung.«

38.

Blair

Ich betrachtete das Instagram-Foto, das Trevor gestern Abend hochgeladen hatte. Keine Ahnung, wie oft ich es schon aufgerufen hatte, aber jedes Mal hatte es mehr und mehr Likes. Mittlerweile waren wir auf über einer halben Million.

Das Bild zeigte vier sonnengebräunte Beine, die über einer Klippe baumelten. Darunter das Meer. Auch ohne mehr erkennen zu können, wusste ich, wem die Beine gehörten: Trevor und Maci.

Der Text zu dem Bild lief in Dauerschleife durch meinen Kopf: *#bestplacetothink #timetojump*

Wütend warf ich mein Telefon auf die Couch. Ich fühlte förmlich, wie mir Trevor entglitt. Maci hatte eine so starke Wirkung auf ihn, dass er mich kaum noch wahrnahm. Meine Pläne fruchteten nicht. Selbst Ezras Hilfe war unnütz gewesen. Ich hasste ihn dafür nur noch mehr.

Ich musste meinen Plan in die Tat umsetzen. Er würde die Verbindung zwischen Trevor und mir neu aufbauen.

Zwar war er gewagt und vielleicht einen Tick zu dramatisch, doch so war ich eben: gewagt und dramatisch.

Entschlossen schob ich meine Sonnenbrille auf die Nase, nahm das Handtuch, das ich mir bereitgelegt hatte, und ging aus meinem klimatisierten Appartement.

Hier draußen drückte sich die karibische Hitze auf meine Haut, obwohl ich nur einen Bikini trug – einen dunkelgrünen, wie er meinen Teint und meine Augen perfekt betonte – und eine leichte Tunika. Es war einer der heißesten Tage in diesem Sommer. Alle waren bereits am Meer, dem einzigen Ort, wo es einen Sinn ergab, sich aufzuhalten. Die Brise, die vom Wasser über den Strand wehte, brachte etwas Frische. Wenn das nicht genügte, konnte man sich immer noch im Ozean abkühlen.

Als ich am Strand ankam, lief mir der Schweiß über den Rücken. Ich suchte mir eine freie Liege am Strand, von der aus ich einen guten Überblick hatte. Die dunkle Sonnenbrille tarnte meine Blicke.

Karlee und drei Gäste spielten im knietiefen Wasser ein Ballspiel. Violet und Maci saßen auf der Terrasse, wo auch einige Gäste Platz genommen hatten und Cocktails tranken.

Draußen im Meer saßen Trevor, Brent und zwei Urlauber auf Surfbrettern und ließen sich vom Wasser tragen. Die Wellen waren zu klein, um richtig zu surfen. Das war auch besser so. Alle Augen sollten auf mich gerichtet sein, wenn ich meinen Plan umsetzte.

Ich konnte nicht leugnen, dass mir mein Vorhaben Angst bereitete. Trotz der Wärme lief mir ein Schauer über den Rücken, als ich von der Liege aufstand. Wenn ich es noch länger hinauszögerte, würde mich mein ganzer Mut verlassen. Immer wieder wollte mich meine Vernunft davon abhalten, so ein dramatisches Schauspiel umzusetzen, weil es zu weit ging. Doch ich hatte so lange darüber nachgedacht und das Für und Wider miteinander abgewogen.

Mir war keine andere Lösung eingefallen, um die Mauer niederzureißen, die zwischen Trevor und mir entstanden war. Um Trevors Gefühle für mich neu zu wecken. Wenn schon nicht die romantischen, dann zumindest die freundschaftlichen. Ich wollte zurück zu dem Punkt, an dem wir vor fünf Jahren gewesen waren. Trevor und ich waren wie Geschwister aufgewachsen, doch er war nicht nur ein Bruder für mich, er war so viel mehr. Er war mein Lebensmensch. Ich durfte ihn nicht verlieren. Nicht noch einmal. Ich brauchte Trevor mehr als alles andere auf der Welt.

Meine Finger zitterten, als ich die Sonnenbrille ablegte und aus den Sandalen schlüpfte. Dann zog ich meine Tunika aus und band meine Haare höher. Das Herz schlug mir bis zum Hals, und für eine Sekunde zögerte ich. Doch Trevors Lachen aus der Ferne ermutigte mich. Er schien sich mit Brent und den beiden Gästen auch ohne Wellenritt gut zu amüsieren. Gleich würde ihm das Lachen vergehen.

Einige Meter von Karlee und den ballspielenden Gästen entfernt ging ich ins Meer hinein. Das kühle Wasser schwappte um meine Füße und spritzte an meinen Waden hoch. Schon bald war ich tief genug, um losschwimmen zu können. Ich blickte mich um und entdeckte unweit von mir Trevor und die anderen auf den Surfbrettern. Sie hatten mich noch nicht bemerkt.

Ohne lange nachzudenken, schnappte ich laut nach Luft und spritzte mit den Armen Wasser hoch. Dann ließ ich mich untergehen.

Das Meer hüllte mich ein, und die Wellen drückten mich in Richtung Küste. Ich versuchte, unter der Wasseroberfläche zu bleiben. Trevor würde mich bestimmt gleich herausziehen, sodass ich mich schluchzend in seine Arme stürzen und für seine Rettung bedanken könnte.

Meine Lunge brauchte langsam wieder Sauerstoff. Natürlich hatte ich bedacht, dass es dauern könnte, bis Trevor bei mir war. Also tauchte ich noch einmal auf, um nach Luft zu schnappen. Kaum dass mein Kopf aus dem Wasser ragte, schlug mir eine Welle ins Gesicht, und ich verschluckte mich. Ich hustete und wollte mich an der Oberfläche halten, als ein brennender Schmerz mich aufschreien ließ. Erst dachte ich, eine Qualle hätte mich gestreift, doch dann spürte ich, wie mein Unterschenkel verkrampfte.

Ich hörte Rufe, doch ehe ich ausmachen konnte, woher sie kamen, hüllte mich das Meer wieder ein.

Panik breitete sich mit dem Schmerz in meinem Körper aus. Ich wollte mein Bein anziehen und danach greifen, doch es tat so furchtbar weh. Sowohl der Boden als auch die Wasseroberfläche waren unendlich weit weg. Ich fand keinen Halt, weder oben noch unten.

Was war das für eine beschissene Idee gewesen? Warum hatte ich auch so weit hinausschwimmen müssen?

Ich versuchte, mit den Armen zu rudern, um nach

oben zu gelangen, wurde jedoch herumgewirbelt. Ich verlor gänzlich die Orientierung. Mehrmals blinzelte ich, doch das Licht drehte sich um mich herum, sodass mir schwindlig wurde.

Meine Lunge brannte. Ein schmerzhafter Stich schoss mir durch den Kopf. Die Angst lähmte meinen Körper. Ich brauchte Luft. Ich musste an die Oberfläche, doch um mich herum war nur endloses Blau. Ich hielt mein schmerzendes Bein mit beiden Händen angezogen und spürte, wie mich die Kraft verließ.

Mein Mund füllte sich mit Wasser, ich schmeckte Salz.

Der Druck in meiner Brust wurde stärker. Meine Lunge brannte so qualvoll, dass mir übel wurde. Mein Kopf fühlte sich an, als würde er gleich zerplatzen. Übelkeit, Schwindel und Schwärze packten mich und ließen mich nicht mehr los.

39.

Maci

Außer Atem kam ich neben Violet ans Ufer. Sie war als Erste losgelaufen. Violet hatte nicht nur sofort bemerkt, was sich da vor unseren Augen abspielte, sie hatte auch die Nerven behalten und die Jungs auf Blair aufmerksam gemacht. Mein Herz schlug mir bis zum Hals, das Meer glitt über meine Füße hinweg, doch ich nahm es kaum wahr. Mein Blick war auf Trevor gerichtet, der bäuchlings auf dem Brett lag und zu der Stelle ruderte, auf die Violet verzweifelt mit dem Arm wies. Brent folgte ihm.

Als Trevor untertauchte, hielt ich mit ihm die Luft an. Brent stellte sich währenddessen auf sein Surfbrett, um einen besseren Überblick zu bekommen. Gekonnt balancierte er die Wellen aus.

»Ich sehe nichts!«, rief er.

»Sie muss da irgendwo sein!« Violets Stimme bebte.

Ich hielt beide Hände auf meinen Mund gepresst. Mein ganzer Körper war angespannt, als ich darauf wartete, dass Trevor wieder auftauchte. Und mit ihm Blair.

Mehrere Gäste kamen an unsere Seite und starrten genauso gebannt aufs Meer.

Es fühlte sich wie eine Ewigkeit an, als Trevor wieder an die Oberfläche kam. Allein.

»Sucht weiter!«, schrie Violet.

Trevor drehte sich im Wasser um die eigene Achse. Sein Blick fiel auf Brent. »Wo?«, rief er panisch.

Brent schien etwas entdeckt zu haben. Er zeigte auf eine Stelle nur wenige Meter von ihnen entfernt.

Trevor tauchte erneut ab.

Panik schnürte mir die Kehle zu. Ich war entsetzt, wie hilflos ich mich gerade fühlte.

Blair würde doch nicht …

Ich durfte den Gedanken nicht zu Ende denken. Was auch immer ich jemals über sie gedacht hatte, ich wollte auf keinen Fall, dass so etwas passierte.

Wieder kam Trevor an die Wasseroberfläche. Blair hing bewusstlos in seinen Armen. Ein Raunen ging durch die Menschen, die neben uns am Ufer standen und mitbangten.

Trevor hatte Mühe, sich mit ihr über Wasser zu halten, doch Brent kam ihm sofort zu Hilfe. Mühevoll hievten Trevor und Brent sie auf das schwankende Surfbrett. Dann paddelten sie gemeinsam in Richtung Strand.

Wie versteinert standen wir da und beobachteten jede ihrer Bewegungen. Es war, als würde ich das Geschehen durch eine andere Perspektive wahrnehmen. Als wäre ich physisch nicht anwesend.

Am Ufer wichen die Leute zur Seite, um Platz zu machen. Trevor hob Blair hoch und legte sie in den warmen, trockenen Sand. Sofort prüfte er ihren Atem und Puls, während sich eine Menschentraube um sie bildete.

Brent warf sich keuchend auf der anderen Seite in den Sand. »Ich mache die Herzdruckmassage.«

Violet schob ihren Arm unter meinem hindurch, als bräuchte sie eine Stütze, an der sie sich festhalten konnte.

Brent begann mit der Reanimation. Blairs zierlicher Brustkorb bebte unter seinen kräftigen Stößen. Dann beugte Trevor sich hinab und beatmete sie. Ihre Brust hob sich, als die Luft in ihre Lunge strömte. Ein zweiter Atemzug folgte.

»O mein Gott«, murmelte Violet und wandte den Blick ab, nur um kurz darauf wieder hinzusehen.

Drei-, viermal wechselten sich Trevor und Brent ab. Dann begann Blair plötzlich zu husten. Sie keuchte und krümmte sich zur Seite, ehe sie Wasser spuckte.

»Verdammt, Blair«, keuchte Trevor und sackte zusammen. Ihm war anzusehen, wie viel Kraft ihn die letzten Minuten gekostet hatten. Er wurde schlagartig blass, als würde sein Körper erst jetzt in einen Schockzustand fallen.

Brent rieb sich die Handgelenke und atmete mehrere Male tief durch. Als hätte er zuvor instinktiv gehandelt, nur um jetzt zu erkennen, was er und Trevor getan hatten: Sie hatten Blair das Leben gerettet.

Verwirrt blickte sich diese um. Immer noch rang sie nach Luft und bebte am ganzen Körper. Dann fiel sie Trevor um den Hals. »Ich … hatte einen Krampf«, schluchzte sie. »Und plötzlich … keine Kraft mehr.«

Ich starrte die Szene vor meinen Füßen an. Ich fühlte mich wie in einem Film, der an mir vorbeizog.

Trevors Hand strich über Blairs Rücken. Der Sand klebte auf ihrem nassen Körper. »Es ist alles gut«, flüsterte er wieder und wieder. Es klang wie ein Mantra, das er sich selbst vorsagen musste.

Brent rappelte sich auf und wandte sich Violet und mir zu. »Wo bleibt der Arzt?«

Violet nickte energisch, hielt den Blick aber immer noch auf Trevor und Blair gerichtet. Erst dann sickerte die Aufforderung zu ihr durch. Sie zog den Arm unter meinem hervor und lief los.

Ein komisches Gefühl machte sich in mir breit. Eines, das ich am liebsten verdrängt hätte. Es war Zweifel. Zweifel an dieser Situation. An dieser Dramatik. Ich schüttelte leicht den Kopf. Diese Gedanken durfte ich nicht zulassen. Das war nicht fair.

Plötzlich hob Trevor seinen Kopf und sah zu mir auf. In seinen Armen schluchzte Blair, die sich erschöpft an ihm festhielt. Ihre Schultern bebten. Ich erwiderte seinen Blick, versuchte, den fahlen Nachgeschmack herunterzuschlucken, den diese Szene in mir auslöste. Trevors Augen ruhten auf mir. Doch was wollte er mir damit sagen?

»O Trevor! Ich hatte solche Angst«, sagte Blair mit heiserer Stimme. »Du hast mich gerettet. Was würde ich nur ohne dich tun?«

Die Umstehenden lächelten. Sie hatten ihr Happy End.

Trevor und ich starrten uns regungslos an. Mein Herz begann hart in meiner Brust zu schlagen, als ich die fehlende Wärme in seinem Blick bemerkte. Er sah so distanziert aus, als wäre er meilenweit von mir entfernt. Ich verspürte plötzlich die bittere Gewissheit, dass dieser Vorfall uns nach unserem letzten Gespräch endgültig auseinandergerissen hatte.

Ich löste meinen Blick von Trevor und lief Violet in Richtung Strandhaus nach.

Die Aufregung um Blairs Badeunfall hielt auch noch am folgenden Tag an, selbst nachdem ein Arzt aus Saint Croix bestätigt hatte, dass sie bei bester Gesundheit war. Sie sollte sich ausruhen, viel trinken und Magnesium nehmen. Der Krampf in ihrem Bein könnte aufgrund einer Dehydrierung entstanden sein. Möglicherweise war sie auch zu überhitzt und zu schnell ins Wasser gegangen. Mein Bauchgefühl hielt sich hartnäckig. Ich behielt es dennoch für mich.

Peyton hatte Jesse und Brent dazu verdonnert, den Strand im Auge zu behalten. Sie durften nicht surfen oder raus aufs Meer, sondern sollten immer in Bereitschaft sein, um eingreifen zu können, wenn etwas passierte. Die Gäste mussten sich sicher fühlen. Zudem wurden alle angewiesen, sich abzuduschen, ehe sie ins Meer gingen. Das sollte Krämpfen vorbeugen. In ein paar Tagen würde sich die Aufregung gelegt haben, spätestens nach dem nächsten Bettenwechsel.

Violet und ich waren am Pool geblieben, wie auch mehrere Gäste. Während meine Freundin in einer aufblasbaren Muschel im Wasser trieb, saß ich am Rand und kühlte meine Füße. Mein Blick war stets auf die Tür des Haupthauses gerichtet. Trevors kühler Gesichtsausdruck ging mir nicht mehr aus dem Kopf. Ich hatte Angst um seine Bedeutung. Angst, dass es wieder Blair war, die sich zwischen uns schob. Ich wollte von Trevor hören, dass ich es mir nur einbildete. Dass es nicht mehr war als der Schock, der ihm ins Gesicht geschrieben gewesen war.

Ich bereute meine Worte, mit denen wir auseinandergegangen waren. Ich bereute jedes einzelne davon, und ich bereute es, nicht den Mut gehabt zu haben, bei ihm zu bleiben.

»Ich könnte hier den ganzen Tag rumlungern.« Violets zufriedenes Seufzen riss mich aus meinen Gedanken. Sie ließ ihre Füße im Wasser plätschern.

Ich räusperte mich und hoffte, sie würde mir meine sehnsüchtigen Gedanken an Trevor nicht ansehen. »Ich muss später noch zu einer Tennisstunde.«

»Wusstest du eigentlich, dass Peyton ein neues Staffmitglied sucht? Sie meint, wir bräuchten bald einen neuen Tennistrainer.«

»Spiele ich so schlecht?«, fragte ich mit einem halbherzigen Lächeln.

Violet schob ihre Sonnenbrille runter und schaute mich über den Rand hinweg mahnend an. Ihr konnte ich nicht so leicht etwas vormachen. »Jetzt spuck's schon aus! Was steckt dahinter?«

Ich wollte sie nicht anlügen und entschied mich, die Wahrheit zu sagen. »Ich habe einen Studienplatz, aber eigentlich will ich ihn nicht annehmen. Ich brauche doch dich und Karlee an meiner Seite.« Ich verzog schmollend den Mund.

Violet reagierte kaum auf meine Erklärung. Nicht mal auf den letzten Satz. Sie ließ sich wieder in ihre babyrosa Muschel zurücksinken. »Hm. Du wirst schon die richtige

Entscheidung für dich treffen. Uns wirst du ohnehin nicht mehr so schnell los, ob du nun hier bist oder nicht.«

Ich lächelte sie dankbar für die Worte an. Es war schön zu wissen, dass sie meine Freunde geworden waren und mir beistehen würden, wo auch immer ich war. Gestern hatte ich das auch noch von Trevor geglaubt, aber jetzt wusste ich nichts mehr.

Dumme Entscheidung.

Es war eine dumme Entscheidung, es ihm an den Kopf geknallt zu haben.

Plötzlich schwamm Violet auf ihrer Luftmatratze direkt vor mir. Sie schob sich die Sonnenbrille auf den Kopf und hielt sich am Poolrand an, um nicht weiterzutreiben. Mit einem warmen Blick sah sie zu mir auf. »Was ist mit dir los? Wenn du reden möchtest …«

»Ich weiß, dann kann ich immer zu dir und Karlee kommen.« Ich lächelte sie dankbar an, auch wenn jetzt nicht der richtige Moment dafür war. Meine Gedanken kreisten zu sehr um Trevor. Vielleicht brauchte er jemanden zum Reden. Vielleicht brauchte er mich. Entschlossen zog ich meine Füße aus dem Wasser, schüttelte sie kurz ab und steckte sie in meine Flip-Flops.

»Hältst du allein die Stellung? Ich muss kurz in mein Zimmer.«

»Alles klar.« Mit einem wohligen Seufzen lehnte Violet sich in ihrer Luftmatratze zurück.

Ich verschwand im Haupthaus und steuerte von der Lobby aus direkt den Steg an, der zum Familientrakt führte. Soweit ich wusste, war von der Familie Parker außer Trevor niemand auf der Insel, doch nur ein Stockwerk darunter hielten sich Blair und Baron auf. Aus Angst, jemand könnte mich sehen, lief ich schnell weiter.

Bei Trevors Appartement angelangt verließ mich kurz der Mut. Ich war bestimmt die Letzte, die er sehen wollte.

Andererseits konnte es doch nicht so zwischen uns enden. Ich schluckte kurz und klopfte dann entschieden an die Tür.

Nichts passierte.

Er musste doch da sein, schließlich hatte ich ihn den ganzen Tag nicht draußen gesehen. Ob er abgereist war? Oder bei Blair?

»Komme schon«, rief er plötzlich aus dem Appartement. Schritte näherten sich.

Als er die Tür öffnete, blieb mir wie immer bei seinem Anblick das Herz stehen und zog sich dann schmerzhaft zusammen. Die Vorstellung, ohne ihn zu sein, traf mich mit voller Wucht.

Trevor sah mich ausdruckslos an.

»Was gibt's, Maci ...« Er sah den Gang hinunter.

Der Druck in meiner Brust verstärkte sich. Alles hier war mir gerade so fremd: seine Mimik, der Tonfall seiner Stimme, seine abweisende Körperhaltung.

»Ich wollte sehen, wie es Blair geht«, antwortete ich völlig überfordert. Eigentlich wollte ich fragen, wie es *ihm* ging.

»Dann bist du an der falschen Tür«, gab er kühl zurück. Trevor rieb sich mit den Händen übers Gesicht. Er wirkte erschöpft. »Komm rein. Nicht dass dich noch jemand sieht«, murmelte er und drehte sich um. Er ließ die Tür hinter sich offen, zögerlich folgte ich ihm, blieb aber im Zimmer stehen, während er sich auf die Couch setzte.

»Trevor, was ist los?«, fragte ich mit bebender Stimme. Ich wollte zu ihm gehen, war mir aber nicht sicher, ob er das wollte. Offenbar konnte er meine bloße Anwesenheit kaum ertragen.

»Was los ist?« Er lachte verbittert auf. Dann legte er den Kopf in den Nacken und schloss die Augen. »Einer der wichtigsten Menschen in meinem Leben ist fast gestorben. Verstehst du, was es bedeutet? Und verstehst du, was es bedeutet, wenn die Person, von der ich dachte, dass sie mir ebenfalls so wichtig ist, nicht bei mir ist?«

Ich wusste nicht, was ich darauf sagen sollte. Am liebsten hätte ich vor Wut zu heulen begonnen.

»Warum bist du weggerannt, Maci ... warum rennst du immer vor allem weg?«, fuhr er geladen fort und hob den Kopf. In seinen Augen blitzte ein Vorwurf auf. »Etwa weil ich sie im Arm gehalten habe, nachdem sie fast ertrunken ist?«

Ich zitterte. Ich fühlte mich ohnmächtig, weil das Gespräch in eine Richtung ging, bei der ich völlig die Kontrolle verlor. Trevor war mir so wichtig. Mit ihm hatte ich den Mut, mich allem zu stellen. All das wollte ich ihm sagen, und doch blieben da Zweifel. Zweifel, dass es mit uns je funktionieren könnte, dass ich in seine Welt passte. Zweifel, dass Blair nicht alles tun würde, um sich zwischen uns zu stellen ... sogar beinahe ertrinken. Das war ein so hässlicher Gedanke. Ich wusste, ich konnte nur verlieren, wenn ich ihn aussprach.

»Ja, vielleicht bin ich auch deshalb weggelaufen«, gab ich zu. Ich trat vorsichtig einen Schritt auf Trevor zu. Sein Blick war immer noch eisig und jagte mir eine Riesenangst ein. Angst, ihn zu verlieren, nun, da ich wusste, wie sehr ich ihn brauchte. »Es fällt mir schwer, mit dem, was euch verbindet, klarzukommen. Aber du musst doch auch sehen, dass sie nicht will, dass wir zusammen sind …«

»Blair ist ein Teil meines Lebens«, unterbrach mich Trevor. »Und das soll sie auch bleiben, verdammt noch mal.«

Ich starrte ihn an. »Ich wollte dir gerade sagen, dass ich mir Mühe geben wollte, mit Blair klarzukommen. Aber weißt du, was trotzdem das Problem ist? Dass *du* nicht weißt, wie ich ein Teil deines Lebens sein soll!«

Trevor nahm diesen Vorwurf schweigend hin. Mehrere Atemzüge lang starrten wir uns einfach an. Meine Brust hob und senkte sich schwer. Um Trevors Lippen lag ein harter Zug. Und obwohl wir beide geladen waren, war es auch, als hätten wir uns in diesem Augenblick nichts weiter zu sagen.

Irgendwann drehte ich mich um und ging einfach.

40.

Blair

Es war spät in der Nacht, als ich mich die Treppe in die obere Etage hochschlich. Die Beleuchtung im Flur war dezent, doch ich hätte den Weg auch blind gefunden. Unter Trevors Tür flackerte etwas Licht durch.

Leise klopfte ich an. Es dauerte nicht lang, da öffnete er die Tür.

»Alles okay?«, fragte er, als er mich sah.

Ich nickte kurz, ließ es dann aber zu einem Kopfschütteln ausklingen. »Ich kann nicht schlafen«, sagte ich leise.

Sofort trat Trevor einen Schritt zurück und ließ mich herein. Nur die Stehlampe neben seinem Sofa war eingeschaltet. Ein Buch lag auf dem Couchtisch. Offenbar hatte er gelesen.

»Setz dich«, sagte er und ging zum Kühlschrank. »Willst du etwas trinken?«

»Nein danke.«

Beim Näherkommen erkannte ich, dass es ein Buch von der Uni war. Trevor studierte Finanzen und Management.

Sobald er fertig war, würde er in die Fußstapfen seines Vaters treten und eines Tages die Führung von Parkins übernehmen. Seine Aufgabe war der wirtschaftliche Erfolg Parkins', meine Kommunikation, Marketing und Vertrieb. Genau das, was mein Vater tat.

Das Buch erinnerte mich an das Gespräch zwischen Hugh und Laureen, das ich während des Tennisturniers gehört hatte. Ich hatte mit niemandem darüber gesprochen, auch nicht mit meinem Vater, der eigentlich darüber Bescheid wissen müsste. Wobei man das bei Hugh nie sicher sagen konnte.

Trevor hatte sich eine Coke genommen und setzte sich damit an meine Seite.

»Was hält dich wach?«, fragte er und nahm einen Schluck von der Limo.

Ich senkte den Blick, wollte eigentlich nicht darüber reden, doch es zu verdrängen würde mir auch nicht helfen. »Die Bilder tauchen ständig auf …« Ich brach ab, und eine Träne löste sich aus meinem Augenwinkel. Ich spürte wieder das Wasser über mir. Das Licht, das ich nicht zuordnen konnte. Den Druck in meiner Brust, in meinem Kopf.

Trevor legte seine Hand auf meine. »Hat Peyton nicht einen Traumatherapeuten herfliegen lassen? Hast du mit ihm gesprochen?« Seine Stimme war belegt. Er hatte mir gestern schon gesagt, wie schockierend dieser Moment für ihn gewesen war. Dass auch er die Bilder nicht aus dem Kopf bekam.

Es tat mir leid, dass ich ihm so große Sorgen bereitet hatte, doch gleichzeitig erkannte ich, dass ich bekam, was ich wollte. Da war keine Verachtung mehr in seinem Blick, wenn er mich ansah. Keine Distanz, die er versuchte zwischen uns aufzubauen. Es war fast ein bisschen wie früher. Bevor Liza alles zerstört hatte.

»Du weißt ja, was ich von Therapeuten halte«, antwortete ich nur. Ich hoffte, die Bilder auch von allein loszuwerden. Was Therapien betraf, hatte ich in meinem Leben schon genug gehabt.

»Da ist dieses Gefühl in meiner Brust, das so überwältigend ist«, sagte ich und legte meine Hand flach darauf. »Als wäre so vieles plötzlich unwichtig und klein und anderes wiederum so bedeutend.« Ich sah zu Trevor auf und bemühte mich um ein schwaches Lächeln. »Ich kann dir gar nicht sagen, wie dankbar ich dir bin. Und wie sehr ich bereue, dass unsere Freundschaft in den letzten Monaten, vielleicht sogar Jahren, so gelitten hat. Trevor, du bist der wichtigste Mensch in meinem Leben, und ich will, dass du weißt, du kannst dich auf mich genauso verlassen, wie ich mich auf dich verlasse.«

Trevor lächelte sanft. »Ich weiß, was du meinst«, sagte er nach einer Weile. »Für einen kurzen Moment dachte ich gestern, ich würde dich verlieren. Diese Vorstellung war furchtbar.«

Er wusste gar nicht, was mir diese Worte bedeuteten. Ich war ihm nicht unwichtig, und das war alles, was ich im Augenblick wollte.

»So vieles in meinem Leben ist ohne Beständigkeit«, fuhr er fort. »Menschen kommen und gehen, manche sind bedeutungslos, und andere hinterlassen ein Loch. Umso wichtiger sind mir die Menschen, die immer in meinem

Leben sind. Und du bist eine der wenigen, auch wenn wir manchmal nicht einer Meinung sind.«

Ich spürte eine Träne meine Wange hinuntergleiten. Dann umarmte ich ihn dankbar. Zu wissen, dass er mich nicht als lästiges Anhängsel sah, mit dem er wegen Parkins verbunden war, löste große Erleichterung in mir aus. Vielleicht gab es doch noch eine Chance für uns. Eine Chance auf mehr.

Als wir einander wieder losließen, wollte ich die Gelegenheit nutzen, um etwas anderes anzusprechen.

»Ich habe gehört, dass du zum COO ernannt wurdest«, sagte ich, weil ich nicht vorhatte, lange um den heißen Brei zu reden.

Trevor starrte mich zwei Sekunden regungslos an, dann zog er fragend die Augenbrauen hoch. »Ich soll was sein?«

»Der neue Chief Operations Officer«, antwortete ich und fragte mich, ob Trevor wirklich keine Ahnung hatte, wovon ich sprach. Oder war es mit Hugh abgemacht, mich und meinen Vater nicht einzuweihen?

»Ganz sicher nicht, Blair! Das ist im Moment das Letzte, was ich will.«

Ich wusste nicht, was ich davon halten sollte. Er machte wirklich nicht den Anschein, als wüsste er davon, doch ich hatte Laureens Worte genau verstanden.

»Es gibt aber etwas, worüber ich mit dir reden muss«, setzte er fort und hatte damit gleich wieder meine volle Aufmerksamkeit. »Eine Sache, bei der ich nicht weiß, was ich tun soll.«

Ich versuchte, das ungute Gefühl in meinem Bauch zu ignorieren. Dass er sich mir in einer wichtigen Sache anvertrauen wollte, war doch gut. Es war ein Zeichen, dass wir auf dem richtigen Weg waren. Ich musste es positiv sehen, auch wenn es mir nicht leichtfiel.

»Maci und ich …« Er machte eine Pause, als müsste er erst die richtigen Worte finden.

Zu hören, dass es um sie ging, löste ein schmerzhaftes Ziehen in meinem Bauch aus. Ich durfte mich davon nicht übermannen lassen. Es würde Trevor nur wieder von mir wegstoßen, und das würde ich nicht überstehen.

»Sie ist mir wirklich wichtig, Blair«, beendete er den Satz.

»Schläfst du mit ihr?«, fragte ich etwas zu forsch. Ich musste es einfach wissen, die Ungewissheit würde mich sonst auffressen.

»Spielt das eine Rolle?«, fragte er und griff nach meiner Hand. »Egal, was mit Maci und mir wird, du bleibst in meinem Leben. Für immer.« Er machte eine kleine Pause und sah mich lächelnd an. »Ich wäre gern mit ihr zusammen«, vertraute er mir an, »aber nicht hier auf Lovett Island. Das würde nicht gut gehen. Sie als Staff und ich als ich.«

Ich nickte zustimmend. »Dein Vater würde das nach der Sache mit Liza niemals akzeptieren.« Er durfte diesen Fehler kein zweites Mal machen.

»Mein Dad darf nichts davon erfahren«, sagte er und blickte mich eindringlich an. »Nicht solange Maci hier ist.«

»Was hast du vor?«, fragte ich. Am liebsten hätte ich ihn geschüttelt.

Er zuckte ratlos mit den Schultern. »Maci hat ein Stipendium an der University of Florida.«

»Was für ein Zufall«, sagte ich gespielt überrascht. »Dann könnt ihr ja gemeinsam studieren.« Das würden sie zum Glück nicht. Dafür hatte ich mit einem kleinen Brief gesorgt.

Trevor blieb verhalten. »Sie will es nicht annehmen.«

»Warum?«

Er seufzte. »Ich weiß es nicht. Irgendwas verschweigt sie mir. Ich verstehe sie einfach nicht! Es wäre perfekt für uns. Und wichtig für sie.«

Es gefiel mir nicht, wie sehr er sich um sie und ihre Zukunft Gedanken machte. Aber ich musste ihn in dem Glauben lassen, dass ich ihn unterstützte. Notfalls hatte ich noch das Foto von Trevor und Maci beim Kartenspiel. Natürlich war es kein richtiger Kuss gewesen, doch auf dem Foto sah es täuschend echt danach aus. Ein Ass im Ärmel, falls ich Hugh doch von dieser Liebschaft erzählen musste. Wenn Trevor sich nicht selbst schützen konnte, musste ich es eben für ihn tun.

»Stimmt«, sagte ich schließlich und ließ es so wirken, als würde ich mir ernsthaft Gedanken darüber machen, wie diese Situation zu lösen war. »Sie muss ja nicht studieren. Sie könnte einfach bei dir in Florida leben und sich einen Job suchen.«

»Ohne Collegeabschluss?« Trevor runzelte die Stirn. »Abgesehen davon wäre Maci viel zu stolz dafür. Sie würde meine Hilfe nie annehmen. Da bleibt sie lieber auf Lovett Island und verschwendet ihr Talent an unsere Gäste.« Er fuhr sich verzweifelt mit den Händen durchs Haar. »Es wäre so viel einfacher, wenn sie einfach dieses beschissene Stipendium annehmen würde.«

Ich nickte zustimmend, obwohl ich alles nur nicht das wollte. Die beiden abgeschieden von Hugh Parker und mir an der University of Florida. Zum Glück würde das niemals passieren.

»Manche Menschen muss man zu ihrem Glück zwingen«, sagte ich. »Lass ihr keine andere Wahl, als das Stipendium anzunehmen. Ich bin mir sicher, sie wird es dir eines Tages danken.«

41.

Maci

Trevors gestrige Worte lagen wie ein Schraubstock um mein Herz. Gedankenverloren ließ ich den Tag an mir vorbeiziehen. So richtig drang nichts zu mir hindurch. Keine Gespräche, keine Aktivitäten. Zum Glück hatte ich heute keinen Tennisunterricht. Ich hätte bestimmt miserabel gespielt.

Am liebsten wollte ich mich in mein Schneckenhaus verkriechen. In einigen Wochen würden Blair und Trevor zurück an ihre Unis gehen und das Leben auf Lovett Island würde weiterlaufen. Ich könnte als Staff bleiben und ein ruhiges Leben haben, zumindest bis Trevor das nächste Mal hier auftauchte.

Oder ich …

Plötzlich kam mir ein Gedanke. Nein, mehr ein Bauchgefühl. Meine Hand lag auf der Klinke zum Mitarbeitertrakt, und zum ersten Mal spürte ich so etwas wie Entschlossenheit – vielleicht war es auch Trotz, doch es war an der Zeit, eine Entscheidung zu treffen. Nicht um den Wünschen meiner Eltern nachzukommen. Oder Trevors, die ähnlich klangen, wenn auch aus anderen Gründen. Ich musste mich davon lösen. Es war Zeit zu tun, was für *mich* am besten war.

Ich holte noch einmal tief Luft, dann drückte ich die Tür auf und betrat den Gang zu den Büros. Nicht ganz so selbstsicher, wie ich gerne gewesen wäre, steuerte ich Peytons Büro an. Sie war zuvor nach Saint Croix geflogen, hatte mir aber erlaubt, jederzeit ihr Telefon zu benutzen. Sie würde diesen Schritt bestimmt gutheißen. Schließlich war sie eine der Ersten gewesen, die mir zu diesem Stipendium geraten hatte.

In ihrem Büro griff ich nach dem Telefon. Die Nummer der Universität hatte ich auf einem kleinen Zettel in meiner Hand. Mit zittrigen Fingern tippte ich sie in das Telefon. Als das Freizeichen ertönte, schlug mein Herz schneller. Es war ein Schritt, der mir Angst machte, sich gleichzeitig aber richtig anfühlte.

»University of Florida, Smith am Apparat.«

»Hallo, hier ist Maci Stiles. Ich habe ein Stipendium für das kommende Studienjahr und wollte fragen, was Sie für meine Zusage benötigen.« Ich schluckte, als ich die Worte herausgebracht hatte, die ich mir zuvor zurechtgelegt hatte.

»Einen Moment, wie war der Name noch mal?«

»Maci Stiles.«

Die Stille, die daraufhin entstand, zerrte an meinen Nerven.

»Miss Stiles, wir haben letzte Woche Ihre Absage erhalten.« Die Dame klang genau so erstaunt, wie ich mich fühlte.

»Wie bitte?«

»Im System steht, dass Sie schriftlich abgesagt haben. Das Stipendium wurde bereits dem nächsten Anwärter angeboten und, wie ich sehen kann, auch angenommen.«

»Sind Sie sicher?« Meine Stimme zitterte. Ich fühlte mich plötzlich verloren. Als triebe ich auf weiter See und jemand hätte mir den Rettungsring hingeworfen, gleich darauf aber wieder weggezogen.

»Ich kann es gerne noch mal überprüfen lassen, wenn Sie das möchten.« Die Frau am Telefon war höflich, doch in ihrer Stimme war zu hören, dass sie nicht an einen Irrtum glaubte.

Ich auch nicht.

»Nein, das ist nicht nötig. Vielen Dank.« Ich legte auf und starrte auf das Telefon in meiner Hand.

Jemand hatte mein Stipendium abgesagt. Das konnten nur meine Eltern gewesen sein. Doch warum hätten sie das tun sollen? Wollten sie mich bestrafen?

»Was tust du hier?«

Erschrocken fuhr ich herum und sah Baron, der in der Tür stand. Es war das erste Mal, dass ich ihm begegnete, seit ich von Trevor wusste, was er Liza angetan hatte.

»Ich musste telefonieren«, antwortete ich und legte das Telefon weg.

»Ist Peyton da?« Baron sah sich um.

Ich schüttelte den Kopf. »Sie musste nach Saint Croix.« Ich wollte mir die Unsicherheit nicht anmerken lassen, die in mir aufkam, wenn ich mit ihm allein war, und streckte den Rücken durch, um mich ein Stück größer zu machen.

»Ich muss los. Violet wartet auf mich.«

Ehe ich an ihm vorbeigehen konnte, trat Baron in meinen Weg. Er stand so dicht vor mir, dass ich die Luft anhielt.

»Ich muss noch mit dir reden«, sagte er streng. »Komm bitte in mein Büro.« Es klang weniger wie eine Bitte als wie eine Aufforderung.

Eigentlich hatte ich gerade keinen Kopf für ein Gespräch. Meine Gedanken kreisten nur um das Stipendium und darum, dass ich nun keinen Platz mehr woanders hatte.

Widerwillig tat ich, was er verlangte. Es würde schon nichts passieren. Zu viel stand für Baron auf dem Spiel. Er würde seine Anteile an Parkins verlieren, ein Vermögen, das er bestimmt nicht so einfach hergeben wollte.

»Setz dich!« Baron wies auf die Sitzlandschaft.

Ich nahm, ohne zu zögern, Platz. Nicht weil er es verlangte, sondern weil er sehen sollte, dass ich mich von ihm nicht einschüchtern ließ.

Er holte sich eine Zigarette vom Schreibtisch und zündete sie an. Dann lehnte er sich an die Kante seines Tisches und musterte mich von dort aus. Das war zumindest ein Abstand, der mich beruhigte.

»Es gefällt mir nicht, wie du ständig um Trevor herumschwänzelst.« Er stieß den Rauch zwischen seinen schmalen Lippen aus.

Ich reagierte nicht darauf.

»Seit du hier bist, hast du ein Auge auf ihn geworfen.« Er sah mich abwartend an.

Gespielt gelassen lehnte ich mich zurück und verschränkte die Arme vor der Brust. »Ich weiß nicht, was Sie meinen.«

Barons Gesichtsausdruck wurde hart. »Halte mich nicht für dumm«, sagte er ruhig. Dann stieß er sich vom Tisch ab und kam näher.

In mir nahm die Unruhe zu, doch ich konnte sie im Zaum halten. Ich wollte, nein ich durfte vor Baron keine Schwäche zeigen. Darauf wartete er doch.

»Ich will dir etwas erklären.« Er setzte sich mir gegenüber auf die Bank. Der Couchtisch zwischen uns fühlte sich wie eine Barriere an, die mir Sicherheit gab. »Trevor und Blair verbindet mehr, als du dir vorstellen kannst. Eine gemeinsame Zukunft bei Parkins.« Er machte eine Pause und fixierte mich dabei, als wäre ich eine Beute, die er nicht entkommen lassen wollte. »Für Trevor bist du ein netter Zeitvertreib. Das bedeutet nicht, dass er seine Zukunft für dich aufs Spiel setzt.«

Seine Worte berührten mich nicht. Selbst wenn er recht hatte, ich wollte nichts, was dieser Mann von sich gab, an mich heranlassen.

»Trevor weiß, was er an Blair hat.«

Ja, das wusste er wirklich, sagte eine kleine bittere Stimme in mir.

»Mir ist zu Ohren gekommen, dass du in deiner Heimat Probleme hattest«, setzte Baron fort und zog wieder an seiner Zigarette. Der Qualm brannte mir in den Augen. »Zum Glück habe ich hier die Kontaktdaten deiner Eltern, damit ich sie in Kenntnis setzen kann, wo du bist.«

Ich hielt die Luft an und presste meine Handflächen

auf die Knie. Er wollte meinen Vater kontaktieren? Panik breitete sich in meiner Brust aus. Baron sollte noch nicht einmal wissen, wer meine Eltern waren. Geschweige denn, wie er sie erreichen konnte.

»Sie wissen, wo ich bin«, sagte ich, um seinen üblen Versuch, mich einzuschüchtern, zunichtezumachen.

Baron schmunzelte und legte den Kopf schief. Er glaubte mir kein Wort. »Als verantwortungsvoller Vater ist es mir wichtig, sie zu informieren, was du hier tust.« Erneut zog er an seiner Zigarette, dann drückte er sie in einem Aschenbecher auf dem Couchtisch aus. »Am besten rufe ich sie gleich an.« Er stand auf und ging zu seinem Schreibtisch, wo ein Telefon lag.

»Nein!« Meine Stimme war belegt. Mein Herz raste.

Baron hielt inne und sah zu mir herüber. Er lächelte zufrieden. »Nein, natürlich willst du das nicht.« Er legte das Telefon zurück auf den Tisch und kam dann auf mich zu. Dieses Mal setzte er sich neben mich, nur wenige Zentimeter entfernt.

Wieder überkam mich dieses beklemmende Gefühl. Baron war nahe. Zu nahe.

Ich konnte ihn nicht mal ansehen. Dabei wollte ich stark sein. Ich musste stark sein.

»Ich finde es ohnehin schade, dass ein so hübsches Mädchen wie du sich von jemandem wie Trevor ausnutzen lässt.« Er berührte mit seinem Handrücken die Außenseite meines Oberschenkels und strich damit rauf und runter. Es war, als würde er mir ein glühendes Eisen darauf drücken.

Ich schob mein Bein weg.

Baron lachte. Er ließ sich nicht abschütteln. Stattdessen wanderten seine Finger über meine Haut, bis seine Hand auf meinem Knie lag.

Ich fühlte mich wie in einer Schockstarre. Mein ganzer Körper verkrampfte, mein Hirn setzte aus. Ich wollte einfach die Augen schließen und so tun, als würde das gerade nicht passieren.

»Du bist doch ein kluges Mädchen«, sagte er mit rauer Stimme. Sie drang nur gedämpft zu mir durch, als hätte ich Watte in den Ohren.

Er rutschte noch näher an mich heran. Seine Hand glitt höher, berührte den Saum meiner Shorts.

Ich hielt die Luft an und starrte auf einen Punkt in der Ferne, den es gar nicht gab.

Bitte lass jemanden hereinkommen.

Bitte, bitte!

»Warum treffen wir nicht eine kleine Abmachung?«, hauchte Baron an mein Ohr. Sämtliche Nackenhaare stellten sich mir auf. »Ich rufe deine Eltern nicht an, und dafür verbringen wir beide etwas mehr Zeit miteinander.«

Die Hand drang fordernder unter den Stoff.

Ich presste mich in das Kissen hinter mir, als könnte ich ihm so entkommen.

»Nicht so schüchtern.«

Es fühlte sich an, als drückte mir jemand die Kehle zu. Wie gelähmt verharrte ich neben ihm und schrie mich innerlich an, dass ich mich bewegen sollte. Doch das konnte ich nicht. Ich schaffte es nicht.

Das war nicht fair.

Das alles war nicht fair!

Es war nicht fair, dass Baron sich das Recht herausnahm, Frauen so zu behandeln. Seine Macht missbrauchte, um Grenzen zu überschreiten. Es war nicht fair, dass bislang niemand etwas dagegen unternommen hatte.

»Nehmen Sie die Finger weg!«, brachte ich endlich hervor.

Baron hielt inne.

Es war eine kaum merkbare Bewegung, und er sah mich herausfordernd an.

»Nehmen Sie Ihre dreckigen Finger weg!«, sagte ich nun lauter. Tränen füllten meine Augen. Aus Wut, nicht aus Angst. Ich sah zu Baron, der seine Hand nur ein kleines Stück zurückzog, als hätte er mit vielem gerechnet, aber nicht damit, dass ich mich zur Wehr setzte.

Ich schlug seine Hand von mir weg und stand auf. »Fassen Sie mich nie wieder an, Sie widerliches Schwein!«

»Pass auf, was du sagst!« Baron erhob sich ebenfalls und baute sich vor mir auf. »Ein Anruf, und deine Eltern kommen dich holen. Dann ist es für dich und Trevor endgültig vorbei.«

Seine Drohung prallte an mir ab.

»Nur zu!«, zischte ich. »Aber ich werde nicht Ihre zweite Liza sein.«

Ich sah ihn noch einen Moment angewidert an und stürmte dann aus seinem Büro. In mir breitete sich ein Gefühl aus, das mir Kraft gab. Und mich gleichzeitig so ängstigte, dass ich am ganzen Körper zitterte. Dennoch lief ich weiter.

Ich hörte Baron etwas rufen, verstand die Worte aber

nicht. Was auch immer er mir androhte, es würde mich nicht kleinkriegen.

Ich saß in der Flamingobucht und starrte auf die Wellen, die vor meinen Füßen im Sand versiegten. Ich wünschte, der Ozean würde mir eine Antwort auf die Frage geben, was ich nun tun sollte. Jetzt, wo sich mein Stipendium einfach in Luft aufgelöst hatte. Wo zwischen Trevor und mir alles aussichtslos schien. War mein Platz immer noch auf Lovett Island?

Nach den Geschehnissen der letzten Tage wohl eher nicht. Erst die Sache mit Blair am Strand, dann die widerwärtige Begegnung mit Baron. Zu meiner eigenen Verwunderung überkam mich nur Wut, wenn ich daran dachte. Keine Furcht. Es war, als hätte ich eine Mauer durchbrochen.

Eine Mauer, die mich bislang eingesperrt hatte. Mein Selbstbewusstsein, meine Stärke.

Baron konnte mir nichts anhaben. Er war ein machtgieriger Mann, der seine Position ausnutzen wollte. Aber nicht bei mir. Ich würde nicht noch einmal wie erstarrt zusehen, wenn er mir zu nahe kam. Ich würde ihn in die Schranken weisen, weil ich wusste, dass ich es konnte.

Ich war sicher, dass er es nicht noch einmal versuchen würde. Ich hatte nichts zu verlieren. Er alles.

Abseits dieser Insel gab es nun nichts mehr, was auf mich wartete.

Das Stipendium war fort, und zurück nach North Dakota wollte ich ebenfalls nicht. Vielleicht konnte ich ein Jahr aussetzen und stattdessen Karlee überreden, mit mir ihre Rucksacktour zu machen. Die Vorstellung, mit ihr durchs Land zu trampen, gefiel mir.

In mir überschlugen sich die Gefühle so sehr, dass mir schwindelig wurde. Ich fühlte mich befreit und eingeengt zugleich. Wütend, traurig und verletzt. Und dennoch konnte ich frei durchatmen. Es gab keinerlei Erwartungen mehr.

Und es gab auch nichts mehr, wovor ich Angst haben musste. Ich hatte längst bewiesen, dass ich alles schaffen konnte. Sogar einen Sprung von den Klippen. Es war ein Zeichen gewesen, dass ich alles, was die Zukunft für mich bereithielt, meistern konnte.

Ich war Trevor dankbar, dass er mit mir gesprungen war. Ich war ihm für so vieles dankbar. Für all die Worte, seine Nähe, jeden Moment. Er hatte Stück für Stück die Maci zum Vorschein gebracht, die ich sein wollte.

Ich konnte in eine unbekannte Zukunft springen. Die Welt entdecken. Und meinen Platz finden. Auch ohne Trevor. Bestimmt konnte ich das, aber es tat verdammt weh.

Das Abendessen mit den anderen lenkte mich ab. Brent und Jesse wollten am Strand übernachten, Zelte aufstellen und ein Lagerfeuer machen. Karlee und ich waren spontan begeistert von der Idee, doch Violet gab ihr Bett nur ungern her.

»Wer weiß, welche Tiere nachts da draußen rumkrabbeln«, sagte sie und schüttelte sich. Dann stand sie auf und sah zur Terrasse hinaus. »Plant lieber ohne mich weiter. Ich gehe schon mal an die Bar.«

Als sie weg war, sagte Jesse grinsend: »Vi sperrt sich heute Nacht bestimmt in ihrem Zimmer ein.«

Wir lachten.

»Maci?« Peyton stand in der Tür zwischen Lobby und Restaurant. Ihr Blick verhieß nichts Gutes. Es erinnerte mich an meinen ersten Abend, nachdem ich Trevor den Rum über den Kopf gekippt hatte. »Kommst du bitte mal?«

Ich schluckte und folgte ihr. Ein ungutes Gefühl beschlich mich. Ob Baron seine Drohung wahr gemacht und meine Eltern angerufen hatte?

In ihrem Büro angekommen, rang Peyton mit sich, ob sie sich setzen sollte, entschied sich dann aber, stehen zu bleiben. Sie lehnte sich mit der Hüfte an die Tischkante und fuhr sich mit einer fahrigen Bewegung durchs Haar. »Ich muss dir leider sagen, dass du die Insel verlassen musst. Nicht sofort, aber mit Ende des Monats.«

Ich starrte sie an und wiederholte ihre Worte in meinem Kopf. Verwundert stellte ich fest, dass sie mich nicht so sehr trafen, wie sie es vielleicht sollten.

»Du hast hier tolle Arbeit geleistet«, fuhr Peyton fort. »Die Gäste mögen dich, und du hast dich gut in das Team eingefügt. Es ist nur ...« Sie stockte, weil sie offenbar nicht wusste, wie sie den Satz beenden sollte.

Es ist nur wegen Baron, vollendete ich den Satz in meinen Gedanken.

Die Entscheidung kam von ihm. Dieses Ungeheuer hatte es nicht verkraftet, dass ich ihn zurückgewiesen hatte. Meinetwegen verließ ich die Insel, aber nicht damit er ungeschoren davonkam.

»Es tut mir ehrlich leid.«

»Spar dir deine Mühe, Peyton«, unterbrach ich ihren Versuch, mir die Situation leichter zu machen. Ich wusste, dass sie nur der verlängerte Arm war, der die schlechten Nachrichten überbringen musste. Welch undankbarer Job. »Du solltest nur wissen, warum Baron das entschieden hat. Weil ich ihm gesagt habe, dass er die Finger von mir lassen soll.«

»Was?« Entsetzt riss Peyton die Augen auf.

»Peyton, du weißt ganz genau, wie Baron ist«, sagte ich mit einem Kloß im Hals. »Es ist ja nicht das erste Mal. Ich weiß von Liza, aber ich war nicht bereit, das Gleiche ertragen zu müssen, was ihr passiert ist.«

»Liza? Baron?« Peyton schüttelte verwirrt den Kopf. »Aber … das war nicht Barons Entscheidung.« Sie löste sich vom Schreibtisch, den Blick unschlüssig auf mich gerichtet.

»Nicht?« Die Frage blieb mir im Hals stecken. Wenn es nicht Barons war, wessen dann?

Blairs?

»Ich habe das entschieden«, ertönte eine Stimme hinter mir.

Mir gefror das Blut in den Adern. Wie in Zeitlupe drehte ich mich um und sah in Trevors Gesicht. Er sah niedergeschlagen aus. Als könnte er selbst nicht glauben, was er getan hatte. Sein Blick zeigte Reue und gleichzeitig Verachtung seiner selbst.

»Warum?« Meine Stimme brach, doch ich musste es wissen. Ich fühlte mich verraten. Ausgerechnet von ihm.

»Weil ich will, dass du deine Zukunft nicht wegwirfst und dieses Stipendium annimmst.«

Seine Worte rissen ein Loch in meine Brust. Ich hasste alles daran. Dass er eine Entscheidung für mich treffen wollte. Das machte ihn nicht besser als meinen oder seinen Vater. Ich hasste, dass er glaubte, mir etwas Gutes damit zu tun. Ich hasste, dass ich dieses Stipendium gar nicht mehr hatte.

»Peyton?« Ich hatte die Augen immer noch auf Trevor gerichtet. »Können wir den Rest unter vier Augen klären?«

Trevor öffnete den Mund, als wollte er noch etwas sagen, doch mein wütender Blick ließ ihn schweigen. Ich wüsste nicht, was wir uns noch zu sagen hätten.

»Selbstverständlich.« Peytons Stimme war belegt. Trevor hatte sie nicht nur zwischen uns gestellt, ich ließ sie auch noch mit Vorwürfen gegen Baron zurück.

»Und ich will so schnell wie möglich abreisen. Heute noch.«

42.

Violet

Karlee ließ sich auf einen Hocker vor der Bar sinken und legte ihre Hände auf die Theke. Ihre Augen waren gerötet, und meine waren es sicherlich auch. Als sich Maci von uns verabschiedet hatte, hatten wir alle geheult.

»Was willst du haben? Rum? Tequila? Wodka?«, fragte ich und deutete auf die Flaschen, die schon bereitstanden. Ich selbst hatte mir einen doppelten Rum genehmigt.

Karlee seufzte und machte eine abweisende Handbewegung. »Für mich jetzt nichts«, sagte sie niedergeschlagen und griff stattdessen zu der Schüssel mit den Erdnüssen.

»Ich kann's immer noch nicht glauben.« Tränen brannten wieder in meinen Augen. Ich schnappte mir erneut die Rumflasche und schenkte ein. Den Abend würde ich nicht anders überstehen.

»Einen doppelten Whisky«, orderte Trevor, ohne mich dabei anzusehen. Sein Blick lag irgendwo in der Ferne.

Als ich ihm den Drink hinstellte, nahm er das Glas

wortlos entgegen, trank einen Schluck und setzte sich auf der anderen Seite der Bar auf einen Hocker.

»Maci hat zum Schluss noch so etwas angedeutet«, sagte Karlee plötzlich. Ihr Blick war gedankenversunken ins Leere gerichtet.

»Was denn?« Ich trank von meinem Rum.

Karlee sah zu mir auf, einen fast schon verängstigten Ausdruck im Gesicht. Mir wurde schlagartig heiß und kalt. »Ich glaube, Baron hat sie feuern lassen.«

Mir fiel fast das Glas aus der Hand. Schwindelig stellte ich es ab. »Baron?«, formte ich stimmlos mit den Lippen.

Karlee nickte. »Offenbar hat er sie belästigt, und sie hat ihn zurückgewiesen.«

»Was?!«

Es war Trevor, der die schockierte Stille mit seinem Schrei durchbrach. Er war von seinem Hocker aufgesprungen und hatte dabei den Whisky verschüttet. Blanke Wut war ihm ins Gesicht geschrieben. Seine Nasenflügel bebten, sein Brustkorb auch.

Hilfesuchend sah Karlee zwischen ihm und mir hin und her.

»Ich wusste auch nichts davon«, stammelte sie entschuldigend.

Der Druck in meiner Brust wurde immer stärker. Ich konnte kaum noch atmen.

»Wo ist sie?« Trevors Stimme war schneidend scharf.

»Weg«, antwortete Karlee verunsichert. »Das Boot hat sie vorhin abgeholt.« Wieder traf mich ihr überforderter Blick.

Trevor lief einfach los, direkt auf die Treppe zu, die nach

unten führte. Auch ich konnte nicht länger hierbleiben und ertragen, was Baron getan hatte. Maci hatte uns nicht sagen wollen, warum sie gehen musste. Jetzt wusste ich es, war aber nicht bereit, es zu akzeptieren. Ich lief durch das Restaurant in den Mitarbeitertrakt und eilte die Stufen hinunter. Kurz darauf platzte ich in Peytons Büro.

Sie war allein und hatte ihr Telefon gerade am Ohr. Als sie mich sah, bedeutete sie mir, leise zu sein. »Bitte ruf mich zurück, Hugh. Es ist wichtig.« Dann legte sie auf.

»Ist es wahr?«, fragte ich sofort. »Baron hat Maci belästigt?«

»Violet, ich kann nicht mit dir darüber sprechen.« Peyton rieb mit der Hand über ihre Stirn. Sie wirkte müde und überfordert. Baron war auch ihr Vorgesetzter. Wenn sie jetzt einen Fehler machte, würde es sie ihren eigenen Kopf kosten.

»Warum? Maci ist schließlich nicht die Einzige.« Mein Herz raste, als ich das sagte. Bis vor wenigen Sekunden wusste ich nicht, ob ich überhaupt dazu bereit war. Jetzt kamen mir die Worte einfach über die Lippen.

Peyton erstarrte. »Was meinst du damit?«

Wollte ich das wirklich tun?

Ich musste es.

Für Maci. Sie war meine Freundin. Sie hatte es nicht verdient, ihren Job zu verlieren, weil Baron ein widerliches Arschloch war. Und für mich. Für meinen inneren Frieden.

»Er tut es bei mir auch.« Es war nur ein Flüstern. Mehr brachte ich im Augenblick nicht zustande. Eine Träne löste sich aus meinem Augenwinkel. Noch nie zuvor hatte ich jemandem davon erzählt. Am liebsten wollte ich weglaufen. Vor dieser Situation. Vor der Wahrheit. Es war mir so unangenehm. Davor, meine eigene Schwäche zuzugeben.

»Baron hat dich belästigt?« Peytons Stimme zitterte.

»Peyton … ich …« Mir blieb der Mund offen stehen. Was sollte ich sagen? Konnte ich diese Anschuldigungen laut aussprechen? Durfte ich das? »Du weißt, wo ich heute wäre, wenn er mich nicht hierher mitgenommen hätte.«

Es klopfte an der Tür.

Erschrocken sahen wir beide auf.

Es war Brent, der im Türrahmen stand. Hinter ihm ein Mann. Ich hatte keine Ahnung, wie viel er von unserem Gespräch gehört hatte. Ich wollte es gar nicht wissen.

»Was denn?«, fragte Peyton leidgeplagt, als würde sie die nächste Hiobsbotschaft erwarten.

»Dieser Herr möchte zu Violet«, erklärte Brent und deutete auf den Mann im dunklen Anzug hinter ihm. Ein unübliches Outfit für Lovett Island und vermutlich die ganze Karibik.

»Er ist Anwalt«, sagte Brent. Dann trat er beiseite und ließ den Fremden eintreten.

Dessen Blick traf mich direkt. »Violet Fox?«

»Fox?« Brent runzelte die Stirn. Er kannte mich bislang nur mit dem Mädchennamen meiner Mutter. Braga.

Ich schluckte.

»Mrs Fox, ich bin Roger Bench.«

Der Name klingelte in meinen Ohren. Er war es gewesen, der mir den Brief geschickt hatte. Dieser lag immer noch ungeöffnet zwischen meinen Sachbüchern.

»Ich habe versucht, Sie zu kontaktieren.«

Ich räusperte mich, spürte Peytons und Brents prüfende Blicke auf mir. »Ja, tut mir leid. Ich habe vergessen zu antworten.« Mein Blick huschte kurz zu Brent, der keine Anstalten machte, uns allein zu lassen.

»Vergessen?«, wiederholte Mr Bench irritiert. »Haben Sie denn meinen Brief gelesen?«

Erst zögerte ich, doch dann schüttelte ich den Kopf. Wenn er so fragte, hatte ich mich wohl längst verraten.

»Mrs Fox, es geht um Ihren Mann«, erklärte der Anwalt.

Die Stille im Raum wurde plötzlich unerträglich. Ich wagte es nicht, mich zu rühren, und glaubte, mein Herz schlagen zu hören.

»Ich habe Wyatt Fox zu Lebzeiten in Rechtsfragen betreut«, sprach Mr Bench weiter, nachdem ich nicht reagierte.

»Zu Lebzeiten?«, wiederholte ich. »Ist er etwa ... tot?«

ENDE

Dank

Es braucht zwei Hände, um ein Herzensprojekt wie dieses auf Papier zu bringen. Aber viele weitere, um daraus ein Buch zu machen, wie ihr es heute in den Händen haltet.

Ich danke dem engagierten Team von Goldmann, allen voran meiner Lektorin Maria Runge, die mir und *Lovett Island* eine so große Chance gegeben hat. Für ihr Vertrauen und den Raum, nicht nur Macis, sondern auch Violets und Blairs Geschichte zu erzählen, und für genau die richtigen Worte, die mich aufgebaut haben, wenn mich mal wieder die Unsicherheit gepackt hat.

Der wunderbaren Li-Sa Vo Dieu, von der ich während der Arbeit an diesem Text so viel lernen durfte – als Autorin wie auch als Mensch. Es hätte niemand Besseren geben können, der die Erzählstimmen von Maci, Violet und Blair so stark machen konnte. Danke, dass ich mich mit dir noch einmal neu in Maci und Trevor verlieben durfte.

Meinen Testleserinnen Nicole und Kerstin dafür, dass ich mich traue, ihnen Texte in die Hand zu drücken, die noch meilenweit vom fertigen Buch entfernt sind.

Meinem Agenten Peter Molden, der immer ein offenes Ohr für mich hat und nie davor zurückschreckt, sich mit mir in ein neues Genre zu wagen.

Ich danke meinem Mann Christian, der mich wieder beruhigt hat, als der Vertrag für die Lovett-Island-Trilogie gleichzeitig mit der Genehmigung für unseren Hausbau und einem positiven Schwangerschaftstest ins Haus geflattert ist. Für seine Unterstützung, seinen kühlen Kopf, sein liebevolles Papasein und dass er mir immer zuhört, wenn ich stundenlang über meine Buchideen reden will.

Und dann danke ich euch, liebe Leser*innen. Dafür, dass ihr Lovett Island eine Chance gegeben habt. Ich hoffe, wir sehen uns bald wieder in der Karibik.

Autorin

Emilia Schilling ist das Pseudonym einer jungen öster-
reichischen Autorin, die romantische Frauenromane
schreibt. Schilling, Jahrgang 1988, lebt mit ihrem Mann
und ihren zwei Kindern in einem kleinen Ort in Nieder-
österreich.

Emilia Schilling im Goldmann Verlag:

Lovett-Island-Trilogie:
Lovett Island. Sommernächte. Roman (Band 1)
Lovett Island. Sommerprickeln. Roman (Band 2)
Lovett Island. Sommerflüstern. Roman (Band 3)

Außerdem:
Frühlingsglück und Mandelküsse. Roman
Sommerglück und Blütenzauber. Roman
Herbstblüten und Traubenkuss. Roman

( auch als E-Book erhältlich)

G GOLDMANN
Lesen erleben

Unsere
Leseempfehlung

512 Seiten
Auch als E-Book erhältlich

512 Seiten
Auch als E-Book erhältlich

450 Seiten
Auch als E-Book erhältlich

Geschwindigkeit liegt Mackenzie im Blut. Als Tochter der berühmten Cox-Familie möchte sie es in ihrem ersten Jahr auf der Motorradrennbahn allen beweisen. Doch sie hat nicht mit Hayden Hayes gerechnet – arrogantes Ausnahmetalent und ausgerechnet Fahrer für die Erzrivalen ihrer Familie. Um das Ansehen der Cox zu retten, muss Kenzie gewinnen und sich vor allem von Hayden fernhalten, dem die Frauenherzen scharenweise zufliegen. Doch Kenzie stellt fest, dass sie alles andere als immun gegen seinen Charme ist. Und dass sie beide etwas verbindet, das größer ist als der alte Hass, die Eifersucht und ein lebensgefährlicher Wettkampf ...